万葉歌に映る古代和歌史

大伴家持・表現と編纂の交点

新沢典子
SHINZAWA Noriko

笠間書院

万葉歌に映る古代和歌史
大伴家持・表現と編纂の交点

◆目次

第四部　平安期の万葉集

凡例

・本文引用文献は以下のとおりである（各章の本文及び注に掲載していないもののみ）。私に濁点を付すなど、表記を改めた箇所がある。

万葉集…………『万葉集CD－ROM版』（木下正俊校訂、塙書房）
赤人集Ⅰ類本……『西本願寺三十六人集・赤人集（全）』
　Ⅱ類本……冷泉家時雨亭叢書『資経本私家集一』（朝日新聞社）
　Ⅲ類本……『新編私家集大成CD－ROM版』（古典ライブラリー）。
古今和歌六帖……『図書寮叢刊古今和歌六帖上』（養徳社）
人麿集、家持集、猿丸集……『新編私家集大成CD－ROM版』（古典ライブラリー）。
古今和歌集、後撰和歌集、新古今和歌集、続日本紀はそれぞれ新日本古典文学大系『古今和歌集』『後撰和歌集』『新古今和歌集』『続日本紀』（岩波書店）によった。「新大系」と略称することがある。
仏足石歌…………『佛足石記佛足跡歌碑歌研究』（廣岡義隆著、和泉書院）
新撰和歌、夫木和歌抄……『新編国歌大観』（角川書店）。
日本書紀、琴歌譜・催馬楽、土左日記、伊勢物語、枕草子、源氏物語はそれぞれ新編日本古典文学全集『日本書紀』『神楽歌　催馬楽　梁塵秘抄　閑吟集』『土佐日記　蜻蛉日記』『竹取物語　伊勢物語　大和物語　平中物語』『枕草子』『源氏物語』（小学館）によった。「新全集」と略称することがある。

宇津保物語……『うつほ物語　全』（室城秀之校注、おうふう）
今鏡……………『今鏡本文及び総索引』（榊原邦彦著、笠間書院）
養老令…………『律令』日本思想大系（岩波書店）
篆隷万象名義……『高山寺古辞書資料第一』（東京大学出版会）
類聚名義抄………『類聚名義抄』（正宗敦夫編纂校訂、風間書房）
論語……………『論語』新釈漢文大系（明治書院）
漢書……………『漢書補注』（王先謙撰、中華書局）
説苑……………『説苑一』（楊以瀅校、中華書局）
広韻……………『廣韻　宋版』（臨南寺学術研究資料集成）

・注釈書名を略称にて記した箇所がある。正式な名称を以下に示す。

『註釈』または『仙覚抄』…萬葉集註釈（仙覚）
『代匠記』……萬葉代匠記（契沖）
「初」は初稿本・「精」は精撰本
『童蒙抄』……萬葉集童蒙抄（荷田春満）
『考』…………萬葉考（賀茂真淵）
『略解』………萬葉集略解（橘千蔭）
『燈』…………萬葉集燈（富士谷御杖）
『攷證』………萬葉集攷證（岸本由豆流）
『古義』………萬葉集古義（鹿持雅澄）
『桧嬬手』……萬葉集桧嬬手（橘守部）
『野雁新考』…萬葉集新考（安藤野雁）
『註疏』………萬葉集註疏（近藤芳樹）
『美夫君志』…萬葉集美夫君志（木村正辞）
『井上新考』…萬葉集新考（井上通泰）
『講義』………萬葉集講義（山田孝雄）
『鴻巣全釈』…萬葉集全釋（鴻巣盛広）

『総釈』……萬葉集總釋（篠田隆治編）
『金子評釈』…萬葉集評釋（金子元臣）
『秀歌』……萬葉秀歌（斎藤茂吉）
『武田全註釈』…萬葉集全註釋（武田祐吉）
『窪田評釈』…萬葉集評釋（窪田空穂）
『佐佐木評釈』…評釋萬葉集（佐佐木信綱）
『私注』……萬葉集私注（土屋文明）
『大系』……日本古典文学大系『萬葉集』（岩波書店）
『澤瀉注釈』…萬葉集注釋（澤瀉久孝）
『全集』……日本古典文学全集『萬葉集』（小学館）
『全注』……萬葉集全注（有斐閣）
『釈注』……萬葉集釋注（伊藤博）
『多田全解』…万葉集全解（多田一臣）
『全歌講義』…萬葉集全歌講義（阿蘇瑞枝）

はじめに

万葉集は読めるか

和歌は人の心を映す鏡だといわれる。解釈には意図せずとも読み手の立場や心情が反映するという意である。そうした「私の読み」から離れて、研究として万葉歌を読むことは果たして可能なのか。可能であるとすれば、「私」以外のどこに読むための立ち位置を定めることができるだろうか。

右の問題は、広く文学作品全般に通じるものだが、万葉集の場合は、他の言語を表示するための文字である漢字によって記された和歌集であり、文字と音韻とが一対一で対応しておらず、かつ作者と筆録者が同一とは限らないという点において、漢字の向こうにあったはずの作者の作った和歌に接近することがまず技術的に難しい。

万葉歌の多くは、漢字仮名交り表記を用いて記されている。仮名といっても平仮名はまだ誕生しておらず、現代日本語表記で平仮名を用いる部分には音を表す漢字（いわゆる万葉仮名）が用いてあるのだが、例えば、持統天皇御製として百人一首に残る、

春過ぎて夏来にけらし白妙の衣乾すてふ天の香具山

という歌は、万葉集では、

春過而　夏来良之　白妙能　衣乾有　天之香来山　（①28、持統天皇）

と記されており、傍線で示したような意味内容を表す箇所は、現在私たちが用いている表記の漢字部分とほぼ一致する。こうした書き方によれば、漢字が主要な内容を直接指示するため、一見しただけで大意が取れるというメリットがある。ただし、当時の漢語の意味が、現在通用のものと異なる場合はそうはいかない。具体的に見たい。

尋常《よのつねに》　聞者苦寸《きけばくるしき》　喚子鳥《よぶこどり》　音奈都炊《こゑなつかしき》　時庭成奴《ときにはなりぬ》　（⑧春雑歌1447、大伴坂上郎女）

右の歌は、「いつもなら聞けば苦しい呼子鳥も声の懐かしい時節にはなった」（新編日本古典文学全集『萬葉集②』小学館）のごとく、初句「尋常《よのつねに》」が「普通、いつも」の意を表す語と理解されている。現代日本語の感覚からすれば、第一句「尋常」が「普通、いつも」の意であるのはごく自然に感じられる。

ところが、山崎福之「「尋常」考――漢語考証の試み――」[1]によると、万葉集における漢籍受容の基本となっている漢魏六朝から初唐期までの詩賦には、「尋常」の語は「小さいこと、取るに足らぬこと」の意で用いられており、「普通、いつも」の意を表す例は見出し難いという。これをふまえれば、一首は、「わずかにでも聞くとつらい呼子鳥だが、それが懐かしくなる季節になった」の意となり、「尋常」は、「よのつねに」というよりは、「はつはつに」「はつかにも」と訓むべき語ということになる。その瞬間、これまで漢字の向こうに透けて見えていたはずの三十一文字はたちまちに姿を消す。

このように考えてみると、書かれた歌は書記者の示すやまとうたから漢語への翻案に過ぎないことに気づく。漢字で書かれた歌に向うしかない我々は、書記者の解釈に迫ることはできても、作者の表現にまでは近づき得ない。

万葉歌を解釈する上でもう一つ問題となることがある。先の歌を例に取ろう。第二句には、「聞けば苦しき」とあるが、その苦しみは何に由来するのか。他の万葉歌を見ると、「喚子鳥」を詠む九首のうちには、

我が背子を莫越の山の喚子鳥君呼び返せ夜のふけぬとに（⑩1822）

のごとく、恋人を呼び返すことを願う歌や、

神奈備の磐瀬の社の喚子鳥いたくな鳴きそ我が恋増さる（⑧1419、鏡王女）

のごとく、鳴き声が恋心を増幅させると嘆く歌がある。そこから類推すると、先の歌の第二句「聞けば苦しき」とは、後撰和歌集に見える「ひとりのみ恋ふれば苦し喚子鳥……」（恋二・よみ人しらず）に通じるような、恋の苦しみを詠ったものとも言えそうである。(2)

けれども、先の歌は春雑歌のうちにあり、また、前後の歌とは異なって、左注に日付が示されている（「右一首天平四年三月一日佐保宅作」）。これをふまえれば、一首が第五句「時にはなりぬ」を叙述の中心とした季節歌であることは動かず、冒頭三句に恋の苦しみを見る余地はない。このように考えると、歌を配し、左注を付した（あるいは、付したまま載せた）編者という視点を抜きにしては、一首の歌意に迫るのもまた容易でないことに気づく。

つまるところ、万葉歌は、題詞、左注、部立てなどをひっくるめてそこにあるものとして読むしかない。けれども、万葉集には、廣岡義隆が指摘するように、(3)同じ巻であっても「右一首長門守巨曽倍對馬朝臣」（⑥1024、左注）や「右一首長門守巨曽倍朝臣津嶋」（⑥1576、左注）のごとく作者表記に揺れが見えるなど、複数の資料がもとの形態のまま取り込まれた形跡があり、加えて、伊藤博が「一朝にして成った歌集ではなく、長い時間のもと、多数の編者たちの手を経て形成された、巨大な増築家屋のごとき歌集である」というごとく、(4)段階的な

編纂を経て今の形に至ったと考えられる。かかる編纂論の成果をふまえれば、書記者あるいは編者という視座は、部分を見るには有効であっても、全体を見渡す場合に適切とは言い難い。そもそも一人の書記者や編者という想定自体が成り立たないのである。

作者の表現には近づき得ず、書記者、編者が部分によってまちまちであったとすると、どのような視点から、万葉集全体を見渡すことができるだろうか。やはり我々は今ある万葉集を今いる地点から眺める他ないのだろうか。

なぜ「大伴家持」か

全体を読むための視座として、書記者や編者という立ち位置が有効でないとすれば、遡り得る上限は、そこからもう一段下がった読者ということになる。すなわち、万葉集に最も近接した読みとは、万葉集成立当時の読者が読んだままに歌を読むことに他ならない。こうした私見に対しては、神野志隆光「「歌」の世界をあらしめる『万葉集』」に、

新沢は、「当時の『万葉集』として、「編者が見た万葉集がどのようなものであり、そのテキストのなかで歌は当時の読者にどのようによまれたのかを問うことが、万葉集を読むことであると私は考えるのである」といいます。しかし、『当時』をいったいどこでとらえうるのか。……作品理解は、その異なったものが全体として『万葉集』だった（中略）ということにまずたたねばなりません。それがないまま、「編者」とか「当時」とかいっても意味がありません。

との批判がある。(5)確かに、当時の読者という概念は漠然としており、その存在すら不確かなようだが、ただ一人、万葉集を読んだといえる人物がいる。大伴家持である。

万葉集は成立事情を知らせる序を持たないが、巻十七以降の四巻は家持関係の歌が大部分を占めており、巻十九の跋文はその巻が家持の手により成ったことを告げる。最終的な編纂に家持が関わっていることは間違いないだろう。家持は、歌人であり、編者であり、読者である。

身﨑壽『人麻呂の方法 時間・空間・「語り手」』(6)は、方法論を論じる中で、私たちが同一署名作品群に一貫した表現意識の展開を発見した際に作品の背後にうかびあがってくる表現の主体〈作家〉と生身の作者たる作家とを区別する必要を説いた。その中で大伴家持について、

> 柿本人麻呂という万葉歌人などもその〈作家〉の、引用者）典型だといってよい。むろん、たとえば大伴家持などのばあい、一方で史書にその存在が確認できるわけだが、『続日本紀』などに登場する「大伴家持」と、万葉歌人「大伴家持」とは、官位・閲歴等の一致においてわずかにつながるだけで、歴史史料自体がその「大伴家持」を歌人として認定するわけではないから、基本的には人麻呂も家持も同様に〈作家〉としてとらえておいてよいとおもわれる。

と述べている。

確かに、柿本人麻呂のような万葉集の中にその名をとどめるのみである歌人は、万葉集に残る作品の題詞・左注を含めた表現を通してしか像を結ばず、その作品が、編者によって選択され配列されたものだとすれば、その存在は編者というフィルターを通して歌集上に映し出された存在に過ぎないということになる。しかし、家持については、その閲歴を史書にとどめるという点ではなく、編者（すなわち万葉集の一人目の享受者であり、読者）である

という点において、他の万葉歌人とは異なるのでないか。もちろん歌人家持も厳密な意味では歌集に映し出された存在に過ぎないのであり、この点には注意を払う必要がある。(7)鉄野昌弘『大伴家持「歌日誌」論考』や山﨑健司『大伴家持の歌群と編纂』が「歌日誌」と呼ばれる万葉集末四巻に論点を絞ったのも、この部分に関しては万葉歌の作者としての家持と編者としての家持との近接が見込めるからであろう。(8)それを巻十六以前の巻に敷衍し得るかどうかは不確かだが、家持が最終的な編者である可能性が想定できるとすれば、家持自身が万葉集中の家持作歌の読者であったという点において、すなわち、歌人家持の映写と試写に関わった人物として、他の歌人とは区別して捉えてよいように思われる。もちろん、無前提に家持を最終的な編者とするわけではない。ただ、後に考察するように、人麻呂作歌の異伝中の表現が家持作歌に共通したり（第三部第一章）、巻一・七九〜八〇番歌の左注の書式が巻十九に共通したりする（第三部第二章）という事実は確かに存し、家持の編集への関与を示唆するように見える。

家持が最終的な編纂に関与したとするならば、額田王、柿本人麻呂、山上憶良といった歌人の歌が当時の読者にどのように読まれたかという問題を解く鍵は、家持がどのようにそうした先行歌を享受したかという点にあると考えられる。それには、家持作歌において他の万葉歌人の表現がどのように用いられているかという表現上の問題と、家持の編集の痕跡が認められる箇所についてどのような編集の特徴が見出せるかという編纂上の問題を、個別に分析することで近づくことができるのではないか。

右のうち、とくに表現分析に関しては、これまで多くの研究者が採用してきたごく一般的な方法である。ただし、こうしたアプローチは、右に述べた理由、すなわち万葉集に目を通したことを前提し得る万葉歌人は大伴家持のみであるという点において、おそらく大伴家持にしか有効でない。これが、本書が大伴家持を対象とする理由である。

歌を「読む」方法について

歌を読むということについて、本書で採用したような、万葉集やそれ以外の同時代文献から用例を引いてくるような方法に対して、用例主義との批判を見ることがある。しかし、方法としては至当であるように思う。昭和の歌謡において「上野駅」が指示する内容は、その位置を比定するだけでは見えてこない。また、「夢の国」という語句は、ここ二十年ほどはもっぱら関東のあるテーマパークを指す語として使われている。同時期の歌や文献において、どのような言葉と共に用いられ、何を主題とする歌に詠われたかを見ることによって、ようやく、当時その語が持っていたイメージを復元し、その指示内容を捉えることができると考えられる。

万葉集に話を戻せば、家持に代表される当時の読者が、ある歌をどのように読んだかは、題詞や左注を含む歌の表現が、当時どのような意味内容を指示するものとして用いられたかを探ることによってしか見えてこない。読者の一人に家持を仮定し得るならば、受容の明らかな漢籍に使用の見える語や史書に残る記事などをふまえて、あるいは家持自身の作歌の表現をふまえて、語や表現の持つ広い意味での指示内容を明らかにする方法が、方法として無効とは言えないはずである。

当時の読者を想定したとしても、それを通して最終的に歌を読むのは我々であるに違いない。同時代用例とそれに支えられた訓詁・注釈は、我々が、当時の読者が見たままに万葉集を見るために必要な遠眼鏡である。

八世紀の万葉集に近づくために

万葉歌の作歌年代には一三〇年ほどの開きがある。その期間には、律令国家体制の確立と官道の整備、文書主義の確立、都城の成立、大陸からの人の流入など、社会的状況が著しく変化した。当然、言語もその影響を蒙ったであろうし、実際に万葉歌を見ると、時代によって表現の用法に変化が見られる場合がある。家持作歌を読むことが先の見方によって比較的容易であったとしても、家持と同時代といえない歌人の歌はどのように読めるか。

梶川信行が初期万葉について、七世紀のヤマトウタの世界の実態ではなく、八世紀における『万葉集』編者の価値観と歴史認識に基づいて創られた世界であるとの認識を示しているが、(9) そうした問題は、初期万葉に限らず、柿本人麻呂や山部赤人らにも共通する。ただし、先に述べたように、万葉集には原資料の形態をとどめたまま収載されたと考えられる部分があり、編者という切り口は、部分的にしか通用しない。本書第三部が、巻一の巻末と巻六の後半のみしか扱えなかったのは、そうした理由による。しかし仮に、家持が万葉集の最終的な編纂に関わったことを前提とし得るならば、家持はそれらの歌を読んだはずであり、家持作歌が先行万葉歌人の歌をどのように取り込んでいるかという視点を併用することで、八世紀の読者が万葉集をどう読んだかという問題に置き換えて、八世紀の万葉集に迫れるのではないかと考えた。その結果、本書は、いわゆる表現論（第一部、第二部）と編纂論（第三部）とを合わせたような体裁となっている。

万葉集のいくつかの表現を追ってみると、古い表現や形式が家持のもとに集まっているように見える（第一部、第二部）。もちろん、我々の目にそう見えるだけで、もしかすると実際の和歌世界において家持は傍流であった、ということがあるかもしれない。実際どうであったかということでなく、編者の打った流れを示すいくつかの杭は和歌の流れの中心が家持に通じるように見せるし、当時の読者もまたその杭を頼りにそこに流れがあるものと見て万葉歌を読み、それを自分たち以前の古代和歌史として受け止めたのではないか。先に述べたように、家持は、杭を打った編者であり、その流れを見た読者であるという点において重なり、その痕跡は、家持作歌の表現に残る。表題「万葉歌に映る古代和歌史」とは、そうした意味を込めて付けた名である。

仮名万葉の価値

蛇足にも見える第四部「平安期の万葉集」についてふれておきたい。これまで、当時の読者という語句を度々用いてきたが、現存の写本から推定できるのは天暦五年（九五一）に村上天皇の宣旨を受けて訓まれた天暦古点本までであり、成立当時の万葉集がどのような姿であったのかはわかっていない。新出資料の望めないいま、成立時の万葉集と現存諸本をつなぐ資料として、仮名万葉活用の可能性について言及したものである。[(10)] 大伴家持をテーマとする本書の趣旨からは多少外れるが、今ある万葉集を読むというのではなく、成立当時の万葉集を当時の読者がどう読んだかということを問題とするという本書の立場を明らかにするものとして収載することにした。

注

（1）山崎福之「「尋常」考――漢語考証の試み――」（『萬葉』第二〇〇号、二〇〇八年三月）。

（2）他に、「声聞けば恋のまさるに人憎く来つつのみ鳴く喚子鳥かな」（躬恒集〈西本願寺本三十六人集〉・318）など、呼子鳥に寄せて恋のつらさを詠った歌がある。

（3）廣岡義隆「『萬葉集』巻第六の成立について」（『萬葉集研究』第二三集、一九九九年、塙書房）。
（4）伊藤博『萬葉集釋注　十一別巻』（一九九九年、集英社）。
（5）神野志隆光「「歌」の世界をあらしめる『万葉集』」（『上代文学』第一一四号、二〇一五年四月）。
（6）身﨑壽『人麻呂の方法　時間・空間・「語り手」』（二〇〇五年、北海道大学図書刊行会）序章（一四頁）。近時盛んとなっている方法論に関する議論のきっかけとなった書である。
（7）西澤一光「解釈学の視点から見た『万葉集』の組織」（『上代文学』第一一四号、二〇一五年四月）が「「編集される家持」と「編集する家持」の両方を見てかかる必要がある」というところの問題である。なお、テキストと「読み手」の問題については、同「古代テキストの対話ということをめぐって」（『国語と国文学』第九三巻一一号、二〇一六年一一月）に詳しい。
（8）鉄野昌弘『大伴家持「歌日誌」論考』（二〇〇七年、塙書房）、山﨑健司『大伴家持の歌群と編纂』（二〇一〇年、塙書房）。
（9）梶川信行「八世紀の《初期万葉》」（『上代文学』第八〇号、一九九八年四月）、同『初期万葉論』緒言「初期万葉論の未来へ」（二〇〇七年、笠間書院）。
（10）仮名万葉の校勘資料としての価値については、池原陽斉『萬葉集訓読の資料と方法』（二〇一六年、笠間書院）に詳しい。また、拙稿「本文批評における仮名万葉の価値」『萬葉写本学入門　上代文学研究法セミナー』（二〇一六年、笠間書院）にも記したことがある。

第一部　呼びかけ表現をめぐって

第一章　古代和歌における呼びかけ表現

希望表現「な」「ね」「なむ」

上代文献には、動詞に「な」「ね」「なむ」が接して希望を表す表現形式が確認できる。そのうち、「なむ」は平安期以降も用いられるが、「な」と「ね」は、中古以降の文献には現れない、いわゆる上代語であり、「な」が主として話し手自身の行動・状態に関する希望（願望）を表すのに対して、「ね」は、他者の行動に関する希望（希求）を表すという点で両者は区別される。(1)

これら三つの助辞について、後藤和彦は、「な」「ね」が実現可能な希望を表すのに対して、「なむ」は実現度の低い希望を表すとその働きを定義した。(2)以来、同じ希求を表す「ね」と「なむ」との区別はもっぱら実現可能性の違いにあると考えられている。(3)

けれども、実際に万葉集の「ね」「なむ」の用例を検証してみると、必ずしも「ね」が実現可能な希求を表し、「なむ」が実現度の低い希求を表すわけではないことがわかる。

例えば、池の水に対して「心示さね」と、実現不可能な内容の実現を希求する次のような歌が存するし、

にほ鳥の潜く池水心あらば君に我が恋ふる心示さね　（④725、大伴坂上郎女）

次の歌などもまた、君主に七代仕えることを希求するものであり、その希求内容が実現可能であるとは到底言えそうにない。

古に君の三代経て仕へけり我が大主は七代申さね　（⑲4256、大伴家持）

反対に、「なむ」に関しては、実現不可能とは言えない内容を希求する以下のような例が確認できる。

ほととぎすなほも鳴かなむ本つ人かけつつもとな我を音し泣くも　（⑳4437、元正天皇）

うちなびく春とも著くうぐひすは植ゑ木の木間を鳴き渡らなむ　（⑳4495、大伴家持）

このように、実現可能な希求は「ね」によって表され、実現不可能な希求は「なむ」によって表されるという、後藤論文の示した傾向は大まかには認められるものの、その点に表現形式の区別を求めるには、当てはまらない例が多すぎる。何より、これらの語の区別が希望内容の実現可能性にあったとすると、平安時代以降、実現可能な希望が表出される機会がなくなったわけではないのに、「な」「ね」が和歌世界から姿を消す理由が説明できない。「な」「ね」と「なむ」との区別は、果たして希望内容の実現可能性という点にあるのだろうか。本章では、「な」「ね」と「なむ」との文法的働きの違いを、歌の性質、当該表現の現れる位置、希求対象の提示の仕方の三点に注目することで、明らかにしたい。

歌謡・東歌・旋頭歌と「ね」

まずは、同じ希求を表す「ね」と「なむ」について、出現傾向の違いを整理してみよう。

希求を示す「ね」は万葉集中に七八例確認できる。それに対し、「なむ」は二〇例と、[4]「ね」の四分の一ほどしか出現しない。記紀歌謡においても、「ね」を用いた例が九例（『記』七例『紀』七例：重複五例）存するのに対して、「なむ」は一例も確認できない。

このように、上代文献中の歌や歌謡において、「ね」は「なむ」に比して目立って多く用いられている。けれども、十世紀初頭に成立した古今和歌集には、「ね」は一例も見えず、「なむ」は三三例と用例数が逆転する。

	記紀歌謡	万葉集	古今集
ね	九例※	七八例	／
なむ	／	二〇例	三三例

※古事記・日本書紀歌謡に各七例、うち重複五例。

右の表は、記紀歌謡・万葉集・古今集における「ね」と「なむ」用例の出現傾向を示したものである。この表を見てまず考えられるのが、「ね」が「なむ」より古い表現形式であり、時代が下るに従って希求表現の中心が「ね」から「なむ」に移行したのではないかということである。実際に「ね」は、万葉歌のうちでも、万葉四期区分の第二期までの歌（平城遷都〈七一〇年〉以前の歌）[5]に比較的多く用いられている。具体的には、「ね」を用いた時代判明歌二八首の中、一一例が四期区分の第二期までの例に相当する。次にそのうちの二例を引用する。

籠もよ　み籠持ち　ふくしもよ　みふくし持ち　この岡に　菜摘ます児　家告らせ　名告らさね……（①1、雄略天皇）

我が背子は仮廬作らす草なくは小松が下の草を刈らさね（①11、中皇命）

ただし、「ね」は、古い歌ばかりに見られるわけでなく、奈良朝以降の、比較的新しい歌にも使用されている。「ね」と「なむ」が長期にわたって併存しているという事実は、「なむ」が「ね」に取って代わったのでなく、両表現形式の文法的機能がもともと異なっていた可能性を示唆する。二つの形式は万葉の時代には併存していたが、その後、何らかの理由で、「ね」のみが和歌世界から姿を消したと考えるのが妥当である。

事実、「ね」と「なむ」の出現傾向の差は、詠まれた歌の時代よりも、むしろ詠まれた歌の性質に顕著に現れる。例えば、「ね」が巻十四の東歌、巻二十の防人歌にそれぞれ一五例、七例とまとまって現れるのに対して、「なむ」は、防人歌には見えず、東歌に一例存するのみである。かかる「ね」の出現傾向は、希求表現「ね」と東国の人々の用いた言語表現との近さをうかがわせる。「ね」を含む東歌を見ると、生活に密着した表現が散見し、とりわけ、「寝を先立たね」（⑭3353）、「入り来て寝さね」（⑭3467）など性愛に関わって相手に誘いかけるような直截な内容が目立つ。東国の人々が実際に用いていたということでなく、当時、東国の人々の口吻を伝えるものとして「ね」の表現が捉えられ、東歌の表現として歌集に取り込まれた可能性を考えてよいだろう。

このように、東国の人々の生の口ぶりをそのまま書き留めた風の、歌謡に近い歌と、「ね」で表される希求表現との密接な関わりがうかがえるのだが、同様のことは旋頭歌の例からも確かめられる。

五七七／五七七の三八音節で構成される旋頭歌の中に「ね」が用いられた例は七例ある。次にそのうちの二例を挙げる。

新室の壁草刈りにいましたまはね草のごと寄り合ふ娘子は君がまにまに　（⑪２３５１、人麻呂歌集）

玉垂の小簾のすけきに入り通ひ来ねたらちねの母が問はさば風と申さむ　（⑪２３６４、古歌集）

ここにも、先の東歌と同様、希求表現の「ね」と、男女の性愛に関わるような、人々の生活に即した表現を見て取ることができる。

旋頭歌中の「ね」については、内容の他、その形式においても、ある特徴が看取される。旋頭歌に詠まれる場合、「ね」はすべて前半三句の末尾に現れるのである。右の二首を見ると、「ね」で括られる前半三句が、叙述主体が男に対して発した発話そのものの形式となっていることがわかる。このことは、「ね」が相手に直接呼びかけたり、問いかけたりする表現形式である可能性を示唆する。(6) 次の防人歌のように、出立の際に自分の無事の帰還を待つよう肉親に呼びかける内容の歌に「ね」が用いられることも、当該表現が相手に直接呼びかける形式であったことを示していよう。

国巡るあとりかまけり行き巡り帰り来までに斎ひて待たね　（⑳４３３９）

これまで短歌や旋頭歌に現れる「ね」について見てきたが、長歌中の「ね」についてはどうか。「ね」は長歌に一三例詠まれているが、その中には、各句音数が五音または七音を保っていない、口誦の口ぶりを色濃く残すものが複数見られる。

梯立の　熊来のやらに　新羅斧　落とし入れ　わし　あげてあげて　な泣かしそね　浮き出づるやと見む　わし　（⑯３８７８、能登国歌）

右歌一首伝云　或有愚人　斧堕海底而不解鉄沈無理浮水　聊作此歌口吟為喩也

右は、当時越中守であった大伴家持が収集したとされる能登国の歌謡である。五音・七音に整わない不定形式のみならず、歌の中に見える「わし」のような囃子詞、また左注の記述にも、歌謡的な性格が顕著である。

次の歌からも、対象に直接呼びかける「ね」の働きが確かめられる。

乞食者詠（二首）

いとこ 汝背の君 居り居りて 物にい行くとは 韓国の 虎といふ神を 生け取りに …… 鹿待つと 我が居る時に さ雄鹿の 来立ち嘆かく たちまちに 我は死ぬべし ……老いはてぬ 我が身一つに 七重花咲く 八重花咲くと 申しはやさね 申しはやさね （⑯3885）

山で鹿を射とめようとする「我」の前に「鹿」が現れ、殺される己の身上を語って嘆くという内容の一首である。叙述主体は、傍線部「鹿待つと我が居る時に」の句までは狩人たる「我」に設定されているのだが、続く「さ雄鹿の来立ち嘆かく」以後は鹿に代わり、鹿が自らの思いを叙述する形式へと移行していく。「鹿」の語りは、長歌末尾まで続き、その最後で繰り返されるのが、「申しはやさね」の句である。乞食者と呼ばれる芸能者が人々の前で披露したであろう歌の背景をふまえれば、「申しはやさね」の句は、「鹿」に扮した乞食者が観衆に呼びかける表現としてあったのだろうと想像できる。

「ね」が、東歌や防人歌に多く詠まれ、また旋頭歌の第三句や歌謡に現れやすいという如上の傾向は、表現の古さによるものではなく、相手に直接、呼びかけ希求する表現形式であるという、当該表現の性質によるものと理解できる。では、具体的には、どのような相手に呼びかける形式であったのだろうか。

右に引いた歌を見ると、「名告らさね」「いましたまはね」など、敬意を表す語に「ね」の接した例が目立つ(7)。用例数で言えば、「な～そ」に接する例を除いた四八例中、二四例が尊敬を表す語を伴う。中でも特に、軽い敬意や親しみの気持ちを添えるといわれる「す」に接する例が一四例と最も多い。このことは、「ね」で示される希求が、親しい相手に向けた発話の中で、相手に直接呼びかけ、依頼する形式であった可能性を示すものと考えられる(8)。

短歌における「ね」の位置

「ね」が旋頭歌においてすべて第三句に現れるという点については先にふれたとおりだが、同じことは短歌においても確かめられる。

万葉集において「ね」は短歌の中に三六例見られるのだが、それらが現れる句を整理してみると、第五句に現れる例が三八例と最も多く、全体の六六パーセントを占める。

	第一句	第二句	第三句	第四句	第五句
ね　五八例	〇例 0%	六例 10%	二例 3%	一二例 21%	三八例 66%
な　四八例	〇例 0%	一例 2%	四例 8%	一八例 38%	二五例 52%
なむ　一八例	〇例 0%	一〇例 56%	一例 6%	二例 11%	五例 28%

第四句に現れるのは一二例であるが、うち、第五句が倒置句となっているものが六例、呼格となっているものが二例ある。次にその例を挙げる。

〔第五句が倒置句の例〕

秋津野の尾花刈り添へ秋萩の花を葺かさね君が仮廬に　（⑩2292）

叔羅川瀬を尋ねつつ我が背子は鵜川立たさね心なぐさに　（⑲4190、家持）

〔第五句が呼格の例〕

庭に立つ麻手小衾今夜だに妻寄しこせね麻手小衾　（⑭3454、東歌）

奥山の八つ峰の椿つばらかに今日は暮らさねますらをの伴　（⑲4152、家持）

これらは実質的に、「ね」が歌の末尾に現れる例と同じと考えてよい。こうした用例を合わせると、短歌中の「ね」の約八〇パーセントが歌の末尾に現れるということになる。その一方で、「なむ」の半数以上（一八例中一〇例）は、次の歌のように短歌第二句に現れるのである。

黙もあらむ時も鳴かなむひぐらしの物思ふ時に鳴きつつもとな　（⑩1964）

第三句までに現れる「ね」の割合が一〇パーセントに満たないことを考慮すると、意味のある偏りと見てよいだろう。「ね」が、相手に直接呼びかけ希求する表現形式であったとすると、自ずと文末に現れやすくなる。「ね」の出現が短歌の末尾に偏るという傾向は、ごく自然な現象といえる。

希求対象の表示形式

「ね」と「なむ」には、もう一点、形式の上で大きな差異が認められる。希求される対象の表示の仕方が異なるのである。(9) 次の表は希求対象の表示の有無とその形式を整理したものである。

	対象の非表示	対象にあたる名詞のみ	対象にあたる名詞+助辞「は」「も」「の」		
			「は」	「も」	「の」
ね　五八例	二四例 41％	二七例 47％	七例 12％	〇例 0％	〇例 0％
なむ一九例	三例 16％	六例 32％	五例 26％	二例 10％	三例 16％

「なむ」の場合、次の例のごとく、希求の対象が助辞の「は」「も」などを伴って示される例が一〇例あり、用例の半分以上を占める。

我妹子は衣にあらなむ秋風の寒きこのころ下に着ましを　（⑩2260）

大船に梶しもあらなむ君なしに潜きせめやも波立たずとも　（⑦1254、古歌集）

一方、「ね」の場合は、助辞の「は」を伴う例が七例存するのみで、「も」「の」を伴う例はない。結果、希求対象を表す名詞に助辞の付く例は、全体の一二パーセントということになる。

春日野の芽子は散りなば朝東風の風にたぐひてここに散り来ね　（⑩2125）

反対に、「なむ」には少なく「ね」に多く見られるものとして、次の歌のごとく、歌の中に希求の対象自体を表示しない例を挙げることができる。「ね」用例のうち、二四例がそれに該当する。これは「ね」全体の四一パーセントにあたる数である。

万代にいましたまひて天の下奏したまはね朝廷去らずて　（⑤879、山上憶良）

こうした例、すなわち歌の中に希求の対象を示さない例は、対象が対面する聞き手として設定されていることを意味する。我々も対面する相手に「消しゴム貸して」と依頼する際、依頼する相手を文中に明示したりはしない。かかる傾向は、「ね」で表される希求が、対面を前提とするような場でこそ生きた表現であり、場面依存度の高い形式であったことを示していよう。

また、希求対象を表示する場合も、その多くが助辞を伴わず単独で提示されている（「山田さん、消しゴム貸して」の類）。数でいえば、二七例が該当する。次の歌の第三句「白つつじ」などはその例であるが、呼格と見なして差し支えないだろう。

栲領巾の鷺坂山の白つつじ我ににほはね妹に示さむ　（⑨1694、人麻呂歌集）

このように、「ね」の場合、対象を示さないかあるいは助辞を伴わず呼格として示される例が用例全体の九割近くを占めるのである。

相手に直接呼びかけ希求する表現であったとすれば、その内容は、自然と相手の応じられる範囲のものに限られてくる。これが「ね」によって表される希求内容が実現可能なものに偏る理由であろう。

「な」の呼びかけ性

では、「な」についてはどうか。

「な」は主として話し手の行動や状態に関わる希望、いわゆる願望を表す形式とされる。万葉集の他、続日本紀宣命や薬師寺蔵の仏足跡歌碑に刻まれた歌（以下、「仏足石歌」と呼ぶ）にも「な」の使用が確認できる。

……是以教賜〔比〕趣賜〔比奈何良〕受被賜持〔弖〕不忘不失可有〔伎〕表〔等之弖〕一二人〔乎〕治賜〔波奈止那毛〕

所思行〈須等〉……　〈第一〇詔〈天平十五年五月〉元正太上天皇〉

此の御足跡や　萬光を　放ち出だし　諸諸救ひ　度したまはな　済ひたまはな　（仏足石歌・四）

右のうち、第二例の仏足石歌において、「な」は、話し手以外の他者が主体である動詞（「度したまふ」・「済ひたまふ」）に接して希求を表す珍しい例である。願望表現である「な」が、他者の行動実現に関する希望を表すのは異例であり、動作の主体が神・仏・天皇といった超人間的存在である場合に限られるという。[10]もともと願望・希求を広く表すことがあった「な」から後に希求専用形式として「ね」が派生したと見る説もあるが、[11]万葉集を見る限り、「な」は願望を「ね」は希求を表すという点で截然と区別されており、「ね」の発生が後れるとは認めがたい。「な」と「ね」とは、「願望」と「希求」というように表す内容を異にする一方で、各巻への分布状況[12]や詠まれる歌の性質という点において、極めて近い傾向を示す。両者が極めて近い性質を持つことは、濱田敦「上代に於ける願望表現について」[13]が、万葉集の冒頭歌に「此の岳に　菜採ます児　家聞かな　告らさね」のごとく両語が対で用いられていることを根拠として論じるとおりであるが、そうした両者の関係は、次に挙げる崇神紀八年の歌謡にも見ることができる。[14]

冬十二月の丙申の朔にして乙卯に、天皇、大田田根子を以ちて大神を祭らしめたまふ。是の日に、活日自ら神酒を挙げ、天皇に献る。仍りて歌して曰はく、

此の御酒は　我が御酒ならず　倭成す　大物主の　醸みし神酒　幾久　幾久　〔紀歌謡一五〕

といふ。如此歌して神宮に宴す。即ち宴竟りて、諸大夫等、歌して曰はく、

味酒　三輪の殿の　朝戸にも　出でて行かな〈伊弟氏由介那〉三輪の殿門を　〔紀歌謡一六〕

といふ。茲に天皇歌して曰はく、

味酒　三輪の殿の　朝戸にも　押し開かね（於辞寐羅箇祢）三輪の殿門を
とのたまふ。即ち神宮の門を開きて幸行す。（下略）
［紀歌謡一七］
（日本書紀巻第五　崇神天皇八年条）

紀歌謡一六で、諸大夫が、「な」を用いて主催者たる天皇に対して退出の意志を伝えたのに対して、一七では天皇が「ね」を用いて応じており、「な」と「ね」は、呼びかけ表現として対応しているように見える。また、万葉集の短歌において「な」の現れる位置についても、先の表に示したとおり、全四八例のうち二五例が第五句に、一八例が第四句にと、「ね」と同様に九〇パーセントが歌の末尾に集中して現れる。

これをふまえると、「な」は「ね」と同様に、対面を前提とした呼びかけ性を有する表現形式であったと推察される。ただ、「な」によって表されるのは主として話し手自身の状態に関わる希望（いわゆる「願望」）である。自分がこうしたい、こうなりたいと願う内容を口頭で伝達する専用の形式が存在すること自体、現代語に親しんだ私たちには想像しにくい。「な」で表される叙述主体自身の行動や状態に関する希望とは一体どのような性質のものであったのか。「な」によって示される願望の内実については、第四章で詳しく論じることにしたい。

「な」「ね」消滅の理由

「な」「ね」は対面を前提として相手に直接呼びかける形式の希望表現であった。そのため希望内容は実現可能なものに偏ることとなる。「な」「ね」の希望内容が実現可能性の高いものに偏るという傾向は、両形式が呼びかける際に用いられる文法形式であることの結果に過ぎない。

平安期以降の和歌においては、希求を表す「なむ」が盛んに用いられる一方で、「な」「ね」は姿を消す。旋頭歌や防人歌など、対話に近い形式において生きた表現が、叙述主体の心情を三十一文字の中で完結的に述べる抒情歌中心の和歌世界に活躍の場を見出せなかったであろうことは想像に難くない。

次章以下、これらの表現の変遷を辿ることによって、表現形式が変化する起因となった古代和歌のあり方の変化を照らし返してみたい。

注

（1）濱田敦「上代に於ける希求表現について」（『国語国文』一七巻一号、一九四八年二月、同『国語史の諸問題』和泉書院に所収）の定義に従い、話者自身の動作状態の成就を願う希望表現を「願望」、他者の動作状態に対する話者の希望表現を「希求」と呼ぶ。なお、小田勝『実例詳解 古典文法総覧』（二〇一五年、和泉書院）は、「望んでいる主体と望まれている事態の動作主が一致」するのを「願望」、「一致していない、すなわち他者にある事態の実現を望むのを「希求」としている。

（2）後藤和彦「未然形承接の終助詞「な・なも・ね」」（フェリス女学院大学『玉藻』二号、一九六七年三月）。

（3）『時代別国語大辞典上代編』（一九八七年、三省堂）に、「ナム・ナモが……主として三人称的なものに対する状態・行動の実現を希望し、かつその大抵が実現不可能と知りつつあえて希望し、……対して、このネは二人称的な他者の行動の実現を希望し、しかも、その実現性がかなり濃い点、命令により近いということができる。」（見出し語「ね」の【考】）とある他、山口佳紀「希望表現形式の成立」（『古代日本語文法の成立の研究』第六節、一九八五年、有精堂）にも、「…ナ・ニ（ニモ）・ネは、実現を可能視する現実的希求であるのに対して、ナムは、眼前の事態を動かしがたいものとして捉える非現実的希求であるから、……」とある。この他、「ね」との対立を扱うものではないが、「なむ」で表される願望の実現可能性の低さを論じたものに木下正俊「終助詞『なむ』の反事実性」（『国文学』第五〇号、関西大学国文学会、一九七四年六月）がある。

（4）助辞「なも」（万葉集に二例存す）を「なむ」と同語と捉える説があるが、本稿では別に扱い、数に含めなかった。

また、巻五・八〇一番歌「業をしまさに」は「ね」の転であろうと言われるが、これも「ね」の用例には入れていない。

（5）以下、万葉集中の時代区分は、澤瀉久孝・森本治吉著『作者類別年代順萬葉集』による四期区分（第一期～壬申の乱平定〈六七二〉・第二期～平城遷都〈七一〇〉・第三期～天平五年〈七三三〉・第四期～天平宝字三年〈七五九〉）に従う。

（6）脇山七郎「萬葉集の旋頭歌」（『萬葉集大成』第七巻〈様式研究篇〉、一九五四年、平凡社）は、万葉集の旋頭歌六二首を「問答歌形式」「呼びかけ形式」「呼びかけ形式の変形」「繰返し形式」「その他」に五分類した。「呼びかけ形式」とは「問答歌形式」からの派生であり九首がそれにあたるとする。その起源を辿ることはできないが、かかる様式のあり方から、旋頭歌は口誦性に関わる形式として認識されていたと見てよいだろう。

（7）青野順也「終助詞「な・ね」と希望表現」（『國學院雜誌』第一〇八巻第一〇号、二〇〇七年一〇月）に、「ね」の上接語には「告らさね」のごとくス語尾が目立つとの指摘がある。

（8）巻十七には「思放逸鷹、夢見感悦作歌一首」（⑰4011、家持）と題された、次のような歌がある。

……ねもころに な恋ひそよとそ（奈孤悲曽余等曽）いまに告げつる

「な～そ」には「ね」が下接することが多いが、ここでは「な～そよ」となっている。この例は「ね」が「よ」に近い性質、すなわち呼びかけ性を有した表現であることを証していよう。

（9）この点については、早く濱田前掲（注1）論文に、「『ね』を用ゐた歌に於いて主語と見るべき語が殆んど現れてゐない」こと「それと覚しきものも多くはむしろ呼格と考ふべきもので、格助詞を伴つてゐない」ことをふまえ、「ね」を「も…ぬか」「もが」「なむ」三者に対立して、直接相手に対して自己の意志の実現を迫り、最も命令表現に近いと考えられるとの言及がある。「も…ぬか」「もが」「なむ」「ね」を比較して、詠嘆に近いか命令に近いかを考察する文脈での発言であり、「ね」のみを他とは異なる呼びかけの表現形式と見る本稿の立場とは異なるが、結論に重なる部分がある。

（10）叙述主体以外を主語とする語に下接する「な」として他に、

道の中国つ御神は旅行きもし知らぬ君を恵みたまはな（⑰3930、大伴坂上郎女）

道にあふや 尾代の子 天にこそ 聞えずあらめ 国には 聞えてな（紀歌謡八二）

がある。『時代別国語大辞典 上代編』（一九八七年、三省堂）見出し語「な」（助詞）の【考】は、「b（他の行動の実現を希望する。いわゆる誂え。引用者補）の三例は、その他者が、神・仏・天皇などの超人間的性格に限られ、かつ、いずれもタマフに下接するなど、あたかもムにおいて、ときに勧誘ともいうべき婉曲な命令を表すことがあるのにも似て、必ずしも純粋な意味で他の行動の実現希望ともいいきれない面がある。」とし、また、土橋寛『古代歌謡全注釈 日本書紀編』（一九七六年、角川書店）紀歌謡八二「考説」は、「第三者の行為とか自然現象など、話し手や聞き手の意志では左右できないものの実現を願う意を表わすのにも、ナが用いられる」とする。第一部第四章で「な」が本来、集団に共通の願望を表出する際に用いられる形式であったことにふれるが、そのような願望の対象をあえて想定するならば、右の大伴坂上郎女作歌でいう「国つ御神」や、本文中に挙げた仏足石歌の「萬光」（「佛足の放光」を指す〈廣岡義隆『佛足石記佛足跡歌碑歌研究』二〇一五年、和泉書院〉）のごとき超人間的な存在ということになろう。「願望」と「希求」という枠組みに収まりきらない神仏に対する希求でありかつ願望であるような、口誦の歌の世界特有の希望表現のあり様を見ることができる。

（11） 山口佳紀『古代日本語文法の成立の研究』（前掲注3）、青野順也「終助詞「な・ね」と希望表現」（前掲注7）は「な」に希求を表す例が存することから、「な」の確立が「ね」に先立ち、「ね」は希求専用の表示形式としてそこから分化したものと見るが、紀歌謡一六・一七の贈答に「な」と「ね」が対表現として用いられていることなどを考慮すると、そのようには考えにくい。「たまはな」をどう捉えるべきかについては、第一部第四章で詳しく述べる。

（12） 「な」は巻十（9例）・二十（7例）・九・十七（各5例）・五・十四（各4例）に、「ね」は巻十四（15例）・十八・二十（各9例）・九・十（各6例）に多く現れる。両者共通して現れる巻に傍線を付した。

（13） 濱田敦「上代に於ける願望表現について」（『国語と国文学』二五巻二号、一九四八年二月、同『国語史の諸問題』和泉書院に所収）。

（14） 土橋寛『古代歌謡全注釈 日本書紀編』（前掲注10）に、「ネは、相手の行為を表わす動詞に添えて、誂える意を表わす助詞。自分の行為について願望を表わすナに対応する。この歌では前の歌の「出でて行かな」と「押し開かね」が対応して、問答関係をなしている。」（紀歌謡一七「語釈」）とある。

第二章　呼びかけの「ね」の形式化と歌の場

「ね」の表現形式化

「ね」が対象との対面を前提とする希求表現形式であり、短歌においては、次の例①や②のように、第四句・第五句といった歌の末尾に現れやすいことは、前章で確認したとおりである。

①丹生の川瀬は渡らずてゆくゆくと恋痛し我が背いで通ひ来ね　（②130、長皇子）

②とぐら立て飼ひし雁の子巣立ちなば真弓の岡に飛び帰り来ね　（②182、日並皇子舎人）

右の二首を現代語に直すと、①は「丹生の川の瀬は渡らずにゆっくりと通って来てちょうだい、私の恋焦れる人よ。」、②は「とぐらを立てて飼っていた雁の子よ、巣立ったらこの真弓の岡に飛び帰って来ておくれ。」となり、一首全体が「我が背」や「雁の子」などの対象に向けた発話そのものの体裁であることがわかる。「ね」が、呼びかけの希求表現であったとすれば、歌の末尾に「ね」が現れ、一首がまるごと対象に向けての発話を成すような例が多くなるのは自然といえる。ところが、その一方で、数としては少ないものの、「ね」で終らずに、下に叙述主体自身の心情を表す「○○む」という句の続く、次の③から⑥のような例が存する。

③栲領巾の鷺坂山の白つつじ我ににほはね妹に示さむ　（⑨1694、人麻呂歌集）

④高円の野辺の秋萩な散りそね君が形見に見つつ偲はむ　（②233、笠金村歌集　或本歌）

⑤玉かづら幸くいまさね山菅の思ひ乱れて恋ひつつ待たむ　（⑫3204）

⑥我が背子しけだし罷らば白たへの袖を振らさね見つつ偲はむ　（⑮3725、狭野弟上娘子）

これら「～ね○○む」の形式の歌と、先に挙げた①や②のごとき「～ね」の形式の歌とでは、同じ形式を用いてはいても、一首の中で「ね」の果たす役割が大きく異なる。このことは歌を口語に直してみるとわかりやすい。例えば③の歌を解釈する際、「白つつじよ染まりなさい。ソウスレバ、ワタシハ（オマエヲ）妹に示そう。」というように、間に「ソウスレバ、ワタシハ」を補うと「ね」を挟んだ前後の句の関係が明らかになる。このことは、歌の主題が「ね」に続く主体の心情叙述部分にあり、「ね」までの句はそれに対する仮定条件を表すものに過ぎないことを示している。つまり、例③から⑥の「ね」は、例①・②の「ね」の句のように実際の呼びかけとしては機能しておらず、後節に対して仮定条件を提示する「形式的な呼びかけ」というべきものといえる。④の歌は、「秋萩よ散ってくれるな。ソウスレバ、ワタシハ（オマエヲ）恋人の形見として見つつ偲ぼう。」の意である。ここでもやはり第三句「な散りそね」は、第四句以下に提示される「君が形見に見つつ偲はむ」という主体の心情叙述部に対する仮定条件句として機能している。例⑤・⑥についても同様である。これらの歌は呼びかけの体裁をしていても、その呼びかけは、それに続く叙述主体の心情叙述に収斂し、外に向かわず、作品の内部に閉じ込められている。

このように、呼びかけが、対面する相手への感情伝達を目的とするものでなく、個の抒情を主題とする歌の中で形式的に用いられた例（具体的には「〜ね○○む」形式）は、人麻呂歌集歌より現れ、それ以前には確認できない。

次に、記紀歌謡と万葉四期区分の第二期まで（平城遷都以前）に詠まれた「ね」を含む短歌全例を挙げる。古事記、日本書紀の成立は平城遷都後だが、歌謡は第二期以前のものと見なし、併せて挙げた。除いても論旨に支障はない。ざっと見ても、人麻呂歌集と大宝元年紀伊国行幸時の詠歌を除いては、先に例①・②として示したように、「ね」が一首の末尾にあって、一首全体が相手に向けての発話であるような歌ばかりであることがわかる。

雲雀は天に翔る高行くや速総別鷦鷯捕らさね（記六八）
大前小前宿祢が金門蔭かく寄り来ね雨立ち止めむ（記八〇）
天飛ぶ鳥も使ひそ鶴が音の聞こえむ時は我が名問はさね（記八四）
味酒三輪の殿の朝戸にも押し開かね三輪の殿戸を（紀一七）
我が背子は仮廬作らす草なくは小松が下の草を刈らさね（①11、中皇命）
ありねよし対馬の渡り海中に幣取り向けてはや帰り来ね（①62、春日老）
丹生の川瀬は渡らずてゆくゆくと恋痛し我が背いで通ひ来ね（②130、長皇子）
とぐら立て飼ひし雁の子巣立ちなば真弓の岡に飛び帰り来ね（②182、日並皇子舎人）
経もなく緯も定めず娘子らが織るもみち葉に霜な降りそね（⑧1512、大津皇子）
三名部の浦潮な満ちそね鹿島なる釣する海人を見て帰り来む（⑨1669、〈大宝元年紀伊国行幸〉）
紀伊の国に止まず通はむ妻の社妻寄しこせね妻といひながら〔一云　妻賜はにも　妻といひながら〕

あさもよし紀伊へ行く君が真土山越ゆらむ今日そ雨な降りそね　（⑨1679、〈大宝元年紀伊国行幸〉或云坂上忌寸人長）

荒磯辺に付きて漕がさね杏人の浜を過ぐれば恋しくありなり　（⑨1680、〈大宝元年紀伊国行幸後人歌〉）

栲領巾の鷺坂山の白つつじ我ににほはね妹に示さむ　（⑨1689、人麻呂歌集）

我妹子や我を思はばまそ鏡照り出づる月の影に見え来ね　（⑨1694、人麻呂歌集）

ありつつも見したまはむそ大殿のこのもとほりの雪な踏みそね　（⑪2462、人麻呂歌集）

（⑲4228、三方沙弥）

右のうち、第二例、すなわち記歌謡八一は、軽太子が大前小前宿祢の家に逃げ込んだ際に穴穂御子がまわりの兵士に向かって呼びかけた歌であり、一見、「〜ね○○む」形式のように見える。しかし、この歌の「雨立ち止めむ」は、「〜ね」で呼びかけた相手（周囲の兵士ら）に、共に雨が止むのを待とうと誘いかけた、「〜ね」に連続する発話の一部であって、主体が自らの単独行為についての意志を示した例③から⑥の「○○む」とは質が異なる。歌全体がまわりの兵士に対する発話そのものである（＝一首全体を「　」で括れる類の歌である）という意味では、この歌は「〜ね」の歌と同じと見なしてよい。

右の例のうちで「〜ね○○む」にあたるのは、左から三例目の人麻呂歌集一六九四番歌である。また、左から四例目の歌（⑨1689）も、形こそ「〜ね○○む」とは異なるものの、呼びかけが外に向かわず、叙述主体の心情世界に包み込まれている例と見ることができよう。

このように短歌における呼びかけの希求表現「ね」の形式化（「〜ね○○む」形式の出現）は人麻呂歌集を遡らない。なぜ人麻呂歌集を境にこうした用法が現れてくるのか。「ね」を含む人麻呂歌集歌は全九例あり、うち五例を旋頭歌が占める。「ね」の形式化には旋頭歌における「ね」の用法が関わっていると予想される。

次に、人麻呂歌集旋頭歌における「ね」の用法に注目しながら、呼びかけの形式化が起こる過程と要因について考えたい。

「ね」の形式化と旋頭歌体

旋頭歌とは五七七を二度繰り返す歌体であり、万葉集中に全六二首見られる。その内訳は、作者判明歌が一一首、人麻呂歌集歌が三五首、古歌集出歌が六首、作者・出典未詳歌が一〇首であり、半数以上を人麻呂歌集歌が占める。人麻呂歌集歌三五首のうち五首の旋頭歌にいま問題としている「ね」が含まれる。以下（例⑦〜⑪）がその五首であるが、「ね」はすべて第三句末尾に現れ、詠まれる句の表現も類型的である。

⑦この岡に草刈る童な然刈りそね／ありつつも君が来まさむみ馬草にせむ　（⑦1291、人麻呂歌集旋頭歌）

⑧池の辺の小槻が下の篠な刈りそね／それをだに君が形見に見つつ偲はむ　（⑦1276、人麻呂歌集旋頭歌）

⑨天なる日売菅原の草な刈りそね／蜷の腸か黒き髪にあくたし付くな　（⑦1277、人麻呂歌集旋頭歌）

⑩住吉の出見の浜の柴な刈りそね／娘子らが赤裳の裾の濡れて行かむ見む　（⑦1274、人麻呂歌集旋頭歌）

⑪新室の壁草刈りにいましたまはね／草のごと寄りあふ娘子は君がまにまに　（⑪2351、人麻呂歌集旋頭歌）

例⑦〜⑪を見ると、旋頭歌といっても二者が相互に詠いかける形式でなく、前段（上三句）で呼びかける主体と後段（下三句）で心情を叙述する主体とが同一であり、一人の立場からの詠であることがわかる。

先の短歌と同じように、⑦の歌を現代語に直してみよう。すると、「この岡に草を刈る童よ、刈らないでおくれ（ソウスレバワタシハソノ草ヲ）恋人が来た時に馬草にしよう。」となる。前段で「この岡に草刈る童」に向けられた「な然刈りそね」という呼びかけは童に引き取られることなく、呼びかけた主体が後段でも引き続き「み馬草にせむ」という己の意志を述べる。前段の「〜ね」は、後段に示される主体の願望実現のための前提条件を表したものにすぎず、対象に向けての呼びかけとしては機能していない。また、⑧の歌は、「池の辺の小槻の下の篠を刈らないでおくれ（ソウスレバワタシハソノ篠ヲ）君の形見として見つつ偲ぼう。」という意味である。歌中に呼びかける対象は示されていないが、ここでもやはり前段での呼びかけは対象からの応答を待たず、後段でも引き続き同じ主体が「君が形見に見つつ偲はむ」と自分の意志を心中で自己完結的に述べる。他の歌についても同様である。

これらの歌は呼びかけの体裁をしてはいても、叙述主体の内部で完結する個の抒情歌と言うべきものであって、外側に向かってはいない。こうした意味において、「〜ね○○む」形式の旋頭歌における「ね」は、先に見た「〜ね○○む」形式の短歌における「ね」と同じ役割を果たしている。このことは、いま見た⑧の旋頭歌と前掲の④の歌とが類歌の関係にあり、その中で「ね」が同じように用いられていることからも明らかである。ちなみに④の短歌は霊亀元年（七一五）の作であり、⑧を含む人麻呂歌集旋頭歌の成立より三十年ほど後れる。短歌体の中で「ね」が、主題である抒情の中にくるまれ、対詠性を欠く現象が人麻呂歌集以後に現れてくることは先に見たとおりだが、そうした短歌における「ね」の表現形式化の過程に、旋頭歌における「ね」の使用を位置づけることができる。呼びかけの体裁をしつつも、一人の立場の詠として、内容も個の抒情歌に傾く旋頭歌に「ね」が詠まれることを通じて、「〜ね○○む」のごとき「ね」の表現形式化が進み、短歌にも用いられるようになったと仮定できるのである。

「ね」を含む旋頭歌は、人麻呂歌集歌の五首の他に、大伴坂上郎女と、古歌集収載歌に一首ずつ見られるが、前段での呼びかけは外に向かわず、後段で述べられる叙述主体の心情世界に包みこまれている。

佐保川の岸のつかさの柴な刈りそね／ありつつも春し来らば立ち隠るがね　（④529、大伴坂上郎女）

玉垂の小簾のすけきに入り通ひ来ね／たらちねの母が問はさば風と申さむ　（⑪2364、古歌集）

大伴坂上郎女の歌も古歌集の歌も人麻呂歌集以降の例と見てよく、形式的な呼びかけを含む旋頭歌は、確認できる限り人麻呂歌集を起点とする。旋頭歌におけるこうした傾向を認めた上で、短歌でもやはり人麻呂歌集歌から「〜ね○○む」形式の始まる意味を捉えるべきであろう。

人麻呂歌集以前の「ね」の歌は、歌全体が相手に対する希求そのものであり、一首がまるごと相手に向けての発話そのものであるような歌ばかりであった。そうした、いわば口頭言語そのままの形をした歌において用いられた希求表現「ね」はまず、人麻呂歌集旋頭歌に集中して現れる。万葉集を見る限り、旋頭歌は、複数唱和の体裁を取ってはいるものの、実際は単数主体の叙述である歌がほとんどである。問答や呼びかけというように、形式的には口誦の歌を装いつつも、実際には対象を欠いた状態で一人の主体により詠ぜられることによって、対詠的な形式とうらはらに、その内容は、続く心情叙述部分に収束して外に向かわず、一首の中で完結する。「ね」で表される希求は、こうした歌に口頭言語の口吻を持つ表現として用いられることを通じて、外部の対象に向けて発せられるものではなく、歌の表現内部で主体の内面の心情を叙述的に表現する新たな方法として形式化したのではないか。人麻呂歌集旋頭歌において、「ね」が、五七七というひとまとまりの単位の末尾に現れるのに対し、短歌ではその多くが第四句に現れる。短歌の「〜ね○○む」は、旋頭歌の「〜ね○○む」形式から「ね」の形式化の一層進んだものと見ることができる。

旋頭歌の起源に関しては諸説あるが、人麻呂歌集のものが大半を占め、時代的に先行する例が見られないことから、唱和されるための歌として人麻呂によって記載レベルで試みられた形式と考えるのが一般的である。歌の主題の中心が個の抒情へと傾くにつれ、詠われる形という規制を脱し得ない旋頭歌体は終息し、短歌というより自由な形式が求められるようになったのだという。(1) 旋頭歌が、集団性と不可分な口誦の歌から個の抒情歌が確立してゆくその過程に現れた歌体であったのだとすれば、旋頭歌中の用法を媒介として進んだ、呼びかけの「ね」の表現形式化は、まさしくそうした和歌史を体現するものといえる。

「ね」の出現傾向

人麻呂歌集歌に始まる「〜ね〇〇む」形式の歌は、平城遷都以降、いわゆる万葉後期の歌にも引き続き登場する。次に平城遷都以後に詠まれた例を挙げる。参考までに、万葉四期区分における作歌時期も併せて示した。

難波潟潮干なありそね沈みにし妹が姿を見まく苦しも　(②229、河辺宮人・Ⅲ期)

高円の野辺の秋萩な散りそね君が形見に見つつ偲はむ　(②233、笠金村歌集或本歌・Ⅲ期)

我が背子しけだし罷らば白たへの袖を振らさね見つつ偲はむ　(⑮3725、狭野弟上娘子・Ⅳ期)

第一例は「〜ね〇〇む」の形式を取らないが、叙述の中心は下三句にあり、「〜ね」で表される呼びかけは、外に向かってはいない。他二例は、典型的な「〜ね〇〇む」形式である。

「ね」が本来対面を前提とする口誦の歌で用いられていた呼びかけの希求表現であったとすれば、人麻呂に始まる形式化は、時代が下るに従って進み、平安時代の消滅に至るのであろうと予想できる。実際に万葉集の「ね」

を含む時代判明歌について万葉四期区分に従い歌数を数えてみると、第三期のものは少ない。次の一覧は、「ね」を含む作者判明歌を時代別に列挙したものである。

【時代別（四期区分）「ね」を含む歌の歌数】

第一期〔二例〕（①1雄略天皇）（①11中皇命）

第二期〔一九例〕（①62春日老）（②130長皇子）（②182日並皇子舎人）（⑧1512大津皇子）（⑲4227〈二例〉・4228三方沙弥）（⑨1274・1276・1277・1291・1689・1694、⑪2351・2462人麻呂歌集）（⑨1669・1679・1680大宝元年紀伊国行幸歌）（⑪2364古集）

第三期〔七例〕（②229河辺宮人）（④529・725大伴坂上郎女）（⑤800・879・882山上憶良）（⑥1021石上乙麻呂妻）

第四期〔一七例＊うち一四例が家持歌〕（⑥971高橋虫麻呂）（⑮3687新羅使人）（⑮3725狭野弟上娘子）（⑰3997、⑱4077・4122、⑲4152・4169・4189・4190・4256・4285、⑳4335・4408・4409・4457・4498大伴家持）

第三期の用例は七例を数えるが、河辺宮人の例は第三期のごく初期のものであること、大伴坂上郎女の七二五番歌は旋頭歌であり人麻呂歌集旋頭歌に倣った可能性があること、残る五例のうち三例は、山上憶良に集中しており、八〇〇と八〇一が一組の長反歌であることなどを考慮すると、第三期に「ね」が自由な形で広く用いられていたとは考えにくい。奈良朝の作を含むと言われる巻十一・十二の作者未詳歌にも(2)、両巻所収の歌数の多さに反して、「ね」がごくわずかしか見られないこともこれと矛盾しない（巻十一、巻十二の作者未詳歌群にそれぞれ一例のみ）。第三期の「ね」用例の少なさは、人麻呂の時代には形式化し、平安期には用いられなくなるという「ね」の辿った過程に照らせばごく自然なこととも思われる。

ところが、万葉時代の末期にあたる第四期になると「ね」の用例は急激に増加する。平安期以降には完全に消えてしまうこの表現が万葉末期の歌に多出するのは一見、不自然なようだが、用例の内訳を見ると家持の例が多数を占めており、それ以外には、遣新羅使人、狭野弟上娘子の歌に各一例見られるのみであることがわかる。巻十五、すなわち遣新羅使人歌群と中臣宅守・狭野弟上娘子の贈答歌群に、家持の関与が考えられるとすると、(3) この時期の「ね」の多さは時代全般の傾向でなく、大伴家持という一歌人の歌表現の問題と捉えるべきだろう。

家持作歌一四例のうち、六例が越中での作に、三例が防人関連歌群の中に現れる。特に後者、すなわち家持が防人の立場からその心情を陳べた歌の中に三例用いられている点が注意される。家持が、東国の人々の口吻を表す表現として、自作の歌に用いた可能性が考えられるためである。「ね」を用いた希求表現は、第一章で述べたように、家持が採集したとされる能登国の民謡である「能登国歌」(⑯3878)や「乞食者詠」(⑯3885)の中にも見える。当該表現が、東国に限らず、越中を含む人々の日常口頭言語と密接に関わっていたことを示唆していよう。

家持歌の「ね」の使用については次章で詳しく見ることにして、ここでは引き続き、和歌において呼びかけの「ね」がどのような変遷を辿ったかを追っていくことにしたい。

万葉集における命令表現の形式化

歌謡において、一首が希求内容そのものであるような歌に用いられ、呼びかけの希求表現として機能していた

「ね」は、人麻呂歌集歌以降、叙述主体の個の心情を主題とする歌に用いられることを通じて、形式化してゆく。本来、口誦の歌に用いられる表現であった「ね」が、対面を前提としない個の抒情歌の中で生き残るには必然の変化だったといえよう。

「ね」の形式化が、対面を前提とする場から一人で創作する個別の場へといった歌の場の時代的変化を反映するものだとすれば、表現の形式化は「ね」以外の呼びかけ表現にも確認できるはずである。実際に、呼びかけの一種である命令表現に着目してみると、「命令表現＋〇〇む」の形は、「〜ね〇〇む」同様、人麻呂歌集を遡っては確認されず、第三期、第四期と時代が下るにつれ割合が増加する。記紀歌謡、万葉第一期・第二期の命令表現の全例を以下に挙げる。

淑き人の良しとよく見て良しと言ひし吉野よく見よ良き人よく見　（①２７、天武天皇）
引馬野ににほふ榛原入り乱れ衣にほはせ旅のしるしに　（①５７、長奥麻呂〈大宝二年〉）
後れ居て恋ひつつあらずは追ひ及かむ道の隈回に標結へ我が背　（②１１５、但馬皇女）
直に逢はば逢ひかつましじ石川に雲立ち渡れ見つつ偲はむ　（②２２５、人麻呂作歌）
遠くありて雲居に見ゆる妹が家に早く至らむ歩め黒駒　（⑦１２７１、人麻呂歌集）
春山の友うぐひすの鳴き別れ帰ります間も思ほせ我を　（⑩１８９０、人麻呂歌集）
妹がため我玉拾ふ沖辺なる玉寄せ持ち来沖つ白波　（⑨１６６５、舒明紀伊国行幸歌）
妹がため我玉求む沖辺なる白玉寄せ来沖つ白波　（⑨１６６７、大宝元年紀伊国行幸歌）
白崎は幸くあり待て大舟にま梶しじ貫きまたかへり見む　（⑨１６６８、大宝元年紀伊国行幸歌）
沫雪は千重に降りしけ恋ひしくの日長き我は見つつ偲はむ　（⑨２３３４、人麻呂歌集）

大野らに小雨降りしく木の下によりより寄り来我が思ふ人　(⑪2457、人麻呂歌集)

隼人の名に負ふ夜声いちしろく我が名は告りつ妻と頼ませ　(⑪2497、人麻呂歌集)

赤駒が足掻き速けば雲居にも隠り行かむぞ袖まけ我妹　(⑪2510、人麻呂歌集)

さす鍋に湯沸かせ子ども櫟津の檜橋より来む狐に浴むさむ　(⑯3824、長奥麻呂)

食薦敷き蔓菁煮持ち来梁に行縢掛けて休むこの君　(⑯3825、長奥麻呂)

平城遷都以前に詠まれた命令表現を含む短歌のうち、「命令表現＋○○む」形式に該当するのは、人麻呂歌集歌、人麻呂作歌、大宝元年行幸歌、長奥麻呂歌にそれぞれ一首のみであり、万葉集を見る限り、人麻呂歌集歌の例が最も古い。

さらに、第三期・四期になると、「命令表現＋○○む」形式の歌は、

我が形見見つつ偲はせあらたまの年の緒長く我も思はむ　(④587、笠女郎)

奈呉の海に舟しまし貸せ沖に出でて波立ち来やと見て帰り来む　(⑱4032、田辺福麻呂)

垂姫の浦を漕ぎつつ今日の日は楽しく遊べ言ひ継ぎにせむ　(⑱4047、遊行女婦土師)

ほととぎすこよ鳴き渡れ燈火を月夜になそへその影も見む　(⑱4054、大伴家持)

あぢさゐの八重咲くごとく八つ代にをいませ我が背子見つつ偲はむ　(⑳4448、橘諸兄)

など、多く見られるようになる。

命令表現の変遷は、「ね」による希求表現と同様に、本来の機能である生の心情表出が叙述主体個人の表現世界に閉じ込められてゆく表現形式化の過程を描き出している。呼びかけの形式化は、「ね」に限らず、対面を前提とする表現に共通して観察されるのであった。歌の場の変化を反映した変化と見てよいだろう。ただ、第三期

以降の歌における「ね」の使用が家持作歌に偏るのに対して、命令表現を用いた歌は形式化しているとはいえ、歌人を選ばず、広く用いられている。平安期以降、命令表現の使用が広がりを見せるのに対して、「ね」を用いた呼びかけ表現は、和歌世界から姿を消す。その兆候は既に奈良朝には現れているのであった。以下、平安期以降の和歌において、命令表現がどのように用いられたかを確かめよう。

古今集における命令表現の形式化

命令表現の形式化は古今集の歌になるとさらに進む。次の表は、万葉集と古今集の命令表現を含む歌について、命令表現が第何句に現れるかを示したものである。

命令表現の現れる句

	第一句	第二句	第三句	第四句	第五句	計
万葉集	○例 0％	二六例 16％	五例 3％	六二例 38％	六九例 43％	一六二例
古今集	一例 2.5％	八例 21％	四例 10.5％	八例 21％	一七例 45％	三八例

右の表からは万葉集において命令表現は歌の末尾（第四句・五句）に現れやすいという傾向が確認できる。対して、古今集では命令表現が第三句までに現れる例が三割以上を占める。古今集の歌を具体的に見ると、第二句や第三句に来るものの中にも、

吹風をなきてうら見ようぐひすは我やは花に手だにふれたる　（春下・一〇六、よみ人しらず）

もろともになきてとどめよきりぎりす秋の別れは惜しくやはあらぬ　（離別・三八五、藤原兼茂）

のように、相手に直接呼びかけたような歌もあるが、全体としては、次の例のように、直接の命令としては機能せず、下の句に詠われる主体の抒情の前提条件として形式的に用いられたものが目立つ。

散りぬとも香をだにのこせ梅の花こひしき時の思ひでにせん　（春上・四八、よみ人しらず）

春風は花のあたりをよきてふけ心づからやうつろふとみむ　（春下・八五、藤原好風）

もちろん、右の表からもわかるように、万葉集と比べて割合が小さいとはいえ、第四句や第五句といった歌の末尾に命令表現があり一首全体で命令内容を表しているような歌も少なくない。しかし、一見よく似た体裁であっても、古今集の命令表現で終止する歌と万葉集のそれとは大きく異なっている。

末尾に命令表現が来る歌のうち、万葉歌の方は、命令表現で指示されている内容が叙述主体の希望する内容そのものであるのに対し、古今集の歌では、叙述主体の真の実現希望内容は、表面的に指示された命令内容と別のところにある場合が多い。具体的に見たい。

⑫ひさかたのあまのかはらのわたしもりきみわたりなば楫隠してよ　（古今・秋上・一七四、よみ人しらず）

⑬待てといはば寝てもゆかなむ強ひてゆく駒の足をれ前の棚橋　（古今・恋四・七三九、よみ人しらず）

⑫の歌は、織女の立場で詠んだ七夕歌である。第五句に「楫隠してよ」とあり、渡し守に「楫を隠してしまえ」と命令するわけだが、叙述主体である織女の真意は「渡し守が楫を隠すこと」にあるのではない。恋人の更なる逗留を願う、その思いを「わたしもり楫隠してよ」と表現したのであり、織女の希望の中心は、命令内容の実現によって間接的に引き起こされる牽牛が川を渡れなくなるという事態にある。命令内容は、叙述主体の希望実現

のために必要な前提条件を示したものにすぎず、叙述主体の真の希望を言外に暗示する役割を果たす。⑬の歌でも、第四句で「駒の足をれ」と命令してはいるものの、叙述主体は、馬の足を折ることでなく、その結果として起こる、恋人が自分の元で夜を過ごすという事態の発生を期待するのである。もちろん万葉集にも、命令表現によって直接指示する内容ではなく、付随して起こる事態を望む歌がないわけではない。次の⑭や⑮などはそれにあたる。

⑭夏の夜は道たづたづし舟に乗り川の瀬ごとに棹さし上れ　（万葉⑱4062、福麻呂伝誦歌）

⑮渋谿をさして我が行くこの浜に月夜飽きてむ馬しまし留め　（万葉⑲4206、大伴家持）

ただ、命令の結果として起こる事態発生への希望が歌の中心的内容であるという点が同じであっても、前掲の古今集の例と異なるのは、そうした叙述主体の真意が、万葉歌では命令の理由として歌の中に示されているという点である。⑭では夏の夜は道がたどたどしいから「舟に乗り川の瀬ごとに棹さし上れ」と命令する、⑮では浜に登る月を満喫したいから「この浜に……馬しまし留め」と命令する、というごとくである。真の希望を歌表現の内に現さずに、その真意を暗に示す古今集の⑫や⑬の例と形式的には同じように見えても内実を異にする。

古今集の⑫や⑬の歌では、叙述主体の真意は歌の外部に暗示され、歌の中に示されていない。しかしながら、叙述主体の希望が本来あるはずの「君を留めむ」などの句にあることは十分予測できる。古今集の⑫や⑬の歌は、次の万葉集の歌（⑯・⑰）で言えば「～命令表現＋○○む」の「～命令表現」にあたる部分を切り出して一首を構成し、後述すべき主体の心情部分（「○○む」）を言い表さずに暗示する形式の歌であるといえる。

⑯馬の歩み押さへ留めよ住吉の岸の黄生ににほひて行かむ　（万葉⑥1002、安倍豊継）

⑰ひさかたの雨は降りしけ思ふ児がやどに今夜は明かして行かむ　（万葉⑥1040、大伴家持）

このように古今集以後の歌には、命令表現が歌の末尾に置かれ、一首が命令内容そのものであるような体裁を取ってはいても、見かけとはうらはらに、命令内容は歌の表現世界に包み込まれており、叙述の中心は暗示された主体の心情叙述部に存するような例が見られるようになる。ここに呼びかけのさらなる形式化を見て取ることができる。

呼びかけの「ね」消滅と古代和歌史

以上、「ね」を用いた希求表現と命令表現に注目しながら、古代和歌における対詠表現の変化を見てきた。希求表現としての「ね」が和歌に詠まれなくなるのは平安時代以降であるが、万葉集の歌の中にも、相手に直接呼びかけるのではなく形式として用いられたものが少なからず存する。従来、呼びかけ形式であることによって口誦性を有すると見なされきた人麻呂歌集旋頭歌もそうした歌の一つであったと考えられる(4)。

平安時代にかけて対詠の場は失われたわけでない。むしろ、歌合や宴での詠歌機会は増えたはずである。歌の場が集団的であったか否かということでなく、歌のあり様が、相手に直接詠いかけるものから、叙述主体の心情世界で一旦完結した内容を相手に提示するものへと変化し、それに伴って、呼びかけ表現や命令表現が、主体の内面を叙述する方法として形式化したと捉えるべきである。作者の心情内部で完結する新しい歌のあり様は、人ではなく自然物に呼びかけるのによりふさわしい表現を求めるようになったという(5)。本来対面を前提とし、親しい相手へ向けて希求する口頭言語の口吻を強く残す「ね」を用いた希求表現が奈良時代を下限として和歌世界から姿を消したのに対して、命令表現が平安期以降の和歌にも広く用いられる背景には、そうした事情があったのだと思われる。

注

（1）神野志隆光「旋頭歌試論」（『萬葉』第一〇九号、一九八二年二月、同『柿本人麻呂研究』塙書房に一部改変して所収）。

（2）中川幸廣「萬葉集巻十一・十二試論――その作者の階層の検討を通して――」（『語文』第二一輯、一九六五年一〇月、同『萬葉集の作品と基層』桜楓社に所収）。

（3）石上乙麻呂関連の歌群については、田辺福麻呂歌集に見られる特徴的な用字との共通性から、福麻呂歌集に拠って採録された可能性が高いと言われている（古屋彰「田辺福麿之歌集と五つの歌群――その用字を中心として」『萬葉』第四五号、一九六二年一〇月、同『万葉集の表記と文字』和泉書院に所収。原田貞義「万葉集の私家集――一―田辺福麻呂歌集」『国語国文研究』第四一号、一九六八年九月、同『万葉集の編纂資料と成立の研究』おうふうに所収）。なお、遣新羅使人や狭野弟上娘子に関する歌群については、その形成に家持が関わったと見る説がある（大濱厳比古「巻十五」『萬葉集大成4』一九五五年、平凡社、伊藤博「万葉の歌物語」『言語と文芸』六〇号、一九六八年九月、同『萬葉集の構造と成立下』塙書房に所収、井手至「柿本人麻呂の羇旅歌八首をめぐって」『萬葉集研究』第一集、一九七二年、塙書房、同『遊文録萬葉篇二』和泉書院に所収等）。

（4）脇山七朗「萬葉集の旋頭歌」（『萬葉集大成』第七巻〈様式研究篇〉、一九五四年、平凡社）、稲岡耕二「人麻呂歌集旋頭歌の文学史的意義」（『万葉・その後』一九八〇年、塙書房）、品田悦一「人麻呂歌集旋頭歌」（『国文学』第四三巻九号、一九九八年八月）等。

（5）長谷川政次「呼び掛けから見た万葉・古今・新古今」（『野洲国文学』第三七号、一九八六年三月）は、「万葉集では、呼び掛ける対象の語が人間活動の主体と自然物及び自然現象とに多く見られるが、古今集では自然物及び自然現象だけに限定される」と指摘している。

第三章　呼びかけの「ね」と大伴家持

呼びかけの希求表現

上代特有の希望表現に、「ね」を用いて他者の行動や状態に関する希望を表す次のような形式がある。

天皇の御製歌

籠もよ　み籠持ち　ふくしもよ　みぶくし持ち　この岡に　菜摘ます児　家告らせ　名告らさね　そらみつ　大和の国は　おしなべて　我こそ居れ　しきなべて　我こそいませ　我こそば　告らめ　家をも名をも　（①1、雄略天皇）

右は、万葉集の冒頭歌として広く知られる雄略天皇御製歌であるが、長歌中ほどの、天皇が菜を摘む娘子に名のりを求めるくだりに「～ね」を用いた表現が見える。

上代文献には、他にもいくつかの希望表現形式が確認できるが、当該表現は、前章で述べたように、対面を前提として相手に直接希求する、呼びかけ表現であるという点で特徴的である。

実際に、歌を見ると、

長皇子、皇弟に与ふる御歌一首

丹生の川瀬は渡らずてゆくゆくと恋痛し我が背いで通ひ来ね　（②130、長皇子）

のごとく、当該表現は、一首全体が相手に向けての発話内容そのものであるような歌の、特に第四句や第五句に現れやすいという傾向が確かめられる。

かかる傾向は、万葉集の時代のうちでも、次に挙げるような、持統朝頃までの初期の歌に顕著である。

我が背子は仮廬作らす草なくは小松が下の草を刈らさね　（①11、中皇命）

鳥座立て飼ひし雁の子巣立ちなば真弓の岡に飛び帰り来ね　（②182、草壁皇子舎人）

ありつつも見したまはむそ大殿のこのもとほりの雪な踏みそね　（⑲4228、三方沙弥）

ところが、詠歌時期が天武朝から持統朝初期とされる人麻呂歌集歌の中には、叙述内容が「〜ね」で終わらず、その下に叙述主体の心情表現が続く、次のような歌が複数見られる。

栲領巾の鷺坂山の白つつじ我ににほはね妹に示さむ　（⑨1694、人麻呂歌集）

先の歌が、一首まるごと発話のような形式であり、中心的な内容も他者に対する希求内容そのものであったのに対して、この歌の主題は、白つつじに向けた「我ににほはね」という希求内容にあるのではない。第四句「我ににほはね」までの表現は、呼びかけの体裁はしていても、意味の上では、叙述の中心たる第五句「妹に示さむ」実現のための仮定条件を提示しているに過ぎないのである。同様の例を挙げる。

荒磯辺に付きて漕がさね杏人の浜を過ぐれば恋しくありなり　（⑨1689、人麻呂歌集）

この歌の前半部分は、外形的には、叙述主体の発話そのものであるようだが、呼びかけは、それ以下の句の心情叙述部分に収束し、外の対象には向かっていない。

確認できる限り、こうした例は人麻呂歌集歌以前の歌には見えず、以降の歌に散見する。次の四首はいずれも、人麻呂歌集以降の作歌例である。


高円の野辺の秋萩な散りそね君が形見に見つつ偲はむ　（②233〈霊亀元年作〉）

三名部の浦潮な満ちそね鹿島なる釣する海人を見て帰り来む　（⑨1669〈大宝元年作〉）

佐保川の岸のつかさの柴な刈りそねありつつも春し来らば立ち隠るがね　（④529、大伴坂上郎女旋頭歌）

我が背子しけだし罷らば白たへの袖を振らさね見つつ偲はむ　（⑮3725、狭野弟上娘子）

「〜ね」を用いてはいても、呼びかけが外に向かわず、主体の心情叙述に収斂していく右のような歌が、「〜ね」を用いた希求表現の形式化を示すのだとすれば、人麻呂歌集に始まるこうした歌の出現は、呼びかけ表現「〜ね」の和歌世界における衰退を予告しているようにも見える。

実際に、活用語の未然形に「ね」を付けて、相手に直接呼びかけるような表現は、その後次第に和歌表現として活躍の場を狭めていくのだが、その過程は、右に見たような形式上の変化のみならず、当該表現を詠む歌人の偏りからも看取される。希求を表す「〜ね」の形式は、万葉の時代でも後期の歌には、大伴家持ら数人の歌人の歌に見られるのみで、それ以外の歌にはほとんど現れなくなるのである。

家持以前の呼びかけ

希求を表す「ね」を含む年代判明歌の歌番号と作者名を次に挙げる。(1)便宜的ではあるが、万葉四期区分に従い、大まかな年代を示すことにする。参考として、この語を含む記紀歌謡の歌謡番号も併せて載せる。

第一期（壬申の乱平定〈六七二〉まで）

雄略天皇（①1）、中皇命（①11）

第二期（奈良遷都〈七一〇〉まで）

春日老（①62）、長皇子（②130）、草壁皇子の舎人（②182）、大宝元年行幸時の歌（⑨1669・⑨1679・⑨1680）、大津皇子（⑧1512）、三方沙弥（⑲4227〈二例〉・⑲4228）、人麻呂歌集歌（⑦1274・⑦1276・⑦1277・⑦1291・⑨1689・⑨1694・⑪2351・⑪2462）古歌集（⑪2364）

第三期（天平五年〈七三三〉まで）

河辺宮人（②229）、大伴坂上郎女（④529・④725）、山上憶良（⑤800・⑤879・⑤882）、石上乙麻呂妻（⑥1020）

第四期（天平宝字三年正月〈七五九〉まで）

高橋虫麻呂（⑥971）、遣新羅使人（⑮3687）、狭野弟上娘子（⑮3725）、大伴家持（⑰3997・⑱4077・⑱4122・⑲4152・⑲4169・⑲4189・⑲4190・⑲4256・⑲4285・⑳4335・⑳4408・⑳4409・⑳4457・⑳4498）

東歌　⑭3353・3364・3378・3380・3388・3398・3416・3421・3426・3428・3444・3454・3467・3526・3575

記歌謡　2・9〈二例〉（紀7と同歌）・14（紀12と同歌）・68（紀60と同歌）・80（紀72と同歌）・84

紀歌謡　3・7（記9と同歌）・12（記14と重複）・17・60（記68と重複）・72（記80と重複）・83（直前

の寿詞中）

右の一覧によれば、第三期の用例数は全七例であり、決して少ないとは言えない。しかし、その内訳を見ると、河辺宮人の歌は第三期のごく初期のものであり、残り六例については、三例が山上憶良、二例が大伴坂上郎女と、作者に偏りがあるのがわかる。さらに、第四期に目を移せば、一七例中一四例が大伴家持作となっている。残り四例のうち、一例は、節度使として筑紫に赴く藤原宇合に対して高橋虫麻呂の送った歌であるが、それ以外には、遣新羅使人、狭野弟上娘子の作といった物語的な要素を含む歌ばかりであり、作者の特定できる創作歌は見当たらない。

以上をふまえると、呼びかけの希求表現「〜ね」は、万葉の時代でも、後期になると、生きた表現として広く使われていたとはいえず、一部の特定の歌人に限定的に用いられるのみであったことが知られる。右に挙げてはいないが、奈良朝官人による詠歌といわれる巻十一や巻十二所収の作者未詳歌群に、当該表現が一首ずつしか用いられていないことも、奈良朝後期における当該表現の限定的な使用を証しているように見える。

平安期の和歌には、作者の心情世界内部で自己完結した心情を自省的に叙述する歌が多く見られるようになるが、万葉の時代でも、特に後期の歌には、そうした抒情を主題とするような歌が目立ち始める。東歌や防人歌、記紀歌謡、人麻呂歌集歌といった、叙述主体の心情を外に向けて直截に表現するような歌に多用された呼びかけの「ね」が、こうした新しい歌のあり様にそぐわず、結果的に和歌世界において活躍の場を狭めざるを得なかったのは、当然といえる。

ところが、こうした中、万葉後期の作であるはずの大伴家持の詠歌には、当該表現が目立って多く用いられているのであった。

希求表現「〜ね」を含む家持作歌

煩雑ではあるが、万葉集から希望を表す助辞「ね」を含む大伴家持歌全一四例を抜き出し、次に掲げる。歌には①から⑭の通し番号を付す。

四月廿六日掾大伴宿祢池主之舘餞税帳使守大伴宿祢家持宴歌（并古歌四首）　※天平十九年（七四七）

①我なしとなわび我が背子ほととぎす鳴かむ五月は玉を貫かさね　⑰3997

越中国守大伴家持報贈歌（四首）

②我が背子が古き垣内の桜花いまだ含めり一目見に来ね　⑱4077

天平感宝元年閏五月六日以来起小旱百姓田畝稍有彫色也　至于六月朔日忽見雨雲之気仍作雲歌一首（短歌一絶）

③天皇の　敷きます国の　天の下　四方の道には　馬の爪　い尽くす極み　舟の舳の　い泊つるまでに　古よ　今の現に　万調　奉る官と　作りたる　その生業を　雨降らず　日の重なれば　植ゑし田も　蒔きし畠も　朝ごとに　凋み枯れ行く　そを見れば　心を痛み　みどり子の　乳乞ふがごとく　天つ水　仰ぎてそ待つ　あしひきの　山のたをりに　この見ゆる　天の白雲　海神の　沖つ宮辺に　立ち渡り　との曇りあひて　雨も賜はね　⑱4122

三日守大伴宿祢家持之舘宴歌（三首）　※天平勝宝二年（七五〇）三月

④奥山の八つ峰の椿つばらかに今日は暮らさねますらをの伴　⑲4152

為家婦贈在京尊母所誂作歌一首（并短歌）

⑤ほととぎす　来鳴く五月に　咲きにほふ　花橘の　かぐはしき　親の御言　朝夕に　聞かぬ日まねく　天ざかる　鄙にし居れば　あしひきの　山のたをりに　立つ雲を　よそのみ見つつ　嘆くそら　安けなくに　思ふそら　苦しきものを　奈呉の海人の　潜き取るといふ　白玉の　見が欲し御面　直向かひ　見む時までは　松柏の　栄えいまさね　貴き我が君〔御面謂之美於毛和〕　⑲４１６９

贈水烏越前判官大伴宿祢池主歌一首（并短歌）

⑥天ざかる　鄙にしあれば　そこここも　同じ心そ　家離り　年の経ぬれば　うつせみは　物思ひ繁し　そこ故に　心なぐさに　ほととぎす　鳴く初声を　橘の　玉にあへ貫き　かづらきて　遊ばむはしも　ますらをを　伴なへ立てて　叔羅川　なづさひ泝り　平瀬には　小網さし渡し　早き瀬に　鵜を潜けつつ　月に日に　然し遊ばね　愛しき我が背子　⑲４１８９

⑦叔羅川瀬を尋ねつつ我が背子は鵜川立たさね心なぐさに　⑲４１９０

為寿左大臣橘卿預作歌一首

⑧古に君の三代経て仕へけり我が大主は七代申さね　⑲４２５６

十一日大雪落積尺有二寸　因述拙懐歌（三首）　※天平勝宝五年（七五三）正月

⑨大宮の内にも外にもめづらしく降れる大雪な踏みそね惜し　⑲４２８５

⑩今替はる新防人が舟出する海原の上に波な咲きそね　⑳４３３５

陳防人悲別之情歌一首（并短歌）

⑪大君の　任けのまにまに　島守に　我が立ち来れば　ははそ葉の　母の命は　み裳の裾　摘み上げ掻き撫で　ちちの実の　父の命は　栲づのの　白ひげの上ゆ　涙垂り　嘆きのたばく…（中略）…うつせみの　世の人なれば　たま

きはる 命も知らず 海原の 恐き道を 島伝ひ い漕ぎ渡りて あり巡り 我が来るまでに 平けく 親はいまさね 障みなく 妻は待たせと 住吉の 我が皇神に 幣奉り 祈り申して 難波津に 舟を浮け据ゑ 八十梶貫き 水手整へて 朝開き 我は漕ぎ出ぬと 家に告げこそ （⑳4408）

⑫家人の斎へにかあらむ平けく舟出はしぬと親に申さね （⑳4409）

天平勝宝八歳丙申二月朔乙酉廿四日戊申　太上天皇天皇大后幸行於河内離宮　経信以壬子伝幸於難波宮也　三月七日於河内国伎人郷馬国人之家宴歌（三首）

⑬住吉の浜松が根の下延へて我が見る小野の草な刈りそね （⑳4457）

二月於式部大輔中臣清麻呂朝臣之宅宴歌（十五首）　※天平宝字二年（七五八）

⑭はしきよし今日の主人は磯松の常にいまさね今も見るごと （⑳4498）

右の一四首を概観してまず気づくのは、すべて越中に赴任した天平一八年（七四六）以降の作であるという点である。当該表現が初めて登場する①や②の歌には、越中掾としてその地にあった大伴池主を始めとする越中在住の官人たちとの関係が色濃く反映している。

①は、税帳使として京に向かう直前に池主宅において催された宴での詠であり、②は、越前に転出した池主が国境付近に来た際に寄せた書簡に応えたものである。

二首には共通して、女性が夫を敬愛して呼ぶ「我が背子」の呼称が見え、官人間での贈答としては奇妙な感じを受けるのだが、②に先立って池主が寄せた書簡記載の歌を見れば、家持が「我が背子」のごとき表現を用いて歌を返した理由が了解される。池主からの書簡記載の歌とは、次に挙げる三首である。

一古人の云はく

月見れば同じ国なり山こそば君があたりを隔てたりけれ　（⑱4073）

一物に属きて思ひを発して

桜花今そ盛りと人は言へど我はさぶしも君としあらねば　（⑱4074）

一所心の歌

相思はずあるらむ君を怪しくも嘆き渡るか人の問ふまで　（⑱4075）

右の歌群の中には、傍線を付したように、「……我はさぶしも君としあらねば」であるとか、「相思はずあるらむ君を……」といった、恋仲にある男女の間柄を連想させるような表現が目立つ。家持は、この歌群に応じる際に、先の②の歌に組み合わせて、

一所心に答へ、即ち古人の跡を以て、今日の意に代へて

恋ふといふはえも名付けたり言ふすべのたづきもなきは我が身なりけり　（⑱4078）

のごとく、「恋ふ」の語をストレートに詠み込んだ恋の歌を池主に返している。

こうしたあからさまな恋歌の応酬は、二人の特別な関係を示唆しているように見えるけれども、この歌の前に置かれた、「一所心に答へ、即ち古人の跡を以て、今日の意に代へて」という題詞は、一首が、古人の歌を借りて自身の心情を表した括弧付きの「恋歌」であって、これらのやりとりが飽くまでも恋人の立場を借りて親愛の情を確かめ合う挨拶歌に過ぎないことを告げる。

以上のように、家持と池主は、男女の関係を装って相手との親密さを確かめ合うような歌を贈り合っているのだが、そうした歌に、いま問題としている呼びかけの「ね」が現れるという事実をまず確認しておきたい。その上で、さらに注目したいのが、この表現が、前掲の家持歌一四首のうちの、他者に成り代わって詠んだ代作歌二

首（⑤・⑪）にも見えるという点である。

⑤の歌は、家持が、共に越中に下向していた妻大伴坂上大嬢に成り代わり、在京の義母大伴坂上郎女に宛てて詠んだ歌である。歌中には、「白玉の 見が欲し御面 直向ひ 見む時までは 松柏の 栄えいまさね 貴き我が君」とあり、帰京の時まで変わらずにいてほしいと呼びかけるくだりに「栄えいまさね」の句が見える。また、⑪の歌は、故郷を離れ筑紫に向かう防人の立場から親に向けて詠んだ歌であるが、ここでも、「平けく 親はいまさね 障みなく 妻はまたせ」のごとく、子から親へ変わらずいてほしいと呼びかける台詞の中に「ね」を含む句が詠まれている。これら代作歌二首における「いまさね」のごとき詞句の採用は、当該表現を子から親への発話にふさわしい表現と見なす、作者家持の認識を示しているといえよう。

例①から⑭が示すように、この種の代作歌に限らず、家持作歌にかかる表現が多用されるのは、そうしたいわば身内専用の呼びかけ表現によって、相手との親密な関係を和歌の中に再現しようとする、表現上の試みであったと見てよいだろう。

以下、家持が当該の表現を用いてどのような間柄の者に呼びかけているのかを具体的に見ることで、そうした捉え方の妥当性を検証したい。

家持作歌における呼びかけの対象

家持は、希望表現の「ね」を用いて、どのような間柄の者に呼びかけているのか。それを確かめるに先立って、一般に、「ね」がどのような対象に向けて用いられる表現であったかを確認しておきたい。

次は、家持作歌以外の時代判明歌について、そこに現れる呼称を列挙したものである。対象が具体的な人物に特定できる場合は、括弧内に誰から誰に対する呼びかけかを記した。便宜上、万葉四期区分に従って掲げることにする。

第一期　「菜摘ます子」・「我が背子」

第二期　「恋痛し我が背」（長皇子→皇弟）・「鳥座立て飼ひし雁の子」・「南部の浦」・「妻の杜」・「雨」・「霜」・「人」・「わらは」・「白つづじ」・「我妹子」

第三期　「難波潟」・「秋萩」・「にほ鳥の潜く池水」・「住吉の現人神」

第四期　「雁がね」・「我が背子」（狭野弟上娘子→中臣宅守）

未詳　「人」・「海人娘子ども」・「雨」・「雨」・「萩」・「露霜」・「雪」

東歌　「雷」・「汝」

防人　「父母」・「妹」

右を見ると、存外、恋人に呼びかけた例が少ないことに気づく。これは、男女に関わる歌の場合、例えば「奥山の真木の板戸を押し開きしゑや出で来ね後は何せむ」（⑪2519）のように、相手との対面を前提としたものが多く、呼称すら用いない場合が少なくないためである。

さて、右の一覧に示したような呼称を含む歌に限ってみた場合、対象は、「人」「我が背」「妹」など恋人を指す例のみならず、「雨」や「霜」といった自然現象や、「萩」などの景物を対象とするものなど、多岐にわたる。その一方で、目上に呼びかけた例がほとんど見えないという点には留意すべきである。

例外的に、第三期の歌に「住吉の現人神」に呼びかけた歌が一例、第四期の防人歌に「父母」に呼びかけた歌が一例存するものの、それ以外に、呼称を使って目上のものに呼びかけた例はなく、多くが、「我妹子」や「我が背子」、「菜摘ます子」、「海人娘子ども」のように自分と同等かそれ以下の者を対象としている。そればかりか、数としては少ないものの、「雁の子」や「白つつじ」といった人間以外を対象とする例までもが存する。これらの例は、もともと活用語の未然形に「ね」を付けて呼びかける希求表現が、自分より目下の相手か、あるいは恋人のような極めて近しい間柄のものに対して用いられる形式であったことを示している。第二期の例に、「妻の社」(⑨1679)のごとく「ね」を用いて社に呼びかけた例があるのも、「ね」が、本来、恋人など身近な者に対して呼びかける表現であることをふまえて、「妻」の名を持つ社への特別の親しみを表した、一種の諧謔と見ることができよう。

それに対して、家持作歌における呼びかけの対象を、前掲①から⑭の歌から抜き出してみると、以下のようになる。

「我が背子」(大伴池主)・「我が背子」(大伴池主)・「愛しき我が背子」(大伴池主)・「ますらをの伴」(越中官人)・「天の白雲」・「波」・「貴き我が君」(大伴坂上郎女)・「我が大主」(橘諸兄)・「親」・「今日の主人」(中臣清麻呂)

「貴き我が君」「我が大主」「今日の主人」など、自分より目上のものに呼びかけた例をいくつか含んでおり、先の一覧とは異なる様相を呈している。

このように、家持歌は、「ね」を使って目上に呼びかける例を含むという点で、それ以前の歌とは異なる傾向を示すのだが、こうした用法が家持以前の歌に皆無であったかといえばそうでない。「ね」を含む歌のうち、第三期までの作歌は二八首あるが、そのうち、天平二年作の山上憶良の作歌に二首、呼称は特に記されていないけれども、明らかに目上の者に呼びかけた例が認められるのである。これは、万葉四期区分でいえば、第三期に該当する例である。

ただし、二首とはいっても、これらは、憶良が大宰府より帰京する大伴旅人に向けて詠んだ、「書殿にして餞酒する日の倭歌」と「敢えて私懐を布ぶる歌」という関連深い一対の歌群に集中して現れる。このことは、当該作品の主題とこの特殊な表現の採用との関わりを示唆していよう。

次節では、憶良の当該歌群の主題を確かめた上で、希望表現「ね」を含む句がそこでいかなる表現性を持ち得ているのかを考察していきたい。

憶良作歌における呼びかけの対象

天平二年（七三〇）に、大伴旅人は大納言に就任し、それまで帥として在住した大宰府から平城京へ帰任することとなる。その際に、山上憶良が大伴旅人に披露したのが、次の二つの歌群であった。山上憶良の作歌のうち、希求を表す「〜ね」を用いた歌は三首あるが、そのうち二首が次の歌群に属している。

書殿餞酒日倭歌四首

天飛ぶや鳥にもがもや都まで送りまをして飛び帰るもの　（⑤876）
人もねのうらぶれ居るに龍田山み馬近付かば忘らしなむか　（⑤877）
言ひつつも後こそ知らめとのしくもさぶしけめやも君いまさずして　（⑤878）
万代にいましたまひて天の下奏したまはね朝廷去らずて　（⑤879）

敢布私懐歌三首

天ざかる鄙に五年住まひつつ都のてぶり忘らえにけり　（⑤880）
かくのみや息づき居らむあらたまの来経行く年の限り知らずて　（⑤881）
我が主のみ霊賜ひて春さらば奈良の都に召上げたまはね　（⑤882）

前半の歌群中の四首は、題詞「書殿にして餞酒する日の倭歌」に示されるとおり、旅人の帰京にあたっての餞別宴で披露された歌である。その第四首に「天の下奏したまはね」の表現が見える。憶良は、前の三首で、筑紫に残される者のすねた気分や寂しさを表しながらも、第四首で、旅人の大納言就任を、「天の下奏したまはね」といった大げさな誇張表現によって祝している。また、後半の歌群は、都を離れてから経過した時の長さを嘆きつつ、自らの召還を旅人に訴える内容となっている。その気持ちが最も率直に表れるのが、歌群最後の「奈良の都に召上げたまはね」の句であった。

上野誠によると、[2] 右の二つの歌群は、旅人を良吏と讃え、大納言就任を祝す歌群と、その裏側にあるホンネを露わにする歌群との組み合わせによって、律令官人とそのコネによって便益を得ようとする人びとのタテマエとホンネとを表す文芸として成り立っているという。上野は、「天の下奏したまはね」の類似表現である「天の下奏したまへば」（②199人麻呂「高市皇子挽歌」）や「天の下奏したまひし」（⑤894憶良「好去好来歌」）が、高市皇子や持統・文武朝の大臣であった多治比島に対して用いられていることから、

> そう考えると「天の下奏したまはね」という言い方は、かなり大げさな表現ということになる。当該表現は取りようによっては、コネによる利益誘導を狙った「巧言令色」としての意味合いを持ってしまうのではないか。好去好来歌のありようを見るまでもなく、憶良はこういう言い方をしてしまえば、旅人への「巧言令色」の意味合いを持つことを知って、当該表現を選んでいるのであろう。

と指摘する。憶良が、上官である旅人に、取り入る風を装いながら、最終的に自分の昇任を請おうとするとき用いたのが、本来、皇子や太政官の長たる人物に用いるべき「天の下奏す」の語と、ごく近しい人物に親しみを込めて呼びかける「ね」とを組み合わせた「万代に天の下奏したまはね」や「奈良の都に召上げたまはね」なのであった。上野の説をふまえれば、かしこまった表現を用いつつ、その一方で親しさを殊更に強調するような「〜ね」による呼びかけを用いて、相手の懐に入り込み取り入ろうとする残された者のおもねる様子を表している、ということになろう。

このように、従来とは異なり、自分よりも立場が上の者に対して、活躍を祈念したり取り立てを懇願したりするのに当該表現を用いたという点が憶良歌の特徴であるわけだが、こうした用法の特異さは、ただ歌の意味内容のみならず、表現形式にも明らかである。

右の憶良歌二首において、「ね」を含む句の形式を見ると、二例共に、尊敬語「たまふ」に「ね」の付いた「たまはね」の形式となっている。希求表現の「ね」が、論じてきたように、恋人のような身内や目下の者に対して用いる表現形式であったとすれば、そもそも、尊敬語「たまふ」と組み合わせるという語構成自体が成り立ち得ないはずである。実際に、「たまはね」という表現は、憶良以前には、次の人麻呂歌集歌一首に見られるのみである。

新室の壁草刈りにいましたまはね草のごと寄り合ふ娘子は君がまにまに　（⑪2351、人麻呂歌集旋頭歌）

右の歌は、恋愛の始まりにおいて、適齢期を迎えた女の母親が、娘の許への来訪を男に呼びかけた例であって、この歌の「いましたまはね」は、叙述主体である母親と対象の男との、上下関係というよりも、親疎関係を反映した表現といえる。

万葉集中の「たまはね」例は、この人麻呂歌集の一例を除けば、右の憶良歌の二例を遡らないし、またそれ以外には、石上乙麻呂関連の次の歌が一首存するのみである。

石上乙麻呂卿配土佐国之時歌（三首 并短歌）

大君の 命恐み さし並ぶ 国に出でます はしきやし 我が背の君を かけまくも ゆゆし恐し 住吉の 現人神 船の舳に うしはきたまひ 着きたまはむ 島の崎々 寄りたまはむ 磯の崎々 荒き波 風にあはせず 障みなく 病あらせず 早けく 帰したまはね 本の国辺に

（⑥1020、石上乙麻呂）

さて、こうした表現の特異性を確かめた上で、かかる表現の採用と右の憶良歌二例を含む歌群の主題との関係について改めて考えてみたい。

前掲の憶良による作歌群、すなわち、「書殿にして餞酒する日の倭歌」と「敢えて私懐を布ぶる歌」の直前には、朝命により朝鮮半島に赴く夫と肥前国の松浦潟で別れた佐用姫の伝説に取材した序と五首の歌が置かれている（⑤871～875）。

鉄野昌弘によると、(3)「書殿にして餞酒する日の倭歌」と「敢えて私懐を布ぶる歌」の二つの歌群は、公の事情による避けがたい惜別を詠った松浦佐用姫関連の歌群と主題的にひと続きであり、憶良個人の名が付されていても、その抒情は、苦痛に耐え征伐に向い別離を忍んだ佐用姫のごとき古人と繋がることで、己の存在意義を確認し、鄙住まいの悲哀を慰めようとする大宰府官人たちの本音の代弁としてあるのだという。そうであるとすれば、「書殿にして餞酒する日の倭歌」と「敢えて私懐を布ぶる歌」に見える「奏したまはね」や「召上げたまはね」といった表現は、憶良から旅人への親しみを込めた呼びかけという以上の意味を持つことになる。

「書殿にして餞酒する日の倭歌」と「敢えて私懐を布ぶる歌」は、上記のように、佐用姫がかつて去りゆく佐堤比古に抱いた悲別の念を下敷きとする歌群であり、佐用姫の伝承は、二つの歌群に叙された心情を、朝命による別離を受け入れざるを得ない者たちの、大儀に覆いきれない私的感慨として浮かび上がらせている。大宰府という場所で特別に連帯した官人が、そのうちの一人を見送るのに、公の事情をふまえつつもなお表出せずにはいられなかった私的な感情、それが、「天の下奏したまはね」や「奈良の都に召上げたまはね」なのであった。尊敬の意を表す「たまふ」に呼びかけの「ね」を付した、他にあまり例のない表現は、公と私に挟まれながらも私の本音に傾いていく大宰府官人たちの微妙な心情を代弁している。

家持作歌における呼びかけの表現性

天平宝字二年（七五八）二月に中臣清麻呂邸で催された宴での詠歌一〇首が、万葉集巻二十に収められている。その一〇首の中に、大伴家持の次の歌が見える。

二月於式部大輔中臣清麻呂朝臣之宅宴歌（十五首）

はしきよし今日の主人は磯松の常にいまさね今も見るごと　（⑳4498）

この時、家持は、宴の主人清麻呂の繁栄と長寿を、尊敬語「います」と「ね」を組み合わせた「常にいまさね」の表現によって言祝いでいる。

「いまさね」の句を含む歌は、万葉集にこの歌を含めて四例見えるが、他の三例は、次に挙げるように、いずれも恋人や親に呼びかけた表現である。

玉かづら幸くいまさね山菅の思ひ乱れて恋ひつつ待たむ　（⑫3204、作者未詳）

為家婦贈在京尊母所誂作歌一首（并短歌）

ほととぎす　来鳴く五月に　咲きにほふ　花橘の　かぐはしき　親の御言　朝夕に　聞かぬ日まねく　天ざかる　鄙にし居れば　あしひきの　山のたをりに　立つ雲を　よそのみ見つつ　嘆くそら　安けなくに　思ふそら　苦しきものを　奈呉の海人の　潜き取るといふ　白玉の　見が欲し御面　直向かひ　見む時までは　松栢の　栄えいまさね　貴き我が君〈御面謂之美於毛和〉（⑲4169、家持）〈前掲⑤に同じ〉

陳防人悲別之情歌一首（并短歌）

大君の　任けのまにまに　島守に　我が立ち来れば……海原の　恐き道を　島伝ひ　い漕ぎ渡りて　あり巡り　我が来るまでに平けく　親はいまさね　障みなく　妻は待たせと……（⑳4408、家持）〈前掲⑪に同じ〉

右のうち、「玉かづら幸くいまさね」で始まる第一例は、巻十二の作者未詳歌であるが、後の二例はいずれも家持作であり、先の清麻呂邸での詠歌を含めると「いまさね」という表現全四例のうち三例が家持歌に偏ることになる。

「いまさね」の表現を含む家持歌三首について、清麻呂邸での詠歌以外の二首は、一首が、妻大伴大嬢に成り代わって、大嬢の母である大伴坂上郎女に宛てた歌であり、もう一首が、防人の立場で防人の親に呼びかけた歌であるというように、他者の立場から家持の詠んだ代作歌であるという点で共通している。それだけでなく、歌の内容も、遠く離れた親に、子の立場から無事を祈り、親愛の情を訴えかけるという点で類似する。

第三者が子に成り代わって親に宛てて詠んだ代作歌二首に、「いまさね」の詞句が共通して見られるという事実は、当該表現が近しい身内に親しみを込めて依頼する呼びかけ表現であったことを示していよう。

さて、本節の冒頭に挙げた清麻呂邸での宴歌に話を戻すと、当該歌で家持は、そうした親や恋人に呼びかける表現であった「ね」を含む「常にいまさね」の句によって、宴の主人清麻呂のさらなる繁栄を言祝いだのであった。その家持歌に、清麻呂は以下の歌で応じている。

我が背子しかくし聞こさば天地の神を乞ひ祷み長くとそ思ふ　（⑳4499）

第一句に見える「我が背子し」は、女性が夫を呼ぶ際に用いる呼称である。清麻呂の返歌は、身内や恋人への呼びかけを用いた家持作歌に応ずるように、「我が背子し」の表現を用いた、恋仲をもどいた内容となっている。

ところで、家持が清麻呂に送った「常にいまさね」の表現は、和歌において、どの程度特別なものであったのか。それを確かめるべく、万葉集中の他の歌人の寿歌を見ると、次のような表現の存在に気づく。

同月十一日左大臣橘卿宴右大弁丹比国人真人之宅歌（三首）　※天平勝宝七歳（七五五）五月

あぢさゐの八重咲くごとく八つ代にをいませ我が背子見つつ偲はむ　（⑳4448）

市原王宴祷父安貴王歌一首

春草は後はうつろふ巌なす常盤にいませ貴き我が君　（⑥988）

尊敬の意を表す動詞「います」の命令形「いませ」によって、主人の更なる繁栄を言祝ぐこうした詠い方は、例えば、平安期の賀歌に、

題しらず

わが君は千世にましませさゞれいしのいはほとなりてこけのむすまで(4)　（古今集・賀343、よみ人しらず）

宰相誠信朝臣の元服し侍けるによみ侍ける

老いぬればおなじ事こそせられけれ君は千代ませ君は千代ませ(5)　（拾遺抄・賀169、源順）

とあるような、尊敬を伴った命令表現で相手の長寿や繁栄を希求し予祝する歌に、直接に通じるものといえる。

このように「いませ」や「ましませ」といった命令表現によって相手の繁栄を祈念する形式が、奈良時代から平安時代にかけて脈々と受け継がれる一方で、憶良や家持といった特定歌人の歌に、「いまさね」のごとき表現が限定的に現れ、またそれが、通常とは異なって、社会的関係における目上の者に対して用いられているとすれば、そうした状況は、歌の主題に関わった特別な表現選択により生じたものと考えざるを得ない。

万葉集を見ると、清麻呂邸での宴における歌の応酬は、主題を改めてなお続いたようであり、先掲の「二月、式部大輔中臣清麻呂朝臣の宅にして宴する歌十五首」の次には、「興に依り、各高円の離宮処を思ひて作る歌五首」と題された歌が並んでいる。[6] 次にその五首を掲げる。

高円の野の上の宮は荒れにけり立たしし君の御代遠そけば　（⑳４５０６、家持）

高円の峰の上の宮は荒れぬとも立たしし君のみ名忘れめや　（⑳４５０７、大原今城）

高円の野辺延ふ葛の末つひに千代に忘れむ我が大君かも　（⑳４５０８、中臣清麻呂）

延ふ葛の絶えず偲はむ大君の見しし野辺には標結ふべしも　（⑳４５０９、家持）

大君の継ぎて見すらし高円の野辺見るごとに音のみし泣かゆ　（⑳４５１０、甘南備伊香）

五首のうち四首の歌に見える高円とは、この宴から遡ること二年、天平勝宝八歳（七五六）に崩じた聖武天皇の離宮のあった地である。五首は、高円の荒廃を嘆く家持の歌（⑳４５０６）に対して、今城や清麻呂が「峰の上の宮は荒れぬとも立たしし君のみ名忘れめや」（⑳４５０７）、「千代に忘れむ我が大君かも」（⑳４５０８）と、土地の荒廃と対比させて主君への変わらぬ思いを詠じ、家持がさらに、「延ふ葛の絶えず偲はむ」（⑳４５０９）とその趣旨に賛同し、最後に甘南備伊香が高円への断ち切れない思いを詠うというように、各自が自由に思いを述べる形式でありながら、結果的には、すべて高円の地に対する感慨へと収束していく。家持は、聖武の生前、高円の地で、当の清麻呂と集い、歌を詠み交わしている（⑳4295～97）。清麻呂邸での宴の目的は不明と言わざるを得ないが、そこに集った人々は、聖武の生前も、また既にこの世を去った現在も、聖武との繋がりを各人が自覚し、その繋がりを互いに確認し合うことで連帯する人たちなのであった。

家持が宴の主人清麻呂に送った歌の内容は儀礼歌の枠を越えるものではない。また、四二九六番歌の左注には「左中弁中臣清麻呂朝臣」と尊称法を用いてその名が記されている。けれども、「常にいまさね今も見るごと」の表現は、そうした歌の外部の条件とはうらはらに、位階や年齢という社会的関係を超えた二人の特別な間柄を強く主張しているように見える。[7]

「ね」の偏在の表す意味

呼びかけ表現「ね」を含む家持歌一四首（①～⑭）を改めて眺めてみると、「我が背子」（①②⑦）や「愛しき我が背子」（⑥）「貴き我が君」（⑤）のごとき、男女の間の恋歌で使用されるべき呼称や、殊更に近しさや親しさを強調するような呼称が複数用いられており、その他にも、「この見ゆる」（③）や「今日は」（④）「今も見るごと」（⑭）のような、対面を前提とした臨場表現が目に付く。

家持作歌における呼びかけ表現「～ね」の採用は、宴席や書簡といった改まった場で披露される詠歌に、ごく身近な者に対して用いるような表現を採り込むことで、親族や恋人のごときうち解けた関係を歌の上に再現し、叙述主体と対象との、立場や空間を越えた身内の間柄を確認しようとする表現手法であったと考えられる。

見てきたように、この時期の呼びかけの希求表現「ね」は、既に和歌表現としての広がりを持たず、平安期にかけての消滅を待つばかりであったと思しい。ただ、そうした流れに反するように、越中赴任以降、宴の場や歌作を通じて互いの連帯を深めていった家持周辺の人間関係を色濃く反映する万葉集巻十七以降の歌に、集中的に現れるのであった。表現形式の歴史的変遷というには不可解なこうした出現傾向は、身内に対する直接呼びかけの希望表現形式であった「ね」の性格を、何よりも端的に物語っているのかもしれない。

注

（1）『萬葉集電子総索引』（二〇〇九年、塙書房）による。

（2）上野誠「『書殿にして餞酒する日の倭歌』の論」（『萬葉』第二〇六号、二〇一〇年三月）。

（3）鉄野昌弘「佐用姫歌群をめぐって」（『萬葉集研究』第二九集、二〇〇七年、塙書房）。

（4）諸本間で本文に異同がある。本文中には、『古今集校本　新装ワイド版』（西下経一・滝沢貞夫編、二〇〇七年、笠間書院）により、筋切本・元永本・雅経筆本崇徳天皇御本・今城切・家長本・前田家本・伏見宮本・伝寂蓮筆本・天理図書館本・右衛門切、六条家本・建久二年俊成本の本文を掲げた（第五句は、雅「こけむすまでに」、今「こけのむすまでに」・元「こけとのむすまで」〈「と」ミセケチ〉）。

（5）本文は、竹鼻績『拾遺抄注釈』（二〇一四年、笠間書院）による。拾遺集・賀２７１に該当歌がある。

（6）非仙覚本の題詞には「二月於式部大輔中臣清麻呂朝臣之宅宴歌十五首」、仙覚本の題詞には「……十首」とあり、古くは、清麻呂邸での宴席歌群（⑳４４９６～４５０５）と高円追慕歌群（⑳４５０６～４５１０）とはひとまとまりと見なされていたことがわかる。

（7）このとき、清麻呂は家持より十六歳年長、官位は同じ従五位上（『続日本紀』天平勝宝三年正月二五日）であるが、当該歌群の題詞に清麻呂の名が尊称法で記されており、少なくともこの宴においては、主人である清麻呂が上長として扱われたものと判断できる。

第四章　「な」の変遷と歌の場

呼びかけの願望表現

叙述主体自身の行動実現に関する希望を表す「な」が、希求表現「ね」と極めて近い性格を持つことは、濱田敦「上代に於ける希求表現について」[1]の指摘するとおりである。他の希望表現とは異なって、「ね」の本質が呼びかけ性にあるということは既に述べたが、とするならば、「な」にもまたそうした性質が確かめられるということになろう。

ただ、「な」によって表されるのは主として話し手自身の状態に関わる希望である。他者の行動に関する希望であるならともかく、自身についての希望を口頭で伝達する専用の形式が存在するということ自体、現代語に親しんだ我々には想像しにくい。ただ、外に向かって申し述べるという「願望」表現のあり方には、古代和歌特有の歌のあり様が関わっていそうにも思われる。

本章では、第一章で希求表現である「ね」との共通性を指摘するにとどまった願望を表す「な」について、当該表現を用いた額田王作歌（①8）の解釈を通して、その本質に迫ってみたい。

願望か、勧誘か

「な」は、活用語の未然形に接して、話し手自身の行動に関わる希望（願望）を表す、上代語特有の表現形式である。ただし、

「な」は願望（「君に寄りなな」万一一四）、意志（「君来ますなり紐解き設けな」万一五一八）、勧誘（「潮もかなひぬ今は漕ぎ出でな」万八）にも用いられる。（小田勝『実例詳解　古典文法総覧』(2)）

というように、願望の他に、勧誘に近い意味を表す場合があるとされる。両者は、願望が「自己の行為に関するもの。「な」のつく語の主語が、一人称単数のとき」、勧誘が「自己を含めて多数の行為に関するもの。「な」のつく語の主語が、一人称複数のとき」（『日本文法大辞典』(3)）のごとく、主体の数に応じて、表す意味内容が異なると説明される。しかし、実際に記紀歌謡や万葉歌を見ると、主体が複数である語に接する「な」でも、いわゆる勧誘に適さないものが、特に記紀歌謡や初期万葉のごとき比較的古い歌に多く見られる。次はその一例である。

額田王歌

①熟田津に舟乗りせむと月待てば潮もかなひぬ今は漕ぎ出でな　（①8、額田王）

右検山上憶良大夫類聚歌林曰　飛鳥岡本宮御宇天皇元年己丑九年丁酉十二月己巳朔壬午　天皇大后幸于伊豫湯宮　後岡本宮馭宇天皇七年辛酉春正月丁酉朔壬寅　御船西征　始就于海路　庚戌御船泊于伊豫熟田津石

湯行宮　天皇御覧昔日猶存之物　当時忽起感愛之情　所以因製歌詠為之哀傷也　即此歌者天皇御製焉　但額田王歌者別有四首

題詞に「額田王歌」とあるこの歌は、初期万葉の歌人である額田王の作品として広く知られている。

左注には、この歌にまつわる伝承が山上憶良の歌集類聚歌林に拠って記されており、そこには斉明七年（六六一）に伊予の熟田津で詠まれたとある。日本書紀を見ると、この年、百済救援のために軍を朝鮮半島に派遣した際、天皇を乗せた船が、伊予の熟田津の石湯行宮に立ち寄ったという記事が確認できる。[4]

「今は漕ぎ出でな」の「な」は、活用語の未然形に接して話者自身の動作・状態に関する希望を表すとされる。本居宣長が『詞玉緒』で、この「な」を意志を表す「む」と同意であるとして以来、[5] その説は広く受け入れられ、現在でも意志に近い願望を表すものとされている。右の歌の第五句にある「今は漕ぎ出でな」の場合、例えば、『萬葉集釋注』が、「『な』はみずからの意志や願望を示す助詞」とした上で、「ここは自己の意志を中心にしつつ他を強く誘う気合がある。[6]」とし、『和歌文学大系　萬葉集（一）』（稲岡耕二）が、「まるで集団に向って発せられた命令のように感ぜられる。[7]」とするように、額田王の意志に誘いの要素が加わった勧誘と解されている。

　これら注釈の記述は、当該歌に「他を強く誘う気合がある」理由を、「『漕ぎ出でむ』ならば主体の意志が内側にとどまっているが、『漕ぎ出でな』はむしろ外に向って開かれており、まわりの人を誘う意味もあるからであろう。」（『萬葉集釋注一』）のごとく、「な」という語の文法的機能に帰す。しかし、「な」を用いた例には、勧誘的要素を全く含まず叙述主体単独の意志を示す、願望というべき例も多く存する。「漕ぎ出でな」が勧誘（あるいは命令）を表すように感じられるのは、「動詞＋な」という文法形式でなく、題詞・左注に記された歌の場と、そこから想起される主体のあり様なのではないか。このことは、「いまは漕ぎ出でな」の類似表現「漕ぎゆかな」を含む、次の歌を見るとより明らかとなる。類似の表現であるにも拘わらず、次の歌からは、先の額田王の例と異なり、命令的な語調は感じられない。

ぬばたまの夜明かしも舟は漕ぎ行かな三津の浜松待ち恋ひぬらむ　（⑮3721）

もっとも、万葉集ではこの歌に遣新羅使人の帰京の際に詠われたことを告げる題詞（「廻来筑紫海路入京到播磨国家嶋之時作歌五首」）が付されている。このことを知ると、それまで個人の意志と見えていた「漕ぎ行かな」がたちち勧誘と感じられるようになりはしないか。このことは、「な」の表す内容が願望であるか勧誘であるかの区別が、歌の場のあり方、より正確にいえば、そこから想像される動作主のあり方に依拠することを示している。他の例を見たい。

次にAと②として挙げた二首は、それぞれ第四句と第五句に同じ「結びてな」の語句を含む。

A白たへの君が下紐我さへに今日結びてな逢はむ日のため　（⑫3181）

中皇命徃于紀温泉之時御歌

②君が代も我が代も知るや岩代の岡の草根をいざ結びてな　（①10、中皇命）

右検山上憶良大夫類聚歌林曰天皇御製歌云々

同じ表現でありながら、Aの歌の「今日結びてな」が、旅立つ夫の下紐を道中の無事を祈って一緒に結びたいと願う妻の意志を表すのに対して、②の第五句「いざ結びてな」は、中皇命から同行者たちに向けた勧誘を表すというように、用法が異なって見える。これは、同じ「結びてな」でも、Aの「結ぶ」が夫の下紐を対象とした個人的な行為であるのに対して、草根を対象とした②の「結ぶ」が個人の単独行為とは限らないことによる。草根を結ぶという動作自体は集団的とも個人的とも取れるが、この②の歌は、「いざ」の語を含むことに加えて、「中皇命徃于紀温泉之時御歌」との題詞を伴う。題詞の告げるこうした歌の場が、「草根を結ぶ」という行動を複数主体に見せ、「岡の草根をいざ結びてな」の句に勧誘の意味合いを与えるのである。

同様の例をもう一組挙げよう。次の二首は、万葉末期の大伴家持の歌と、持統天皇紀伊国行幸時によまれた坂門人足の歌である。家持の歌（B）と坂門人足の歌（③）はそれぞれ、第五句と第四句に「見つつ偲はな」という同一表現を含んでいる。

B八千種に草木を植ゑて時ごとに咲かむ花をし見つつ偲はな　（⑳4314、家持）

大宝元年辛丑秋九月太上（持統）天皇幸于紀伊国時歌

③巨勢山のつらつら椿つらつらに見つつ偲はな巨勢の春野を　（①54、坂門人足）

一音節も違わない同一句でありながら、諸注釈は、Bの第五句「見つつ偲はな」を家持個人の意志・願望表現とするのに対して、③の第四句「見つつ偲はな」を作者坂門人足から行幸従駕者たちへ誘いかけた勧誘表現として区別する。[8] その区別はどこに由来するのか。

Bの歌は「時ごとに」と動作の繰り返しを指示する表現を含む。ある特定の時ではなく、その時々に咲く花を見て楽しもうというのであるから、ここでの「見つつ偲（ふ）」は、個人の行動と見るにふさわしい。仲間たちに花を見ようと誘いかけた勧誘表現とも取れそうだが、この歌の前後には家持の独詠歌が並んでおり、こうした配列も当該歌を家持が一人呟いた願望の表出であるように見せる。対して、③の歌には、「大宝元年辛丑秋九月太上天皇幸于紀伊国時歌」との題詞があることに加えて、「見つつ偲（ふ）」対象は、「巨勢山」という遠方の椿に設定されている。③の「見つつ偲（ふ）」は、複数の人々が連れ立って春の山野を楽しむ集団的行動と見るのが自然であるように感じられる。

このように、歌の場が個人的であるか集団的であるかによって、「な」は願望に見えたり勧誘に見えたりする。端的にいえば、「な」に上接する語の動作主が複数である場合、「な」は勧誘に見える、ということになる。ただ、記紀歌謡や初期万葉の歌には、主体が単数なのか複数なのか判断しにくい歌が多く存する。一例を挙げる。

即ち宴竟りて、諸大夫等、歌して曰く、

味酒 三輪の殿の 朝門にも 出でて行かな 三輪の殿門を　（紀歌謡一六）

といふ。

右は、宴席から退出する際の挨拶歌である。直前に「諸大夫等、歌して曰く」とあり、物語中では、宴に参加した官人たちによって詠われたものとしてある。とすると、「な」に上接する動詞「出でて行（く）」の主体は、「諸大夫等」であって、「な」の勧誘的用法ということになる。しかし、この歌の「出て行かな」は、ある個人の希望を軸に他を誘う勧誘とは違って、誰の意志が先にあるわけでもない「諸大夫等」全体の総意というのが適切である。

意志や願望ではなく勧誘とされる「な」の用例は、先の額田王の歌をはじめ大伴家持の歌まで集全体を通して広く見られ、特に初期万葉の歌や記紀歌謡ではほとんどすべてがそれに当たるようにも見える。しかし、これらの例を詳しく見ると、個人の意志を軸とした勧誘とは本質的に異なる、右の紀歌謡のごとき、その場の人々全体の希望表現とでもいうべき例をいくつも見出すことができる。以下、具体的に見ていきたい。

「勧誘的用法」の本質

次の歌は、日本書紀・神功皇后摂政元年三月条に見える歌謡である。熊之凝が忍熊王の先鋒として、武内宿祢らの軍に戦いを挑んだ際に詠んだ歌として物語中に置かれている。

時に、熊之凝といふ者有り、忍熊王の軍の先鋒と為る。〔割注略〕。則ち己が衆を勧めむと欲ひ、因りて高唱に歌して曰く、

彼方の　あらら松原　松原に　渡り行きて　槻弓に　まり矢を副へ　貴人は　貴人どちや　親友はも　親友どち　いざ闘はな　我は　たまきはる　内の朝臣が　腹内は　砂あれや　いざ闘はな　我は（紀歌謡二八）

といふ。

傍線部分「いざ闘はな」において「な」に上接する動詞「闘ふ」は、複数の人間を主体とする行為に他ならない。つまり、通常の解釈に拠れば、この「闘はな」は「な」の勧誘的用法ということになる。ただ、勧誘だとすると、他の多数に「いざ闘はな」と呼びかけた主体は一体誰か。もちろん、物語をふまえれば主人公たる熊之凝ということになろう。けれども、歌謡の表現に注目すると、「いざ闘はな」と呼びかけた主体が特定個人に限定できる類のものでないことが知られる。倒置されている「我は」を元の位置に戻し「貴人は　貴人どちや　親友はも　親友どち　我は　いざ闘はな」（貴い人は貴い人同士、親しい友は親しい友同士、さあ戦おう）としてみると、叙述主体である「我（は）」が特定個人ではなく、闘志を燃やし一体化した、貴人、親友を含む軍全体であることが明らかとなる。「いざ闘はな」は、主体が自身の意志を軸に他を誘う表現でなく、軍全員の意志を表す集団に共通の願望の表出とでもいうべきものである。

次の紀歌謡もまた、複数の主体の心情が「な」によって表されていると見るべき例である。

道に闘ふや尾代の子天にこそ聞えずあらめ国には聞えてな（紀歌謡八二）

右の歌謡は、雄略紀の末尾に置かれた吉備臣尾代の奮戦を描く物語中に、主人公である尾代の台詞として置かれている。一首は尾代による発話の形式でありながら、冒頭の二句は「道に闘ふや　尾代の子」のごとく、尾代自身に呼びかける奇妙な体裁となっている。尾代の物語を語ってきた語り手が歌謡の中に入り込み、尾代と一体化したことによって生じた表現であるという。(9) これをふまえると、「国には聞えてな」という願望は、物語中の主人公尾代のものであると同時に、歌に入り込んだ語り手のものでもあるということになる。

こうした歌謡の例によれば、「な」を用いた願望表現は、単数・複数の別に関わりなく、叙述主体の願望を広く表すことのできる形式であり、叙述主体が複数である歌謡においては、その人々に共通の願望を表すこともあり得たと捉えるべきではないか。同様の例は、人麻呂歌集の七夕歌にも確かめられる。

C我が(吾等)待ちし秋芽子咲きぬ今だにもにほひに行かな彼方人に　(⑩2014、人麻呂歌集・七夕歌)

第一句「我が」は牽牛本人のことを指すはずだが、牽牛を称するのに複数ワレワレを表す「吾等」の表記が用いられている。この用字は、作者人麻呂と七夕宴の場にいる人すべてが歌の中に入り込み、牽牛に同化している状況を示すものであるという。(10) とするならば、ここでの「にほひにゆかな」は、牽牛の願望であると同時に、歌に入り込み牽牛に同化していった作者を含む場の人々全体の願望を担う表現である、ということになろう。

以上、叙述主体が複数いるような歌において「な」が主体全体の心情を反映して人々に共通の願望を表出する例を見てきた。逆に、叙述主体が個人に限定される場合、「な」は個人の願望を表すことになる。このことは前掲の例Aと②、例Bと③とを比較すれば明らかであるが、もう少し詳しく見ておくことにしたい。

Dの歌は、万葉集巻九の挽歌の部に収められた人麻呂歌集非略体歌の一首である。題詞には「紀伊国作歌四首」とあるのみだが、同じ歌群の歌に「過ぎにし妹が形見とそ来し」(⑨1797)、「古に妹と我が見し」(⑨1798)

との表現があり、「妹」に対する私的な挽歌と見られる。
D玉津島磯の浦回の砂にもにほひて行かな妹も触れけむ
（⑨1799、人麻呂歌集）
この歌（D）の第四句「にほひて行かな」は、先にCとして挙げた人麻呂歌集七夕歌の第四句「にほひに行かな」の類句である。人麻呂歌集七夕歌（C）の「にほひに行かな」は、七夕宴の参加者である集団全体の心情を引き受け、誰のものでもない、参加者全体の共有する願望を表していた。それが、ほぼ同一の表現でありながらこのような私的な挽歌の中では、叙述主体の心情を引き受け、たちまち個の願望を表す表現となるのである。

このように「な」は、個の歌の中では叙述主体の心情を引き受け個人の願望を表し、集団の歌では集団共通の願望を引き受け人々の願望を表す。これまで、後者はある個人の意志や願望を中心として他の複数に誘いかける勧誘的用法と捉えられてきたわけだが、願望表現であることに変わりはなく、願望の主体たる歌の叙述主体のあり方が異なるだけなのであった。

いま一度、冒頭に挙げた額田王の歌を始めとする例①から③に立ちかえって、「勧誘的用法」といわれてきたこれらの「な」が、誰かの意志を軸として成り立つ類の勧誘でなく、主体が個人に限定されない歌において、集団に共通の願望を表している可能性に目を向けてみたい。

すると、これら三首は共通して、すべて作者異伝を有すという興味深い事実に気づく。①、②の作者は題詞によるとそれぞれ額田王、中皇命であるが、左注には山上憶良の類聚歌林に拠る作者異伝（斉明天皇）が記されている。また、③の坂門人足作歌には、作者異伝注記ではないが「或本歌」として春日蔵首老の詠とする次の小異歌が併記されている。

或本歌

川上のつらつら椿つらつらに見れども飽かず巨勢の春野は　（①56、春日老）

右一首春日蔵首老

右の事実は、これらの歌が歌集収載以前には、特定個人の作に限定されない歌であったこと、またその抒情が、誰のものでもなく複数の人間に共通するものとしてあったことを示すと考えられる。(11)

先に神功皇后紀の歌謡を引きつつ、戦闘集団全体の心情表出であったはずの「いざ闘はな」が、物語の中では、軍の先鋒たる熊之凝が他を誘う勧誘のように見えることを確認したが、万葉集の熟田津の歌もまた、題詞に「額田王歌」とあることによって、額田王から他の乗船者に誘いかけた勧誘であるように見えるだけなのではないか。「な」は本来、集団、個人どちらの願望をも表し得る希望表現形式であった。熟田津の歌に詠われた「いまは漕ぎ出でな」という心情の主体は、「舟乗りせむと月待」つ主体、すなわち乗り合わせた人々と考えてよいだろう。万葉集収録以前のこの歌のあり方を想像してみるならば、「いまは漕ぎ出でな」とは、船上の人々全体の意志の表出としてあったのではないかと思われる。

「な」の消滅と歌の場

「な」が、仮に集団の心情しか表すことができなかったとすれば、作者が個人に限定されない歌からされる歌へと歌の潮流が変化するに従って、この語を含む表現形式が衰退していくことは必然である。しかし、見てきたように「な」は、主体が個人の歌においては個人の願望表現を表し得た。また、万葉の後期には巻五の「梅花宴」に代表されるような宴が盛んに行われ、平安期に入ると歌合が発達するという意味では、時代が下っても歌の場の集団性は決して失われたわけではなかった。にもかかわらず、「な」を用いた表現形式は、なぜ和歌表現の中で生き延びることができなかったのか。その理由は、以下の例からうかがい知ることができる。

先にDとして挙げた「にほひて行かな妹も触れけむ」の句を含む人麻呂歌集の挽歌は、個人の願望と判断できる「な」のうち、時代的に最も古い例であった。ただ、「にほひに行かな」という句は、同じ人麻呂歌集でもCのような主体が複数ある歌においては集団に共通の願望を表すこともできた。つまり、Dの人麻呂歌集挽歌で見た個人の願望表現とは、それ自体では集団のものとも個人のものとも限定されない「にほひに行かな」というニュートラルな表現が、個人的な挽歌に詠みこまれることを通じて一回的に叙述主体個人の願望を担った例であるといえる。ところが、同じ個の願望を表すものであっても、次に挙げる山上憶良作歌の「な」は、この人麻呂歌集の例とは異なり、文脈に拘わらず、個人の願望しか表し得ない。

老身重病経年辛苦及思児等歌七首〔長一首短六首〕

……年長く　病みし渡れば　月累ね　憂へ吟ひ　ことことは　死ななと思へど　五月蝿なす　騒く子どもを　打棄てては　死には知らず　見つつあれば　心は燃えぬ　かにかくに　思ひ煩ひ　音のみし泣かゆ　（⑤897、山上憶良）

「死ぬ」という経験はきわめて個別的なものであり、複数の人間が心を一つにして「死ぬ」状態を希望するという事態は想像しにくい。「死なな」が、叙述主体が複数いるような歌の中に置かれて人々に共通の願望を表すことはなかったであろうし、実際にそうした状況を詠んだ例は確認できない。右の憶良作歌中の「死なな」という表現は、歌の場に依拠しながら一回的に個の願望表現を表していたDの人麻呂歌集挽歌の「にほひに行かな」に比べて、場への依存度が低く、「死ぬ＋な」という表現形式のみによって、個人の願望であることを指し示した、より自立的な願望表現句であったといえる。

このように、「な」は、それ自体は集団的でもない個別的でもない「にほひに行く」「玉藻刈る」といった動詞に接しながら、歌の叙述主体のあり様を反映して人々に共通する願望や個人的な願望を表す段階を経て、徐々に個別の動作を含む多様な動詞に連なることで個人の意志や願望を表すように変化してゆく。(12) その結果、「な」を含む表現形式が指示する意味領域は、個人の意志や願望にまで拡大し、さらに個人の意志や願望を軸として他者を誘う勧誘までもを表すようになったのではないか。

大伴池主から家持に宛てた書簡の中の歌に以下のような表現が見える。

大君の　命恐み　あしひきの　山野障らず　天離る　鄙も治むる　ますらをや　なにか物思ふ……春の野に　すみれを摘むと　白たへの　袖折り返し　紅の　赤裳裾引き　娘子らは　思ひ乱れて　君待つと　うら恋すなり　心ぐし　いざ見に行かな　ことはたなゆひ（⑰3973、大伴池主）

この歌では、叙述主体の意志「いざ見に行かな」が、二人称である「君」に誘いかける形で表出されている。「自己の意志を中心にしつつ他を誘う」勧誘的用法というべき例である。

従来の見方に従えば、「いまは漕ぎ出でな」（①8）も右の「いざ見に行かな」（⑰3973）も、「な」の付く語の主体が複数であることに変わりはなく、同じ勧誘表現と見なされたてきわけだが、集団全体の意志や願望そのものの表出である前者と、個人が自己の意志・願望を軸として他に誘いかける後者とではその機能が大きく異なる。右の歌に見えるような勧誘表現は、「な」が「死なな」のごとく、表現形式そのものによって自立的に個人の願望・意志を表し得るようになった後に生じてきた新しい用法であったと考えられる。

このように「な」を用いた形式は、人々の願望から個人の願望、そして一般的な勧誘というように表現領域を拡大したものの平安期には消滅する。個人の意志とそれを軸に他を誘う勧誘を表す文法形式として別に活用助辞

「む」が存在していたという点が、「な」の消滅には直接に起因していよう。

そもそも「動詞の未然形＋な」は、未だ然らざる事態に関わる語基に「な」を添えただけの単純な願望表現形式であった。(13) このような単純な表現形式は、仏足石歌に「度したまはな 済ひたまはな」と詠われるような、万人に共通する大まかな願望を、人々が揃って訴えかけるような場合には向くが、三十一文字で抒情を完成させるべき細かな心情表現には適していない。もちろん、歌謡や初期の万葉歌にも抒情的な歌はある。ただ、見てきたように、そこでは歌の意は場に依存的であり、歌それだけで独立して意味を明らかにする必要はなかった。場から切り離せば意味内容すらわからないような、歌の場に依存的な歌においてこそ、「な」は主体のあり様を反映して流動的に個人の願望や人々の願望を表すことができたのである。場から切り離された歌は、憶良作歌で見た「死なな」のごとく表現や文法形式によって明確に意味内容を表さなければならなくなる。ただ、個人の意志を表す表現形式としては既に活用助辞である「む」が存した。三十一文字で完結する歌においては、個人の願望や勧誘ばかりでなく当為や推量をも表し、活用をすることで様々な語に接することのできる「む」が、上接語が類型的で、一首の中で現れる位置も固定的であり、(14) 一人称主体の語に接して願望しか表すことのできない「な」よりも汎用的であったことは想像に難くない。

先に②としてあげた中皇命の一〇番歌の第五句「いざ結びてな」は、十世紀末までに成立したとされる『古今和歌六帖』には、

きみがよもわがよもしらずいはしろの岡のたかねをいざむすびてん　（第二帖・213、「をか」）

のごとく「いざむすびてん」とあり、また、Cとしてあげた巻十・二〇一四の人麻呂歌集七夕歌の第四句「にほひに行かな」は、『赤人集』に、「にほひにゆかん」とある。(15)

わがまちし秋はぎさきぬいまだにもにほひにゆかんならしかたみに　（283・I類本）

これらの例は、「な」の消滅に、「む」によって表される意味領域との近寄りが起因していることを証していよう。

「な」に映る古代和歌史

そもそも一人称主体の行動についての希望に、なぜ外に向かって表出される専用形式があるのか。薬師寺の仏足石歌碑に見える「度したまはな　済ひたまはな」や雄略紀に残る紀歌謡八二の「国には聞えてな」のごとき表現のあり方から類推すると、一人称主体の行動・状態の実現が自身の力の及ばない類のものである場合に、それを、超人間的な存在に伝えるべく用いられる形式であったのではないかと考えられる。願望表現であるということと、呼びかけ性を有するということは、口誦の歌の世界においては必ずしも矛盾しなかった。

次の大伴坂上郎女の歌で郎女が「国つ御神」に対して君（家持）の無事を「恵みたまはな」と懇願するのも、神に対する直接の訴えかけであり、後の和歌に多く見られるような、心中で自己完結的に祈願する願望とは異なって、明確な呼びかけの対象が想定されているのであった。

道の中国つ御神は旅行きもし知らぬ君を恵みたまはな　（⑰3930、大伴坂上郎女）

「臥病悲無常欲脩道作歌二首」と題した次の歌に見える「な」の使用も、そうした「な」の本来的性格の記憶に基づくものであろう。

うつせみは数なき身なり山川のさやけき見つつ道を尋ねな　（⑳4468、家持）

渡る日の影に競ひて尋ねてな清きその道またも会はむため　（⑳4469、家持）

口誦の歌において、人々全体の願望を担うことを中心的役割とした「な」を含む希望表現形式は、時代が下るにつれ発達してきた個の歌の要請に応じて、その機能を個人の意志や願望、そして勧誘を表すまでに拡大した。その結果、より文法的活力の強い「む」の意味領域と重なることとなり、和歌表現としての存在意義を失っていく。願望表現である「な」もまた、希求を表す「ね」と同様に、古代和歌の潮流が変化した結果、その外側に取り残された表現形式の一つなのであった。

万葉集に載る熟田津の歌には、額田王の凛とした声が響きわたっているように見える。しかし、「な」の変遷を遡ったその先から聞こえてくるのは、額田王が集団に向って発した命令じみた声ではない。待ちわびた月ばかりでなく潮までも適った瞬間に口々に発せられた、船上の人々の声なのであった。

注

（1）濱田敦「上代に於ける希求表現について」（『国語国文』一七巻一号、一九四八年二月、同『国語史の諸問題』、和泉書院に所収）。

（2）小田勝『実例詳解 古典文法総覧』（二〇一五年、和泉書院）。

（3）『日本文法大辞典』〈五七四頁〉執筆担当・山口明（一九七一年、明治書院）。

（4）『日本書紀』斉明天皇七年春正月条には以下のように記されている。「七年春正月丁酉朔壬寅、御船西征、始就于海路。甲辰、御船到于大伯海。（中略）庚戌、御船泊于伊予熟田津石湯行宮。〔熟田津、此云儞枳柁豆。〕」

（5）本居宣長『詞玉緒』巻之七「んの意のな」は「な」に関して以下のように記述する。「此のな古事記日本紀の歌にもあり。いづれも皆んと同意也。てなはてん。なゝはなん也。異さまにいへる説共あれども。皆かなはず。たゞなをんにかへて心得る外なし。（下略）」（『本居宣長全集』第五巻、一九七〇年、筑摩書房による）。

（6）伊藤博『萬葉集釋注 二』〈一二頁〉（一九九五年、集英社）。

（7）稲岡耕二 和歌文学大系『萬葉集（二）』〈六二頁〉（一九九七年、明治書院）。

（8）例えば、新編日本古典文学全集『萬葉集』は、Bを「幾種類も草木を植えて時季それぞれ咲きゆく花を見て楽しもう」（⑳4314）として、③の「みつつしのはな」の勧誘表現（「巨勢山のつらつら椿つらつらと見ながら偲ぼうよ巨勢の春景を」（①54）と区別している。

（9）土橋寛『古代歌謡全注釈 日本書紀編』（一九七六年、角川書店）に、「第一句・二句「道に闘ふや尾代の子」が主題の提示。第三句以下がその説明で、尾代の心情を叙述したものであるが、この歌は物語歌であるから、尾代の心情というのは実は物語叙述者の心情に他ならない。」とあり、また、大久保正『日本書紀歌謡 全訳注』（講談社学術文庫、一九八一年）の「語釈」に、「尾代の子…コは相手を親しんで呼ぶ語。尾代自身の歌とすればおかしいが、物語叙述者の尾代に対する親愛の情が投影した表現と解される。」とある。『日本書紀【歌】全注釈』（大久間喜一郎・居駒永幸編、二〇〇八年、笠間書院）は、「「尾代の子」という表現は、むろんこの歌謡を含む叙事の話者（語り手、『紀』の場合は筆記者、もしくは読者に対する表現者、あるいは被表現者に対する表現の主体）の視点からの表現であり、そこには歌謡と散文を含めた形での、尾代を中心に据えた叙事の姿が呈示されている」とする。現代語訳には「（征伐に行く）途次で闘うよ、尾代の子よ、宮中にまでは（奮戦の様は）届かないだろうけど（我が故郷の吉備の）国までは知らせが届いて欲しいなあ。」とある。執筆担当は飯島一彦。

（10）村田正博「人麻呂の作歌精神――「吾等」の用字をめぐって――」（『萬葉』第九〇号、一九七五年一二月）は、人麻呂歌集の「吾等《われ》」に「歌の場の人々と自分自身（作者人麻呂、引用者注）とを一元化した」意識の表れを見る。本論では、七夕歌の「吾等《われ》」には、作者人麻呂と場の人々の他に、作中の主体である牽牛も含まれると捉えた。

（11）神野志隆光『柿本人麻呂研究』（一九九二年、塙書房）は、作者異伝について、「ひとつの歌に対して複数の「作者」（当然それは近代的な意味での作者とは違う）がありうるのであり、（中略）その歌を書きとめて固定した一人の作者に帰そうとするとき（共有的状況ではなくなったからそうするわけだが）、態度に揺れを生じたのが作者異伝だと見るべきであろう。」と述べる。

（12）「な」に上接する語（二五種類）のうち「行く」（「行かナ」）一三例、「偲ふ」（「偲はナ」）三例のような「用例数が複数の活用語」は六種に過ぎず、「用例数が一例のみの語」が一九種に及ぶ。ところが、人麻呂歌集以前の万葉歌における「な」の上接語は、「漕ぎ出づ」を除いて用例数が複数の語に限られる。初期の万葉歌において「な」の上接語が類型的・固定的であるのに対し、後期には多様なものになったことを示す。

(13) 阪倉篤義『語構成の研究』(一九六六年、角川書店)。

(14) 短歌中、「な」が現れる位置は、四八例中二五例が第五句に、一八例が第四句にと、九〇パーセントが歌の末尾に集中する。詳しくは第一章(一九頁)掲載の表を参照されたい。

(15)『赤人集』Ⅱ類本・Ⅲ類本にも第四句は「にほひにゆかむ」とある。

第五章　「な」から「こそ〜め」へ

願望の「な」と活用助辞「(こそ〜) め」

前章までに見たように、活用語の未然形に接続し、その実現についての願望を表す「な」は、もともと口誦の歌の中で、集団に共通の願望を超人間的存在に訴えかけるのに用いられる希望表現形式であったと思しい。歌の中心が、個人が自己完結的に自身の心情を述べる抒情に傾くに従って、「な」は個人の願望をも表すようになる。その結果、より汎用性の高い活用助辞「む」と意味領域を重ね、淘汰されることとなった。しかしながら、「な」がその活動範囲を徐々に狭めていった奈良朝にあっても、宴や歌会など、複数の人間が集まり、共通の心情というべきものを表出する場がなくなったわけではない。

「な」が複数に共通する願望から個人的な願望を表すように変化するちょうどその頃、複数の人間が主体となって願望を表出する際の表現形式として、次の歌に見られるような「こそ〜め」の形式が和歌の中に現れるようになる。

思ふどち　ますらをのこの　木の暗　繁き思ひを　見明らめ　心遣らむと　布勢の海に　小舟つら並め　ま櫂掛け　い漕ぎ巡れば　……かくしこそ　いや年のはに　春花の　繁き盛りに　秋の葉の　もみたむ時に　あり通ひ　見つつ偲はめ　この布勢の海を
（⑲4187、家持）

右の歌に見える「見つつ偲はめ」という心情は、一見、作者たる家持の願望や、あるいはそれを軸に他に誘いかける勧誘表現であるようだが、我々のいうところの「勧誘」とはやや質が異なり、集団の総意とでもいうべきものである。この歌に即せば、長歌冒頭に「思ふどち」と表現される越中外官全体の心情を表す表現としてあり、従来は「な」を用いて表現されていた内容に近い。

このことは、初期万葉の歌である次の一首と比較するとより明らかとなる。

巨勢山のつらつら椿…見つつ偲はな巨勢の春野を
（①54、坂門人足）

右に「見つつ偲はな」として表される願望が、その場の人々全員が共有する心情であることは第四章で見たとおりだが、右の家持作長歌に見える「見つつ偲はめ」は、この歌の「見つつ偲はな」と同様の内容を表すといってよい。

初期万葉の歌に「こそ〜め」による願望表現が一例も見えないことをふまえると、かかる形式の出現は、呼びかけの「な」の表現形式化を受けて、活用助辞の「む」が「こそ〜め」の形式によって、「な」が本来表していた複数の願望表現の領域をもカバーするようになったことを示していると考えられる。かかる用法については、つとに大野晋の言及がある。『係り結びの研究』(1)によると、「奈良時代の已然形は、動詞については既に確実に成立していて、「……シタノデ」「……シタカラ」「……シタケレド」という、順接、逆接の既定条件を、それ自身だけで示すのが本来の役目だった。」（一〇二頁）が、コソを含む係り結びは、已然形の機能の弱化に伴い、逆接を表さない単純強調を示すようになるのだという。

大野によると、家持作歌に見られるような「かくしこそ〜め」の用法も、単純強調の例ということになるわけだが、後に詳しく見るように、平安期の和歌には、依然として逆接の意味を示す係り結び「こそ〜め」が多く用いられている。(2) 従来の用法が和歌世界において脈々と受け継がれる一方で、形式化した用法が現れるわけである。

本章では、係り結び「こそ〜め」の特殊な出現の仕方に注目し、単純強調といわれる用法の内実を明らかにしたい。

一　人称主体の動詞に接する「め」

万葉集中に「こそ〜め」の形式は二九例見られる。(3) うち、推量を表すものを除く、いわゆる意志や願望を表す例は一九例を数える。活用助辞「む」の已然形である「め」に上接する動詞は、「我こそ行かめ」の「行く」のように、一人称を主体とするものが一五例、それ以外が四例と、一人称主体の動詞が多い。以下にその例を挙げる。まず、一人称単数の例から見てゆこう。

Ⅰ　一人称単数を主体とする動詞に「め」の接する例（五例）

①1　雄略天皇　籠もよ　み籠持ち　堀串もよ　み堀串持ち　この岡に　菜摘ます子　家聞かな　告らさね　そらみつ　大和の国は　おしなべて　我れこそ居れ　しきなべて　我れこそ座せ　我れこそば　告らめ　家をも名をも

⑪2838　不明　川上に洗ふ若菜の流れ来て妹があたりの瀬にこそ寄らめ

⑫2931　不明　思ひつつ居れば苦しもぬばたまの夜に至らば我れこそ行かめ

⑭3493　東歌　遅速も汝をこそ待ため向つ峰の椎の小やで枝の逢ひは違はじ

⑳4317　家持　秋野には今こそ行かめもののふの男女の花にほひ見に

右が一人称単数を主体とする動詞に「め」の接する全五例である。

動詞の主体が一人称単数である右の五例については、第一例に挙げた万葉集冒頭歌中の「我れこそば　告らめ」のように「我」の語を取り立てたり、第四例の「汝をこそ待ため」のように「汝を」という句を強示したりしながら、自身の行動実行についての意志を強く表す、大野が単純強調というに該当する例ばかりといえる。[4] では、一人称複数の動詞に「め」が下接する場合には、どのような内容を表しているか。

次に、題詞や歌の内容から、主体が複数であると判断できる一〇例を挙げる。

Ⅱ　一人称複数を主体とする動詞に「め」の接する例（一〇例）

⑤815　紀男人　正月立ち春の来らばかくしこそ梅を招きつつ楽しき終へめ

⑤833　史野宿奈麻呂　年のはに春の来らばかくしこそ梅をかざして楽しく飲まめ

⑤857　旅人　遠つ人松浦の川に若鮎釣る妹が手本を我れこそ巻かめ

⑰3985　家持　射水川　い行き廻れる　玉櫛笥　二上山は　春花の　咲ける盛りに　秋の葉の　にほへる時に　……朝なぎに　寄する白波　夕なぎに　満ち来る潮の　いや増しに　絶ゆることなく　いにしへゆ　今のをつつに　かくしこそ　見る人ごとに　懸けて偲はめ

⑰3993　池主　藤波は　咲きて散りにき　卯の花は　今ぞ盛りと　あしひきの　山にも野にも　霍公鳥　鳴きし響めば　……　かもかくも　君がまにまと　かくしこそ　見も明らめめ　絶ゆる日あらめや

⑱4071　家持　しなざかる越の君らとかくしこそ柳かづらき楽しく遊ばめ

⑱4094　家持　葦原の　瑞穂の国を　天下り　知らしめしける　すめろきの　神の命の　御代重ね　天の日継と　知らし来る　君の御代御代　……大伴の　遠つ神祖の　その名をば　大久米主と　負ひ持ちて　仕へし官海行かば　水漬く屍　山行かば　草生す屍　大君の　辺にこそ死なめ　かへり見はせじと言立て　大夫の　清きその名を　いにしへよ　今のをつづに　流さへる　祖の子どもぞ　……

⑱4098　家持　高御座　天の日継と　天の下　知らしめしける　天皇の　神の命の　畏くも　始めたまひて貴くも　定めたまへる　み吉野の　この大宮に　あり通ひ　見したまふらし　もののふの　八十伴の男も　おのが負へる　おのが名負ひて　大君の　任けのまにまに　この川の　絶ゆることなく　この山の　いや継ぎ継ぎに　かくしこそ　仕へまつらめ　いや遠長に

⑲4187　家持　思ふどち　ますらをのこの　木の暗の　繁き思ひを　見明らめ　心遣らむと　布勢の海に小舟つら並め　ま櫂掛け　い漕ぎ廻れば　……しくしくに　恋はまされど　今日のみに　飽き足らめやも　かくしこそ　いや年のはに　春花の　茂き盛りに　秋の葉の　もみたむ時に　あり通ひ　見つつ偲はめ　この布勢の海を

⑲4188　家持　藤波の花の盛りにかくしこそ浦漕ぎ廻つつ年に偲はめ

これらも基本的に、意志や願望といって差し支えないものばかりだが、叙述主体個人の心情というよりも、第二例の「かくしこそ　梅をかざして　楽しく飲まめ」や第四例の「かくしこそ　見る人ごとに　懸けて偲はめ」のごとく、宴や遊覧のような場にあって場の人々に共有される大まかな心情を表すものばかりであることに気づく。個人の意志を軸に他を誘う勧誘とも異なって、かつて「な」が表したような、人々全体の意志の表出というに近い。現代でも宴会の冒頭などに、「今夜は思いきり楽しみましょう」ということがあるが、発声者個人の意志としてではなく、会の参加者全員の総意としてあることを前提とするのに似る。右の一〇例中八例が、二重傍線を付したように、「かくし（こそ）」のごとき臨場表現を伴うことも、場の一体性を前提とする表現であることを物語る。

第三例は、大伴旅人が松浦河で詠んだ歌である。一見、作者である旅人の意志を表した歌のようだが、直後の歌（⑤858）の「我」がわれわれの意を表すというのに従って、(5)複数の方に分類した。この歌の「我」が場の人々を指すのだとすれば、先に第四章で見た、

我（吾等）が待ちし秋萩咲きぬ今だにもにほひに行かな彼方人に　（⑩2014、人麻呂歌集）

の「にほひに行かな」が宴席の参加者や物語中の牽牛の総意としてあったのと同様の表現ということになる。「こそ〜め」は、叙述主体が複数の歌においては、人々全体の意志というべきものを表すと見なすことができる。

この例を加えた一〇例の内訳は、巻五の梅花宴歌群に二首、大伴旅人の松浦川歌群に一首、大伴池主作歌に一首、大伴家持作歌に六首となる。大伴旅人と家持周辺歌人の歌にしか現れず、一〇首のうち三首は大宰府関連の歌であり、また七首は越中で詠まれた歌、ということになる。

先にふれたように、大野晋は、家持周辺に見られるこうした用法を、

末尾に形式的には已然形を取りながら意味上単純な強調終止となる例が万葉時代の末期には現れてきた。それは大伴家持らの歌の中に見出される。……これらに共通な「カクシコソ……メ」という形は、いずれも推量、または祈願を表現している。この形はいずれも天平以後、万葉末期の例だけである。（123〜124頁）

のごとく、「推量、または祈願」とし、コソを含む係り結びが已然形の機能の弱化に伴った結果と見る。しかし

ながら、平安期の和歌にも依然として、

植ゑしうゑば秋なき時やさかざらむ花こそちらめ根さへかれめや（秋下268、業平）

現にはさもこそあらめ夢にさへ人目を守ると見るがわびしさ（恋三656、小町）

吉野河よしや人こそつらからめはやく言ひてし事はわすれじ（恋五794、躬恒）

のように、「こそ〜め」が前提句を構成して後の句が逆接的に続く例は豊富に存する。(6) 家持周辺歌人の用法を文法形式の形骸化と捉えたのでは不十分であろう。

さて、「こそ〜め」が集団の願望を表す例が、大伴旅人や家持周辺に偏って現れ、かつ一〇例中八例が「かくし（こそ）」の語を伴うことは見てきたとおりだが、かかる形式（「かくしこそ……め」の形式）は大伴旅人や家持の歌において始まったわけではない。

右に挙げた家持作歌の用例のうち、巻十八・四〇九四番歌中の「……海行かば 水漬く屍 山行かば 草生す屍 大君の 辺にこそ死なめ かへり見はせじと言立て……」の表現には典拠がある。この歌は、題詞に「賀陸奥国出金詔書歌一首（并短歌）」（以下、「賀出金詔書歌」と呼ぶ）とあるとおり、東大寺盧舎那仏鍍金のための金が陸奥国から産出したことを受けて、天平勝宝元年（七四九）四月朔に出された聖武天皇詔（続日本紀宣命第十三詔）を賀す目的の下、制作された歌であり、表現も宣命の詞句を下敷きとしている。次にその宣命の一部を引用する。

……また大伴・佐伯宿祢は、常も云はく、天皇が朝守り仕へ奉る、事顧みなき人等にあれば、汝たちの祖どもの云ひ来らく、「海行かば みづく屍、山行かば 草むす屍、王の 辺にこそ死なめ、のどには死なじ」と云ひ来る人等となも聞こし召す。……（続日本紀宣命第十三詔）

右の宣命のうち、傍線部を含む「海行かば みづく屍、山行かば 草むす屍、王の 辺にこそ死なめ、のどには死なじ」の詞句が家持作歌の表現の典拠である。大伴・佐伯両氏の祖が天皇への仕奉を誓うべく代々言い継いできた文言として挙げられた文の一部にあたる。詔の「のどには死なじ（と云ひ来る人等と）」が歌の中では「かへり見はせじ（と言立て）」に改変されているが、「こそ〜め」の形式が万葉歌に始まったわけでなく、古くから言立てのような場面で、集団の総意を述べ立てる形式の中で用いられていたことが知られる。

実際に、万葉集以外を見渡せば、他にも、次に挙げるように、続日本紀歌謡の他、琴歌譜、催馬楽、古今和歌集の大歌所御歌に同種の表現を見出すことができる。ただし、それらは、

壬戌の日（正月十六日）、天皇大安殿に御して群臣を宴す。酒酣なるとき、五節の田舞を奏し、訖りて更に少年童女をして踏歌せしめ、また宴を天下の有位の人並びに諸司の史生に賜ふ。ここに六位以下の人達、琴を鼓きて歌ひて曰はく、

新しき年の始めにかくしこそ仕へ奉らめ万代までに　（続紀・天平十四年春正月）

といふ。宴訖りて禄賜ふこと差有り。

新しき年の始めにかくしこそ千歳をかねて楽しき終へめ　（琴歌譜一四）

新しき年の始めに　や　かくしこそ　はれ　かくしこそ　仕へまつらめ　や　万代までに　（催馬楽二七）(7)

大直日の歌

新しき年の始にかくしこそ千年をかねてたのしきを積め

日本紀には、仕へまつらめ万代までに　（古今集・大歌所御歌一〇六九）

のごとく、いずれも類型的である。右のうち第四例、すなわち古今集所収歌に「日本紀には、仕へまつらめ万代までに」と注があることから、当時より小異歌と認識されていたことがわかる。これらの歌謡は、すべて天平十

四年の続日本紀歌謡の異形であると見てよいだろう。(8)

天平十四年の続日本紀歌謡の例は、新年の踏歌節会における歌謡であり、中心的内容は天皇への忠誠を誓う言立てにある。その後には、禄の下賜と叙位が合わせて行われた。万葉集以外の和歌における「かくしこそ〜め」についてのかかる偏った現出の仕方と先の続日本紀宣命第十三詔中の表現のあり様を合わせて考えると、「かくしこそ〜め」が、複数の人物が一つの心情を共有することを殊更に言い立てる場面で用いられた形式の一つとしてあったことはまず間違いない。家持が、「賀出金詔書歌」のみならず、一族の代々の仕奉を主題とする「吉野讃歌」の長歌（⑱4098）においても、「かくしこそ……仕へ奉らめいや遠長に」のごとく、当該表現を用いていることは、家持自身が当該表現の性格を熟知していた可能性を示唆する。

いま一度、先に挙げた「こそ〜め」の用法、特に八七頁以下「かくしこそ〜め」の詠まれた万葉歌を見られたい。すると、波線で示すように、「正月立ち 春の来らば」「いにしへゆ 今のをつつに」「絶ゆることなく」など、継続性、不変性を強調する表現が目につく。天平十四年の続日本紀歌謡にもやはり「万代までに」の詞句が見えるのだが、「かくしこそ〜め」を用いて示される心情の共有が場の人々にとっては自明のこととしてあるからだろう。無条件の共感ゆえに変わることがない、それを前提とした心情のあり方を表すのが、「かくしこそ〜め」という表現形式であったと考えられる。かつて「な」を用いて表されていた、人々全体に共通する願望の表出の一部をこの形式が新たに担ったのである。

筑紫や越中において、この形式は、官人たちによって特に好んで用いられる。地方における外官が、正月十五日の儀式において群臣が天皇に仕奉を誓う形式のごとき中央の規範を持ち込みながら、その連帯を表出して見せたのが、筑紫や越中で頻繁に用いられる「こそ〜め」の表現なのではなかっただろうか。

一人称主体以外の動詞に接する「め」

次に、一人称以外を主体とする動詞に「め」の接する例を見たい。

一人称以外の動詞に下接する例は限定的にしか現れない。次に挙げるのがその全例であるが、第一例から第三例は「ほととぎす」が鳴く、あるいは来鳴き響むことを希求するものである。「こそ〜め」が一人称の意志のみならず、他が主体である動詞に付いて、その実現を願う形式として用いられることがあったことが確かめられる。[9]

Ⅲ　二人称・三人称主体の動詞に「め」の接する例（五例）

⑧1481　書持　我がやどの花橘にほととぎす今こそ鳴かめ友に逢へる時
⑩1947　不明　逢ひかたき君に逢へる夜ほととぎす他時ゆは今こそ鳴かめ
⑩1951　不明　うれたきや醜ほととぎす今こそば声の嗄るがに来鳴き響めめ
⑲4267　家持　天皇の御代万代にかくしこそ見し明らめめ立つ年の端に
⑳4485　家持　時の花いやめづらしもかくしこそ見し明らめめ秋立つごとに

第一例は、ほととぎすに我がやどで鳴くことを希求する内容であるが、古今集にも同様に、ほととぎすが「我がやど」で鳴くことを詠った次のような歌が見られる。

いまさらに山へ帰るなほととぎすこゑのかぎりは我がやどになけ（古今集・夏151、題しらず・よみ人しらず）

Ⅲの第一首にある万葉歌の「今こそ鳴かめ」がここでは「我がやどになけ」と命令形式で表現されており、「こそ〜め」で表される内容が、叙述主体の心情内部で完結する希望ではなく、相手に直接呼びかけ希求する性質のものであることを如実に示す。

Ⅲに見える家持作の後ろの二例は、「見し明らむ」という尊敬語に下接した例であり、動作の主体は天皇である。天皇が毎年「見し明らむ」ことの実現を願うものであるが、[10]前者が応詔歌であることを考慮すると、叙述主体の心中で完結する希望というよりは、相手（この場合は天皇）に直接呼びかける体裁の、希求を表す表現であったと捉えるのが該当である。先に平安期の和歌においても依然として「こそ～め」は逆接の意味表示に用いられることが多いと述べたけれども、次に挙げるように、散文脈の特に会話において「こそ～め」は、尊敬表現を伴いながら、目上への提言に近い依頼の形で頻出する。Ⅲに見える家持の二例（⑲4267、⑳4485）は、かかる用法に通じるものといえよう。

『源氏物語』

「……十にあまりぬる人は、雛遊びは忌みはべるものを。かく御男などもうけたてまつりたまひては、あるべかしうしめやかにてこそ、見えたてまつらせたまはめ。」（「紅葉賀」①三二一頁）

「夕つ方出でさせおはしまして、亥子の刻にはおはしまし着きなむ。さて暁にこそは帰らせたまはめ。」（「浮舟」⑥一一七頁）

ただし、万葉集において、目上に対する希求表現として「こそ～め」形式を用いるのは、先掲の用例Ⅲに挙げた家持作の二首（⑲4267、⑳4485）のみである。両方とも八世紀後半の例であるが、それ以前はどのような形式によって表現されていたのか。

平安以降の散文の、特に会話文に見られるような「こそ～たまはめ」のごとき、「たまふ」に接して目上への希求や依頼を表す形式は万葉集には確認できない。「たまふ」に接して、目上の者への希求を表す例としては「（たまは）ね」がある。(11) 次に、希求「ね」が「たまふ」に下接した万葉歌の例を挙げる。

⑤879 山上憶良 万世にいましたまひて天の下奏したまはね朝廷去らずて

⑤882 山上憶良 我が主の御霊賜ひて春さらば奈良の都に召上げたまはね

⑥1020（21） 石上乙麻呂

大君の 命畏み さし並ぶ 国に出でます はしきやし 我が背の君を かけまくも ゆゆし畏し 住吉の 現人神 船舳に うしはきたまひ 着きたまはむ 島の崎々 寄りたまはむ 磯の崎々 荒き波 風にあはせず 障みなく 病あらせず 速けく 帰したまはね もとの国辺に

⑪2351 人麻呂歌集 新室の壁草刈りにいましたまはね草のごと寄り合ふ娘子は君がまにまに

⑱4122 大伴家持

天皇の 敷きます国の 天の下 四方の道には 馬の爪 い尽くす極み 舟舳の い果つるまでに いにしへよ今のをつづに ……あしひきの 山のたをりに この見ゆる 天の白雲 海神の 沖つ宮辺に 立ちわたり との曇りあひて 雨も賜はね

すでに述べたように、「な」や「ね」による呼びかけの希望表現は、平安期には姿を消す。かつてそれらが担った人々全体の願望の表出や呼びかけの希求といった表現の領域は、「こそ〜め」形式を含む活用助辞「む」や命令表現によって補われたのであった。

呼びかけ表現の変遷

万葉集中の家持の歌に、

漢人も筏浮かべて遊ぶといふ今日そ我が背子花縵せな（花縵世奈）（⑲4153）

との一首がある。第五句については、

世奈…類聚古集・紀州本・西本願寺本・陽明本・温故堂本・大矢本・近衛本・京大本。

世余…元暦校本墨書入（合点。本文は「世尓」）・廣瀬本・神宮文庫本・細井本・金沢文庫本・無訓本・附訓本・寛永版本。

のごとく、異同が認められる。命令表現「せよ」は万葉集中に一〇例以上見られるのに対して、「せな」は当該例以外見当たらない。「奈」と「余」の単純な誤写と見てもよいが、誤写にしても自然な表現から不自然な表現へ変わるとは考えにくく、もとは「世奈」であった可能性が高い。いずれにせよ、「世奈」と「世余」との揺れは、平安時代以降の和歌世界からは姿を消したものの、願望表現の「な」を含む歌が、なお呼びかけの響きを伴って記憶されていたことを示している。

注

（1）大野晋『係り結びの研究』（一九九三年、岩波書店）。

（2）古今和歌集に「こそ〜め」は一七例見られるが、うち一〇例は逆接を表す。他に、個人の意志や願望を表す例が五例、理由を表す例が一例、長歌において万葉歌の句をなぞったと思われる例が一例（⑥1004）ある。

（3）『萬葉集電子総索引』（二〇〇九年、塙書房）による。ただし、そこで別項目に立てられている「しこそ」「にこそ」「のみこそ」「をこそ」の用例も加えた。

（4）「こそ」による係り結びについては、大野晋「日本古典文法（その一〜その十）」（『国文学解釈と鑑賞』第二〇巻一二号〜二二巻三号、一九五五年、同『係り結びの研究』岩波書店に所収）の見方が現在でも基本的に踏襲されているといってよい。ただし、特に已然形の機能などについては異説もある。詳しくは、蔦清行「コソ・已然形研究史抄」（『日本語・日本文化』三七、二〇一一年三月）を参照されたい。

（5）例えば、新編日本古典文学全集『萬葉集②』（小学館）の八五八番歌頭注には、「「ワレ」の原文は「和礼」。万葉集では一人称代名詞が恋フ・恋シ・恋に続くとき、アレ恋フ・アレ恋シ・アガ恋などのようにア（レ）が専用され、ワ（レ）が現れることはない。この歌と八六二の「見ずてや我は恋ひつつ居らむ」とだけが例外。ア（レ）はワ（レ）に比べて単数的・孤独的といわれている。ここでは複数の「娘等」「蓬客等」がわれわれの意で用いたもので、またこの一連の歌群が『遊仙窟』の翻案というべき虚構的作品であることもあって、例外的にワレ恋フといったと考えられる。」とある。

（6）大野晋『係り結びの研究』（前掲注1）によると、「古今集のコソの六割強は単純な強調の表現に使われている」という。古今集でも四割が、逆接の意を含む大野のいうド型・ノニ型であったということである。その原因は、本来裸で条件句を作る能力を持つ形式であるはずの已然形の機能の退化にあるという。なお、注2で示した私見と数が異なるのは、大野論文が「こそ〜め」のみならず「こそ」を用いた係り結び全体の割合を示しているためである。いずれにしても、古今集の歌に見える「こそ＋已然形」の約半数は依然として下の句に接続して条件を表すべく機能していた、ということになる。

（7）鍋島家本催馬楽には「安良多之支〔以〕止之乃波〔安々々〕之女尓也〔安々々々〕加久之己〔於々々〕曽〔於々々〕波礼〔リ〕可久之己〔於々々々〕曽〔於々〕川可戸末〔安々々〕川良女也〔安々々〕与呂川与〔於々々〕万〔安々々〕天介〔リ〕」とある。当該表現について諸本間に大きな異同は見られない（『催馬楽研究』藤原茂樹編「催馬楽各歌対照表」二〇一一年、笠間書院による）。

（8）松田聡「家持の宮廷讃歌——長歌体讃歌の意義」（『美夫君志』第五七号、一九九八年一〇月）は、続日本紀天平十四年正月十六日条の歌謡の類想句が万葉集巻十七・三九〇七〜八番歌に見られることをふまえ、「当時の賀歌の一つの類型であったと考えられるのである」とする。

（9）助辞「む」の表す文脈的意味が文法的環境に応じて配置され、無意志的状態動詞のような物事の状態を表示する語に下接する場合には、話し手の叙述事態に関する精神的な意向を表示すること、釘貫亨「上代語活用助辞ムの意味配置に関与する統語構造」（『萬葉』第二二一号、二〇一六年三月）に詳しい。

（10）奥村和美「家持歌と宣命」（『萬葉』第一七六号、二〇〇一年二月）によると、「アキラム」の語は漢語「察」の訓読語と考えられ、基本的な意義として、よく見る、見極めるという意が認められるという。花を明らむとする家持作歌についても、諸注は多く心情を対象にとって心を晴らすという意に解するが、文選の例などから、盛衰の理をつかむという意に解し得るとする。

（11）尊敬を表す「す」に接して目上への希求や依頼を表す「ね」も見える。本文中では、目上の者への依頼を表す形式として「たまはね」の例を挙げたが、源氏物語の会話文で見たような「こそ〜たまはめ」に通じるのはむしろ「さね」かもしれない（「たまはね」は第三章で見たように、万葉集の中でも特殊な使われ方をしている）。「草を刈らさね」（①11、中皇命）「花を葺かさね」（⑩2292）など、万葉集中に一四例が見える（第一部第一章注7参照）。いずれにしても、万葉集の、特に家持以前の歌において、尊敬を表す語に接して目上への希求や依頼を表すのは「ね」であり、「こそ〜め」でなかったことが確かめられる。

第二部　表現形式と歌作の方法

第一章　越中における「思ふどち」の世界

呼びかけと連帯意識

　呼びかけの希求表現「ね」は、上代文献にしか現れない、いわゆる上代語である。「ね」の分布を見ると、記紀に載る歌謡や初期万葉歌、東歌、防人歌の他、人麻呂歌集歌に比較的多く用いられている。その一方で、後期万葉の作者判明歌にはほとんど現れない。平安期の文献に当該表現が確認できないことに照らせば、こうした用例数の偏りは、極めて自然といえる。ところが、そうした通時的な傾向に反して、万葉末期の歌人である大伴家持の歌にはこの表現が多用される。

　それればかりでない。前述のとおり、「ね」は、歌が相手に直接詠いかけるものから、各々の心情の内部で一旦完結しそれを提示する形へと変化するにしたがって、第四句・第五句という歌の末尾から、第二句・第三句のような歌の途中に現れやすくなる。これは、述べてきたように、呼びかけ表現「ね」が生の感情の表出から、口誦を装う技法として形式的に用いられるようになったことに伴う変化と理解される。しかしながら、家持作歌における「ね」の用例を見ると、そうした時代の流れに反して歌の末尾に「ね」が現れる例ばかりであることに気づく（次の歌群中、「ね」を含む句に傍線を付した。◆以下には〈呼びかける主体〉→〈呼びかけられる対象〉を示した。これについては後に詳しく述べる）。

四月廿六日掾大伴宿祢池主舘餞税帳使守大伴宿祢家持宴歌（并古歌四首）

我なしとなわび我が背子ほととぎす鳴かむ五月は玉を貫かさね　◆家持→内蔵忌寸縄麻呂（⑰3997）

越中国守大伴家持報贈歌（四首）

我が背子が古き垣内の桜花いまだ含めり一目見に来ね　◆家持→大伴池主（⑱4077）

……忽見雨雲之気仍作雲歌一首（短歌一絶）

天皇の　敷きます国の　天の下　四方の道には……あしひきの　山のたをりに　この見ゆる　天の白雲　海神の　沖つ宮辺に　立ち渡り　との曇りあひて　雨も賜はね　◆家持→天の白雲（⑱4122）

三日守大伴宿祢家持之舘宴歌（三首）

奥山の八つ峰の椿　つばらかに今日は暮らさねますらをの伴　◆家持→越中官人（⑲4152）

贈水鳥越前判官大伴池主歌一首（并短歌）

天離る　鄙としあれば　そこここも　同じ心そ　家離り　年の経ぬれば……叔羅川　なづさひ上り　平瀬には　小網さし渡し　早き瀬に　鵜を潜けつつ　月に日に　然し遊ばね　愛しき我が背子（⑲4189）

叔羅川瀬を尋ねつつ我が背子は鵜川立たさね心なぐさに　◆家持→大伴池主（⑲4190）

為寿左大臣橘卿預作歌一首

古に君の三代経て仕へけり我が大主は七代申さね　◆家持→橘諸兄（⑲4256）

陳防人悲別之情歌一首〔并短歌〕

大君の　任けのまにまに　島守に　我が立ち来れば……海原の　恐き道を　島伝ひ　い漕ぎ渡りて　あり巡り　我が来るまでに　平けく　親はいまさね　障みなく　妻は待たせと……　◆防人（家持）→家族（⑳4408）

家人の斎へにかあらむ平けく舟出はしぬと親に申さね　◆防人（家持）→使者（⑳4409）

二月於式部大輔中臣清麻呂朝臣之宅宴歌（十五首）

はしきよし今日の主人は磯松の常にいまさね今も見るごと　◆家持→清麻呂（⑳4498）

右が家持作歌に見られる希求表現「ね」の全用例である。第五句が呼称や倒置句である場合を除いて、「ね」はすべて第五句に現れていることがわかる。人麻呂歌集歌を嚆矢として、その後の万葉歌に複数確認された「〜ね○○む」形式はここには一つも見えず、一首全体が発話そのものであるような形式ばかりが目立つ。

右のうち、後ろから三例目にあたる四四〇八番歌は、家持が出立の際の防人に成り代わって詠んだ歌であるが、その中に、「『平けく　親はいまさね　障みなく　妻は待たせ』と……」のごとく、防人から家族に向けての発話が取り込まれている。「ね」が、恋人や両親など身近な者へ呼びかける口吻を想起させる表現形式であったことが知られる。家持はそれを、大伴池主や越中の官人、また帰京後には、橘諸兄のような目上の者に向けても用いている。

加えて、右の歌には、「我が背子」（⑰3997、⑱4077、⑲4190）、「愛しき我が背子」（⑲4189）のごとき、通常男女の間の恋歌で使用される呼称が複数見える。官僚機構における社会的な関係を超えた家族に対して用いるような表現は、どのような意識または関係を表しているのだろうか。右の歌はすべて、家持が越中に赴任して以降の歌であり、越中における外官たちの連帯は、歌の中に殊更に示されているといってよい。かかる意識は、呼びかけ表現のみならず、彼らが好んで使用した「思ふどち」という表現からも確かめることができる。

　本章では、「思ふどち」という表現の変遷と家持周辺歌人たちの特殊な用法に注目し、外官として赴任した越中官人たちの心情世界に光を当ててみたい。

「どち」の変遷

「どち」は、通常、「同士」「仲間」といった複数の人間集団を表す名詞と理解されている。(1) ところが、万葉集に用いられる一五例と記紀歌謡中の二例を、時代や作者をふまえた上で改めて眺めてみると、古い用例には名詞として「同士」「仲間」という意味を表すものはなく、「〜と一緒に」というように、動詞に係りながら副詞的に機能するものばかりであることに気づく。

　次の表を見てほしい。万葉集には全一五例の「どち」用例が確認できるが、そのうち一一例は「思ふどち」という定型表現として現れ、その多くが大伴家持やその周辺歌人の歌に偏在する。

	「思ふどち」	「思ふどち」以外の「どち」
Ⅰ期		
Ⅱ期		

	Ⅲ期～Ⅳ期前半	Ⅳ期後半（天平18年～）	未詳	
	意母布度知 ⑤820 葛井大成 思共 ⑧1591 大伴家持 念共 ⑧1656 大伴坂上郎女	於毛敷度知 ⑰3969 大伴家持 於毛布度知 ⑰3991 大伴家持 於毛布度知 ⑰3991 大伴家持 於毛布度知 ⑰3993 大伴池主 念度知 ⑲4187 大伴家持 思共 ⑲4284 道祖王		念共 ⑩1880 念共 ⑩1882
	思人共 ⑧1558 沙弥尼等 親族共 ⑨1809 高橋虫麻呂歌集	客別度知 ⑲4252 久米広縄	伊従姑奴池 紀歌謡28 于摩譬苔奴知 紀歌謡28	己之妻共 ⑫3091

従来の研究では、こうした偏りが考慮されず、家持周辺歌人らの使用した「思ふどち」の用法、すなわち名詞として「同士」や「仲間」といった意味を表す例が、「どち」本来の意味であるかのように見なされてきた。しかし、数としてはわずかであっても、家持以前の歌人の歌には、「同士」「仲間」の意味では捉えられない「どち」例が存在する。具体的に見たい。

A鴨すらも己がつまどちあさりして後るる間に恋ふといふものを　（⑫3091）

右の歌（A）は万葉集巻十二に収められた作者未詳歌である。餌を漁る間も対になって片時も離れようとしない鴨に比して、妻と共にない叙述主体の悲嘆が詠われている。この歌の中で、鴨が妻と一緒に餌を漁る状態を表すのが「己がつまどちあさりして」の表現であり、「どち」は、「つま」という名詞に下接して副詞句を形成し、「あさりす」という動詞に係る。「どち」は一見、「同士」の意を表すようだが、飽くまでも副詞的な働きをする語であって、名詞として一つの集団を完結的に表す「同士」や「仲間」とは異なることを確認しておきたい。

次（B）に挙げた高橋虫麻呂歌集出の長歌にも、「〜と一緒に」の意味を表す「どち」が見える。

B葦屋の　菟原処女の　八歳子の　片生ひの時ゆ　小放りに　髪たくまでに……ところづら　尋め行きければ　親族どち　い行き集ひ　永き代に　標にせむと　遠き代に　語り継がむと　処女墓　中に造り置き……

（⑨1809、高橋虫麻呂歌集）

この歌は、二人の男に求愛され悩んだ末に自害した菟原娘子伝承を題材としたものである。歌は、娘子の死に絶望した男が後を追い、もう一人もそれに続いたため、彼らの死後その悲劇を留めおこうと、それぞれの親族が集まって三つの墓を並べ建てたという内容から成る。傍線箇所「親族どち　い行き集ひ」は、墓を建てるために親族の集まる様子を指す表現であり、ここでの「どち」も、「親族が一緒になって（い行き集ひ）……」のごとく、下接する動詞「い行き集ひ」に係りながら「〜と一緒に」の意を表している。ただし、「〜と一緒に」といっても、「つま」（A）や「親族」（B）のように、同じ立場の者が一緒に行動する場合に限って用いられるという点で、助詞の「と」より用法が限定的である。こうした「（同じ立場の者が）一緒に（〜スル）」場合に限って用いられるという「どち」の特性は、次の紀歌謡（C）により端的に現れる。

C彼方のあらら松原　松原に　渡り行きて　槻弓に　まり矢を副へ　貴人は貴人どちや　親友はも親友どち　いざ闘

はな我は……
〈紀歌謡28〈神功皇后摂政元年〉〉

『日本書紀【歌】全注釈』(2)によると、ここでの「貴人は貴人どちや」は「味方の貴人同士で敵と戦おうの意」であり、「親友」は「貴人」の言い換えであるという。「どち」が「同士」というよりは、「(同じ立場の者)が一緒になって(〜スル)」の意に近いことが確認できよう。

AからCで見たような「〜と一緒に」という意味の「どち」は、「同士」「仲間」の意味を表す「どち」に比べて用例数は少ない。しかし、「同士」「仲間」の意味を表す「どち」の上接語が「思ふ」ばかりに限定され、かつ、作者も家持周辺の歌人に偏るのに対して、「〜と一緒に」の意を表す「どち」は数としては少ないものの、「つま」「親族」「貴人」「親友」といった多様な語に接し、作者の偏りも見られない。この点を考慮すると、「どち」は本来様々な名詞に接して「(上接する名詞)と一緒に」という意を表す語であったが(3)徐々に形式化し(4)、定型表現として残った「思ふどち」が「同士」「仲間」の意味を表す名詞として使用されることを通して、「どち」自体が名詞的性質を帯びたのではないかと推察される。実際に「どち」用例を、前掲の表のように時代順に並べてみると、副詞的に「〜と一緒に」の意味を表す例は、名詞として「同士」「仲間」の意味を表すものよりも時代的に先行していることがわかる。

次節では、「どち」が「思ふ」に下接し「思ふどち」となることによって「同士」「仲間」の意味を表すように変化してゆく過程を詳しく見てゆくことにしたい。

「〜と一緒に」から「仲間」へ

同じ立場の者が「一緒に（〜スル）」という状態を表していた「どち」が、「思ふどち」として熟語化することによって、「同士」「仲間」といった複数の人間集団の意を表すようになる過程は、以下の例から確かめられる。

　故郷豊浦寺之尼私房宴歌三首

明日香川行き回る岡の秋芽子は今日降る雨に散りか過ぎなむ　（⑧1557、丹比真人国人）

D鶉鳴く古りにし里の秋芽子を思ふ人どち相見つるかも　（⑧1558、沙弥尼）

秋芽子は盛り過ぐるをいたづらにかざしに挿さず帰りなむとや　（⑧1559、沙弥尼）

右に挙げた三首は、旧都となった明日香で催された宴席での作歌である。第一首は、その日の雨によって丘の萩が散ってしまうことを案じた客人、丹比真人国人の歌である。それを受けて詠まれた沙弥尼のDの歌には「思ふ人どち相見つるかも」の表現を用いつつ、旧都となった明日香の秋萩に自分たちと同じ格別の思いを抱く国人とその地で会えた感慨が表現されている。(5) ここでの表現が、「思ふどち」でなく、「思ふ人どち」であることが注目される。

ここでの「どち」は、秋萩のごとき「（具体的事物ヲ）思ふ人」という名詞句に接して、「（具体的な事物に対して）同じ思いを抱く人が一緒に（〜スル）」の意味を表しており、副詞的に機能している。こうした例、すなわち「人」という名詞に下接する例が存することから明らかなように、「どち」自体はもともと人の意味を含まないわけだが、「人」を省略した「思ふどち」が慣用的に使われ出すと、「どち」は省略された「人」の意まで引き受け、「思ふどち」単独で、「同じ思いを抱く人が一緒に（～スル）」という意味を表すようになり、次第に、名詞「同士」の意味内容に近づいてゆく。このことは、以下（①～⑥）の「思ふどち」用例からも確認できる。

①梅の花今盛りなり思ふどちかざしにしてな今盛りなり

（⑤820、筑後守葛井大成）

①の歌は、天平二年（七三〇）、大宰帥であった大伴旅人邸での宴会でよまれた梅花歌三二首のうちの一首である。眼前の梅を共に手折りかざして梅花が盛りを迎えたこの時を満喫しよう、と詠う右の歌は、第二句「今盛りなり」で文として完結し、第三句「思ふどち」以下には連続しない。「思ふ」は通常、「～ヲ」や「～ト」を伴ってその対象や内容を指示する動詞であるが、ここでの「思ふ（どち）」は事実上、文の冒頭に位置することになり、「思ひ」の内容を具体的に指示する、「～ヲ」や「～ト」にあたる部分を欠く。これは、「思ふどち」の「思ひ」の対象が、「～ヲ」で指示されるような即物的なものから、観念的なものへと変化したことを表すと共に、「思ふどち」が、慣用表現として熟し、それだけで一つの意を指示する名詞に傾いたことを示す。

万葉集によると、この梅花歌群は、大宰帥であった大伴旅人から在京の吉田宜に送られる。巻五にはそれに対する返礼の書簡が見えるが、その中で吉田宜は、大宰府の歌人らを「群英」に、宴を孔子と弟子の集まりを指す「杏壇」に擬えて賞賛している。こうした吉田宜の評価を待つまでもなく、大宰府官人たちには自分たちの宴が風流なものである自覚と、それを担う文人としての自負があったことだろう。①の歌に見える「思ふどち」は、宴の場とそこにある梅の花への興味といった即物的関心を共有する人々というのでなく、「今盛りなり」と繰り返す叙述主体たる作者葛井大成の心情を理解し、それに共感し得る人々、言い換えれば、梅の花が盛りを迎えているまさにその時に宴を催す価値を十分に理解し得る人々を指す。価値観の共有を前提とするがゆえに、自身の抱く「思ひ」に具体的な形を与えなくとも、当然それを理解し共有する、それが大成のいう「思ふどち」なのであろう。

ただ、①の場合、「思ふどち」の「思ひ」の対象や内容が「〜ヲ」や「〜ト」によって示されていないといっても、第一句に「梅の花」という景物が提示されており、場の人々の「思ひ」にはある程度具体的な輪郭が示されている。ところが、次の例（②）になると、「思ふどち」の「思ひ」の具体的対象や内容が「〜ヲ」や「〜ト」で示されないばかりか、表現の上にも全く現れてこない。

②酒坏に梅の花浮かべ思ふどち飲みての後は散りぬともよし　（⑧1656、大伴坂上郎女）

②における人々の関心は、酒や梅といった具体的事物に対してではなく、花を浮かべて酒を飲むという文化的な交遊にある。ここでいう「思ふどち」とは、眼前の梅花に対する感動といった即物的な「思ひ」ではなく、大陸文化風の価値観に根差した抽象的な「思ひ」を叙述主体と共有できる風流人集団を指す。

このように、梅花の宴のような文化的交遊の場で用いられる「思ふどち」は、花をかざしたり酒に浮かべたりしながら歌を詠む風流を共にする人々をいう。場の人々は、「思ふどち」と詠うことによって、風流人集団としての自分たちを強く意識し、その価値観によって連帯する。「思ふどち」を結ぶ「思ひ」が、具体的即物に対する単純なものから観念的なものへと昇華したのだといえる。かかる抽象的概念によって連帯する「思ふどち」は、即物的な「思ひ」によって結ばれる集団に比べて限定的で閉じられたものに傾く。しかし、右に見た「思ふどち」は、宴のようなある特定の時間、場所における一回的な「思ひ」を共有する人々を指すのであって、後に見る家持たちのように時空を超えて結びつく「思ふどち」とはいまだ異なる。「思ふどち」の表現は、慣用的に用いられることを通じて名詞化しているものの、この時点では、「〜と一緒に（〜スル）」という意を表す「どち」本来の場所や行動を共にする状態を示す副詞的性格が保たれているのである。

宴などの場を共にする人々が、宴の趣旨を理解することで、回的に結びつくのではなく、時や場所に拘わらず時空を超えて連帯する、まさに「仲間」というべき「思ふどち」の用法は、越中における家持から池主への贈歌以降、見られるようになる。以下、その過程を追っていこう。

風流人集団としての「思ふどち」

大伴家持は、越中に赴任して間もない天平十八年（七四六）の暮れから病に臥す。次に挙げるのは、翌年の春、当時越中掾であった大伴池主宛に送った書簡の一部と、そこに記載された歌である。前文中の「未堪展謝」というくだりや、第一首冒頭の「春の花今は盛りににほふらむ」（⑰3965）と、外界の様子を推量する表現からは、年が明けても容態が快復せず、依然として病床にあった家持の様子をうかがい知ることできる。

〈天平十九年の越中での贈答〉

守大伴宿祢家持贈掾大伴宿祢池主悲歌二首

忽沈枉疾、累旬痛苦。祷恃百神、且得消損。而由身体疼羸、筋力怯軟。未堪展謝係恋弥深。（下略）

◆家持→池主〈二月二九日〉

春の花今は盛りににほふらむ折りてかざさむ手力もがも（⑰3965）
うぐひすの鳴き散らすらむ春の花いつしか君と手折りかざさむ（⑰3966）

（序　省略）

◆池主→家持〈三月二日〉

山峡に咲ける桜をただ一目君に見せてば何をか思はむ（⑰3967）
うぐひすの来鳴く山吹うたがたも君が手触れず花散らめやも（⑰3968）

更贈歌一首（并短歌）　（短歌・序　省略）

③大君の 任けのまにまに しなざかる 越を治めに 出でて来し ますら我すら 世間の常しなければ ……春花の 咲ける盛りに 思ふどち 手折りかざさず…… いたづらに 過ぐし遣りつれ 偲はせる 君が心を うるはしみ この夜すがらに 眠も寝ずに 今日もしめらに 恋ひつつそ居る　◆家持→池主〈三月三日〉（⑰3969）

池主に送った歌には、病が長引き春を満喫できない鬱憤が、花を手折りかざしてあそぶことへの願望として繰り返し表現されており（「折りてかざさむ手力もがも」〈⑰3965〉「春の花いつしか君と手折りかざさむ」〈⑰3966〉）、その中の一つに、③の「思ふどち 手折りかざさず」（⑰3969）がある。

家持と池主とは、越中で初めて会ったわけではなく、在京時代から二人の間にはすでに交流があった。越中の地で守と掾として出会う九年前の天平十年十月に、都の橘奈良麻呂邸で催された宴において詠み合った歌が、巻八に「橘朝臣奈良麻呂結集宴歌十一首」（⑧1581～91）として残る。次がその歌群であるが、歌群末尾の家持作歌に「思ふどち」の語が見える。越中で家持が池主を「思ふどち」と呼ぶのには在京時代のこうした交流がふまえられているのであった。[6]

〈天平十年の橘奈良麻呂邸での宴席歌〉

手折らずて散りなば惜しと我が思ひし秋の黄葉をかざしつるかも　（⑧1581、橘奈良麻呂）

めづらしき人に見せむともみち葉を手折りそ我が来し雨の降らくに　（⑧1582、橘奈良麻呂）

もみち葉を散らすしぐれに濡れて来て君が黄葉をかざしつるかも　（⑧1583、久米女王）

（1584～85省略）

もみち葉を散らまく惜しみ手折り来て今夜かざしつ何をか思はむ　（⑧1586、県犬養持男）

（1587省略）

奈良山をにほはす黄葉手折り来て今夜かざしつ散らば散るとも　（⑧1588、三手代人名）

露霜にあへる黄葉を手折り来て妹はかざしつ後は散るとも　（⑧1589、秦許遍麻呂）

十月しぐれにあへるもみち葉の吹かば散りなむ風のまにまに　（⑧1590、大伴池主）

④もみち葉の過ぎまく惜しみ思ふどち遊ぶ今夜は明けずもあらぬか　（⑧1591、家持）

それから九年を経た越中で、池主に対して、「春花の咲ける盛りに思ふどち手折りかざさず……」（⑰3969）と詠みかける家持歌の表現が、在京時代の黄葉の宴をふまえていることは疑いない。池主の返歌もまた、黄葉の宴歌に見られる、「何をか思はむ」（⑰3967）の表現を用いて応じている。その他、巻十七・三九六八番歌に見える「花散らめやも」は、やはり黄葉の宴で用いられた「散らば散るとも」（⑧1588）、「後は散るとも」（⑧1589）、「吹かば散りなむ」（⑧1596）の裏返しの表現と見ることができよう。このように、天平十九年春の越中における二人の贈答は、都で共有した表現の上に成り立っているように見える。

では、③の「思ふどち」は九年前のそれに比してどのように変化したのか。再び③の歌に目を戻すと、「思ふどち」の「思ひ」の対象や内容が歌の中に示されていないことがわかる。在京時代の家持作歌（④）における「思ふどち」が、「もみち葉の過ぎまく惜しみ」という心情を共有する関係として具体的に定義されていたのに対して、越中で二人を繋ぐ「思ひ」が観念的なものに変化したと捉えられよう。この歌が、実際の場を伴わない、書簡中の歌であることも、「思ふどち」が、具体的で即物的な体験の共有を前提としない新たな表現へと変質しつつあることを示している。

家持は、同じように柳をかざしてあそぶ宴席の歌でも、在地の役人たち（左注にいう「郡司已下子弟已上諸人」）に対

しては「思ふどち」ではなく「しなざかる越の君ら」という呼び方をして区別している。(7)

しなざかる越の君らとかくしこそ柳かづらき楽しく遊ばめ

右郡司已下子弟已上諸人多集此会因守大伴宿祢家持作此歌也

（⑱4071、家持）

「思ふどち」は、歌の上に再現された文化的価値を真に理解できる越中外官らに向けた、限定的で閉じられた集団を指す呼称なのであった。

越中外官の心情世界

病が回復し、正税帳使として上京することとなった家持は越中の風土を題材とした「賦」を三月から四月にかけて三篇制作している。都人に土地の風物を紹介する内容であり、その動機は、上京の際の手土産とすることにあったのだろうと言われる。(8)

次の⑤は、そのうちの二作目にあたる「布勢の水海に遊覧せる賦一首〔并短歌〕」（⑰3991〜92）の長歌である。

遊覧布勢水海賦一首〔并短歌〕〔此海者有射水郡旧江村也〕

⑤もののふの　八十伴の緒の　思ふどち　心遣らむと　馬並めて　うちくちぶりの　白波の　荒磯に寄する　渋谿の崎たもとほり　……ここばくも　見のさやけきか　玉くしげ　二上山に　延ふつたの　行きは別れず　あり通ひ　いや年のはに　思ふどち　かくし遊ばむ　今も見るごと

（⑰3991、家持）

この中で「思ふどち」は、二度繰り返されている。(9)この歌には、都と関わらない歌には登場しない土地特有の風物が詠まれており、題詞には、布勢海の所在を解説するような割注が付されている。越中を知らない人々を読み手として意識していると見てまず間違いない。

越中で贈答される歌において、都の文化を共有する風流人集団として描かれていた「思ふどち」が、この歌、すなわち在京官人に披露する賦となると一変して越中の風土特有の魅力を見出し満喫する風流人集団として描かれるのである。そこには、既存の都文化受容者でしかない在京の文人たちに対して、これまでにない感動の体系を発見し、新しい文化的価値観を共有する自分たちがいかに斬新な文化集団であるかが主張されている。波線部に見える「ここばくも　見のさやけきか」は、布勢の海を前にした臨場感に支えられた表現であるが、そうした表現もまた、実際の景色を見ることのできない都人を強く意識したものであった。このことは、三作目の「立山賦」（⑰4000）にある「万代の　語らひぐさと　いまだ見ぬ　人にも告げむ　音のみも　名のみも聞きて　ともしぶるがね」という表現からも確かめられる。(10) 結句「ともしぶるがね」とは、「うらやましがるように」（「がね」は目的を示す）の意であるという（阿蘇瑞枝『萬葉集全歌講義九』）。

　立山賦一首（并短歌）（此立山者有新川郡也）

天離る　鄙に名かかす　越の中　国内ことごと　山はしも　しじにあれども　川はしも　多に行けども　皇神の　領きいます　新川の　その立山に　常夏に　雪降り敷きて　帯ばせる　片貝川の　清き瀬に　朝夕ごとに　立つ霧の　思ひ過ぎめや　あり通ひ　いや年のはに　よそのみも　振り放け見つつ　万代の　語らひぐさと　いまだ見ぬ　人にも告げむ　音のみも　名のみも聞きて　ともしぶるがね（⑰4000、家持）

このように、越中において家持の用いた「思ふどち」は、既存の都文化受容者である在京官人とは異なる、新しい文化の担い手として連帯する越中外官らの世界を指す。(11) そうした風流人としての自負が京に対する強い意識に支えられたものであることは、帰京後、家持が一度も「思ふどち」を使用していないことからも察せられる。

次に挙げる歌は、家持が越中において最後に使用した「思ふどち」の例である。「思ふどち」は、動詞「思ふ」の対象を示さぬまま長歌冒頭に唐突に現れる。

六日遊覧布勢水海作歌一首（并短歌）

⑥思ふどち ますらをのこの 木の暗 繁き思ひを 見明らめ 心遣らむと 布勢の海に 小舟つら並め ……（⑲4187、家持）

右の「思ふどち」は、ある具体的な「思ひ」によって結びついた集団ではなく、もはや外的状況とは無関係に恒常的に連帯する集団であることを如実に示す。葛井大成①や大伴坂上郎女②の作歌における「思ふどち」が、場に依存的で一回的に結びつく集団を表していたのに対して、時空を超えて連帯する、固定的で閉じられた、まさに「仲間」というべき集団を指し示すのが、越中における「思ふどち」なのであった。

また、右の歌⑥の「思ふどち」は、次の点でも他の例から区別される。これまで見てきた「思ふどち」は、「思ふどちかざしにしてな」①、「思ふどち飲みての後は……」②、「思ふどち手折りかざさず」③、「思ふどち遊ぶ今夜は…」④のごとく、直後の動詞に係りながら、「人々が一緒に（〜スル）」という意味を表していた。しかし、⑥の「思ふどち」の下には動詞がなく、「ますらをのこ（大夫）」という同内容を指示する名詞に言い換えられている。つまり、一つの集団を形成する人々を指す名詞として完結しているのである。⑥の歌は、「思ふどち」という表現が、恒常的に連帯した精神集団を指す名詞として用いられた万葉集中唯一の例といえる。

このように「同士」「仲間」といった一つの集団を指し示す「思ふどち」の例は、万葉集を見る限り、決して一般的なものではなく、越中外官らの強い連帯意識に支えられた極めて特殊な用法なのであった。

思ふどちの別れ

「どち」が「思ふ」以外の語に接して副詞的に機能する例は、高橋虫麻呂歌集出歌（⑨1809）を下限とし、以降は「思ふどち」として用いられる例ばかりになる。「どち」は「思ふどち」という定型表現のみを残して単独表現としては姿を消してしまうわけである。平安朝散文資料には比較的多くの「どち」単独例が確認できるが、左に見るように、「仲間」や「人々」といった複数の人間集団を指す、格助詞を伴い得るような名詞例ばかりであり、「〜と一緒に」という意味を表す副詞的な「どち」は一つも存在しない。(12)

見わたせば松のうれごとにすむ鶴は千代のどちとぞ思ふべらなる　（土左日記・正月九日〈二六頁〉）

かの御方の侍従の君、対の御方の少将の君とは、従姉妹どちなれば、……　（うつほ物語〈③四四三頁〉）

……いづれもいづれも若きどちにて、言はむ方もなければ、……　（源氏物語・夕顔〈①一七一頁〉）

この点をふまえると、「どち」単独の用法としては次に挙げた久米広縄の例だけが時代的に孤立することになる。加えて、この例は「思ふどち」を除いて「動詞＋どち」の形を取る唯一の例でもある。

君が家に植ゑたる萩の初花を折りてかざさな旅別るどち　（⑲4252、久米広縄）

久米広縄は、正税帳使の任を終えて都から越中に戻る途中、越中守の任を終え帰京する家持と越前の池主邸で行き合わせる。その際によまれたのが右の一首であった。

広縄は「あなたの家に植えてある萩の始花を手折りかざして遊びたいものだ。」と歌いかけるのだが、萩を、特に越中の家持邸の萩に限定したのは、かつてそれを共にかざして遊んだ越中での共通経験をふまえているため

であろう。次の歌はその半年ほど前、広縄が都に赴く際に家持が送った送別歌であるが、

二月二日会集于守舘宴作歌一首

君が行きもし久にあらば梅柳誰と共にか我がかづらかむ　（⑲4238、家持）

右判官久米朝臣廣縄以正税応入京師　仍守大伴宿祢家持作此歌也　但越中風土梅花柳絮三月初咲耳

歌の内容からは、季節の遊びを楽しむ風流人として盛んに交流した越中時代の二人の親密な関係がうかがえる。[13]

風流人同士として越中で独自の文芸世界を築き上げた三者であるが、越前の池主邸での宴を最後に散り散りになる。家持は都へ、広縄は越中へと向かい、池主は越前に留まるまさにその時に生まれたのが、右の「旅別るどち」の表現なのであった。「旅別るどち」とは、いわば、「旅別る思ふどち」というべきものであり、第三期までに見られた副詞的に機能する「己が妻どち」などとは異って、「どち」それだけで、「思ふどち」と全く同じ内容を言い表している。もはや紐帯としての「思ひ」を必要としないほど無条件に連帯した仲間意識の結晶というべき表現なのであった。

帰京後、家持は、越中在任中に繰り返し使用した「思ふどち」の表現を一度も使わなかった。

注

（1）『時代別国語大辞典上代編』には「どち〔共〕（名）同士。常に体言または用言の連体形に下接して形式名詞的な存在となっている。ドチがついた全体はその下に格助詞の類の接した例を見ず、副詞に近い性質を持つ。」とある。棚橋尚美「『ドチ・ドシ』から『ドウシ』へ」（『岐阜大学国語国文学』一九八二年三月）は、上代の「どち」について「花見や年始などの宴会の場で、一緒に楽しんでいる仲間とか、寛いで付き合える友達、夫婦など親しい者に限って用いられている。」とする。

（2）『日本書紀【歌】全注釈』（大久間喜一郎・居駒永幸編、二〇〇八年、笠間書院、執筆担当・居駒永幸）。

（3）仮名表記以外の「どち」がすべて、並立や添加、随伴の意味である「と」「とも（に）」「さへ」「なへ（に）」「むた」を表すのに用いられる用字〈共〉で表記されていることも、「どち」が本来「〜と一緒に」という意味を表す語であった可能性を示唆している。

（4）「どち」の上接語の固定化、表現の類型化を衰退過程（文法的機能の低下）と見なした。以下の言及は助動詞に関するものであるが、接尾語「どち」に関しても有効な判断基準と考える。「助動詞が、どの様な動詞にであっても偏りなく多数下接し、しかもそれを取り巻く表現も固定的、類型的でなく、多様で自由なものであれば、その文法的機能は活発な状態にある、と見ることができる。」（釘貫亨『古代日本語の形態変化』一九九六年、和泉書院）。

（5）当該歌（⑧1558）第三句の「秋萩ヲ」は、例えば伊藤博『萬葉集釋注四』（一九九六年、集英社）の訳注に「鶉鳴く古びた里に咲く萩、その萩を、気心の合った者同士で、相ともに眺めることができました。」とあるように「相見（つる）」にのみ係ると捉える説もあるが、ここでは「思ふ人どち」と「相見つるかも」の両方に係ると解した。

（6）佐藤隆「内舎人大伴家持――橘奈良麻呂宅結集宴歌――」（『中京国文』一〇号、一九九一年三月、同『大伴家持作品論説』おうふうに所収）は、ここでの「思ふどち」の使用を、葛井大成の梅花宴における「思ふどち」の表現（本文中の例①）を受けて、大宰府官人の梅花宴の様子を自分たちに投影したものと見る。

（7）多田一臣（『大伴家持――古代和歌表現の基層』第七章「越中の風土――都と鄙（一）――」一九九四年、至文堂）は、当該歌（⑱4071）の「しなざかる越の君ら」という表現の裏側には、都を基準とする美意識を持ち都と鄙の文化的落差を痛感する家持の、土着の郡司階級の人々との絶対的な隔たりの意識が見えるとする。

（8）山田孝雄（『万葉五賦』美夫君志会選書第一篇、一九五〇年、一正堂書店）は家持の賦作成の動機を、「京へ上りての語らひ草とせむの下構にてよめるならむか」とする。

（9）佐藤隆「家持の遊覧布勢水海賦と立山賦」（『中京大学文学部紀要』第二七巻第三号、一九九三年三月、同『大伴家持作品論説』おうふうに所収）は、家持の遊覧布勢水海賦に見られる「思ふどち」は池主の遊覧詩やその他の詩文に見られる「賢人君子の親しい関係」の意を表す漢語（「淡交」「蘭蕙」「蘭契」）を置き換えたものである、とする。

（10）小野寛『大伴家持』（一九八八年、新典社）は、当該表現について、「都での聞き手を意識した表現となっている」

とする。廣川晶輝は、越中五賦のうち二上山賦を除く二組の敬和賦を、「内」なる越中国府官人社会のあるべき姿を「外」の世界と対比する構成によって描いた一つの作品と捉える論（「越中賦の敬和について」『北海道大学国語国文研究』第一〇八号、一九九八年三月、同『万葉歌人大伴家持　作品とその方法』北海道大学図書刊行会に所収）の中で、立山賦の「万代の語らひぐさと……」以下の表現について、「外側の存在から名所を見ている内側の存在として越中官人たちの集団をくくり出す効果を持つ」（採要）とし、「思ふどち」は、そういった作品内で醸成された「内」なる越中国府官人集団の姿を指し示すもの、と指摘している。

(11)　廣川晶輝（『万葉歌人大伴家持　作品とその方法』Ⅱ第一章第一節、前掲注10）は、越中における「思ふどち」の使用が、越中の文化圏における文学的営為を象徴するものであったとして、そこに筑紫歌壇への憧憬を見る。

(12)　園田祐子の調査（「『どち』の通時的研究」卒業論文〈名古屋大学文学部　日本語学専攻〉、二〇一四年度）によれば、上代では見られなかった「どち」に格助詞の下接する例が中古で見られるようになるという（「行く水の今日見るどちの……」『うつほ物語』等）。また、「思ふどち」については、「思ふ」の目的語を明確に示したものはなく、名詞として完結して用いられるものばかりであるとして（「生きての世に、人よりおとして思し棄てしよりも、思ふどちの御物語のついでに……」『源氏物語』「若菜下」等）、「中古の例は新沢（２００１）で指摘される上代でおこった変化をついでいる」とする。

(13)　松田聡「万葉集の餞宴の歌――家持送別の宴を中心として――」（『国語と国文学』第八八巻第六号、二〇一一年六月）は、「旅別るどち」の歌（⑲４２５３）を含む巻十九・四二四八以降の家持帰京に伴う一連の作品に漢風の交遊観が底流しているとした上で、「思ふどち」として表される、「六朝詩学を基盤とするこうした交遊観は家持が越中時代を通じ深めてきたものと言ってよい」と指摘している。

第二章　「吉野讃歌」と聖武天皇詔

「吉野讃歌」の作歌動機

万葉集巻十八に、「為幸行芳野離宮之時儲作歌一首〔并短歌〕」と題された長歌一首反歌二首（⑱4098～4100。以下、「吉野讃歌」とする）が載る。作歌年月は記されていないが、前後の歌の日付から、天平感宝元年（七四九、天平二十一年四月十四日改元）の五月十二日から十四日までに作られたものと推定される。(1) ただ、天平八年（七三六）以降に吉野行幸が行われた記録はなく、何より、作者たる家持はこの時国守として越中にあった。こうした状況で、奏上の機会のない吉野行幸歌が作られた理由については、一般に、このひと月前に出された詔の内容に関わるものと理解されている。

天平二十一年二月に、東大寺の大仏鍍金のために不足していた金が陸奥国から産出したことを受け、同年の四月一日に、聖武天皇は、光明子、阿倍内親王らとともに、東大寺に行幸した。その際、盧舎那仏像に出金を報告し感謝を申し述べる詔と、親王や諸王以下の臣下たちに年号の改元や処遇を告げる詔を宣布する。『続日本紀』収載の宣命第十二詔と第十三詔である。聖武は、その第十三詔の中で臣下に処遇を言い渡す際、彼らの始祖代々の功績に言及するのだが、大伴・佐伯の両宿祢については、氏の名を挙げて、遠祖から続く「内兵」としての功業を特別に称賛する。その後行われた叙位では、大伴氏から三名が対象とされ、家持はその時、従五位上に昇叙している。

万葉集に残る歌を見ると、この翌月より家持作の長歌が連続して記録される。(2) 具体的な数でいえば、詔の出された翌月にあたる五月から閏五月までの二か月間の作として、八首の長歌作品が残る。八首の中には、「賀陸奥国出金詔書歌一首〔并短歌〕」(⑱4094~97。以下、「賀出金詔書歌」とする)という、まさしく当該詔書を賀することを目的とした歌や、「独居幄裏遥聞霍公鳥喧作歌一首〔并短歌〕」(⑱4089~92)や「吉野讃歌」のように、「高御座」「天の日嗣」といった宣命に取材した表現を詠み込んだ歌が含まれており、(3) この時期の一連の作歌に第十三詔(以下、「出金詔」とする)が少なからぬ影響を与えているように見える。家持作「吉野讃歌」が出金詔を機に高まった皇統讃美意識や白鳳時代回顧の念が表出された作品と捉えられるのはこうした理由による。(4)

しかし、出金詔そのものに取材した「賀出金詔書歌」とは異なり、「吉野讃歌」と出金詔との関係は、詔を契機として高まった皇統讃美意識や白鳳回顧の念といった作者家持の心情を介してかろうじて繋がる間接的なものでしかない。仮に、出金詔を機に皇統讃美意識や天皇讃歌制作への意欲が高まったのだとしても、それがなぜ吉野行幸歌という形式によって表出されたのかという点を問う必要があろう。(5)

私見によれば、家持作「吉野讃歌」は、柿本人麻呂や山部赤人らの吉野讃歌の影響を受けつつも、歌の構成や表現様式に関しては、他の歌には見られない独自の特徴を有している。本章では、そうした特徴に注目することによって、宣命に取材するという方法によって、大伴氏代々の仕奉を根拠にゆるぎない己の仕奉を表した、家持作「吉野讃歌」の主題を明らかにしたい。

「吉野讃歌」の内容と構成

次に挙げるのが、大伴家持作の「吉野讃歌」である。

為幸行芳野離宮之時儲作歌一首〔并短歌〕

高御座　天の日継と　天の下　知らしめしける　皇祖の　神の命の　恐くも　始めたまひて　貴くも　定めたまへる
み吉野の　この大宮に　あり通ひ　見したまふらし　もののふの　八十伴の緒も　己が負へる　己が名負ひて　大君
の　任けのまにまに　この川の　絶ゆることなく　この山の　いや継ぎ継ぎに　かくしこそ　仕へ奉らめ　いや遠長
に　（⑱4098）

古を思ほすらしもわご大君吉野の宮をあり通ひ見す　（⑱4099）

もののふの八十氏人も吉野川絶ゆることなく仕へつつ見む　（⑱4100）

長歌は、中ほどに位置する「もののふの八十伴の緒も」の詞句を境として、前後で叙述主体が異なる特徴的な構成を示す。長歌前半は、吉野宮を「すめろき」の始め定めた宮と定位した上で、それを受け継ぐものとして吉野行幸を位置づけ、天皇に関する叙述に終始している。それに対して、「もののふの八十伴の緒も」以下の後半では、叙述の対象が天皇の任に従って己の名を負い仕奉する臣下へと移行する。第一反歌と第二反歌も、吉野宮を統治する天皇と仕奉する臣下とを主体とし、長歌前半と後半の内容に照応する。長歌前半（一―四句）の文脈は「見したまふらし」で終止して、後半（一二三句）との間に接続する語を介さず、二つの文脈はそれぞれに完結しているように見える。かかる明確な二段構成は、先行する宮廷歌人たちの吉野讃歌や家持の他の歌には見られない当該歌独自のものといえる。

こうした構成に沿えば、天皇と臣下の行為は平行して描かれることになりそうだが、内容を追ってみると、両者の行為は連動しながら並行する関係にあることが理解される。長歌中ほどには、「もののふの八十伴の緒も―己が負へる己が名負ひて……仕へ奉らめいや遠長に」と、また第二反歌冒頭には、「もののふの八十氏人も―……仕へつつ見む」と、二つの助詞「も」が用いられる。これらの「も」は、天皇の「み吉野のこの大宮にあり通ひ見したまふ」（長歌前半）に、臣下の「己が名負ひて……仕へ奉」る（長歌後半）が対応し、また、「吉野の宮をあり通ひ見す」（第一反歌）に、「吉野川……仕へつつ見」る（第二反歌）が対応することを示しつつ、臣下は歴代天皇の吉野宮継承に連動して「己が名」を継承し、その結果として天皇への「仕奉」を完遂するという、天皇と臣下の継承の連動を表現する。

家持作「吉野讃歌」は、天皇側と臣下側の二系列が、「吉野宮」と「己が名」の継承において、連動しながら並行して存在し、天皇からの臣下への「任」と、それに応えた臣下から天皇への「仕奉」とを通して連絡し合うといった認識に即して構成されている。当該歌独自の二段構成は、かかる二系列の連動と連結を表すのに適した形式として、綿密な構成意識をもって自覚的に選び取られたものと見ることができよう。

「吉野讃歌」の骨格を成すこうした認識は、鉄野昌弘「『賀陸奥国出金詔書歌』論」の指摘するように、「賀陸奥国出金詔書歌一首（并短歌）」（⑱４０９４～９７）にも確かめられる。[6] 鉄野によると、「賀出金詔書歌」には、「葦原の　みずほの国を　あまくだり　しらしめしける　すめろきの　神のみことの　御代かさね　天の日嗣と　しらしくるきみの御代御代……」と、御代の堆積によって形成される過去から現在までの皇統と共に、「大伴の　遠つ神祖の其の名をば　大来目主と　おひもちて　つかへし官……人の祖の　立つる辞立　人の子は　祖の名絶たず　大君に　まつろふものと　いひつげる　ことのつかさぞ」と、大君に忠実に仕えることによって延長される、始原から現在までの集積体としての「祖の名」とが詠われ、始原から同質のものが反復的に出現し連鎖するという構造を皇統と大伴・佐伯が共有することが示されているという。

「賀出金詔書歌」はその名のとおり、出金詔を賀すことを目的とした歌であり、長歌には、氏の名や代々の仕奉に言及した詔の詞章がほぼそのまま取り込まれている。そこに描かれる皇統と大伴・佐伯との関係の把握が出金詔中の具体的文言に由来することはまず間違いないだろう。しかし、「吉野讃歌」の場合はそれとは異なり、出金詔との直接的関わりを示す表現上の要素が歌の中にほとんど認められないことは注意されてよい。「吉野讃歌」は、「賀出金詔書歌」の直後に置かれており、そのことをもって出金詔からの影響を前提としがちであるが、右のような認識は、必ずしも出金詔に由来するわけではない。

皇統と臣下の関わりに関する認識は、鉄野論文の指摘にもあるとおり、出金詔特有のものではなく、この時代の宣命に広く認められる。[7] 文武朝から聖武朝までに出された宣命を見ると、現存する宣命自体が少ないため用例は限られるものの、出金詔の他に以下の二つの詔が、天皇の御代に対する臣下の仕奉にふれている。

a…前略…汝藤原朝臣乃仕奉状者今乃未尓不在。掛母畏支天皇御世々々仕奉而、今母又、朕卿止為而、以明浄心而、朕乎助奉仕奉事乃、…中略…又難波大宮御宇掛母畏支天皇命乃、汝父藤原大臣乃仕奉賈流状乎婆、建内宿祢命乃仕奉賈流事止同事叙止勅而、治賜慈賜賈利。是以令文所載多流乎跡止為而、随令長遠久、始今而次々被賜将往物叙止、食封五千戸賜久止勅命聞宣。（第二詔）

b…前略…今日行賜比供奉賜態尓依而御世御世当弖供奉礼留親王等大臣等乃子等乎始而、可治賜伎一二人等選給比治給布。是以汝等母今日詔大命乃期等君臣祖子乃理遠忘事無久継坐牟天皇御世御世尓明浄心乎以而、祖名乎戴持而、天地与共尓長久遠久仕奉礼等之弖、冠位上賜比治賜布等…後略…（第十一詔）

aは、慶雲四年（七〇七）四月十五日宣布の文武天皇詔であり、bは、天平十五年（七四三）五月五日宣布の聖武天皇詔である。aは、代々の天皇に仕えた藤原不比等の功績に対して五千戸という破格の食封を特封する旨を伝えるものであり、その根拠として、孝徳天皇が不比等の父鎌足の仕奉を嘉みして冠位を特授した先例が示されている。また、bの聖武天皇詔は、臣下らに叙位を告げるとともに、今後即位するであろう天皇に対する仕奉を、「明浄心乎以而、祖名乎戴持而、天地与共尓長久遠久仕奉礼」と強く要請することをその主旨とするが、ここでもやはり、代々供奉してきた祖の功績にその言が及ぶ。すなわち、これら二つの詔を支える観念は、現在の天皇と臣下の関係を、天皇から臣下への「任」と臣下から天皇への「仕奉」とが対を成しつつ連綿と続いてきた歴史の延長と捉える、家持「吉野讃歌」の基調を成す認識そのものといえる。

右の二詔のうち、aには「吉野讃歌」との関わりを示す表現は特には見えない[8]。しかし、bの第十一詔には、天皇の大命に従って祖の名を戴き持ち永遠に仕奉することを要請する「今日詔大命乃期等……祖名乎戴持而……長久遠久仕奉礼」という詞章を見出すことができる。これは、天皇の任のまにまに祖の名を負って永遠に仕奉することを誓う家持[9]「吉野讃歌」の「己が負へる己が名負ひて大君の任のまにまに……仕へ奉らめいや遠長に」と、表現のみならず文脈も近似している。

この続日本紀宣命第十一詔とは、天平十五年（七四三）五月癸卯（五日）に内裏で催された儀式において、聖武天皇の名の下に宣布された詔である。後述するように、この儀式は、阿倍内親王の皇太子としての正統性を確認すべく行われたものといわれる。[10] 右に挙げた「祖名乎戴持而……長久遠久仕奉礼」は、聖武が第十一詔の中で、当日の儀式に伺候した群臣に、天武皇統の正当な皇位継承者たる阿倍への仕奉を強く要請した箇所にあたり、当該詔の中でも、儀式の核心にふれる、特に意味のある詞句であった。

阿倍内親王が正式に即位し孝謙天皇となるのは、家持作「吉野讃歌」詠の三ヶ月後にあたる天平勝宝元年（七四九）七月二日（当日改元）である。家持作「吉野讃歌」の骨格を成す観念や表現が、孝謙即位と極めて近い時期に、その布石ともいうべき儀式において宣布された宣命のそれと重なることは注意されてよい。

家持作「吉野讃歌」にはこの他にも、これらの宣命に類似する表現が認められる。「絶ゆることなく……いや継ぎ継ぎに」がそれである。人麻呂の吉野讃歌の「この川の 絶ゆることなく この山の いや高知らす」（①36）を襲ったように見えるこれらの句は、家持作「吉野讃歌」の主題に関わる重要な表現であったと思しい。その点について以下、詳しく検証してみたい。

「吉野讃歌」の表現

家持作「吉野讃歌」の特徴として度々指摘されるのが、それ以前の吉野讃歌にあった宮の景の具体的描写が影を潜めるということである。[11]「この川の 絶ゆることなく この山の いや継ぎ継ぎに……」の箇所に山川が詠まれるものの、これらの表現は、柿本人麻呂や山部赤人の吉野讃歌にある「この川の 絶ゆることなく この山の いや高知らす……」（①36、人麻呂）や「その山の いや益々に この川の 絶ゆることなく……」（⑥923、赤人）を踏襲したものと捉えられてきた。[12] しかし、実際に両者の表現を比較してみると、丸山隆司の指摘するように、[13] 家持の表現は、他の宮廷歌人たちの吉野讃歌に見られるような宮讃めを始原とする山川の描写からは大きく外れている。

まず、柿本人麻呂、笠金村、山部赤人の吉野讃歌における当該表現の特徴を確認したい。

幸于吉野宮之時柿本朝臣人麻呂作歌

①やすみしし　我が大君の　聞こし食す　天の下に　国はしも　さはにあれども　山川の　清き河内と　御心を　吉野の国の　花散らふ　秋津の野辺に　宮柱　太しきませば　ももしきの　大宮人は　舟並めて　朝川渡り　舟競ひ　夕川渡る　この川の　絶ゆることなく　この山の　いや高知らす　みなそそく　瀧のみやこは　見れど飽かぬかも

（①36、柿本人麻呂）

右の①は、人麻呂の吉野讃歌のうち宮ぼめを主題とする第一長歌である。この歌において「絶ゆることなく」は、「この川の……」に続き、吉野川の絶えざる様子を表すとともに、「この山の　いや高知らす　みなそそく　瀧のみやこは　見れど飽かぬかも」の「高知らす」や「見る」に係って、天皇の吉野宮統治の永続とそこへの大宮人の供奉の永続を表現している。

神亀二年（七二五）夏五月の笠金村作吉野讃歌における「絶ゆることなく」は、

神亀二年乙丑夏五月幸于芳野離宮時笠朝臣金村作歌一首（并短歌）

②あしひきの　み山もさやに　落ち激つ　吉野の川の……見るごとに　あやにともしみ　玉かづら　絶ゆることなく　万代に　かくしもがもと　天地の　神をそ祈る　恐くあれども

（⑥920、笠金村）

のごとく、「万代に　かくしもがもと」に係りながら、眼前に広がる宮の万代までの永続を表す。また、山部赤人の吉野讃歌では、

山部宿祢赤人作歌二首（并短歌）＊うち一首目のみ掲げる

③やすみしし　わご大君の　高知らす　吉野の宮は　たたなづく　青垣隠り……その山の　いやますますに　この川の　絶ゆることなく　ももしきの　大宮人は　常に通はむ

（⑥923、山部赤人）

のごとく、「（大宮人は）常に通はむ」に係って、大宮人の往来の絶えざる様子を表す表現として用いられている。

以上のように、家持以前の吉野讃歌において「絶ゆることなく」の表現は、国ぼめ形式の表現の中で、「見る」「知らす」「通ふ」といった語を修飾して、天皇の吉野宮統治や宮への臣下の往来の永続を表す、あるいは、「かくしもがも」に係って宮の景の不変を表す、というように、表現類型の中で固定的に用いられるに過ぎなかった。「絶ゆることなく」という表現の示す右の傾向は、吉野讃歌に限らず、他の歌においても確認できる。万葉集には「絶ゆることなく」を含む歌が全部で一六首あるが、巻五・八三〇番歌（当該表現を用いた唯一の短歌例）と巻十六・三八五五番歌の二首を除くすべての歌において、当該表現は、宮や山川といった特定の土地を「見る」、あるいはその土地に「通ふ」、国や宮を「知らす」といった語を修飾して、その動作の永続や宮の景の不変を表し、そうした対象を讃美すべく機能しているのである。(14)

では、「いや継ぎ継ぎに」はどうか。家持の例を除くと、吉野行幸歌においてこれを含む例は、養老七年（七二三）夏五月作の笠金村歌一首のみである。

養老七年癸亥夏五月幸于芳野離宮時笠朝臣金村作歌一首（并短歌）

④瀧の上の　三船の山に　みづ枝さし　しじに生ひたる　とがの木の　いや継ぎ継ぎに（弥継嗣尓）万代に　かくし知らさむ　み吉野の　秋津の宮は　……

（⑥907、笠金村）

右の歌において、「いや継ぎ継ぎに」は、「弥継嗣尓」の用字が示すように、世代を意識した表現であり、「絶ゆることなく」と同様に、「万代に かくし知らさむ み吉野の あきづの宮（は）」を修飾し、天皇の統治と離宮そのものの世代を超えた永続を表していることが確かめられる。

また、吉野行幸に関わる歌以外では、

⑤……つがの木の いやつぎつぎに（弥継嗣尓） 天の下 知らしめししを〔或云 めしける〕……（①29、柿本人麻呂）

⑥……つがの木の いや継ぎ継ぎに（弥継嗣尓） 玉葛 絶ゆることなく ありつつも 止まず通はむ ……（③324、山部赤人）

のごとく、人麻呂作「近江荒都歌」⑤と山部赤人作「登神岳歌」⑥の二首に「いや継ぎ継ぎに」の表現が見える。これらの例も、先に④として挙げた金村作吉野讃歌の「いや継ぎ継ぎに」と同様に、「知らす」や「通ふ」といった語を修飾して天皇の統治や神岳への臣下の往来の永続を表している。

次に挙げる田辺福麻呂歌集出の「悲寧楽故郷作歌」には、「いや継ぎ継ぎに」とはやや異なる「（皇子の）継ぎ継ぎ〈嗣継〉」という表現が見えるが、

悲寧楽故郷作歌一首（并短歌）

⑦やすみしし 我が大君の 高敷かす 大和の国は 天皇の 神の御代より 敷きませる 国にしあれば 生れまさむ
皇子の継ぎ継ぎ（御子之嗣継） 天の下 知らしまさむと 八百万 千年をかねて 定めけむ 奈良の都は……（⑥1047、田辺福麻呂歌集）

この表現もやはり「知らす」に係って、天皇の統治が代々継承されるあり様を比喩的に表すものといえる。

以上のように、家持以前の和歌における「（いや）継ぎ継ぎ（に）」の用法は、「知らす」「通ふ」といった語に係り、天皇による統治や土地の永続を表すものに限られる。特に「いや継ぎ継ぎに」三例（④〜⑥）については、上接

句はすべて「つが（とが）の木」であり、当該表現が限定的かつ固定的に用いられたことが確かめられる。

ところが、家持作「吉野讃歌」を見ると、「絶ゆることなく」や「いや継ぎ継ぎに」は、

……己が負へる 己が名負ひて 大王の 任のまにまに この川の 絶ゆることなく この山の いや継ぎ継ぎに かくしこそ 仕へ奉らめ いや遠長に

のごとく、天皇に対する伴の緒の仕奉の永続を表す表現として機能しており、叙上の用法から大きく外れることが知られる。もちろん、従来の宮廷歌人の吉野讃歌の中にも、例③の「この川の 絶ゆることなく ももしきの 大宮人は 常に通はむ」のごとく、「絶ゆることなく」が、天皇ではなく臣下の行為を形容する例はあった。けれども、それは、吉野宮への往来の永続を表すことによって、土地を讃め、その統治者たる天皇を讃えたものであり、家持「吉野讃歌」のごとく吉野宮を介さずに、天皇への仕奉の永続を直接表現したものではなかった。また、「いや継ぎ継ぎに」が、「つがの木の」ではなく、「この山の」から導き出されている点でも当該例は特徴的といえる。(15)

このように、家持作「吉野讃歌」における「絶ゆることなく……いや継ぎ継ぎに……」の表現は、人麻呂以来の伝統的な吉野讃歌の表現形式を継承しているようでありながら、実際にはそこから大きく逸脱しているのである。

しかし、家持「吉野讃歌」に見られるかかる特徴を、作歌年代や作者の立場あるいは場の違いといった、歌の外的要因に帰したのでは問題を見逃すことになろう。なぜならば、次の三首はすべて大伴家持の作であるが、

⑧片貝の川の瀬清く行く水の絶ゆることなくあり通ひ見む　⒄4002「立山賦」第二反歌）

⑨紅の衣にほはし辟田川絶ゆることなく我かへり見む　⒆4157「潜鸕歌」）

⑩あしひきの　八つ峰の上の　つがの木の　いや継ぎ継ぎに　松が根の　絶ゆることなく　あをによし　奈良の都に
万代に　国知らさむと　やすみしし　我が大君の　神ながら　思ほしめして　……　　（⑲4266「為応詔儲作歌」）

⑧〜⑩の「絶ゆることなく」は「あり通ひ見む」「かへり見む」「国知らさ（む）」を修飾し、⑩の「いや継ぎ継ぎに」は「つがの木の」より導かれ「国知らさ（む）」を修飾するというように、両表現とも、国ぼめ形式の内部で、一般的な用法に即して用いられているのである。家持はこれらの表現に関する伝統的用法を熟知していたにも拘わらず、当該の「吉野讃歌」においては、そこから外れた表現を用いたと考えざるを得ない。

「絶ゆることなく」「いや継ぎ継ぎに」という表現は、万葉集にそれぞれ一六例と四例が見出され、決して希少というわけではない。けれども、「絶ゆることなく……いや継ぎ継ぎに……」という語序で用いたものは、家持作「吉野讃歌」以外に例がない。また、先述のとおり「いや継ぎ継ぎに」は、「つが（とが）の木」の連なる様子を表す慣用表現であり、山の連なる様子を表すのは当該例のみである。以上を考え合わせると、「この川の絶ゆることなくこの山のいや継ぎ継ぎに」は、当時にあっても歌表現としてなにがしかの違和感を与える表現であったと推察される。

人麻呂作の吉野讃歌に見える「絶ゆることなく……いや高知らす」の表現類型に依拠しつつ、しかし「知らす」や「見る」、「通ふ」ではなく「いや継ぎ継ぎに」と続ける家持歌の表現は、当時にあって、何をもって発想され、何を連想させるものであったのだろうか。

右に述べたとおり、「絶ゆることなく……いや継ぎ継ぎに……」という語序で用いられた例は、和歌に関しては他に一例も確認できない。けれども、他の上代文献を含めると、唯一続日本紀宣命の中に、「絶ゆる事無く　いや継《つぎつぎ》に　受け賜はり行かむ」という表現を見出すことができる。その宣命は、天平十五年五月五日の儀式において先掲第十一詔とともに宣布された第九詔である。同じ場で宣布された二つの詔に共通して、類似表現が認められるという事実は、家持「吉野讃歌」の内実を見極める上で注目に値しよう。

家持は、当該歌を詠む直前に、第十三詔を下敷とした「賀出金詔書歌」を制作している。続く「吉野讃歌」にも、具体的宣命の詞章を歌に取り込むという方法が用いられたとしても不思議はない。家持歌には他に三首、「いや継ぎ継ぎに」の表現を用いた歌があるが、それらはすべて先学によって宣命からの表現の取り込みが指摘されるものばかりである。[16] この事実は、家持が宣命の詞章を想起しつつ、当該表現を用いた可能性を強く示唆しよう。家持作「吉野讃歌」が、天平十五年五月五日の儀式で宣布された二つの聖武天皇詔を下敷きとして詠まれたものだとすれば、その儀式と詔の意義はこの歌の主題に大きく関わってくるはずである。以下、その儀式と詔の内容を詳しく追っていくことにしたい。

五節舞の儀と詔の意義

『続日本紀』天平十五年五月癸卯（五日）条は、この日、内裏において阿倍内親王が群臣を前に五節を舞い、続けて以下のような三つの詔（第九詔～第十一詔）が宣布されたことを記している。

まず、第九詔は、「飛鳥浄御原宮に大八洲知らしめしし聖の天皇命」（天武天皇）が天下治平のために創始した舞を、皇太子である阿倍に習わせ元正太上天皇の前に奉る、と聖武天皇から元正太上天皇に申し述べる内容となっている。

群臣を内裏に宴す。皇太子（阿倍内親王）、親ら五節を舞ひたまふ。右大臣橘宿祢諸兄、詔を奉けたまは

りて太上天皇に奏して曰はく、

〔第九詔〕天皇が大命に坐せ奏し賜はく、掛けまくも畏き飛鳥浄御原宮に大八洲知らしめしし聖の天皇命（天武）、天下を治め賜ひ平げ賜ひて思ほし坐さく、上下を斉へ和げて動无く静かに有らしむるには、礼と楽と二つ並べてし平けく長く有べしと神ながらも思し坐して、此の舞を始め賜ひ造り賜ひきと聞き食へて、天地と共に絶ゆる事無く、いやに継《つぎつぎ》に受け賜はり行かむ物として、皇太子斯の王に学はし頂き荷しめて、我皇天皇の大前に貢る事を奏す

といふ。

それを受けて、第十詔で元正太上天皇は次のように応じる。

是に於て太上天皇詔報して曰はく、

〔第十詔（元正返詔）〕現神と御大八洲我子天皇の掛けまくも畏き天皇（天武）が朝庭の始め賜ひ造り賜へる国宝として、此王（阿倍）を供へ奉らしめ賜へば、天下に立て賜ひ行ひ賜へる法は絶ゆべき事はなく有りけりと見聞き喜び侍り、と奏し賜へと詔りたまふ大命を奏す。また今日行ひ賜ふ態を見そなはせば、直に遊とのみには在らずして、天下の人に君臣祖子の理を教へ賜ひ趣け賜ふとに有るらしとなも思しめす。是を以て教へ賜ひ趣け賜ひながら受け賜はり持ちて、忘れず失はずあるべき表として、一二人を治め賜はなとなも思しめす、と奏し賜へと詔りたまふ大命を奏し賜はくと奏す

とのたまふ。因て御製歌に曰はく、……

元正はまず、阿倍が天武創始の舞を奉るのを見て天下に定められた国法の存続が確認できたと述べる。その上で、人々に君臣祖子の理を教えるものとして舞を意味付け、その趣旨を徹底させるため叙位を行うよう聖武に勧

めている。これを受けた聖武は続く第十一詔で、

右大臣橘宿祢諸兄、詔を宣りて曰はく、

奉れる親王等・大臣等の子等を始めて、治め賜ふべき一二人等選ひ給ひ治め給ふ。是を以て汝等も今日詔り〔第十一詔〕天皇が大命らまと勅りたまはく、今日行ひ賜ひ供へ奉り賜ふ態に依りて、御世御世に当りて供へたまふ大命のごと君臣祖子の理を忘るることなく、継ぎ坐さむ天皇が御世御世に明き浄き心を以て祖の名を戴き持ちて、天地と共に長く遠く仕へ奉れとして、冠位上賜ひ治め賜ふと勅りたまふ大命を衆聞きたまへと宣る。

のごとく、臣下たちに対して、元正が第十詔で示した舞の理を忘れず「継ぎ坐さむ天皇が御世御世」に仕奉するよう要請し、叙位を行った。

天武創始とされる舞を阿倍に受け継がせ、その理に基づいて叙位を行い仕奉を求める儀式の主たる目的は、女性であるがゆえに不安定であった阿倍の皇位継承者としての地位を確かなものとし、天武代以来の君臣関係を保持するよう臣下に働きかけることにあったといわれる[17]。実際に、これら三詔の内容を追ってみると、最終的にはすべての叙述が、第十一詔末尾の「継ぎ坐さむ天皇が御世御世に……仕へ奉れ」という阿倍への仕奉の要請に収斂しているのがわかる。

右のうち、特に聖武を宣下の主体とする二つの詔（第九詔・第十一詔）の内容と構成に注目したい。第九詔で、聖武は、天武創始の舞を阿倍内親王に習わせ元正太上天皇に奉ると言明し、天武、元正、聖武という皇位継承者の系譜に阿倍が連なることを強調する。その上で、第十一詔において、群臣を「御世御世に当りて供へ奉れる親王等・大臣等の子等」と呼び、祖の名を受け継ぐものとして、彼らもまた氏の系譜に属する存在であることを確

認している。臣下にとって、祖の名を負い氏の系譜に連なるとは、すなわち皇統に対する仕奉を意味する。かくして一連の詔はその最後に、「祖の名を戴き持ちて天地と共に長く遠く仕へ奉れ」と、名の継承を根拠とした「継ぎ坐さむ天皇が御世御世」への仕奉を臣下に要請して締め括られることとなる。[18]

二つの聖武詔のかかる内容と構成は、家持「吉野讃歌」の長歌前半と後半、また反歌第一首と第二首に見られたものに等しい。「吉野讃歌」の長歌前半では、吉野宮の統治が歴代の天皇によって継承されるあり様が描かれ、後半では、それに連動して名を継承し、天皇に仕える臣下の仕奉が詠われている。天皇は、「すめろき」の行為を当代に継承再現する存在として皇統に連なり、伴の緒は、己が名を負うものとして氏の系譜に連なることが歌全体に示され、その上で、長歌末尾において、臣下の立場から「己が名負ひて……仕へ奉らめいや遠長に」と、名の継承に基づく仕奉が誓われるのである。

二つの系譜の連動についてのこうした捉え方が、「吉野讃歌」の長歌中ほどにある「八十伴の緒も―己が負へる己が名負ひて……仕へ奉らめいや遠長に」や第二反歌冒頭の「もののふの八十氏人も―……絶ゆることなく仕へつつ見む」の助詞「も」に確かめられることについては前述したとおりだが、第十一詔の「汝等も―……祖の名を戴き持ちて……長く遠く仕へ奉れ」の「も」もまた、阿倍の五節舞継承に対する、祖の名の継承とその結果としての仕奉という臣下側の連動を表すものに他ならない。このように考えると、聖武詔と「吉野讃歌」の構成上の共通性はより一層明確となろう。

家持「吉野讃歌」と聖武天皇宣命第九詔・第十一詔は、それぞれの継承を通じて連動する二つの系譜の関係を、前者は臣下の立場から、後者は天皇の立場から描いたものといえる。

以上のことをふまえた上で、家持「吉野讃歌」の「己が負へる 己が名負ひて 大君の 任のまにまに……絶ゆることなく……いや継ぎ継ぎに……仕へ奉らめ　いや遠長に」と第九詔・第十一詔の「絶ゆことなくいや継《つぎつぎ》に」「大命のごと……祖の名を戴き持ちて……長く遠く仕へ奉れ」といった両者に共通する表現を重ね合わせてみると、長歌冒頭の「高御座　天の日継と　天の下　知らしめしける　皇祖の　神の命の　恐くも　始めたまひて　貴くも定めたまへる　み吉野の　この大宮に」や、第一反歌の「古」・「わご大君」は、第九詔冒頭の「掛けまくも畏き飛鳥浄御原宮に大八洲知らしめしし聖の天皇命……此の舞を始め賜ひ造り賜ひき」と相俟って、天武天皇とその御代といった具体的イメージを帯び(19)、さらに、歌の中には明示されない「仕へ奉らめ　いや遠長に」の対象が、第十一詔のいう「継ぎ坐さむ天皇が御世御世」すなわち聖武がその実現を念願する阿倍皇太子の御代という輪郭をもって浮かび上がってくる。

聖武天皇が詔の中で、天武から阿倍まで五節舞が代々継承されるあり様を表すべく用いた「絶ゆることなく……いや継ぎ継ぎに」を、家持が「吉野讃歌」の中で自らの仕奉の永続を表すために用いたのだとすれば、間違いなく、そこには来たるべき阿倍の即位に対する強い讃仰の念が働いていたであろう。家持は、聖武によって語られた歴代天皇とそれに歴仕した祖先の歴史を臣下の側から語り(20)、阿倍への仕奉の要請を正面から受け止めて己が仕奉の言立てに詠い換えることで、聖武の「任」のままに阿倍に仕奉しようとする伴の緒としての自身の立場を、「吉野讃歌」という歌の形式によって示したものと考えられる。

「吉野讃歌」の主題

くり返し述べたように、天平十五年五月五日の五節舞の儀は、阿倍内親王が正式な皇位継承者たることを臣下に周知すべく催されたものであった。その儀式の中で、天武天皇の創始として、聖武を通じて阿倍に受け継がれた五節舞は、皇位継承権の象徴として機能している。「絶ゆることなくいや継ぎ継ぎに受け賜りゆかむ」は、その時宣布された第九詔において、皇位継承権の象徴であり君臣祖子の理を体現する五節舞が、歴代の天皇を経て阿倍内親王にまで受け継がれるあり様を表した表現である。その舞の継承こそ、聖武天皇が臣下に「継ぎ坐さむ天皇が御世御世」すなわち阿倍の御代への仕奉を求めた第十一詔の根拠なのであった。家持は、聖武詔のかかる文脈と趣旨とを汲みつつ、五節舞の継承を表す「絶ゆることなくいや継《つぎつぎ》に」と、阿倍への仕奉を求める「祖の名を戴き持ちて……長く遠く仕へ奉れ」とを、阿倍への仕奉の永続を誓う表現として「吉野讃歌」に取り入れたのではないか。

壬申の乱以後、吉野は、六皇子の盟約や持統の度重なる行幸に顕著なように、天皇の資格に関わる特別な地となった。天武系の皇嗣たる阿倍の正統性を強調する聖武天皇の御詞に照応して「継ぎ坐さむ天皇」に仕奉しようとする己の立場を、天武天皇代以来の皇統と臣下の間の歴史を語り新帝の治世を讃えるにふさわしい吉野行幸歌に表すことによって、正統な皇位継承者たる新帝孝謙（阿倍）の即位を言祝いだ、それが家持作「吉野讃歌」の主題であった。[21]

家持の父である大伴旅人は、やはり吉野讃歌において、

暮春之月幸芳野離宮時中納言大伴卿奉勅作歌一首（并短歌）未逕奏上歌

⑪み吉野の　吉野の宮は　山からし　貴くあらし　川からし　さやけくあらし　天地と　長く久しく　万代に　変はらずあらむ〈万代尓　不改将有〉行幸の宮　（③315、大伴旅人）

のごとく、皇位継承に関わる宣命の表現を取り込んで時の新帝聖武に対する忠誠を表明している。

清水克彦によると、吉野離宮の恒常性を謳った「万代尓不改」の詞句は、皇位継承法が恒久不変であることを表した聖武即位宣命（第五詔。神亀元年〈七二四〉二月甲午〈四日〉）から「万世尓不改（常典）」の句を字面ごと取り込んだものであるという。[22] 家持は、聖武即位宣命の「不改常典」の句を吉野讃歌に転用した父旅人の方法を受け、[23] 同じように宣命中の皇位継承に関わる箇所をふまえて新帝への変わらぬ忠誠を表現したのではないか。即位宣命から皇位継承法の恒常性を表す箇所を取り込み、正当な皇位継承に基づく新帝即位を讃美した父旅人の吉野讃歌をふまえるという方法は、大伴氏の代々の仕奉を己の仕奉の根拠とする家持作「吉野讃歌」の主題に照応しているように見える。

続日本紀によると「吉野讃歌」が作られた三ヶ月後にあたる天平感宝元年（七四九）七月二日、聖武は譲位し、それに伴って孝謙天皇（阿倍）が即位している。聖武天皇の譲位はこの日をもって正式に行われたとはいえ、この年の正月の時点で聖武は既に出家して沙弥勝満と称しており、四月には光明子、阿倍内親王とともに東大寺盧舎那仏に北面し、自らを「三宝の奴と仕へ奉る天皇」と称している。[24] また「吉野讃歌」制作の一ヶ月後の閏五月には薬師寺を御在所とするなど、続日本紀に残る記事を見ても、「吉野讃歌」が作られた五月頃には、新帝即位の機運は高まっていたであろうと推察される。[25] 仮にこの時期に聖武の譲位が確定していなかったとしても、巻六巻頭に収められた笠金村の吉野讃歌（⑥907）のように、聖武がまだ皇太子であった段階で吉野行幸が挙行され、来たるべきその治世を予祝する讃歌が詠われた事例もある。こうした時代状況の中で、「高御座」や「天の日継」といった皇統や皇位継承に関わる特殊な表現を含む家持の「吉野讃歌」[26] が、皇太子阿倍の来たるべき即位に対して無関係であったとは考えにくい。

家持は、天皇と臣下の間にある歴史を強調しそれを根拠に新帝への仕奉を求めた聖武詔の構成と表現を基調とする「吉野讃歌」を詠み、その中で新帝孝謙に対する絶えざる仕奉を誓った。題詞には、「儲作」とあり、吉野宮での発表の機会は期待されなかったかもしれない。ただ、家持作「吉野讃歌」は万葉集において、旅人の吉野讃歌に連なりながら、伝統的な和歌形式の中で、新帝に対する忠誠が大伴氏と皇統との歴史の蓄積に保証されたものであることを強く主張しているように見える。

注

(1) 「為幸行芳野離宮之時儲作歌一首〈并短歌〉」は左注を持たず、作歌年月は記されていない。ただし、直前の歌群「賀陸奥国出金詔書一首〈并短歌〉」(⑱4094~97)には天平感宝元年(七四九)五月一二日の日付が、直後の歌群「為贈京家願真珠歌一首〈并短歌〉」(⑱4101~05)には五月一四日の日付がそれぞれ左注に記されており、その間に作られたものと考えられる。

(2) 早く神堀忍「家持の長歌——越中守時代を中心に——」(『澤瀉博士喜寿記念万葉学論叢』一九六六年)に指摘がある。

(3) 小野寛「家持の皇統讃美の表現——「あまのひつぎ」——」(『論集上代文学』第二冊、一九七一年、笠間書院、同『大伴家持研究』笠間書院に所収)は、「あまの日嗣」という句が、出金詔から受けた感動による皇統讃美表現の中心的詞句であることを明らかにしている。

(4) 例えば、小野寛「大伴家持と陸奥国出金詔書」(学習院女子短期大学『国語国文論集』第一号、一九七一年一二月、後に「家持と陸奥国出金詔書」の題で同『大伴家持研究』笠間書院に所収)は、「吉野行幸預作讃歌は生まれるべくして生まれたとも言える。それは『陸奥国出金詔書』によって目覚めさせられた皇統讃美意識の落し子であったのだ。」とする。その認識は、廣川晶輝「大伴家持の吉野行幸儲作歌」(『北海道大学文学研究科紀要』第一〇五号、二〇〇一年一一月、同『万葉歌人大伴家持　作品とその方法』北海道大学出版会に所収)や朴一昊「家持の儲作歌」(『セミナー万葉の歌人と作品』第八巻大伴家持(一)二〇〇二年、和泉書院)等の論考にも引き継がれている。

(5) 神堀忍が早く「家持作『為幸行芳野離宮之時儲作歌』の背景と意義」(『国文学』〈関西大学〉第五二号、一九七五

年九月）において同様の問題を提起している。

（6）鉄野昌弘「『賀陸奥国出金詔書歌』論」（『萬葉』一五五号、一九九五年一一月、同『大伴家持「歌日誌」論考』塙書房に所収）は、「賀出金詔書歌」について、皇統と大伴・佐伯が共に代を重ね、その間には常に不変の関係があるというように、二つの系譜の対応が歌の構成原理となっていることを指摘している。

（7）古代における名と仕奉の継承の観念については、鉄野昌弘「古代のナをめぐって――家持の「祖の名」を中心に――」（『萬葉集研究』第二十一集、一九九七年、塙書房、同『大伴家持「歌日誌」論考』塙書房に所収）に詳しい。

（8）大濱眞幸「大伴家持作『為寿左大臣橘卿預作歌』攷――「いにしへに君の三代経て仕へけり」をめぐって――」（『萬葉』一三九号、一九九一年七月）によると、第二詔は、家持作の「為寿左大臣橘卿預作歌一首」（⑲４２５６）の表現成立に深く関わっている。

（9）『続日本紀』天平一四年（七四二）に聖武天皇の正月参賀で詠われた歌謡として「新しき年の始めにかくしこそ仕へ奉らめ〈何久志社供奉良米〉万代までに」（続日本紀歌謡一）とあり、「仕へ奉らめ」が天皇への奉仕を誓う定型表現であったことが知られる。『琴歌譜』『催馬楽』に小異歌がある。このことについては、第一部第五章でもふれた。

（10）天平一五年の五節舞の儀の目的が、天武直系の皇位継承者として阿倍内親王を定位することにあったことについては服藤早苗の説（「五節舞姫の成立と変容――王権と性をめぐって――」『歴史学研究』第六六七号、一九九五年一月）がある。同『平安王朝の五節舞姫・童女　天皇と大嘗祭・新嘗祭』（二〇一五年、塙書房）にも、「『祖』天武天皇創設の五節舞を阿倍皇太子が舞うことは、天武からはじまる皇統を天武―草壁―文武―聖武―阿倍へと継承維持することを群臣に宣言したのである」との指摘が見える。

（11）神堀忍前掲（注２）論文。

（12）澤瀉久孝『萬葉集注釋』（巻十八・四〇九八番歌【考】）に「人麻呂の、「此の川の絶ゆる事なく此の山の彌高しらすみなぎらふ瀧のみやこは見れどあかぬかも」（①３６）が赤人の、「其山のいやしくしくに此の河の絶ゆる事なくもゝしきの大宮人は常に通はむ」（⑥９２３）となり、それが更に家持の、「此の河の絶ゆる事なく此の山のいやつぎつぎにかくしこそ仕へ奉らめいや遠長に」となつたこと前（①３６）に述べた。」とある。また、朴一昊前掲（注４）論文が「諸注指摘のごとく、四〇九八長歌の「この川の絶ゆることなくこの山のいや継ぎ継ぎに」は人麻呂作である巻一・三六長歌の「この川の絶ゆることなくこの山のいや高知らす」を、……それぞれ踏襲した表現である。」とする。

(13) 丸山隆司「吉野讃歌の〈家持〉」（『セミナー古代文学86家持の歌を〈読む〉Ⅱ』古代文学会セミナー委員会編、一九八七年八月）は、家持の吉野讃歌における当該表現の特殊性について「より重要なことは、この11―12行目の対句（引用者注「この川の絶ゆることなくこの山のいやつぎつぎに」が、八十伴の緒の大君に対する係わり方の比喩となっていることである。c・dのうた（引用者注、人麻呂・三六番歌、赤人・九二三番歌）のように、離宮の永遠性を表現するのとはちがってしまっている。」と、家持の「吉野讃歌」の特殊性を指摘している。

(14) 万葉集中の「絶ゆることなく」全例の被修飾句は以下のとおりである。全一六例のうち、巻十六の三八五五番歌と八三〇番歌の二例を除くすべての歌において、宮や山川のような特定の土地を「見る」、あるいはその土地に「通ふ」といった語に係り、その動作の永続や宮の景の不変を表しながら、土地を讃めるべく機能している。「〈吉野宮ヲ〉またかへり見む」（①３７、人麻呂）（⑥９１１、金村）、「〈痛足川ヲ〉またかへり見む」（⑦１１００、人麻呂歌集）、「〈泊瀬河ヲ〉またもきて見む」（⑥９９１、紀鹿人）、「〈吉野宮ヲ〉つかへつつ見む」（⑱４１００、家持）、「〈立山ヲ〉ありかよひ見む」（⑰４００２、家持）、「〈辟田河ヲ〉われかへり見む」（⑲４１５７、家持）、「〈滝の宮処は〉見れど飽かぬかも」（①３６、人麻呂）、「〈奈良の京に国〉知らさむと」（⑲４２６６、家持）、「〈神名備山ニ〉やまず通はむ」（③３２４、赤人）、「〈吉野宮ニ〉大宮人は常に通はむ」（⑥９２３、赤人）、「〈吉野宮ノ景ガ〉かくしもがも」（⑥９２０、金村）、「〈二上山ヲ〉かけてしのはめ」（⑰３９８５、家持）、「〈梅の花〉さきわたるべし」（⑤８３０、筑前介佐氏子首）、「宮仕へせむ」（⑯３８５５、高宮王）。

(15) 廣川晶輝前掲（注4）論文は、家持歌では「つ（と）がの木」を介さず、その代わに「この山の」に続けることで、山の連なりという空間の広がりを表し、それを時間の広がりに転じたのだとして、その特殊性に言及している。

(16) 万葉集中の家持歌で「いや継ぎ継ぎに」が使用される四首のうち当該歌を除く三首（「向京路上依興預作侍宴応詔歌」（⑲４２５４）、「為応詔儲作歌」（⑲４２６６）、「喩族歌」（⑳４４６５））にはすべて宣命からの影響が指摘されている。大濱眞幸「大伴家持作『依興預作侍宴応詔歌』のこころとことば」（『論集古代の歌と説話』一九九〇年、和泉書院）、小谷博泰「万葉集と宣命」（『文学・語学』第八六号、一九七九年一二月、同『木簡と宣命の国語学的研究』和泉書院に所収）、奥村和美「家持歌と宣命」（『萬葉』第一七六号、二〇〇一年二月）、伊藤博『萬葉集釋注十』（一九九八年、集英社）等。

(17)　服藤前掲（注10）論文に詳しい。

(18)　服藤早苗『平安王朝の五節舞姫・童女　天皇と大嘗祭・新嘗祭』（前掲注10）は、続日本紀宣命第十一詔について、「天皇位を戴き持ち父聖武から皇位を継承する皇太子は、親の名を戴き持ち代々仕奉する臣下と同理である、との構造的連関を持つ勅構成となっている」とする。家持作「吉野讃歌」はまさしくこうした構成において第十一詔に照応すると考える。ただし、菊地義裕「大伴家持の吉野行幸儲作歌の性格」（『文学論藻』第九一号、二〇一七年二月）は、祖の名を継承して己が名とし天皇に仕奉するという表現が天平元年の大伴三中作歌（③443）にも見えることから、当時広く社会に認知された思想の一つであったとして、家持作「吉野讃歌」中の表現の典故を第十一詔という特定の宣命に求める本説に対して慎重な見解を示している。

(19)　神野志隆光「聖武朝の皇統意識覚書」（『新日本古典文学大系』月報一九、一九九〇年、後に「聖武朝の皇統意識と天武神話化」として同『柿本人麻呂研究』〈Ⅱ—五補説〉塙書房に所収）は、家持の吉野讃歌における「すめろきの神のみこと」・「いにしへ」を、天武朝そのものを意識した表現であるとする。

(20)　奥村和美「天平勝宝八歳六月十七日大伴家持作歌六首の論」（『萬葉』第一五七号、一九九六年三月）は、「喩族歌」（⑳4465）の「ウミノコノいや継ぎ継ぎに」という表現について、神代から現在まで継承されてきた天皇と大伴氏との間にある歴史を讃美し未来を予祝する表現であり、そこに家持の歴史的存在としての自覚を見ることができると指摘している。

(21)　吉野讃歌制作と孝謙天皇即位との関わりに言及した論考として、丸山隆司「吉野讃歌の〈家持〉」（注13論文）、鉄野昌弘「『賀陸奥国出金詔書歌』論」（注6論文）がある。丸山論は、吉野讃歌が「日嗣」「高御座」といった即位宣命に見られる表現を含んでいることから、鉄野論は、直前に詠まれた「賀出金詔書歌」が皇位継承に関わる表現を含んでいることや天武直系の天皇の即位に伴って行われるという吉野行幸の歴史的意義から、当該歌を、新帝即位を先取りしたものと見る。

(22)　清水克彦「旅人の宮廷儀礼歌」（『萬葉』第三七号、一九六〇年一〇月、同『万葉論集』おうふうに所収）。また、大濱前掲（注8）論文も「旅人は、当該歌に人麻呂以来の山川対比の伝統的表現を踏襲するとともに、そこに『論語』

「雍也篇」の字句や「天地長久」といった漢語の称辞及び聖武天皇の即位・改元宣命（第五詔）に引く皇位継承について規定した天智天皇の遺詔の詞章をも取り込むことで、新帝に対する忠誠と讃美の情を歌いあげている。」と述べている。

（23）松田聡「家持の宮廷讃歌――長歌体讃歌の意義」（『美夫君志』第五七号、一九九八年一〇月）は、当該歌詠作の動機を、父旅人の吉野讃歌（③315〜6）からの影響と見た上で、「家持が初めて試みた長歌体の宮廷讃歌が吉野讃歌であり、かつ最初の「儲作」であったという点にも旅人の影響を考えるべきではないか」とする。

（24）聖武天皇の出家と譲位の関係については、岸俊男の論「天皇と出家」（『日本の古代』第七巻まつりごとの展開、一九八六年、中央公論社）に詳しい。

（25）聖武天皇は、『扶桑略記』によると天平二一年正月一四日に菩薩戒を受け勝満の名を得ている。『続日本紀』四月一日の条に「天皇、東大寺に幸し、盧舎那仏像の前殿に御しまして、北面して像に対ひたまふ。……左大臣橘宿祢諸兄を遣はして仏に白さく、『三宝の奴と仕へ奉る天皇が命らまと盧舎那仏の像の大前に奏し賜へと奏さく……』」とある。また、閏五月二〇日に詔を発して大安・薬師・元興・興福・東大寺に絁五百疋、綿一千屯等を施入した際の施入勅願文（平田寺文書「聖武天皇施入勅願文」『大日本古文書』三）には「太上天皇沙弥勝満」と記されている。以上のことから、聖武天皇の即位は事前に予測可能であったと考える。このことは鉄野昌弘前掲（注6）論文に指摘がある。

（26）家持歌におけるこれらの句の意味については、小野寛前掲（注3）論文に詳しい。

第三章　「ものはてにを」を欠く歌の和歌史における位置づけ

歌学の萌芽と歌作

前章では、大伴家持作の長歌に、伝統的な和歌形式を踏襲しつつも、主題を同じくする宣命の表現を取り込むことで、長歌の主題をより明確に描き出す方法のあることを見た。家持作「吉野讃歌」（⑱4098～4100）の題詞には予め作った歌であることを示す「儲作歌」の文字があり、同様の記載は、長歌・短歌の形式に拘わらず、巻十八以降の家持作歌に複数見える。「儲作」のごとき、発表まで時間的余裕のある歌作においては、先人の表現の参照や詞句の推敲が行われたであろうこと想像に難くない。

本章では、そうした歌学の萌芽が実際の作歌に与えた影響を、「ものはてにを」を欠くと表された大伴家持作歌を手掛かりに探ってみたい。

「辞」を欠くということ

万葉集巻十九に、助辞に関する注を伴う、次のような二首がある。

詠霍公鳥二首

ほととぎす今来鳴きそむあやめ草かづらくまでに離るる日あらめや〔毛能波三箇辞闕之〕（⑲4175、大伴家持）

我が門ゆ鳴き過ぎ渡るほととぎすいやなつかしく聞けど飽き足らず〔毛能波氏尓乎六箇辞闕之〕（⑲4176、大伴家持）

第一首には「毛能波三箇辞」を、第二首には「毛能波氏尓乎六箇辞」を欠くとの注記が見える。作歌時点で付されたものとも、後の書き入れであるとも考え得るが、確認できる限りすべての写本や版本に付記されており、編纂時点から存したものと見て問題ない[1]。とすれば、巻十九が大伴家持の手より成ることは巻の跋文より明らかであるから[2]、注記は当該二首の作者である家持が付したとするのが最も自然である。家持の作歌には、正訓字の訓みを明示した「越俗語東風謂之安由乃可是也」（⑰4017）や「御面謂之美於毛和」（⑰4169）、語や表現の内容を解説する「此山者有射水郡也」（⑰3985題詞）や「佐保山火葬故謂之佐保乃宇知乃佐刀乎由吉須疑」（⑰3957）など、解釈を補助する注が複数見える。冒頭二首の注記もそのうちの一つと考えてよいだろう。

当該二首の注記については、日本語学の分野でも、書記の問題に関わって注目されることがあった。例えば、亀井孝『日本語の歴史』[3]は、当該注記について、以下のように述べる。

漢字を知ることにおいて、日本語社会は、文献を読む——文献を作る、という形で、着実に過去を確かめる方法を獲得しただけでなくて、みずから言語の姿を観察しうる標本をもつことになったのである。《万葉集》の巻十九に大伴家持のホトトギスを詠じた歌が二首あり、「毛・能・波、三箇辞闕之」「毛・能・波・氐・尓・乎、六箇辞闕之」とそれぞれ注がほどこされている。「辞」はシナ語の文法上の用語のひとつで、それを日本語のうえに応用したものと考えると、この二つの歌の注は、けっきょく、日本語の助詞六つについて、《万葉集》の編者が（ここでは大伴家持であろう）、かなり明確な意識をもって臨み、それらをとくに、用いない技巧を発揮したものであることを主張したのであろう。……それが漢文を読み、書くことをとおしてえられたシナ語と日本語とのシンタックスのちがいや、孤立・膠着の差の認識にもとづくとすれば、やはり、ここまで述べてきたことを裏付けるものとして、意味がある。

右の文章は、第五章「漢字の投影にとらえた日本語の景観」中の「助詞の発見が物語るもの」との節に収められたものである。その表題に明らかなように、「三箇辞」とか「六箇辞」とかいうときの「辞」を助辞にあたると見なした上で、漢字で日本語を記すことを通じて助辞に対する認識が得られたのだとする。この時期、すでに宣命体が書式として確立していたことや、後に詳しく述べるように、万葉集に助辞を小書した宣命体表記の歌⑲4264）があることを考えると、助辞に対する意識やそれに基づく歌作の試みがあったとしても不思議はない。ただ、助辞を欠くという冒頭二首の表記を見ると、第一首第二句の「今来鳴きそむ」の「そむ〈曽无〉」や第四句「かづらくまでに〈可都良久麻泥尓〉」、第五句「離るる日あらめや」の「あら〈安良〉」、また、第二首第四句の「いやなつかしく〈伊夜奈都可之久〉」など、自立語の一部は仮名書きされている。つまり、一首は、訓字主体表記と仮名表記との中間的様相を呈しており、ここに助辞を小字で書いて区別する宣命体に共通する特徴を見出すことは難しい。

また、先述のとおり、万葉集巻十九には宣命様式で表記された歌が見えるのだが、宣命様式といっても助辞のすべてが小書されているわけではなく、次に傍線で示すとおり「山跡乃国〔波〕」や「船能倍奈良倍」など、句中に現れる格助詞「の」は、上接する名詞と同じ大きさで書かれている。

勅従四位上高麗朝臣福信遣於難波賜酒肴入唐使藤原朝臣清河等御歌一首〔并短歌〕
虚見〔都〕山跡乃國〔波〕水上〔波〕地往如〔久〕船上〔波〕床座如　大神〔乃〕鎮在国〔曽〕四船　船能倍奈良倍
平安　早渡来而　還事　奏日〔尓〕相飲酒〔曽〕斯豊御酒者　（⑲4264）

北川和秀編『続日本紀宣命校本・総索引』(4)の巻末索引によると、続日本紀宣命において格助詞「の」が仮名書きされる例は三三九例ある。うち小字で記された例は、「乃」三〇九例、「能」二七例の計三三六例であるのに対して、名詞と同じ大きさで書かれた例は、「乃」二例、「能」一例の計三例のみである。つまり、宣命体では通常「の」は小書されるのであり、「の」を小書しない右の万葉歌は、この点において、宣命の書き様とは異なっている。右の万葉歌は、単に宣命体において小書される字を小書するというのでなく、助辞の中でも各句末尾に現れる字に限って小さく書く。このことは、後に述べる内容と関わって、特に重要であると考える。

句末の文字への注意は、奈良朝末期成立の『歌経標式』にも顕著に現れる。例えば、第一句の最終字と第二句の最終字とが同音となる歌病の例として「旨母我礼能〔一句五字〕旨陀利夜那凝能〔二句七字〕……」の例を挙げ、「第一句の尾字と二句の尾字と同音なること得ず」とする。これは『文鏡秘府論』西巻・論病などに見える詩病の定義「上尾詩者、五言詩中、第五字不得与第十字同声」（文二十八種病）、「上尾、第一句末字、第二句末字、不得同声」（文筆十病得失）を和歌に適用したものであるという。(5) 詩論における「字」は「声」すなわち音と分かちがたく結びついており、ここでの「字」もまた文字をいうのでなく音声を指しているわけだが、歌論において、各句末尾の

「字」が特に意識されてくるという点には注意を要する。かかる態度は、その後の歌論にも引き継がれ、『八雲御抄』巻第六用意部（三）第五に「てにをはといふ事」との小題が見える。そこでは、「てにをは」は、

清輔が「浦吹かぜに霧晴てやそしまかけて」といへる歌は、「て」文字さしあひたれどあしくもきこえず。……「我身も草におかぬばかりを」といへる歌は、いとしもなき人は、「おかぬばかりぞ」などいふにや。

それ又てにをはの様をしらざるなり。(6)

のごとく、各句末尾の「文字」のことを指す。助辞にあたるものが、「第一句の尾字」（『歌経標式』）や「て文字」（『八雲御抄』）のように、各句末尾の字という程度にしか認識されていないのである。(7)これは、当時の助辞に対する意識が、語の働きにではなく、文字といった外形的な事がらに向けられていることを示す。なお、近藤泰弘によると、万葉集に見える「ものは」「ものはてにを」に関する注記は「漢字で表記した万葉仮名の単位においてこのテニハを扱」うに過ぎず、テニハの概念と文字遣いとが完全に切れるのは、十八世紀の『弖爾乎波義慣鈔』以後であるという。(8)平安期の歌論や中世のテニハ研究においてでさえ、「てにをは」の機能が問題とされていないのだとすれば、万葉歌の注の指示する「ものはてにを」と助辞とを結びつけることに慎重を期すべきなのは言うまでもない。

「毛能波三箇辞」「六箇辞」の「辞」は果たして助辞と同義であるのか。「辞」の語が、詞と辞を言うときの辞を指すのだとすれば、これを欠くという注記は文法的自覚を表すものに他ならない。ところが、万葉集において、「辞」は必ずしも助辞を指すわけではなかった。

例えば、万葉集の巻一に次のような例がある。

麻続王流於伊勢国伊良虞嶋之時人哀傷作歌

打麻を麻続王海人なれや伊良虞の島の玉藻刈ります　(①23)

麻続王聞之感傷和歌

うつせみの命を惜しみ波に濡れ伊良虞の島の玉藻刈り食む　(①24)

右案日本紀曰　天皇四年乙亥夏四月戊戌朔乙卯　三位麻続王有罪流于因幡一子流伊豆嶋　一子流血鹿嶋也　是云配于伊勢国伊良虞嶋者　若疑後人縁歌辞而誤記乎

左注は、日本書紀の記事にある「三位麻続王有罪流于因幡」を参照し、題詞の「麻続王流於伊勢国伊良虞嶋……」の箇所に疑問を呈した上で、矛盾の原因を「若疑後人縁歌辞而誤記乎」とする。ここでの「歌辞」は歌の中の「伊良虞の島」の語を指している。

また、巻六・九八三番歌に、

右一首歌或云　月別名曰佐散良衣壮士也　縁此辞作此歌　(⑥983左注)

との左注があるが、傍線部「此辞」は、直前にある「佐散良衣壮士」の語を指す。「辞」はここでも単語の意味で用いられており、今いう文法的関係を表示する助辞とは異なる。

「毛能波三箇辞」や「毛能波氐尓乎六箇辞」というときの「辞」が文法的関係を表す助辞を指すのでなく、一般的な意味での語と同義である可能性を考慮すると、詞と辞に対する区別が後世ほど分明でなかったにも拘わらず、今日でいうところの実質的意味を持たない六語になぜ注意が向けられたのか。助詞の中でも出現傾向の高い語であるためとの説明を見ることがあるが、(9) こうした捉え方は、詞と辞を区分する後世の品詞分類基準を前提とするものであり、意味を成さないばかりか、近代的文法概念によって万葉時代のあり方に網をかけることにもなりかねない。

和歌作法の点からテニヲハを説く『八雲御抄』がその嚆矢たることを考えると、和歌におけるテニヲハ意識は、漢文訓読や宣命体などとは別に、歌論の中で和歌の句切れに関わって独自に発達してきたと考えるべきではないか。家持の「ものはてにを」に対する注意も、各句末尾の音ということと無関係でないだろう。

冒頭二首の注記のいう「ものは」や「ものはてにを」が何を表すにせよ、それらを省略して歌を作るという試みが実践された形跡は、当該二首を除いて後にも先にもない。後の時代の折句などとは異なって、技法として広がりを見せないのは、この歌が、「ものは三箇辞」や「ものはてにを六箇辞」を欠くこと自体を目的としているのでなく、歌作の方法のようなより普遍的で広がりを持った和歌の本質的な問題と関わっているためではないか。以下、「ものは」、「ものはてにを」の意味するところを明らかにし、それらを欠くという冒頭の二首を和歌史の中に位置づけてみたい。

「ものはてにを」の位置

表①は、万葉集中の全短歌について、末尾が「ものはてにを」の各音節で終わる数を句ごとに示したものである。現在の品詞分類に拘わらず、「ものはてにを」の音で終わる句数を機械的に数えたものであり、「いざこども」や「あすかがは」といった例も含む。また、「ものはてにを」の六音に加えて、同じ巻十九の短歌の句末の音として出現頻度の高い「し」(三三例)、「む」(二九例)、「ば」(二五例)、「る」(二〇例)、「す」(一九例)についても句末での出現数を調べ、併せて掲げた。

この表を見ると、確かに「ものはてにを」の六音は各句の末尾に現れやすいと言えそうである。しかし、表の

表① 万葉集収載短歌の各句末音の総数 「ものはてにを」

	も	の	は	て	に	を
1句	145	1296	307	148	480	148
2句	193	501	195	229	467	318
3句	370	833	186	200	462	120
4句	285	246	318	258	534	342
5句	998	3	75	85	324	184
合計	1991	2879	1081	920	2267	1112

(参考) 「ものはてにを」以外の音

	し	む	ば	る	す
1句	103	22	136	159	73
2句	196	135	215	210	26
3句	159	71	249	133	92
4句	178	237	197	114	30
5句	200	547	114	213	13
合計	836	1012	911	829	234

・『萬葉集本文篇』(塙書房)を基に私に短歌を抽出し末尾の音節数を数えた。
・異伝歌句を含む。
・「ものはてにを」以外の音は、同じ巻19短歌の句末に「ものはてにを」以外で多く出現する音(「し」32例「む」29例「ば」25例「る」20例「す」19例)。

一番下にある総数の欄を見ると、特に数の大きい「も」「の」「に」以外の三音、すなわち、「は」「て」「を」は、「ものはてにを」以外の音のうち、「し」「む」「ば」「る」などの総数と比べても目立った違いはない。

では、「ものはてにを」とその他の音とはどこで区別されるのか。各句別の数を見ると、「ものはてにを」以外の音のうち、「す」は総数自体が小さいので除くとして、「す」以外の四つの音のうち、「し」「む」「る」の三つが、第五句において最も大きい数を示すことが注意される。対して、「ものはてにを」については、概ね第五句の数が小さい値を示す。例えば、「て」の場合、「ば」の総数とほぼ同じであるものの、第四・第二・第三句の順に多く、第五句は極端に少ない。この傾向は、「て」のみならず「ものはてにを」の六音に広く確かめられる。

第五句の数が抜きに出て多い「も」を除いた五つの音では、第五句の用例数が目立って少ないのである。すべて第五句の数が最小というわけではないものの、第五句に現れやすい「ものはてにを」以外の音と対照的な傾向を示すといえる。

唯一「も」のみが第五句に集中する理由は、「かも」、「やも」などの用例の多さにある。第五句に現れる「も」全九九八例のうち、「かも」が四七二例、「やも」が九九例、「とも」が七二例、「もがも」が四四例、「はも」が三〇例、「ども」が一一例を占め、これらを除くと、第五句に現れる「も」の数は二七〇例になる。

とりあえず「も」を措くとしても、「のはてにを」の五音は、第五句の出現割合の高い「し」「む」「る」などと比べて、第一句から第四句に出現する率の高い語であるといえる。我々からすれば、格助詞や係助詞である「ものはてにを」が、文の末尾ではなく中途に現れるという結果は自明のようだが、中世の歌学書においてさえ、テニヲハは句末の字と捉えられるのみで、助辞の文法的働きへの言及は見られないのであった。万葉集の「ものは」や「ものはてにを」に関する注記が、それらの助辞としての働きまで見通したものであったとは考えにくい。万葉集において「ものはてにを」の六語が注意されたのは、それらが、第一句から第四句の末尾に出現しやすい語と認識されていたためではないか。短歌という限られた形態に即して歌を作る際に、句のつなぎ目にあって歌の叙述を左右する鍵として、これらの語が特に注意されるようになったとしても不思議はない。[10]

各句末尾の語に対する注意は、万葉集では他に見えないけれども、和歌の推敲において、助辞にあたる語の選択と歌意とが密接に関わることを示す以下のような例がある。

古歌に曰く

橘の寺の長屋に我が率寝しうなゐ放りは髪上げつらむか　（⑯3822）

右の歌、椎野連長年、脈みて曰く、それ寺家の屋は、俗人の寝る処にあらず。また若冠の女を称ひて、放髪丱と曰ふ、然らば即ち腹句已に放髪丱と云へれば、尾句に重ねて著冠の辞を云ふ可からじか、といふ。

決めて曰く

橘の照れる長屋に我が率寝しうなゐ放りに髪上げつらむか　（⑯3823）

右は、第一首の左注にあるように、椎野連長年という人物が「古歌に曰く」とある一首を「決めて曰く」以下の詞句に改めたという説話を伴う歌である。第二首を見ると、古歌第二句の「寺の長屋に」が「照れる長屋に」に、古歌第四句の「うなゐ放りは」が「うなゐ放りに」に改変されている。(11) 右のごとき慎重な語詞選択の過程において、句末の語の働きが十分に意識されたであろうことは想像に難くない。

「ものはてにを」が、歌の叙述を左右する第一句から第四句の末尾に現れやすい語であることについては先に述べたとおりだが、それへの意識は、短歌を作り推敲する右のような過程、すなわち歌学の中で、ヲコト点や宣命体とは別に、独自に発達してきたものではなかったかと推察される。

第三句の名詞と「ものはてにを」

万葉集収載歌を見ると、自立語部分を含めて「ものはてにを」の音を一切含まない歌は、冒頭掲載の二首の他には、巻十四の三四五五番歌一首のみであり、これら六箇辞を含まない三十一文字が自然に出来上がり得る類のものでなかったことが知られる。

「ものはてにを」が第一句から第四句の末尾に現れやすい語であったとすると、それらを避けて歌を作るにはどういった方法を採ればよいのか。実際に付属語部分に「ものはてにを」を含まない歌、全一六首を具体的に見ながら、その特徴を確かめたい。

○莫囂円隣之大相七兄爪謁気我が背子がい立たせりけむ厳橿が本　（①9）
・遠長く仕へむものと思へりし君しまさねば心利もなし　（③457）
○隠りのみ居ればいぶせみ慰むと出で立ち聞けば来鳴くひぐらし　（⑧1479）
○妹がため我れ玉拾ふ。沖辺なる玉寄せ持ち来沖つ白波　（⑨1665）
○妹がため我れ玉求む。沖辺なる白玉寄せ来沖つ白波　（⑨1667）
●あさもよし紀伊へ行く君が真土山越ゆらむ今日そ雨な降りそね　（⑨1680）
●はね縵今する妹がうら若み笑みみ怒りみ付けし紐解く　（⑪2627）
●○三島菅いまだ苗なり。時待たば着ずやなりなむ三島菅笠　（⑪2836）
●伊香保風吹く日吹かぬ日ありといへど我が恋のみし時なかりけり　（⑭3422）
●恋しけば来ませ我が背子。垣つ柳末摘み枯らし我れ立ち待たむ　（⑭3455）
●○沼二つ通は鳥が巣我が心二行くなもとなよ思はりそね　（⑭3526）
○からたちと茨刈り除け倉建てむ。屎遠くまれ櫛造る刀自　（⑯3832）
・里近く君がなりなば恋ひめやともとな思ひし我そ悔しき　（⑰3939）
○めづらしき君が来まさば鳴けと言ひし山霍公鳥何か来鳴かぬ　（⑱4050）
●我が門ゆ鳴き過ぎ渡る霍公鳥いやなつかしく聞けど飽き足らず〔毛能波氏尓乎六箇辞闕之〕　（⑲4176）

●霍公鳥まづ鳴く朝明いかにせば我が門過ぎじ語り継ぐまで　（⑳4463）

右の一六首に顕著な傾向として、第一に、五音または七音の名詞を含む歌が多いという点が挙げられる。具体的には、全一六首中一四首を数える。内訳は、五音の名詞を含む歌が●を付した八首、七音の名詞を含む歌が○を付した八首ある（二首重複）。このことと、付属語部分に「ものはてにを」を含まないこととは無関係ではない。五音あるいは七音の名詞によって一句を成した場合、いまでいうテニヲハ助詞は同じ句には現れない。具体的には、第六例の第三句から第四句の「真土山越ゆらむ……」や、第九例の第一句以下「伊香保風吹く日吹かぬ日……」のごとくである。

第二の特徴として、二つの文より成る歌が五首と、約三分の一を占めるという点が挙げられる。これに、接続助詞の「ど」や「ば」を間に挟んで条件を表す前件と結果を表す後件とに分かれる歌四首を加えると、二つの文や節より成る歌は九首となり、全体の半数が該当する。

上記の二点を満たす歌、すなわち、五音または七音の名詞を含み、かつ、二つの文または節より成る歌は、一六首中八首にのぼる。つまり、歌作の側からすれば、五音か七音の語を用いながら歌全体を重文あるいは複文構成にしてやれば、「ものはてにを」を欠く歌を成しやすいということが言えそうである。

ところで、「ものは」あるいは「ものはてにを」を欠くという本章冒頭に挙げた万葉歌二首は、揃って第三句が五音の名詞となっている。このことと、いわゆるテニヲハ助詞を含まないこととは関わると見てよいだろう。まず、第三句に名詞を置き、第一首（⑲4175）のように、第一句から二句を終止形終止の文とするか、第二首（⑲4176）のように、第一句から第二句を、第三句の名詞に係る連体修飾句とすれば、いわゆるテニヲハ助詞を使わずに歌を成すことは比較的容易なのではないか。

万葉集中、第三句に名詞を置く短歌の数は、枕詞を含めると五二五首ある。(12) これは、短歌全体の約一二％に過ぎない。冒頭の二首の第三句が揃って名詞句であることは果たして偶然であろうか。もちろん、ここに家持の意図を見るのは主観的に過ぎるし、冒頭二首の第三句が揃って名詞句であることが直ちに、第三句の名詞を軸にそこから上下に歌を展開する家持の作歌手法を示すとは言えない。けれども、第三句に名詞を置く家持作歌を見ると、如上の推測を裏付けるような特徴を見出すことができる。以下、その点について述べたい。

家持作短歌第三句の傾向

第三句の句末が名詞である歌は、万葉集収載の短歌のうち約一二パーセントを占める。表②は、万葉集収載の短歌について、第三句が五音の名詞である歌の第三句を列挙したものである。

表②　短歌第三句が五音の名詞

＊枕詞および「寄する波」「その心」など連体修飾語を含む名詞句を含む。
＊万葉集中単独例および一歌群にのみ使用された例をゴシックで示した。

	短歌第三句の名詞（家持作歌を除く）	〃（家持作歌のみ）
巻一	手向くさ（34川島皇子）**明日香風**（51志貴皇子）真土山（55調首淡海）**安礼の崎**（58黒人）忘れ貝（68身人部王）喚子鳥（70黒人）竜田山（83長田王）　七例（六八首中）一〇・三％	

巻一	朝霞（８８磐姫）さな葛（９４鎌足）霍公鳥（１１２額田王）妹が髪（１２３三方沙弥）**会はむ時**（１４０人麻呂）草枕（１４２有間皇子）**結び松**（１４４長意吉麻呂）玉縵（１４９倭大后）大御船、〃（１５１額田王、１５２舎人吉年）**短木綿**、**山清水**（１５７、５８高市皇子）**放ち鳥**（１７０人麻呂）、**放ち鳥**、石つつじ（１７２、１８５舎人）**沙弥の山**（２２１人麻呂） 一六例（一三一首中）一二・二%	
巻三	**強ひ語り**（２３６持統天皇）三輪の埼（２６５長意吉麻呂）年魚市潟、近江の海（２７１、２７３黒人）**名次山**（２７９黒人）**泊瀬山**（２８２春日老）白真弓（２８９間人大浦）遠つ神（２９５角麻呂）沖つ波（３０３人麻呂）**鏡山**（３１１桉作益人）**能登瀬川**（３１４波多小足）夢のわだ（３３５旅人）湊風（３５２若湯座王）沖つ島、寄する波、**佐農の岡**（３５７、５９、３６１赤人）笠の山（３７４石上乙麻呂）玉くしげ（３７６湯原王）梅の花（３９９藤原八束）植ゑ小水葱（４０７大伴駿河麻呂）藤衣（４１３大網公人）草枕（４１５聖徳皇子）白つつじ（４３４河辺宮人）草枕（４５１旅人）萩の花（４５５余明軍） 二五例（二一一首中）一一・八%	〇例（一八首中）〇%
巻四	不知哉川（４８７舒明）さざれ波（５２６坂上郎女）草枕（５４９）**吉備の酒**（５５４丹生女王）五百重波（５６８門部石足）玉くしげ、水無瀬川、寄する波（５９１、９８、６００笠女郎）草枕（６２１佐伯東人妻）草枕（６３４娘子）**佐堤の崎**（６６２市原王）**花かつみ**（６７５中臣女郎）**七車**（６９４広河女王）斎ふ杉（７１２丹波大女娘子） 一四例（二四〇首中）五・八%	梅の花（７８６） 春霞（７８９） 二例（六一首中）三・三%
巻五	梅の花（８１８憶良）思ふどち（８２０葛井大成）桜花（８２９張福子）梅の花（８３０佐伯直子）梅の花（８３１板茂安麻呂）梅の花（８３５高氏義通）梅の花（８４０村氏彼方）梅の花（８４１高向村主）梅が花（８４５門部石足）梅の花、〃、〃（８４９、５０、５１後追和梅歌）竜田山、天の下（８７７、７９憶良） 一四例（一〇四首中）一三・五%	
巻六	**御狩人**（９２７赤人）御食つ国（９３４赤人）**香椎潟**（９５８小野老）**香椎潟**（９５９宇努男人）萩の花（９７０旅人）天の原（９８３坂上郎女）初瀬川（９９１紀鹿人）**阿**	

	波の山（998船王）**四極の海女**（999守部王）沖つ波（1003葛井大成）**思泥の埼**（1031丹比真人）一重山（1038高丘河内）**鹿背の山**、泉川（1056、1058福麻呂歌集） 一四例（一二三首中）一一・四%	○例（九首中）○%
巻七	月の舟（1068人麻呂歌集）味酒（1094人麻呂歌集）玉くしげ（1098）吉野川、**結八川**（1105、14）**苔席**（1120）**篠すすき**（1121）鳴く千鳥（1123）明日香川（1126）ところづら（1133）**網代人**（1135）有間山、松浦船、海女娘子（1140、43、52）丹生の川、淡路島、竜田山、沖つ波、石つつじ（1173、80、81、84、88）しなが鳥、妹の山（1189、93藤原卿）、**妹が島、迎へ舟**、玉の浦、桜花、沖つ風、**海布刈り舟、木綿の山**（1199、1200、02、12、19、27、44古集）**行きし我**（1250人麻呂歌集）、麻衣（1265古歌集）、**沈く玉**、鮑玉、海の底（1319、22、27）**立つ壇**（1330）、玉だすき、浅茅原、ま葛原、**浮き蓴**（1335、42、46、52）かきつはた（1361）寄する波（1388）砂地、砂地（1392、93） 四二例（三二四首中）一三・○%	
巻八	喚子鳥（1419鏡王女）梅の花（1426赤人）梅の花（1437大伴村上）梅の花（1438大伴駿河麻呂）つほすみれ（1444高田女王）喚子鳥（1447大伴郎女）つほすみれ（1449田村大嬢）春霞（1450坂上郎女）梅の花（1452紀女郎）**合歓木の花**（1461紀女郎）霍公鳥（1466志貴皇子）霍公鳥（1470刀理宣令）霍公鳥（1473旅人）霍公鳥（1474坂上郎女）霍公鳥（1475坂上郎女）霍公鳥（1476小治田広耳）霍公鳥、霍公鳥（1480、81書持）霍公鳥（1493大伴村上）霍公鳥（1497虫麻呂歌集）霍公鳥（1498坂上郎女）霍公鳥（1499大伴四縄）さ百合花（1503紀豊河）霍公鳥（1506田村大嬢）春日山（1513穂積皇子）天の川（1522憶良）三笠山（1553稲公）**雨つつみ**（1570八束）はだすすき（1601石川広成）寄する波（1615聖武天皇）梅の花（1640旅人）梅の花（1641角広弁）梅の花（1642安倍奥道）梅の花（1644三野石守）思ふどち（1656坂上郎女）梅の花（1661紀小鹿） 三六例（一八六首中）一九・四%	霍公鳥（1477）霍公鳥（1486）霍公鳥（1488）菖蒲草（1490）霍公鳥（1491）霍公鳥、〃（1494、95）霍公鳥（1509）**この月夜**（1569）思ふどち（1591） 一〇例（四九首中）二〇・四%

巻九	**湯羅の崎**、**妻の社**、真土山、裘、白つつじ（1670、79、80、82、94人麻呂歌集）、手向くさ（1716憶良）、吉野川、吉野川（1721、24人麻呂歌集）、草枕（1727）、**ははそ原**（1730宇合）、**三尾の崎**（1733碁師）、剣大刀、**竜田彦**、霍公鳥（1741、48、56虫麻呂歌集）、泊瀬川・春霞（1770、71古集）、桜花（1776播磨娘子）、**名欲山**（1778娘子）、**名欲山**（1779葛井連） 一九例（一二五首中）一五・二%
巻十	この夕、春霞（1812、13人麻呂歌集）喚子鳥、〃、〃（1822、28、31）梅の花（1841）春霞、春日山（1843、45）桜花、〃、〃、梅の花（1864、66、70、71）夕月夜、〃（1874、75）明日香川（1878）思ふどち、〃（1880、82）白つつじ（1905）**立つ霞**、〃（1912、13）霍公鳥（1938）喚子鳥、霍公鳥、〃、〃、〃、〃、〃、〃、あやめ草（1941、44、45、46、47、48、52、53、55）霍公鳥、〃、〃、〃、〃、〃（1956、57、58、59、60、61、63）霍公鳥、〃（1976、77）、霍公鳥、〃（1979、80）、かきつはた（1986）**乏し妻**、己が妻、水無し川、天の川、〃（2002、05、07、15、30人麻呂歌集）、天の川、〃、〃、〃、白真弓、妹が家道、天の川、この夕、天の川、**ありし袖**、天の川、〃、渡し守（2038、42、43、45、51、56、58、62、64、68、73、83、88）をみなへし、萩の花、をみなへし、咲ける萩、萩の花、植ゑし萩（2107、08、15、16、18、27）鳴く蛙（2161）萩の花（2175）韓衣、生駒山、竜田山、〃（2194、2201、11、14）**桂梶**（2223）、**蒔きし稲**、**門田早稲**（2244、51）鳴く蛙（2265）**思ひ草**、**初尾花**、をみなへし、はだすすき（2270、78、79、83）竜田山（2294）梅の花（2329）**愛発山**（2331） 八三例（五三二首中）一五・六%
巻十一	**この二夜**、狛錦（2381、2405）我が命、**外心**、五百重波、まそ鏡、**巌菅**、我が二人、繭隠り、剣大刀、まそ鏡、黄楊枕、浮き砂（2433、34、37、62、72、84、95、99、2501、03、04）綾席、我が命（2538、92）、韓衣、**この枕**、

	まそ鏡、剣大刀、稲席、放れ駒、斎ひ槻、玉くしげ、**師歯迫山**、**浅香潟**、不知哉川、水無し川、寄する波、寄する波、寄する波、寄する波、寄する波、うましもの、荒磯松、**しなひ合歓**、**浜久木**、有間菅、玉葛、忘れ貝（2619、29、34、37、43、52、56、78、96、98、2710、12、27、29、30、39、40、50、51、52、53、57、75、95）まそ鏡、〃（2810、11）水無川（2817）八重むぐら、〃（2824、25） 四四例（四八〇首中）九・二％
巻十二	玉くしげ、我が心、玉だすき（2884、87、98）藤衣、我が形見、まそ鏡、梓弓、藺隠り、畳み薦、真土山、**宜寸川**、さざれ波、石上、さざれ波、沖つ波、生駒山、朝霞、**降る小雨**、有間菅、玉葛、ま葛原、さな葛、〃、〃、忘れ貝、鳴く千鳥（2971、78、81、89、91、95、3009、11、12、13、24、27、32、37、46、64、67、69、70、71、73、84、87）、**若久木**、草枕、〃、真土山、安の川、砂地、忘れ貝（3127、34、45、54、57、68、75）、木綿間山、淡路島（3191、97） 三五例（三八三首中）九・一％
巻十三	泊瀬川、斎ふ杉、近江の海、さざれ波、**人二人**、草枕、**嘶く声**（3226、28、38、44、49、52、3328） 七例（六〇首中）一一・七％
巻十四	霍公鳥、**浜つづら**、**菅枕**、いはゐつら、筑波山、**葦穂山**、山の岬、草枕、**葛葉がた**、植ゑ小水葱、いはゐつら、**大藺草**（3352、59、69、78、89、91、94、3403、12、15、16、17）水脈つくし（3429）**玉小菅**、**ささら荻**、**墾りし道**、**着せし衣**（3445、46、47、53）**垣内楊**、遊布麻山、**挿す柳**、**たはみづら**、はだすすき、玉葛、**ねつこ草**、我が心、**八尺鳥**、**浜渚鳥**、**ま人言**、はだすすき（3455、75、92、3501、06、07、08、26、27、33、52、65）**かほが花**（3575） 三〇例（二三八首中）一二・六％
巻十五	います君、沖つ波、我が衣（3582、83、84）生駒山（3589）沖つ風（3592）印南つま（3596）**飾磨川**（3605）**小松原**（3621）忘れ貝（3629）**伊波比島**、〃（3636、37）蜷の腸（3649）天の川（3658）寄する波（3

	６６０）**松浦の海**（３６８５）壱岐の島（３６９６）**浅茅山**（３６９７）淡路島（３７２０）玉くしげ（３７２６）霍公鳥（３７５４）明くる朝、**同じこと**（３７６９、７３）霍公鳥、〃、〃、〃、〃（３７８０、８１、８２、８３、８４） 二七例（二〇〇首中）一三・五％	
巻十六	五六三（３８２７意吉麻呂）**薦畳**（３８４３穂積朝臣）**屎葛**、**はむ鳥**（３８５５、５６高宮王）**也良の崎**（３８６７）潜く鳥（３８７０）**百ち鳥**（３８７２）**塗り屋形**、ただ一人（３８８８、８９） 九例（九〇首中）一〇・〇％	〇例（二首中）〇％
巻十七	梅の花、〃、梅柳（３９０１、０３、０５書持）霍公鳥（３９０９書持）**豊の年**（３９２５葛井諸会）竜田山（３９３１平群女郎）をみなへし（３９５１秦八千嶋）**藤の花**（３９５２伝誦僧玄勝）玉くしげ（３９５５土師道良）霍公鳥（３９９６縄麻呂） 一〇例（五六首中）一七・九％	まそ鏡（３９００）霍公鳥（３９１１）霍公鳥、〃（３９１６、１８）遠つ人（３９４７）**春の花**（３９６６）霍公鳥（３９８３）寄する波（３９８６）霍公鳥（３９８８）霍公鳥（３９９７）霍公鳥（４００７）すかの山（４０１５）羽咋の海（４０２５）にぎし川（４０２８） 一四例（七一首中）二〇・〇％
巻十八	菖蒲草（４０３５福麻呂）霍公鳥（４０４２福麻呂）霍公鳥（４０５３）霍公鳥（４０６７女婦土師）霍公鳥（４０６９能登乙美）さ百合花（４０８７縄麻呂）**すり袋**（４１３３池主）	霍公鳥（４０５１）霍公鳥（４０６６）霍公鳥（４０６８）**その心**（４０７０）桜花（４０７７）霍公鳥（４０８４）**我が縵**（４０８６）霍公鳥、〃（４０９０、９１）わご大君、吉野川（４０９９、４１００）菖蒲草（４１０２）霍公鳥（４

	七例（三八首中）一八・四%	119）**縵かげ**（4120）**年の恋**（4127）梅の花（4134） 一六例（五九首中）二七・一%
巻十九	ほほがしは（4204恵行）まそ鏡（4221坂上郎女）梅の花（4241藤原清河）君が船（4246）草枕（4263）梅の花（4282石上宅嗣）思ふどち（4284道祖王） 七例（四四首中）一六・〇%	**桃の花**（4139）射水河（4150）辟田川、〃（4157、58）霍公鳥（4168）霍公鳥（4171）梅の花（4174）菖蒲草、霍公鳥（4175、76）霍公鳥（4178）霍公鳥（4195）霍公鳥（4208）**黄楊小櫛**（4212）寄する波（4213）梅柳（4238）吾が大君（4272） 一六例（八七首中）一八・四%
巻二十	草枕（4325）**百代草**（4326遠江国防人）船飾り（4329相模国防人）難波潟（4355上総国防人）**あたゆまひ**（4382下野国防人）付けし紐、草枕（4405、06上野国防人）本つ人（4437元正太上天皇）梅の花（4497中臣清麻呂） 九例（一四五首中）六・二%	霍公鳥（4305）天の川、〃（4308、10）**妻別れ**（4333）**伊豆手舟**（4336）**難波の海**（4361）桜花（4395）寄るこつみ（4396）**花の庭**（4453）**梶つくめ**（4460）玉箒（4493）萩の花（4515） 一二例（七三首中）一六・四%

母数となる歌数が一〇〇に満たない巻もあるため、百分率はおおよその目安にしかならないが、表を見ると、第三句が五音の名詞である短歌は、各巻概ね一〇パーセント前後であることがわかる。

極端に少ない巻は、巻四（五・八％）、巻二十（六・二％）である。巻四の数が小さい理由は相聞歌巻であるためだろう。霍公鳥、あやめぐさなどの景物を詠む季節歌より恋歌に五音の名詞が現れにくいという傾向は、後代の和歌にも共通して確認される。(13)

反対に、一五パーセント以上を示す巻を見てみよう。巻八（一九・四％）、巻九（一五・二％）、巻十（一五・六％）と、巻十七（一七・九％）、巻十八（一八・四％）、巻十九（一六・〇％）が目を引く。巻八と巻十については、季節歌巻ゆえであろう。霍公鳥、梅の花などの例が目立つ。巻九は雑歌、相聞、挽歌から成る巻である。全一九例中一四例が雑歌部に、残り五例は相聞部に現れ、挽歌部の例は一つもない。雑歌に、湯羅の崎、真土山など、土地の名前を詠んだ歌の多いことが原因と考えられる。

巻十七以降は、巻二〇を除いていずれも一五パーセントを超える割合を示す。これは家持作歌を除いた各巻の短歌総数が一〇〇に満たないためである。試みに、巻十七以降の四巻を合わせて第三句が五音名詞である歌の割合を計算してみると、一一・七パーセントという平均的な数値を示す。ただし、そうした中で、末四巻の家持作歌に限っては、第三句が名詞である歌の比率が二〇・〇パーセントと目立って高く、他のどの巻よりも大きい値を示すという点は注意してよい。

特に巻十七から十九の家持作歌において第三句が五音の名詞である歌の増える主たる原因は霍公鳥詠の多さにある。その理由については諸氏によって様々に論じられているが、(14) ここで注目したいのは、末四巻の家持作歌において「黄楊小櫛」（巻十九）や「花の庭」（巻二十）など、万葉集中で一回限り使用される語や、他の歌人の用いない家持独自の語が複数見られるという点である。先掲の表②には、家持作歌に限らず、万葉集中の単独用例と一つの歌群にのみ限定的に現れる例とをすべてゴシックで示した。この表の、特に末四巻の家持作歌の例を見ると、霍公鳥や梅の花といった万葉集全体に頻出する景物のみならず、巻十七の「春の花」（⑰３９６６）や巻二十の「梶つくめ」（⑳４４６０）など、他に見られない珍しい語が比較的多く現れることに気づく。

その中に、例えば次に取り上げる「妻別れ」のように、動詞を名詞化した語のあることは注意されてよい。

鶏が鳴く東男の妻別れ悲しくありけむ年の緒長み　（⑳４３３３、家持）

「追痛防人悲別之心作歌一首（并短歌）」の第二反歌であり、第三句に「妻別れ」の語が見える。家持が、妻と別れ来る防人の心情を推し量って詠んだ一首であるが、同じような内容が他の歌では、

潮待つとありける舟を知らずして悔しく妹を別れ来にけり　（⑮３５９４、遣新羅使人）

たらちねの母を別れてまこと我旅の仮廬に安く寝むかも　（⑳４３４８、防人歌）

のごとく、「妹を別れ来にけり」や「母を別れて」と、動詞を用いて表現されている。家持作歌における「妻別れ」の語は、『萬葉集全注』（木下正俊）の指摘にあるとおり、「文形式妻ヲ別ルを一個の名詞として表したもの」(15)であり、動詞で表される内容を名詞句に圧縮して表現した家持の成語であると考えられる。かかる例の存在は、通常「名詞＋いわゆるテニヲハ助詞＋動詞」で表される語と同等の内容を独自の五音名詞で表現し、それを中心に上下に歌を展開する家持の作歌方法をうかがわせる。(16)

さらに、万葉集中単独例というのではないが、巻十の作者未詳歌と巻十八の家持作歌にのみ見られる「年の恋」という語がある。この語には家持の用法の特異さがとりわけ顕著に現れる。

まず、巻十の作者未詳歌において、「年の恋」の語がどのように使われているかを見てみよう。

年の恋今夜尽くして明日よりは常のごとくや我が恋ひ居らむ　（⑩２０３７、未詳）

ここでは、前年の七夕から逢瀬の日までの牽牛と織女の恋情が「年の恋」の語で表現されている。第一句「年の恋」は、第二句「（今夜）尽くして」の目的語にあたると判断できる。一方、次に挙げる家持作歌の場合、同じ「年の恋」の語ではあるが、右の巻十作者未詳歌と同様に、一年の恋情を表すと捉えたのでは意味が通じない。

安の川い向かひ立ちて年の恋日長き児らが妻問ひの夜ぞ　（⑱４１２７、家持）

第三句の「年の恋」は、「一年間ずっと恋い暮した（二人）」（『新全集』）というように、第四句の「日長き児ら」に係る事実上の連体修飾句を構成しており、巻十作者未詳歌の「年の恋」が完結した名詞として一年の恋を指しているのとは異なって、本来なら動詞「恋ふ」や形容詞「恋ひし」で表される内容を名詞化した成語であると理解できる。

このことは、次の人麻呂歌集歌と比較すればより明らかとなる。

沫雪は千重に降りしけ恋しくの日長き我は見つつ偲はむ　（⑩２３３４、人麻呂歌集）

右は、七夕歌ではないものの、第三句から四句に「恋しくの日長き我は」とあり、前掲の巻十八家持作歌の第三句から四句「年の恋日長き児らが」とほぼ同じ構成を示す。家持作歌の「年の恋」に相当するのがこの歌の第三句「恋しくの」であるわけだが、「恋しく」とは、形容詞「恋し」の連用形であり、文脈上、体言に相当する。[17]
また、家持作歌の第三句から第四句の表現「年の恋日長き児らが」は、次の歌の第一句から第二句「恋しけく日長きものを」にも類似する。

恋しけく日長きものを逢ふべかる夕だに君が来まさざるらむ　（⑩２０３９、未詳）

「恋しけく」とは、形容詞「恋し」のク語法、つまり形容詞を名詞化したものである。これに該当する家持作歌の「年の恋」が、本来、動詞「恋ふ」や形容詞「恋ひし」で表すべき内容を名詞化した語であることがここでも確かめられよう。

いま一度、「安の川」で始まる前掲の家持作の七夕歌を見られたい。すると、第三句「年の恋」と後続句との意味の繋がりが、他の歌に比べて曖昧であることがわかる。第三句は牽牛と織女の一年の恋情を象徴的に表してはいるものの、前後との関係を文法的に説明することは難しい。この歌は、果たして線条的に展開される自然言語と同様の生成過程を経て成り立ったものであろうか。

自然言語において動詞や形容詞で説明的に表される内容を名詞に圧縮し、その語を中心に牽牛と織女の長期間の恋情を象徴的に表したこの歌のあり様からは、五音の名詞を軸に、それを起点として上下に句を補い展開する家持の作歌手法が想像される。

「秀歌」詠の手法

家持作歌において、第三句の名詞の格が曖昧な例は、他にも複数ある。他の歌人の歌と比べるために、まず、家持以外の歌人の作歌を見たい。恣意的になるのを避けるため、第三句に名詞を含む短歌のうち、歌番号の最も若い五首を挙げる。

白波の浜松が枝の手向くさ幾代までにか年の経ぬらむ〔一云　年は経にけむ〕　（①34、川島皇子）

采女の袖吹き返す明日香風京を遠みいたづらに吹く　（①51、志貴皇子）

あさもよし紀人ともしも真土山行き来と見らむ紀人ともしも　（①55、調首淡海）

いづくにか船泊てすらむ安礼の崎漕ぎ廻み行きし棚なし　（①58、高市黒人）

大伴の三津の浜なる忘れ貝家なる妹を忘れて思へや　（①68、身人部王）

これらの歌は冒頭から読めば意味が容易に通じ、第三句の格も明確といえる。対して、第三句に名詞を含む家持作歌のうち、特に巻十七以降の例には第三句の格の曖昧なものが目立つ。次に二例を挙げる。

一本のなでしこ植ゑしその心誰に見せむと思ひそめけむ　（⑱4070、家持）

秋風の吹き扱き敷ける花の庭清き月夜に見れど飽かぬかも　（⑳4453、家持）

第一例第四句「誰に見せむと」の対象は、文法的には第三句の「その心」に相違ない。けれども、文意をふまえれば、「一本のなでしこ」とするのが適当であろう。一つの文の中に第三句の名詞「その心」がはめ込まれたような形式になっている。

第二例第二句「吹き扱き敷ける」の場合も同様である。秋風が吹き扱き敷いたのは花の庭ではない。正確には「秋風が（花ヲ）扱き（庭ニ）敷ける」のであり、「花の庭」の語を一旦分解してやらねば意味が通らない。なお、「花の庭」の語は、万葉集中、この家持作歌を除いて他に用例がない。こうした例も、線状的に展開する自然言語とは全く別の過程を経て、具体的には、主題となる第三句の名詞を軸に、構成された歌である可能性がある。

万葉集巻二十に、天平宝字二年（七五八）正月三日の肆宴で玉箒を下賜され、「諸王卿等、堪に随ひ意の任に歌を作り并せて詩を賦せよ」（題詞）との勅が下された際に家持が奏上しようとした一首が残る。その歌は、

初春の初子の今日の玉箒手に取るからに揺らく玉の　（⑳4493、家持）

のごとく、歌題である「玉箒」が第三句にあり、上二句はその連体修飾句、下二句は述部となっている。第三句の名詞を中心に歌を上下に展開する方法に拠れば、右のような宴席での題詠要請にも、即座に対応できたことで

あろう。

第三句が主題の提示とも取れる歌は、平安期の和歌にしばしば見られる。

寛平の御時后宮歌合の歌

ちると見てあるべき物を梅花うたてにほひの袖にとまれる　（古今集・春上47、素性）

家持の歌には、こうした後代の和歌作法の萌芽を見ることができる。

第三句に主題となる名詞を据えて、それを軸に歌を上下に展開する歌作の方法があったとすれば、それは、線状的に展開する自然言語の制約から和歌を解き放ち、文芸としての和歌に新たな可能性を与えたはずである。

巻十九巻頭に、

春の園紅にほふ桃の花下照る道に出で立つ娘子　（⑲4139、家持）

朝床に聞けば遙けし射水川朝漕ぎしつつ唱ふ舟人　（⑲4150、家持）

のごとき、幻想的な映像を喚起する歌がある。これらの歌も、そうした手法の獲得によってもたらされた成果の一つなのではないか。(18)

「ものはてにを」を欠く歌を成すという発想は、自然言語の延長にある和歌において最も成り立ちにくい歌を実現しようとする試みに他ならない。ただし、発話の生成とは別の過程、具体的には、第三句に主題たる五音節の語を置き、上下に歌を展開する作歌方法が獲得された後には、「ものはてにを」を欠く歌の具現は、さほど難しいことではなかったはずである。叙上のごとき和歌作法の転換期に限定的に現れ、新しい歌作の方法確立の媒体となったのが「ものはてにを」を欠く歌であった。同じテーマを持つ歌がその後の和歌史から姿を消すのはそうした理由によると考えられる。

文芸としての可能性を拡大した短歌に対して長歌はどうであったか。長歌の場合は変改を目指すというよりも、伝統的形式に拠ることに価値が置かれ、硬直化していったのではないか。次章では、万葉集最後の挽歌である大伴家持作「挽歌一首〔并短歌〕」（⑲4214～16）を取り上げながら、そうした問題に迫りたい。

注

（1）ただし、廣瀬本は四一七六番歌の注記を欠く。廣瀬本は題詞下の小書注記でなく、左注形式を取る。書写における行の脱落と見てよいだろう。

（2）巻十九巻末に、「……但此巻中不称作者名字徒録年月所処縁起者皆大伴宿祢家持裁作歌詞也」とある。

（3）亀井孝『日本語の歴史』（一九六三年初出、平凡社。後に平凡社ライブラリー〈二〇〇七年〉に所収）。

（4）北川和秀編『続日本紀宣命　校本・総索引』（一九八二年、吉川弘文館）。

（5）沖森卓也他『歌経標式　影印と注釈』（二〇〇八年、おうふう）。なお『歌経標式』本文引用も同書による。

（6）『八雲御抄』本文は、片桐洋一編『八雲御抄の研究〔名所部 用意部〕』（二〇一三年、和泉書院）による。傍線は引用者による。

（7）『八雲御抄の研究〔名所部 用意部〕』前掲（注6）〈語釈〉（担当執筆・金井まゆみ）は、この箇所の小題「てにをはといふ事」について、「いわゆる現在の助詞・助動詞にあたる語を中心にそれ以外の語も含めた、和歌の文字の置き方や同字の重複に関するきまり、また、歌詞の切れ方と続き方に関することなど、和歌の文字遣いに関することがらについて広く述べている。」（四八〇頁）のごとく、詞と辞でいうところの辞とは異なることにふれる。

（8）「字としてテニハを認識しているということは、言語学的には、形態素解析ができていないことに相当し、形態素に分析できなければ、パラディグマティック（範列的）な分析は不可能であり、それは品詞分類が原理的にできないことを意味する……テニハの概念と文字遣いとが完全に切れるのは……宝暦十年（一七六〇）成立の雀部信頼『弖爾乎波義慣鈔』である。」（近藤泰弘「テニハ概念の構築——語学的観点から——」『テニハ秘伝の研究』二〇〇三年、勉誠出版）。

(9)例えば、新編日本古典文学全集『萬葉集④』(小学館)の頭注には、「歌に多用される三つの助詞モ・ノ・ハを用いないように留意して作った歌。」「万葉集に限って言えば、助詞はノ・ニの使用が多く、以下ヲテハモと続く。」と説明されている。

(10)巻十九・四一七五番歌の「毛能波三箇辞」と四一七六番歌の「毛能波氏尒乎六箇辞」との区別は何か。表①を見ると、「も」は「かも」「やも」などの目立つ第五句を除くと第三句に、「の」は第一句と第三句に、「は」は第四句と第一句に多く現れる。すなわち「ものは」三辞は五音節に現れやすく、対して、「て」「に」は第四句と第二句、というように七音節句に現れやすい傾向が看取される。当時、「ものは」と「てにを」が区別されていたとすると、それぞれ五音節と七音節の末尾に現れやすい語の集まりとの認識によるのではないかと考えられる。なお、この問題について、蔦清行「毛能波と氏尒乎」(『大阪大学日本語日本文化教育センター 日本語・日本文化』第三八号、二〇一〇年三月)に「モ・ノ・ハが一つの句の中でのみ用いられるのに対し、テ・ニ・ヲは二つの句を接続する場合にも用いるという機能の差によって区分されているのではないか」との説がある。

(11)この歌群の形成と左注の意味するところについては、影山尚之「『橘の寺の長屋』と『橘の照れる長屋』――万葉集巻16・三八二二~三八二三の歌と説話――」(『美夫君志』第六一号、二〇〇〇年一一月、同『萬葉和歌の表現空間』塙書房に所収)に詳しい。

(12)「をみなへし」のごとき五音節名詞の他、「付けし紐」のごとき連体修飾句を含み名詞で終わる五音も含む。

(13)古今和歌集の四季歌(巻一春歌上~巻六冬歌収載の歌)三四二首のうち、第三句が名詞句の歌は七八首。二二・八パーセントにあたる。対して、恋歌(巻十一~十五収載の歌)の場合は、全三六〇首中三三首の九・二パーセントである。

(14)村瀬憲夫「大伴家持とほととぎす」(『青須我波良』二六号、一九八三年七月)、芳賀紀雄「大伴家持――ほととぎすの詠をめぐって――」(『論集万葉集』一九八七年、笠間書院、同『萬葉集における中国文学の受容』塙書房に所収)、佐藤隆「越中守大伴家持とホトトギス――歌友大伴池主を中心として――」(『美夫君志』四四号、一九九二年、同『大伴家持作品論説』おうふうに所収)、奥村和美「家持の情――ほととぎす詠を中心として」『上代文学』第八九号、二〇〇二年一一月)、新谷秀夫「《来鳴く》ことへのこだわり――越中時代の家持のホトトギス詠をめぐって――」(『美夫君志』第八六号、二〇一二年三月）等。

(15)『萬葉集全注　巻第二十』〈木下正俊著〉（一九八八年、有斐閣）。

(16) なお、第三句にではないが、これと同じ語構成を持つ「国別れ」の語が巻十五の狭野弟上娘子の作歌に登場する。巻十五については、その編者を家持とする説がある〈第一部第二章〈注3〉〉。「別れ」を含む名詞句は、万葉集では「妻別れ」と「国別れ」に限られるが、双方とも家持に関わる可能性があることになる。

(17) 形容詞連用形が体言相当の機能を持つことについては、川端善明「形容詞の活用」（『国語国文』四六巻二号、一九七七年二月、同『活用の研究Ⅱ』一九七八年、大修館書店〈後に清文堂より増補再版〉に所収）、釘貫亨『古代日本語の形態変化』第三部第五章（一九九六年、和泉書院。初出は、「古代日本語における形容詞造語法に関する一考察」『名古屋大学文学部研究論集』一二二、一九九五年三月）に詳しい。

(18) 鈴木道代『大伴家持と中国文学』（二〇一四年、笠間書院）は巻十九の冒頭二首について、「紅」と「白」とが対比を成す春の美しい風景を、中国的素材のみならず中国詩学を取り入れた上で、歌として捉えなおしたものであると指摘する。この歌が自然言語生成の過程から離れて成り立つことと、氏の言うような中国詩学に基づく構成ということとが関わるのかもしれない。改めて考えたい。

第四章　「挽歌一首」の表現と主題

なびく「玉藻」

天平勝宝二年（七五〇）、大伴家持は、娘婿であった藤原二郎母の訃報を受けて、「挽歌一首」と題した次の歌を残している[1]。

挽歌一首〔并短歌〕

天地の　初めの時ゆ　うつそみの　八十伴の緒は　大君に　まつろふものと　定まれる　官にしあれば　大君の　命恐み　鄙ざかる　国を治むと　あしひきの　山川隔り　風雲に　言は通へど　直に逢はぬ　日の重なれば　思ひ恋ひ息づき居るに　玉桙の　道来る人の　伝言に　我に語らく　はしきよし　君はこのころ　うらさびて　嘆かひいます世間の　憂けく辛けく　咲く花も　時にうつろふ　うつせみも　常なくありけり　たらちねの　み母の命　なにしかも　時しはあらむを　まそ鏡　見れども飽かず　玉の緒の　惜しき盛りに　立つ霧の　失せぬるごとく　置く露の

消ぬるがごとく　玉藻なす　なびき臥い伏し　行く水の　留めかねつと　狂言か　人の言ひつる　逆言か　人の告げつる　梓弓　爪弾く夜音の　遠音にも　聞けば悲しみ　にはたづみ　流るる涙　留めかねつも（⑲4214）

反歌二首

遠音にも君が嘆くと聞きつれば音のみし泣かゆ相思ふ我は（⑲4215）

世間の常なきことは知るらむを心尽くすなますらをにして（⑲4216）

右大伴宿祢家持弔聟南右大臣家藤原二郎之喪慈母患也〔五月廿七日〕

当時、国守として越中にあった家持は、二郎母の死を人づてに知る。その際の使者の言葉を記したのが、点線部「玉桙の道来る人の伝言に我に語らく」以下の部分である。第三者の伝言によって人の死を知り嘆く形式は、先人の作品（③420〜22、⑬3333〜34等）にも用いられており、娘婿に共感し励ます内容の反歌二首を除くと、この歌の独自性はさほど目立たないようにも見える。しかし、二郎母の死を世間の常なきこととして語る使者の言葉の中には、当該歌独自といってよい、ある特徴的な表現が見られる。

二郎母の死は、「立つ霧の　失せぬるごとく　置く露の　消ぬるがごとく　玉藻なす　なびき臥い伏し　行く水の　留めかねつと」のごとく、霧・露・玉藻・行く水といった自然物の変化に重ね、自然のうつろいに等しいものとして捉えられており、露・霧・水などの素材は、他の歌においても、はかないもの、常なきものの喩として使用された例を見出すことができる。(2)しかし、「玉藻」はそうではない。当該歌において「玉藻」の語は二郎母の死を語る文脈で用いられているのだが、「玉藻」が人のあり様を表す場合、多くは男女の共寝の様やそれを前提とした独り寝の様を指すというように、当該箇所とはむしろ対照的な文脈に現れるのである。和歌表現の類型から逸脱した「玉藻なすなびき臥い伏し」の表現は、表題の歌にどのような意味内容をもたらすべく選び取られたのであろうか。

本章では、「玉藻なすなびき臥い伏し」という特殊な表現と「挽歌一首」の題を掲げる当該歌の主題との関わりを探ってみたい。

万葉歌における「うちなびく」

「玉藻なすなびき臥い伏し」というのではないが、同様の句は、冒頭に示した「挽歌一首」(⑲4214～16)の作歌時期よりも三年ほど遡った天平十九年(七四七)の作である「悲緒を申ぶる歌」(⑰3962)、「更に贈る歌」(⑰3969)の中に既に見られる。そこには、「うちなびき床に臥い伏し」とあり、「なびく」、「こゆ」、「ふす」の語が連続して用いられるという点で、「挽歌一首」の表現に通ずる。遠回りなようだが、「挽歌一首」の表現に影響を与えたと思われる「悲緒を申ぶる歌」と「更に贈る歌」の「うちなびき床に臥い伏し」について、その意味内容から確認していこう。

「うちなびく」とは、「しなやかに靡き伏す。横になる。」、さらに「物に感じて心がその方に靡く。」意を表すとされる語であり(『時代別国語大辞典上代編』)、万葉集中に三一例を見出すことができる。そのうち、約半数に相当する一四例は、

天降りつく 神の香具山 うちなびく 春さり来れば 桜花 木の暗繁に 松風に 池波立ち 辺つへには あぢ群騒き 沖辺には 鴨つま呼ばひ ももしきの 大宮人の 罷り出て 漕ぎける舟は 棹梶も なくてさぶしも 漕がむと思へど (③260、鴨足人)

うちなびく春立ちぬらし我が門の柳の末にうぐひす鳴きつ　（⑩1819）

のごとく、「春」の語に上接しており、「春」に係る枕詞とされる。

残りの一七例について、「うちなびく」の主体をまとめると以下のようになる。

心（6例）・人（5例）・玉藻（2例）・黒髪（2例）・名告藻（1例）・草香（1例）

藻類や草木の様を表す例は存外少なく、藻の名に掛けた「な告りそ」の語や地名「草香」に係る例を含めても、五例に過ぎない。以下にその五例を挙げる。

勝鹿の真間の入江にうちなびく玉藻刈りけむ手児名し思ほゆ　（③433、山部赤人）

臣の女の　くしげに乗れる　鏡なす　三津の浜辺に　さにつらふ　紐解き放けず　我妹子に　恋ひつつ居れば　……

稲日つま　浦回を過ぎて　鳥じもの　なづさひ行けば　家の島　荒磯の上に　うちなびき　しじに生ひたる　なのりそが　などかも妹に　告らず来にけむ　（④509、丹比笠麻呂）

うちなびく春の柳と我がやどの梅の花とをいかにか別かむ　（⑤826、史大原）

いさなとり　浜辺を清み　うちなびき　生ふる玉藻に　朝なぎに　千重波寄せ　夕なぎに　五百重波寄す……　（⑥931、車持千年）

おし照る　難波を過ぎて　うちなびく　草香の山を　夕暮に　我が越え来れば　山も狭に　咲けるあしびの　悪しからぬ　君をいつしか　行きてはや見む　（⑧1428）

「うちなびく」の指示する内容として最も多いのは、心が恋人の方に寄る様を表すものであり、六例を数える。「物に感じて心がその方に靡く」（『時代別国語大辞典上代編』）とされる例だが、実際には「うちなびく」がそうした意味を表すわけではない。該当の六例を含む歌を見ると、四首に、「水底に生ふる玉藻の」（⑪2482）や「明日香川瀬々の玉藻の」（⑬3267）のごとき詞句が含まれているのがわかる。

水底に生ふる玉藻のうちなびく心は寄りて恋ふるこのころ　（⑪2482、人麻呂歌集）

海原の沖つなはのりうちなびく心もしのに思ほゆるかも　（⑪2779）

春されば　花咲きををり　秋付けば　丹の穂にもみつ　うまさけを　神奈備山の　帯にせる　明日香の川の　早き瀬に　生ふる玉藻の　うちなびく　心は寄りて　朝露の　消なば消ぬべく　恋ひしくも　著くも逢へる　隠り妻かも　（⑬3266）

明日香川瀬々の玉藻のうちなびく心は妹に寄りにけるかも　（⑬3267）

「うちなびく」自体が表しているかに見える、恋人に心が惹かれるといった意味合いは、「水底に生ふる玉藻の」のごとき比喩に修飾されることによって、限定的に生じていると見るべきである。

もちろん、そうした比喩表現を介さずに、心の靡く様を表した次のごとき例も存する。しかし、右で見た比喩を介する四首がすべて作者未詳歌（一例は人麻呂歌集出歌、三例は巻十一・十三の作者未詳歌）であったのに対して、比喩表現を含まない次の二首は、安倍女郎と大伴池主の作歌、すなわち後期万葉の作者判明歌となっている。

今更に何をか思はむうちなびき心は君に寄りにしものを　（④505、安倍女郎）

藤波は　咲きて散りにき　卯の花は　今ぞ盛りと　あしひきの　山にも野にも　ほととぎす　鳴きしとよめば　うちなびく　心もしのに　そこをしも　うら恋しみと　思ふどち　馬打ち群れて　携はり　出で立ち見れば……　（⑰3993、大伴池主）

これら二首に見られるような、「うちなびく」単独で心の靡く意を表す用法は、「水底に生ふる玉藻の」のごとき比喩を介しながら限定的に心の靡く様を表す先の四例のような表現に依りかかりつつ成り立っていると考えるべきであろう。

このようにほとんどの例において、「うちなびく」は、藻や草が「しなやかに靡き伏す」様を表していると見て問題はないのだが、中には、そうした意では捉えることのできない以下のような例が存する。

ありつつも君をば待たむうちなびく我が黒髪に霜の置くまでに　（②87、磐姫皇后）

君待つと庭のみ居ればうちなびく我が黒髪に霜そ置きにける〔或本歌尾句云　白たへの我が衣手に露そ置きにける〕　（⑫3044）

二首共に、男の訪れを待つ女の歌であり、第三句以下の「うちなびく我が黒髪に霜の置くまでに（霜そ置きにける）」に待つ時間の長さが表出されている。「うちなびく」が「しなやかに靡き伏す」意であるとすれば、「うちなびく我が黒髪」は、床に靡かせた黒髪を指すことになるが、果たしてそうだろうか。

第一首については、第一句から第二句に「ありつつも君をば待たむ」とあり、閨で男を待ちながら黒髪を敷き靡かせて独り寝をする女の様を詠った歌と見ることもできる。(3) しかし、第二首の第一句、第二句には「君待つと庭のみ居れば」とある。叙述主体が庭にいることが明示されている以上、髪を横たえて靡かせていると考えるには無理があろう。では、髪が風に靡く様を表しているのであろうか。第四句、第五句の「我が黒髪に霜そ置きにける」の表現が時の経過を表すのだとすれば、黒髪は静止してあるのがふさわしく、風に靡く黒髪というのもそぐわない。となると、「うちなびく我が黒髪」は、一般に解されているように「垂髪」を指すと見る他ないのだが、そうだとすると、先に見た、藻や心が「しなやかに靡き伏す」イメージに反することになる。

「うちなびく我が黒髪」が垂髪、すなわち、普段結っている髪が解かれてあるその状態を指すのだとすれば、「しなやかに靡き伏す」という「うちなびく」の理解については、改めて考えてみる必要があろう。黒髪の例までを含めて「うちなびく」の指す意味を捉え直すならば、「うちなびく」とは、ものの形を留める力が緩み、緩んだ状態のまま成るに任せてある状態を指す、ということにならないか。

「うちなびく心」を詠った前掲六首を見ると、四首の歌に「うちなびく」とは別に「寄る」の語が見える。「うちなびく」の語自体は、力が抜けて緩む様を表しはするものの、ある方向に寄るという意味を含んではいないことがこれによって確かめられよう。

『篆隷万象名義』を見ると、「靡」の字注に「緩也」と見える。漢語「靡」と「緩」の字義の重なりを示すものに他ならないが、万葉集を含む上代文献において、「靡」は「なびく」とのみ訓まれ、また「なびく」の語に、仮名を除いて「靡」以外の字が当てられた形跡はない。これが、漢語「靡」の字義と和語「なびく」の意味との重なりを示すのだとすれば、和語「なびく」が「緩」に近い意味を表す場合があったとしてもおかしくない。

また、『類聚名義抄』（観智院本）の和訓の一つに「ナイカシロ」とある。「ないがしろ」の語は、上代文献には見えないが、平安期の文献には、

「度々文遣りなどするは、いとないがしろにはあらぬなめり。いかで、今しばし据ゑて、せむやう見む」と思して……（『うつほ物語』「蔵開 中」）

ないがしろなるもの。女官どもの髪上げ姿。唐絵の革の帯のうしろ。聖のふるまひ。（『枕草子』「ないがしろなるもの」[4]）

白き羅の単襲、二藍の小袿だつものないがしろに着なして、……（『源氏物語』「空蝉」）

とあり、無造作なまま成るに任せて構わないことをいうようである。

「うちなびく」を含めて「なびく」の語は、古代和歌の中ではかなり限定的な意味を表す語として使用されて

いるが、漢語「靡」とそれに対応する和語「なびく」は、こうした意味をも含み持つ、かなり広義の語であったと考えられる。

横臥を表す「うちなびく」

見てきたように、和歌において、「うちなびく」は、藻や草といった、形を変えやすいやわらかな植物や、黒髪のようなよやかなものの様を表すか、それを下敷きとした表現の中で用いられることがほとんどであった。ところが、中には以下の四例のように、人の横臥する様を指した例が見られる。

①安騎の野に宿る旅人うちなびき眠も寝らめやも古思ふに　（①46、人麻呂「安騎野の歌」）

②大君の　遠の朝廷と　しらぬひ　筑紫の国に　泣く子なす　慕ひ来まして　息だにも　いまだ休めず　年月も　いまだあらねば　心ゆも　思はぬ間に　うちなびき　臥やしぬれ　言はむすべ　せむすべ知らに　……　（⑤794、憶良「日本挽歌」）

③大君の　任けのまにまに　ますらをの　心振り起こし　あしひきの　山坂越えて　天ざかる　鄙に下り来　息だにもいまだ休めず　年月も　いくらもあらぬに　うつせみの　世の人なれば　うちなびき　床に臥い伏し　痛けくし　日に異に増さる　……　（⑰3962、家持「悲緒を申ぶる歌」）

④大君の　任けのまにまに　しなざかる　越を治めに　出でて来し　ますら我すら　世間の　常しなければ　うちなびき　床に臥い伏し　痛けくの　日に異に増せば　……　（⑰3969、家持「更に贈る歌一首」）

例①は、「軽皇子宿于安騎野時、柿本人麻呂作歌」（①45〜49）の短歌第一首、例②は、山上憶良が大伴旅人の妻の死を悼んで詠んだ「日本挽歌一首」（⑤794）、例③は、大伴家持の詠んだ「忽沈枉疾殆臨泉路、仍作歌詞以申悲緒一首〔并短歌〕」（⑰3962〜64）の長歌、例④は、その直後に家持が大伴池主に送った書簡中の「更贈歌一首〔并短歌〕」（⑰3969〜72）の長歌である。

「うちなびく」は、例①では、軽皇子に従駕した者たちが野宿する様子を、例②から例④では、病によって人が倒れ伏すあり様を指し示しており、先に見たような、藻や草などの様やそれを比喩として心の様を表す「うちなびく」例とは連続的には捉えにくい。

もちろん、右以外にも、「うちなびく」の語によって人の横たわる様を表した次のような例はある。

荒磯やに生ふる玉藻のうちなびきひとりや寝らむ我を待ちかねて　（⑭3562、東歌）

未勘国相聞歌に分類された東歌であり、歌の背景は不明であるが、歌の内容から、自分を待ちながら独り寝をする恋人に思いを馳せた男の歌であろうことが知られる。この中で男の想像する女の寝姿を表すのが「うちなびき」の語であり、安騎野での仮寝を詠った例①などと、人の横たわる様を表すという点では共通しているようにも見える。けれども、右の東歌の「うちなびき」は、「荒磯にや生ふる玉藻の」との序を伴う。つまり、「生ふる玉藻のうちなびき」のごとき比喩を介するという条件下で、限定的に寝の様を表すのが右の例であり、こうした点において、藻の喩を介さずに「うちなびき」単独で旅人が横たわる様を表す例①とは、表現の質が大きく異なる。

右の東歌のように「玉藻の」と「うちなびく」が共起して人の寝を表す例が複数あり、比喩表現を含まない例に時代的にも先立つのであれば、比喩を伴う表現が熟した結果、「玉藻の」を省いた形式、すなわち「うちなびき」単独で人の寝の様を表すようになったという可能性も想定し得るであろう。しかしながら、「玉藻の」と「うちなびく」が共起して人の寝の様を表す例は、右の東歌一首を除いて他に確認できず、「生ふる玉藻のうちなびき」

のごとき表現から、「うちなびく」単独で人の横たわる様を表す用法が生じてきたとは考えにくい。「うちなびく」に限らず、「なびく」の語にまで対象を広げれば、人の寝る様を表す例は九例認められる。けれども、やはりそこでも九例中八例の「うちなびく」が、

つのさはふ　石見の海の　言さへく　辛の崎なる　いくりにそ　深海松生ふる　荒磯にそ　玉藻は生ふる　玉藻なす　なびき寝し児を　深海松の　深めて思へど　（②135、人麻呂）

さ寝がには　誰とも寝めど　沖つ藻の　なびきし君が　言待つ我を　（⑪2782）

のごとく、「玉藻なす」や「沖つ藻の」のごとき比喩を伴って使用されており、内容に関しても、横臥の様を表すという点では先の例①から④と共通するように見えるけれども、横臥といっても、九例中八例が男女の共寝に関わる表現であって、野宿や病臥の様を詠う先の四例とは区別して考える必要がある。

比喩を伴わずに野宿や病臥の際に人の横たわる様を表す例①から④の四首の表現は果たして、水や風の流れに任せて傾く藻や草のイメージを前提とする他の「うちなびく」や、そうしたイメージを喚起しつつ男女の共寝の様を描く「なびく」例と由来を同じくするものなのだろうか。

このように考えたとき、先の四首（①〜④）のうち、特に例②から④において、「うちなびく」の語に、「臥ゆ」あるいは「伏す」といった語が連接していることが、この語の表す意味内容を考える上で重要であるように思われる。

まずは、先掲の四例のうち、例①（以下「安騎野の歌」とする）の「うちなびく」の表現性について、詳しく見ていこう。

「うちなびき眠も寝らめやも」

「うちなびく」が、ものの形を留める力が緩み、緩んだまま成るに任せてある状態を表すのだとすれば、「安騎野の歌」の第一反歌「うちなびき眠も寝らめやも」は、近年の注釈書にも示されるとおり「力を抜いて、くつろいで」寝る様を表すということになる。[5] しかし、この歌において、人の横たわる様を「うちなびく」で表すといった、万葉集歌において特殊ともいえる表現が現れる理由を考えるとき、長歌末尾の表現と当該短歌との対応関係を見過ごすことはできない。

周知のように、当該短歌四首は、長歌の示唆する意味内容に具体性を与えながら展開していく。特に、第一短歌は長歌の内容を引き受けて、その後の展開の端緒となる役割を担っている。具体的に見たい。

軽皇子宿于安騎野時、柿本人麻呂作歌

やすみしし 我が大君 高照らす 日の皇子 神ながら 神さびせすと 太敷かす 都を置きて こもりくの 泊瀬の山は 真木立つ 荒き山路を 岩が根 禁樹押しなべ（禁樹押靡） 坂鳥の 朝越えまして 玉かぎる 夕さり来れば み雪降る 安騎の大野に はたすすき 小竹を押しなべ（四能乎押靡） 草枕 旅宿りせす 古思ひて （①45）

短歌

安騎の野に 宿る旅人 うちなびき（打靡） 眠も寝らめやも 古思ふに （①46）

ま草刈る 荒野にはあれど もみち葉の 過ぎにし君の 形見とそ来し （①47）

東の 野にかぎろひの 立つ見えて かへり見すれば 月傾きぬ （①48）

日並の　皇子の尊の　馬並めて　み狩立たしし　時は来向かふ　（①49）

第一短歌は、長歌末尾の表現を引き受けつつ、眠ることのできない旅の内実とその理由を示すものである。第一短歌の第一句「安騎の野に」が、長歌後半の「安騎の大野に」に対応していることは動くまい。さらに、第五句の「古思ふに」が、長歌末尾の「古思ひて」に対応しているとすれば、第一短歌第二句から第四句の「宿る旅人うちなびき眠も寝らめやも」は長歌末尾近くの「はたすすき小竹を押しなべ草枕旅宿りせす」に照応するということになろう。

このように見ると、第一短歌中に見える「宿る旅人うちなびき（打靡）」のごとき、人がうちなびくという一般的でない表現は、長歌の「はたすすき小竹を押しなべ（押靡）」との照応の下に成り立つものではないかと推察される。ただし、表現に即せば、長歌では皇子が薄や小竹を押し靡かせるのに対して、短歌では、安騎野に宿る旅人がうち靡くというのであり、長歌の表現と第一短歌の表現とは厳密な意味では一致しない。けれども、ここでは、そうした表面的な形式や指示内容ではなく、長歌の「押しなべ」に象徴される意味内容に目を向けてみたい。

長歌には、「はたすすき小竹を押しなべ」以外に、「岩が根禁樹押しなべ」の表現が見え、「押しなべ」の語が二度使用される。万葉集冒頭歌の「……そらみつ　大和の国は　おしなべて　我こそ居れ……」（①1、雄略天皇）を持ち出すまでもなく、長歌中の「押しなべ」が、禁樹や小竹を押し分け倒したという実際の行動の描写にとどまらず、主体たる軽皇子の威力を象徴的に表すものであることは疑いない。[6] とするならば、これに対応する第一短歌第三句の「うちなびき（打靡）」は、そうした皇子の行動に従い、威力に順応する臣下たちの様を表すと考えられないか。

そもそも、漢語「靡」は従うという意味を表すことのある語であった。例えば、「夫上之化下、猶風靡草、東風則草靡而西、西風則草靡而東、在風所由、而草為之靡」（『説苑』「君道」）は、君子を風、臣を草に擬えて、君子が臣を徳化し、臣が感化されることを「靡」の語によって示したものであるし、『論語』「顔淵」にも同様の表現、「君子之徳風也、小人之徳草也、草上之風必偃」が見える。「靡」でなく「偃」とあるが、『廣韻』に、「靡（無也偃也……）」とあり、「靡」と同じ意味を表すと見てよい。これらは、草の比喩によって君子に従う様を「靡」や「偃」で示したものだが、草木の喩を介さずとも、「靡」は上に従うという意味を表し得たようで、『篆隷万象名義』には、「随也」の字注が見え、推古紀一二年四月の記事（憲法十七条第三条）には、「是を以ちて、君言ふときは臣承る、上行ふときは下靡く。」のごとき用例が確認できる。また、時代は下るが、『類聚名義抄』（観智院本）の和訓の一つに「シタガフ」とあり、『源氏物語』「帚木」には、「上は下に輔けられ、下は上に靡きて、事ひときにゆつろふらむ。」との用例を見出すことができる。漢語「靡」のみならず、和語の「なびく」も「従う」という意味で用いられたことが、これによって確かめられる。

　和歌に用いられる「うちなびく」の多くは、藻や草の様を表すものであるが、「なびく」の語自体は、和歌表現に限定しなければ、草や藻が靡くというに限らず、人が何かに従って伏したり横たわったりする様を表す語であったと思しい。

「安騎野の歌」の第一短歌中の「うちなびき眠も寝らめやも」の表現は、くつろいで眠ることができない様をいうのではなく、臣下たちが徳のある皇子に従いながらうち伏してはみるものの、眠りにつくことのできない様を表していると考えられる。

　とするならば、先に「人の横臥する様を指した例」として挙げた例①から④のうち、「うちなびく」が人の横臥するあり様を表すものは、家持作歌を除いては憶良作の「日本挽歌」（例②）のみということになる。

家持作「挽歌一首」に見られる当該表現は、村田カンナが[7]「かかる文脈の必然において家持の思い起こしたのが、憶良の「日本挽歌」の「うちなびき　こやしぬれ」であっただろうとみることは想像に難くない」と指摘するように、憶良作「日本挽歌」の表現の影響下にあることはまず間違いないだろう。

「うちなびく」・「こゆ」・「ふす」

さて、先に見たとおり、漢籍においては、「在風所由而草為之靡」（『説苑』）や「草上之風必偃」（『論語』）のように、草が風で倒れ伏せる様が「靡」や「偃」の字を用いて表されており、「靡」と「偃」との字義の重なりを示す。『漢書』顔師古注に、「夏則為大暑之所暴炙、冬則為風寒之所匽薄。〈師古曰、匽與偃同。言遇疾風則偃靡也。薄迫也。〉」とあり、冬の寒さに身を伏せる意を表す「匽薄」の注に、「匽」は「偃」に同じであり、疾風に遭って倒れることを「偃靡」というと記されている。これも「靡」と「偃」が「倒れる」という意味に於いてほぼ同義で使われたことを示していよう。

しかしながら、万葉集において、「靡」の字は和語「なびく」を表すのに用いられているものの、[8]「なびく」に「偃」を充てた例は見当たらない。「偃」は、「なびく」ではなく、「こやす」または「ふす」の表記として用いられている。本文中に「偃」を含む万葉歌と訓を以下に示す。[9]

益荒夫乃　去能進尓　此間偃有〈ますらをの　ゆきのまにまに　ここにこやせる〉　（⑨1800）

占裳無　偃為公者　母父之　愛子丹裳在将〈うらもなく　ふしたるきみは……〉　（⑬3339）

津煎裳無　荒礒矣巻而　偃有公鴨〈つれもなき　ありそをまきて　ふせるきみかも〉　（⑬3341）

汭潭　偃為公矣〈うらぶちに　ふしたるきみを〉（⑬３３４２）

津煎裳無　偃為公賀　家道不知裳〈つれもなく　ふしたるきみが　いへぢしらずも〉（⑬３３４３）

『類聚名義抄』（観智院本）では、「偃」の項に「フス」「タフル」などとともに、「ナビカス」の和訓が示されているのだが、少なくとも万葉集においては、「靡」は和語「なびく」に、「偃」は和語「こゆ（こやす）」、「ふす」に対応するものとして、はっきりと使い分けられていたようである。

『廣韻』や『漢書』顔師古注を見るとわかるように、「靡」と「偃」との字義が近く、万葉集において「靡」が「なびく」に、「偃」が「こゆ（こやす）」、「ふす」の語に充てられるのだとすれば、先の例②から④の三例、すなわち、憶良の「日本挽歌」（⑤７９４）と、家持の「悲緒を申ぶる歌」（⑰３９６２）、「更に贈る歌」（⑰３９７０）の三首において、「うちなびき臥やしぬれ」（「日本挽歌」）や「うちなびき床に臥い伏し」（「悲緒を申ぶる歌」・「更に贈る歌」）のように、「なびく」と「こゆ（こやす）」、「ふす」の語が一連の表現の中で用いられていることには、特に注意を払う必要がある。「うちなびき」は、「こやす」や「ふす」を修飾し、その様態を副詞的に表す語ではなく、「こやす」・「ふす」と同種の動作を表す語であったと考えられるからである。(10) 憶良作「日本挽歌」（例②）の「うちなびき臥やしぬれ」や、家持作の「悲緒を申ぶる歌」（例③）、「更に贈る歌」（例④）の「うちなびき床に臥い伏し」は、人が倒れ伏せるという動作に関わる類義の語を重ねて、人が倒れ床に横たわるまでの一連の動作を表したものではないか。

仮にそうだとすれば、これら三語が連続するとき、必ず「うちなびく」、「こゆ（こやす）」、「ふす」の順で現れるということにも意味があろう。「うちなびく」は「こゆ（こやす）」・「ふす」に、「こゆ（こやす）」は「ふす」に、先だって生じるような動作状態を表す語であったと考えられる。「こゆ」と「ふす」の違いについて、万葉の表記を参考にすると、以下のようになる。

【こゆ（こやす）】○「こやす」臥（②196）、許夜斯（⑤794）○「こやせり」臥有（③415・③421）、偃有（⑨1800）、臥勢流（⑨1870）○「こいふす」許伊布志（⑤886）、反側（⑫2947或本歌）、⑰許伊布之（⑰3962）、己伊布之（⑰3969）、許伊臥（⑲4214）○「こいまろぶ」展転（③475・⑩2274・⑬3326）、反側（⑨1780）、返側（⑨1740）

【ふす】○「ふす」（〜ふす〈複合語を含〉）所宿〈訓に揺れアリ〉（⑬3336）、布斯（⑤886）、布之（⑤904）、布須（⑭3428・3530）、伏（②199・②220・③379・③443・④500・⑦1328・⑧1561・⑩2267・⑪2700・⑫3099・⑬3329・⑯3884）、偃（⑬3339・3342・3343）、臥（⑨1664）・夫周（⑤800）○「ふせる」布勢（⑤886・⑰3962）、次（⑦1292）、偃有（⑬3341）、臥（④524）○「ねざめふす」寤臥（⑩2302）○「ふしあふぐ」伏仰（⑤904）○「ふしゐなげく」伏居嘆（⑩1924）、臥居雖嘆（②204）

「こゆ」に当てられる「臥」と「偃」の字は、「ふす」にも当てられるが、「伏」は「ふす」にしか当てられない。「こゆ」と「ふす」の指示する意味内容は重なりつつも、「ふす」は、特に漢語「伏」のみが表し得る義を示す場合がある、ということになろう。『篆隷万象名義』を見ると、「偃」には「倒也、息也、仰也、仆也……」と、「伏」には「匿也、隠也、微也、匍匐也…」と記されており、「伏」は特に、腹這いになる意を表す場合があったことがわかる。[11] 例えば、山上憶良作「男子名古日に恋ふる歌三首」（⑤904〜906）の長歌中に見られる「伏仰《ふしあふぎ》武祢宇知奈気吉《むねうちなげき》……」の「伏」などは、「仰」の対として使われており、腹這いに伏せる意を表す例といえよう。

「日本挽歌」（例②）の「うちなびき臥やしぬれ」は、立っていた人が倒れ横になるまでの動きを、「悲緒を申ぶる歌」（例③）や「更に贈る歌」（例④）の「うちなびき床に臥い伏し」は、立っていた人が倒れて床に伏せるまでの一連の動きを、類義の語を重ねることで表現したものと見ることができる。[12]

「うちなびく」の語は、和歌においては、藻類や草木の傾く様を表したり、そうした比喩を介して恋に弱った心のあり様を表したりする場合がほとんどであるが、『類聚名義抄』（観智院本）の和訓に「靡……ワヅラフ」とあるのは、「なびく」が病によって人が力なく倒れ伏せる様を表し得る語であった可能性を示唆していよう。先の例①から④の四例、すなわち、「安騎野の歌」や「日本挽歌」、「悲緒を申ぶる歌」、「更に贈る歌」に見られる「うちなびく」の語は、伝統的な和歌表現の上に成り立つものではなく、「なびく」の語の持つより広い義を表すべく、ここに採用されたものと見ることができる。

万葉歌における「なびく」

さて、これまで意図して「うちなびく」の表現に限定して見てきたわけだが、ここでは、万葉集における「なびく」の用法に目を向けてみたい。

万葉集中で、「うちなびく」以外に「なびく」の語を用いた表現は三三例確認できる。(13)

それらを見ると、草木や藻類の様を表す例が一六例と最も多く、共寝や独り寝など人が横たわる様を表す例が九例と続く。以下にその九例を挙げる。

・つのさはふ　石見の海の　言さへく　辛の崎なる　いくりにそ　深海松生ふる　荒磯にそ　玉藻は生ふる　玉藻なす
なびき寝し児を　深海松の　深めて思へど　さ寝し夜は　いくだもあらず　延ふつたの　別れし来れば　……
（②135、人麻呂「石見相聞歌」第二歌群）

・飛ぶ鳥の　明日香の川の　上つ瀬に　生ふる玉藻は　下つ瀬に　流れ触らばふ　玉藻なす　か寄りかく寄り　なびか

ひし夫の命の　たたなづく　柔膚すらを　剣大刀　身に副へ寝ねば　……
（②194、人麻呂「献呈挽歌」）

・飛ぶ鳥の　明日香の川の　上つ瀬に　石橋渡し〔一云　石なみ〕下つ瀬に　打橋渡す　石橋に〔一云　石なみに〕生ひなびける　玉藻もぞ　絶ゆれば生ふる　打橋に　生ひをれる　川藻もぞ　枯るれば生ゆる　なにしかも　我が大君の立たせば　玉藻のもころ　臥やせば　川藻のごとく　なびかひの　宜しき君が　朝宮を　忘れたまふや　夕宮を　背きたまふや　……
（②196、人麻呂「明日香皇女挽歌」）

・天飛ぶや　軽の道は　我妹子が　里にしあれば　ねもころに　見まく欲しけど　止まず行かば　人目を多み　まねく行かば　人知りぬべみ　さねかづら　後も逢はむと　大舟の　思ひ頼みて　玉かぎる　磐垣淵の　隠りのみ　恋ひつつあるに　渡る日の　暮れぬるがごと　照る月の　雲隠るごと　沖つ藻の　なびきし妹は　もみち葉の　過ぎて去にきと　玉梓の　使ひの言へば　梓弓　音に聞きて〔一云　音のみ聞きて〕言はむすべ　せむすべ知らに……
（②207、人麻呂「泣血哀慟歌」第一歌群）

・しきたへの衣手離れて玉藻なすなびきか寝らむ我を待ちかてに
（⑪2483、人麻呂歌集歌）

・さ寝がには誰とも寝めど沖つ藻のなびきし君が言待つ我を
（⑪2782）

・わたつみの沖つ玉藻のなびき寝むはや来ませ君待たば苦しも
（⑫3079）

・天地の　初めの時ゆ　うつそみの　八十伴の緒は　大君に　まつろふものと　定まれる　官にしあれば　……　玉の緒の　惜しき盛りに　立つ霧の　失せぬるごとく　置く露の　消ぬるがごとく　玉藻なす　なびき臥い伏し　行く水の　留めかねつと　狂言か　人の言ひつる　逆言か　人の告げつる　梓弓　爪弾く夜音の　遠音にも　聞けば悲しみにはたづみ　流るる涙　留めかねつも
（⑲4214、家持「挽歌一首」）

・白たへの　袖さし交へて　なびき寝る　我が黒髪の　ま白髪に　なりなむ極み　新た代に　共にあらむと　玉の緒の

絶えじい妹と　結びてし　ことは果たさず　思へりし　心は遂げず　……

（③481、高橋朝臣「悲傷死妻歌」）

「なびく」の語によって人の寝の様を表す右の九例には、ある傾向が指摘できる。波線を付したように、九例中八例において、「なびく」の語の前に「玉藻なす」や「沖つ藻の」のような比喩表現が置かれているのである。こうした比喩表現を含まない例は、最後に挙げた高橋朝臣作の「悲傷死妻歌」の一例に過ぎない。

対して、「うちなびく」には、かかる傾向は認められない。既に述べたように、人の横臥の様を表す「うちなびく」例のうち、「玉藻なす」に類する比喩表現を含む例は、東歌に一首見られるのみであった。

このように、人の身体の様を示す場合、「なびく」は、「玉藻なす」や「沖つ藻の」のごとき比喩表現を伴いながら共寝や独り寝の様を表し、「うちなびく」は、そうした比喩を伴わずに野宿や病臥のごとき男女の寝に拘わらない横臥の様を表す、といった截然たる使い分けが確認できる。[14]

これに反するのが、高橋朝臣の「悲傷死妻歌」と家持の「挽歌一首」である。前者については、「玉藻なす」のごとき比喩表現を伴わずに共寝の様を表した唯一の例ということになり、後者については、「なびく」ではなく「うちなびく」の語によって、また、玉藻の比喩を用いて人が病に伏す様を描いた唯一の例ということになる。

高橋朝臣の「悲傷死妻歌」については、別の解釈の可能性があるのでひとまず措くとして、[15]家持作の「挽歌一首」において、二郎母の死が、万葉歌の表現のあり方から逸れた独自の詞句によって表現された意味を考えてみたい。

日本挽歌との関わり

家持作歌において、「うちなびく」「なびく」によって人の横臥の様を表した例は、前者が一例、後者が二例見え、計三首の歌に用いられている。いま問題としている「挽歌一首」(⑲4214)と、「悲緒を申ぶる歌」(⑰3962)「更に贈る歌」(⑰3969)である。「悲緒を申ぶる歌」と「更に贈る歌」は、同じ時期に作られたモチーフを同じくする一連の作であり、類似の表現も目立つ。(16)一方、「挽歌一首」は、これら二首から三年の時を隔てて詠まれた作歌であるが、長歌中に「玉藻なすなびき臥い伏し」とあり、「なびく」・「こゆ」・「ふす」の三つの動詞が重ねられているという点で、二首の表現との近さが認められる。

「なびく」と「こゆ」、「こゆ」と「ふす」を組み合わせた表現は、家持のオリジナルではなく、次に示すように、山上憶良の「日本挽歌」や「熊凝哀悼歌」に既に用いられたものであった。

……心ゆも　思はぬ間に　うちなびき　臥やしぬれ　言はむすべ　せむすべ知らに　石木をも　問ひ放け知らず……
(⑤794、「日本挽歌」)

床じもの　うち臥い伏して　思ひつつ　嘆き伏せらく　国にあらば　父取り見まし　家にあらば　母取り見まし
(⑤886、「熊凝哀悼歌」)

けれども、「なびく」・「こゆ」・「ふす」の三つの動作を重ねる表現は、先行の歌に見えない当該三首の特徴であり、三首の表現の緊密な関わりをうかがわせる。このように、「なびく」・「こゆ」・「ふす」の三つの動詞を重ねながら病臥の様を表すという点で、形式も内容も近いこれら三首であるが、先に述べたように、三年を隔てて詠まれた「挽歌一首」の表現に限っては、「玉藻なすなびき臥い伏し」のごとく、玉藻の比喩を介して、かつ「うちなびく」ではなく「なびく」の語によって、身体の様が表されているという点で、他の二首と決定的に異なっているのである。

家持の「挽歌一首」の表現を見ると、使者を介して人の死を知るという形式や、対句を始めとする表現において、人麻呂の「泣血哀慟歌」を下敷きとしていることは疑いない。

渡る日の 暮れぬるがごと 照る月の 雲隠るごと 沖つ藻の なびきし妹は もみち葉の 過ぎて去にきと 玉梓の 使ひの言へば 梓弓 音に聞きて〔一云 音のみ聞きて〕……（②207、人麻呂「泣血哀慟歌」）

立つ霧の 失せぬるごとく 置く露の 消ぬるがごとく 玉藻なす なびき臥い伏し 行く水の 留めかねつと 狂言か 人の言ひつる 逆言か 人の告げつる 梓弓 爪弾く夜音の……（⑲4214、家持「挽歌一首」）

ただ、人麻呂作「泣血哀慟歌」の「なびきし妹」の表現が生前の生命力に溢れた妹の様子を示していたのに対して、家持作「挽歌一首」の「なびき臥い伏し」は倒れ行く動作を示すという正反対の内容を表している。こうした意味において、「挽歌一首」の「なびく」は、「泣血哀慟歌」の「なびく」よりもむしろ、急激に変化する人のあり様を表す「日本挽歌」に見られる「うちなびく」に近いことは押さえておかねばなるまい。その上で、「日本挽歌」の表現に従うならば不要であったはずの「玉藻」を、「玉藻なすなびき臥い伏し」のごとき、和歌表現の類型から逸脱した表現を構成しつつ用いる必要があったのかを考える必要があろう。

明日香皇女挽歌との関わり

「挽歌」の名を冠した表題の歌において、二郎母に寄せる思いやその死に対する悲しみは、形式的に表されているにすぎず、主題は、二郎母の追悼というよりも、二郎を慰めるという一点にのみあるように見える。そこに長歌体の「挽歌」を詠む必然性を見出すことはできない。藤原茂樹は、(17)当該歌において、「挽歌」という枠組みが、伝統的形式という点で社会的関係の中で当事者に弔意を示すのに相応しい形として選び取られたものであろうとする。ただ、この時期、挽歌が既に生きた歌体ではなく、「伝統的形式」となっていたのだとすれば（形骸化していたのだとすれば）、具体的な先行作品の型を用いて成り立っている可能性を考えてみてもよいように思われる。

村田右富実(18)によれば、女性の死を悼む挽歌のうち、当該歌のごとく、夫や恋人の立場以外から詠まれる歌は一〇例にすぎず、そうした歌においては、表現の視野に夫君の姿を認めるのが通例であるという。「挽歌一首」についても、これに準ずるとすれば、二郎がその死を最も悼むべき親近者として、配偶者的役割を担っていることになる。村田の示す一〇例のうち半数は真間娘子のような伝説の中の娘子を悼むものであり、第三者が配偶者の悲しみを描きつつ女性の死を嘆く形式の歌としては他に柿本人麻呂作の「明日香皇女挽歌」（②196〜98）があるのみである。

「明日香皇女挽歌」には、「石橋に〔一云　石なみに〕生ひなびける　玉藻もぞ　絶ゆれば生ふる　打橋に　生ひをれる　川藻もぞ」、「我が大君の　立たせば　玉藻のもころ　臥やせば　川藻のごとく　なびかひの……」のごとく、水藻に関する表現が複数見られる。一見、「挽歌一首」の表現とは異なるようだが、身﨑壽「明日香皇女殯宮挽歌試論――その表現の方法をめぐって――」によれば、水藻という素材が女性の姿態や性愛の様を表す他の人麻呂作品とは異なって、ここでは「再生の神秘的な生命力をえがくことにより、人間の有限の生を対比的に浮き彫りにする役割」を担っているという。[19]

家持は、表題の歌において、第三者による女性への追悼を主題とする「明日香皇女挽歌」の表現に重ねながら、「玉藻なす なびき臥い伏し」の表現によって、生から死へという事態の急転を具体的に示してみせたのではないか。[20]「挽歌一首」の中で、「玉藻なす なびき臥い伏し」に続く「行く水の 留めかねつと」の表現は、同じ家持作の「世間の無常を悲しぶる歌」(⑲4160～62)の「行く水の 止まらぬごとく」の類似表現とも見えるが、行く水に対する人力の作用を問題とする点で意味内容は大きく異なる。その点、「明日香皇女挽歌」の短歌第一首は、

明日香川しがらみ渡し塞かませば流るる水ものどにかあらまし(一云 水のよどにかあらまし)(②197、人麻呂)

のごとく、死にゆく人を留める術を問題とするという点で、「挽歌一首」の「行く水の 留めかねつと」の表現に通じる。家持作「挽歌一首」の当該表現は、「明日香皇女挽歌」の短歌第一首を受けて、人の死がそれでもやはり人の力の及ばぬ条理でしかなかったことを示しているように見える。

ところで、一人称叙述ながら、実質的には第三者が女性の死を悼む挽歌は他にもある。憶良作の「日本挽歌」である。左注には「……筑前国守山上憶良上」とあり、作者は憶良であるに違いない。しかしながら、作中の「我」が大伴旅人を指し、実際は、旅人の亡妻を悼む歌であったこと、諸氏に指摘のあるとおりである。[21]「日本挽歌」と「挽歌一首」との表現上の接点は「うちなびき臥やしぬれ」と「(玉藻なす)靡き臥い(伏し)」にしかない。けれども、序に「紅顔共三従長逝 素質与四徳永滅」と見える「三従」の語などは、「日本挽歌」のごとき挽歌が、当事者の妻のみならず母の死を弔うのにも適う形式であったことを示唆する。「玉藻なす なびき臥い伏し 行く

水の 留めかねつと」などは、母たる女性の美しい姿が逝水のごとく戻らぬ様を表すという点において、「日本挽歌」の長歌のそれ（「紅顔共三従長逝」）に対応する和歌表現と見ることもできよう。ただ、「日本挽歌」の主題は死者を失った悲嘆を一人称の視点から描くという点で、第三者が残された者を慰める形式を採る「挽歌一首」とは歌の枠組みが大きく異なる。

二郎への共感と慰撫を主題とする「挽歌一首」が、長歌体の挽歌によって表される必然は、親近者の急逝によって痛嘆する知音への共感を下敷きとする「日本挽歌」と、第三者が女性の死を悼みつつもその主題を夫君への同情に据える「明日香皇女挽歌」への依拠という点に存したのではないか。

人麻呂作「明日香皇女挽歌」と憶良作「日本挽歌」との重なるところに結実したのが家持作「挽歌一首」であり、「玉藻なす なびき臥ひ伏し」の表現は二つの歌の接点に立つ。かくのごとき表現と「挽歌一首」という歌題は、その典拠が何たるかを、主張しているように見える。

注

（1）左注に見える「藤原二郎」については、藤原仲麻呂の次男久須麻呂とする説と、藤原豊成の次男継縄とする説がある。当時の右大臣は豊成であるが、久須麻呂と家持女との縁談にまつわる歌が万葉集に収載されていることや（④786〜792）、仲麻呂が後（天平宝字二年八月）にではあるが、大保（右大臣に相当）に任ぜられていることから、久須麻呂とするのが妥当であるように思うが、いまは結論を保留し、本論中には「藤原二郎」のまま記す。なお、諸説については、藤原茂樹「藤原二郎の慈母への挽歌」（『セミナー万葉の歌人と作品』第九巻大伴家持（二）、二〇〇三年、和泉書院）に詳しい。

（2）「露こそば朝に置きて夕には消ゆといへ……」（②217）、「置く露の消ぬべき我が身……」（⑫3042）、「朝霧の消易き我が身……」（⑤885）、「水の上に数書くごとき我が命……」（⑪2433）、「行く水の止まらぬごとく常もなくうつろふ見れば……」（⑲4160）等。

（3）廣川晶輝「『打靡　吾黒髪』考――『万葉集』巻二・八七歌の論――」（『国語国文研究』第一二七号、二〇〇四年七月）に詳しい。

（4）新編日本古典文学全集『枕草子』（小学館。底本・三巻本）による。なお、旧全集（底本・能因本）には、「ないがしろなるもの、女官どもの髪上げたるさま。唐絵の革の帯のうら。聖のふるまひ。」とある（傍線は異同のある箇所）。

（5）「安騎野の歌」第一短歌第三句について、諸注釈の内容を大まかにまとめると以下のとおりである。「寝ること」…『註釈』、「横臥して寝る様」・「寝の形容」…『井上新考』、『秀歌』、『武田全註釈』、『澤瀉注釈』、『全集』、『全注』、「藻などが片方に靡き伏す様で人の寝の喩」…『代匠記』（初・精）、『燈』、『攷證』、『古義』、『総釈』、『窪田評釈』、『私注』、「なよやかに横たわる様」…『考』、『略解』、「手足を伸ばしくつろいで横たわる様」…『桧嬬手』、『野雁新考』、『註疏』、『講義』、『鴻巣全釈』、『金子評釈』、『佐佐木評釈』、『大系』、『釈注』、『全歌講義』、「心をくつろげて」…『多田全解』、「輾転反側する様」…『美夫君志』、（「うちふして」と訓み）伏すこと…『童蒙抄』。

（6）「うちなびく」は、天皇が服従しない者を平定し圧服する意味に用いられる言葉であり（土橋寛『万葉集開眼（上）』NHKブックス、一九七八年）、当該歌においては神としての絶対者の威力をあらわす表現である（中西進『柿本人麻呂』日本詩人撰、一九七〇年、筑摩書房。多田一臣「安騎野遊猟歌を読む――万葉歌の表現を考える――」『語文論叢』一八号、一九九〇年）という。

（7）村田カンナ「山上憶良の表現の独自性――「うちなびき　こやしぬれ」をめぐって――」（『日本語と日本文学』第一九号、一九九三年一〇月）。

（8）ただし、巻十一・二七五二の「靡合歓木」は現行の訓では「シナヒネブ」と訓まれている。『童蒙抄』以来の説であるが、諸本には「ナビキ」（類聚古集、紀州本、西本願寺本等）や「ナミカフ」（細井本、京大本朱）とはあるものの「シナヒ」の訓は見えない。なお、巻九・一七三二について、仙覚本系の本文に「布靡越者」とあり、これを本文とすれば「なびく」とは訓めないことになるが、藍紙本、類聚古集、紀州本、廣瀬本等の本文に従い、もと「布麻越者」であったと見なした。

（9）『萬葉集電子総索引』（二〇〇九年、塙書房）による。

（10）『考』・『略解』・『井上新考』・『鴻巣全釈』・『金子評釈』・『全注』（井村哲夫担当）は、「うちなびく」を「萎える」あるいは「横になる」などの動作を表す語としている。
（11）この点については、村田カンナ前掲（注7）論文に指摘がある。
（12）鉄野昌弘「日本挽歌」（『セミナー万葉の歌人と作品』第五巻、二〇〇〇年、和泉書院）は、「臥ユ、臥ヤスを死者に対して用いることも集中には多いのだが、それはそこに伏す死者を、単なる形骸としてではなく、かき口説く対象として、命ある者のように遇する表現なのであろう……病臥したことだけを述べて、その死にはあえて触れていないのだと言うべきではないか」とする。
（13）『萬葉集』〈CD-ROM版〉（木下正俊校訂、二〇〇一年、塙書房）による。『萬葉集電子総索引』によれば二一例であるが、別語として扱われる「なびかふ」「なびけり」なども用例に数えた。
（14）この点については、村田カンナ前掲（注7）論文に指摘がある。
（15）この歌については、「白たへの袖さし交へてなびき寝る我が黒髪の……」（③481）とあり、「なびく」が通説のように「寝る」に係って共寝の様を表すのでなく、「我が黒髪」に係って「（黒髪を）なびかせる」の意を表していると解することができる。
（16）西一夫「天平十九年春の家持と池主の贈答――「臥病」作品群の形成――」（『萬葉』第一七四号、二〇〇〇年七月）によると、「悲緒を述ぶる歌」は都を志向する表現を中心とするのに対して、「更に送る歌」が受け取る池主を意識した表現となっていることや、前者が病臥の嘆きを随所に詠み込むのに対して、後者では病臥の苦しみを前半にまとめて後半は春の景物描写から池主の慕情へと展開するなど、表現と構成面において違いが見られるという。
（17）藤原茂樹前掲（注1）論文。
（18）村田右富実「殯宮挽歌の終焉――柿本人麻呂と明日香皇女挽歌」（『万葉史を問う』一九九九年、新典社、同『柿本人麻呂と和歌史』和泉書院に所収）。
（19）身﨑壽「明日香皇女殯宮挽歌試論――その表現の方法をめぐって――」（『文学・語学』第九三号、一九八二年六月、同『人麻呂の方法　時間・空間・「語り手」』北海道大学出版会に所収）。また、自然の循環によって再生・復活する生態を持つ藻が当該歌の主題といかに関わっているかについて、平舘英子「明日香皇女挽歌の表現と構想」（『萬葉』第一三七号、一九九〇年一一月、同『萬葉歌の主題と意匠』塙書房に所収）に詳しい考察がある。

（20）生前の様子を「鏡なす見れども飽かず」（「明日香皇女挽歌」）、「まそ鏡見れども飽かず」（「挽歌一首」）と表現する点も共通する。ただ、この表現は、他の挽歌にも一例、「まそ鏡見れど飽かねば」（⑬3324）と見えるので、当時、挽歌における一般的表現として存した可能性を考慮する必要があり、注に記すに留める。なお、家持が人麻呂作「明日香皇女挽歌」に表現を学んだ可能性については、その異伝系本文と家持作歌の詞句との関わりから、第三部第一章でも述べる。

（21）村山出「日本挽歌——主としてその構成について——」（『萬葉』第五七号、一九六五年一〇月、同『山上憶良の研究』桜楓社に所収）等。

第三部　家持による編纂の痕跡

第一章　柿本人麻呂作歌の異伝注記と家持

人麻呂作歌と家持

前章で、大伴家持作「挽歌一首」の直接の典拠に、柿本人麻呂作「明日香皇女挽歌」があった可能性について述べたが、「明日香皇女挽歌」に限らず、家持は柿本人麻呂作品の語句や発想を多く襲用している。ところで、家持はどのような形で人麻呂の作品に触れることができたのか。いま万葉集として残るのと同じ体裁のいくつかの巻が家持の前にあったのだろうか。それを考える上で、一つの興味深い事実がある。それは、人麻呂作品中に示される語句単位の異伝（「或云」「一云」等）中の複数の表現が家持の歌に共通して現れるということである。

本章では、巻一から巻四までの異伝注記に注目し、そこに示される本文と同一の表現が万葉集中にどのように現れるかを検証する。結論から言えば、人麻呂作歌に「一云」「或云」として示される複数の詞句が大伴家持作歌に共通して現れる。この点をふまえて、最終的には、人麻呂作歌中の異伝注記に大伴家持の関与した可能性について述べたい。

人麻呂作歌の異伝

万葉集には本文異伝を伴う歌が複数収載されている。異文表示の形式は、「或頭云」「或本歌」「或云」「一云」など多様であるが、その多くが柿本人麻呂作歌に偏在する。例えば、語句単位での異同を示した「一云」は万葉集中に一五一例認められ、うち四三例が柿本人麻呂作歌中に集中して現れる。(1)このことから、万葉集の異伝については、長らく人麻呂作歌の問題に特化して、後代の伝承による所産なのか、あるいは同時代に人麻呂周辺で発生したものなのかを争点として論じられてきた。

伝誦を経て変化した歌詞を編纂者が記した異伝注記であると推定したのは倉野憲司である。(2)それに対して、澤瀉久孝は、異伝発生の経緯を、伝写の結果ではなく、人麻呂自身が語句を変えた結果であるという見方を示した。ただ、編者による異伝書入れと見なす点で両者は大きくは異ならない。(3)しかしながら、稲岡耕二が一連の万葉集表記研究において、人麻呂作歌異伝系本文の表記が他の人麻呂歌集や作歌と共通する特徴をもつ一方、人麻呂作歌以外の表記とは区別されることを指摘して以来、(4)人麻呂作歌の異伝系本文は人麻呂自身の記した別案の記録であるとする説が一般的となる。

そうした流れを受けて、人麻呂作歌の異伝に関しては、旧来説のように伝承の結果生じたものか、あるいは稲岡説の説くごとく人麻呂自身の別案の記録か、というように、発生の由来が争点となっていった。二つの立場を区別して、伝承説、推敲説と呼ぶことがあるが、一口に推敲説といっても、異伝系本文が人麻呂の初案で本文系本文が推敲後の決定本文であるとするような文字通り推敲と呼ぶべきものから、発生の場に応じて生じた歌詞の異同を記したとする説、あるいは、口誦の歌が文字の歌として定着する段階で生じた揺れを記したとする説まで、捉え方は一様でない。

そうした大勢に対して、野呂香は一連の論考によって、人麻呂作歌の異伝系本文の表記を詳細に検証し、稲岡説とは逆に、それらが人麻呂関連歌の表記と異なる傾向を示しており柿本人麻呂以外の人物による表記の可能性があることを証した(5)。異伝系本文の用字には、他の人麻呂作歌の本文系本文の用字と異なる傾向が色濃く表れており、その注記者を人麻呂一人に限定できないとする野呂の指摘は人麻呂作歌の異伝を考える上で極めて重要である。ここでは、野呂論文の成果をふまえた上で、その注記が、どの時代にどのような人物によって付されたものであったかを表現の面から具体的に考えてみたい。

万葉集の異伝注記は人麻呂作歌に偏在しており、人麻呂特有の問題とするにふさわしいようにも見える。しかしながら、改めて人麻呂作歌が主として収載されている巻一から巻四を見渡してみると、人麻呂作歌の注記は、「一云」「或云」の割注形式で示されるという点で、形式上、他の歌の注記と違わない。うち、三ヶ所の「一云」は、語句の間にではなく歌の末尾に小書きで示されるという点で一見特徴的であるようだが(②136~7、195)、こうした形式は他の歌人の歌にもほぼ同じ割合で現れる(②91天智天皇、④780大伴家持)。人麻呂作歌のみを取り上げて、異伝の発生経緯を考えるのではなく、巻一から巻四の「一云」「或云」の表現をすべて拾い、それが万葉集の中でもどういった時代の、どのような作者の歌に現れるかを検証してみる必要がある。

本章では、まず、巻一から巻四に現れる語句レベルの注記の示す異伝系本文が、他のどういった万葉歌の表現と重なるかを見ていく。具体的には、万葉集巻一から巻四に見られる五八ヶ所の「一云」と七ヶ所の「或云」について、類似の表現が他の万葉集収載歌に限定的に現れる例に注目する。

例えば、柿本人麻呂作「高市皇子尊城上殯宮之時柿本朝臣人麻呂作歌一首〔并短歌〕」（②199）（以下、「高市皇子挽歌」とする）に「……露霜之　消者消倍久　去鳥乃　相競端尓〔一云　朝霜之　消者消言尓　打蝉等　安良蘇布波之尓〕……」とあるが、この「一云」に見える「安良蘇布波之尓〔争ふはしに〕」の表現は、他に大伴家持作の巻十九・四一六六番歌に見られるのみである。このように、異伝系本文と似通った表現が限定的に現れる例を抽出し、関係の有無を推定していく。

ただし、例えば、「日並皇子尊殯宮之時柿本朝臣人麻呂作歌一首〔并短歌〕（以下、「草壁皇子挽歌」とする）中の異伝系本文「……天雲之　八重掻別而〔一云　天雲之　八重雲別而〕　神下　座奉之……」（②167）に対する巻十一作者未詳歌中の「天雲之　八重雲隠　鳴神之……」（⑪2658）のように、語句に重なる部分があっても文脈が明らかに異なる例は除く。また、人麻呂作歌中の異伝系本文が比較的よく見られる語を含む場合、複数の歌人の作歌に同様の表現が現れることがある。具体的には、「柿本朝臣人麻呂従石見国別妻上来時歌二首〔并短歌〕」（以下、「石見相聞歌」とする）長歌中の「……玉藻成　依宿之妹乎〔一云　波之伎余思　妹之手本乎〕……」（②131）について、「はしきよし」が万葉集中他に一〇例、「いもがたもとを」が六例見られる、というごとくである。こうした例についても、当時一般に流布した表現である可能性が高く、直接の関わりが確かめられないので考察の対象から外すことにする。判断に迷うものは注にまとめて挙げることとし、[6] 以下、「一云」や「或云」に示される異伝系本文と、他の万葉歌の本文とに類似が見られる例について具体的に見ていきたい。

人麻呂作歌以外の異伝と他の歌の表現

まず、異伝系本文と他の歌の本文系本文との関係が推定される例のうち、柿本人麻呂に関わらない例から見ていこう。該当例をAとし、用例を順に「A‐1」の形式で掲げる。異伝系本文を持つ歌を▽で示し、それに類似する詞句を持つ歌を▼で示すこととする。

前述のように、「一云」「或云」の形式の注記は人麻呂作歌に偏在する。そのため、異伝系本文を有する歌のうち、他の歌の本文に類似表現の認められる歌（他に見られず、直接の影響関係が想定できそうな歌）は、人麻呂作歌以外に限定すると、「同石田王卒之時山前王哀傷作歌一首」と題された次の一例のみとなる。

A‐1「ほととぎす　なくさつきには　あやめぐさ　はなたちばなを　ぬきまじへ　かづらにせむと」

▽③423（山前王　或云人麻呂）「霍公鳥　鳴五月者　菖蒲　花橘乎　玉尓貫〔一云　貫交〕蘰尓将為登」

▼⑱4101（大伴家持）「保登等芸須　伎奈久五月能　安夜女具佐　波奈多知婆奈尓　奴吉麻自倍　可頭良尓世余等」

山前王作歌▽の「一云」から復元される異伝系本文は、「ほととぎす　鳴く五月には　あやめ草　花橘を　貫き交へ　縵にせむと……」であり、これに類似する表現として、巻十八の大伴家持作歌▼に、「ほととぎす　来鳴く五月の　あやめ草　花橘に　貫き交へ　縵にせよと……」が確認できる。(7)

一方、本文系本文にある「あやめ草　花橘を　玉に貫き」については、類似のモチーフは巻八・一五〇七、巻十・一九六七など複数見られるものの、同一表現を見出すことはできない。

山前王作歌の「一云」に示される異伝系本文▽と巻十八収載の家持作歌▼が酷似する理由として、両者が共通の典拠を持つ可能性や、家持作歌が山前王作歌の異伝注記に取材した可能性、また、家持作歌が異伝系本文のもととなった資料から表現を学んだ可能性が考えられよう。他の例と合わせて本章の最後に判断したい。

なお、この山前王作歌には、長歌の左に「右一首或云柿本朝臣人麻呂作」との作者異伝が見える。このことは、後に述べる本章の結論に関わって特に重要な事がらであると考える。

人麻呂作歌の異伝と他の歌の表現

次に、人麻呂作歌中の「一云」「或云」と同一の表現が現れる歌を作者別に整理してゆく。

まず、人麻呂作歌の異伝系本文が、人麻呂作歌・歌集歌の本文系本文と重なる例から見たい。該当例をBとし、全四例を「B-1」、「B-2」……の形式で以下に挙げる。

B-1「はるへには　はなかざしもち　あきたてば　もみちばかざし」

▽①38（人麻呂）「春部者　花挿頭持　秋立者　黄葉頭刺理（一云　黄葉加射之）」

▼②196（人麻呂）「春部者　花折挿頭　秋立者　黄葉挿頭」

▽は巻一・三八番歌「幸于吉野宮之時柿本朝臣人麻呂作歌（并短歌）」と題された歌群（以下、「吉野讃歌」とする）の第二長歌の一部である。「一云」から復元できる異文は、「春へには　花かざし持ち　秋立てば　黄葉かざし」であり、▼として示した「明日香皇女挽歌」の長歌（②196）に同一の表現が見える。

なお、本文系本文の「黄葉かざせり」については万葉集中他に確認できない。

B-2「みればさぶしも」

▽①29（人麻呂）「大宮処　見者悲毛（或云　見者左夫思母）」

▼②218（人麻呂）「川瀬道　見者不怜毛」

▼⑨1798（人麻呂歌集歌）「久漏牛方乎　見佐府下」

▽は、巻一・二九番歌「過近江荒都時柿本朝臣人麻呂作歌」（以下、「近江荒都歌」とする）と題された長歌の一部である。「或云」の下に「見ればさぶしも」の表現が見える。「見ればさぶしも」は、万葉集中に他に、▼で示した人麻呂作歌（②218）と人麻呂歌集歌（⑨1798）に確認できる。▽の異伝系本文が「大宮処見ればさぶしも」であるのに対して、▼の人麻呂作歌には「川瀬の道を見ればさぶしも」、歌集歌には「黒牛潟を見ればさぶしも」とあり、異伝系本文▽とこれら二つの人麻呂関連歌▼とは「見ればさぶしも」の表現が一致するのみで文脈は異なるようだが、用例の現出が限定的なので引いておく。

なお、本文系本文の「見ればかなしも」については、他に八例の同一表現が確認できる（①33人麻呂、③434河辺宮人（或云）、⑦1130、⑨1796人麻呂歌集、⑨1801福麻呂歌集、⑫2967、⑫3095、⑲4149家持）。

B‐3「さすたけのみこ」

▽②167（人麻呂）「其故　皇子之宮人　行方不知毛（一云　刺竹之　皇子宮人　帰辺不知尓為）」

▼②199（人麻呂）「吾大王　皇子之御門乎（一云　刺竹　皇子御門乎）」

右二首の人麻呂作歌の「一云」中に「さす竹の皇子」の表現が見える。文脈が大きく異なり、両者の関係は不明であるが、「さす竹の」に「皇子」が続く例は、右の二例のみと限定的であるため引いておく。

なお、本文系本文の「そこゆゑに」は、他に万葉集に五例（②194人麻呂、②196人麻呂、⑧1629家持、⑲4154家持、⑲4189家持）が確認できるが、「皇子の宮人」や「行方知らずも」に係る例はない。

B-4「うつそみとおもひしときに」

▽②210（人麻呂）「打蝉等　念之時尓〔一云　宇都曽臣等　念之〕取持而　吾二人見之」

▼②213（人麻呂）「宇都曽臣等　念之時　携手　吾二見之」

▼②196（人麻呂）「宇都曽臣跡　念之時　春部者　花折挿頭」

巻二・二一〇番歌「柿本朝臣人麻呂妻死之後泣血哀慟作歌二首〔并短歌〕」（以下、「泣血哀慟歌」とする）の第二長歌中の異伝系本文に「うつそみと念ひし（時に）」とある。同表現は、当該歌の或本歌（②213）と「明日香皇女挽歌」の長歌中（②196）に見える。これら二例が「泣血哀慟歌」第二長歌の異伝系本文▽の典拠である可能性があるが、前者については、当該歌の「或本歌」中の表現であり、「一云」として異伝注記する理由が見当たらない。また、後者については後の文脈が大きく異なっており、直接の関わりは不明だが、表現の現出が限定的であるため引いておく。なお、本文系本文の「うつせみと念ひし時に」は当該箇所以外に例はない。

以上のように、人麻呂作歌（B）については、人麻呂作歌の異文と表現が一致し、かつ両者に関係がありそうな例は、右に挙げた四例のうち、B-1の一例のみに限られる。その一方で、以下に見るように、一見、人麻呂とは無関係の巻十三の長歌や大伴家持作歌に、人麻呂作歌の異文と詞句の重なる例を複数見出すことができるのである。まず、巻十三収載歌との表現の一致から見てゆこう。

人麻呂作歌の異伝系本文が、巻十三の本文系本文と重なる例が二例ある。該当例をCとし、各用例を「C-1」「C-2」として挙げる。

C-1「よしゑやしうらはなくともよしゑやしいそはなくとも」

▽②131（人麻呂）「能咲八師　浦者無友　縦画屋師　滷者〔一云　礒者〕無鞆」

▼⑬3225（作者未詳）「吉咲八師　浦者無友　吉画矢寺　礒者無友」

巻二・一三一番歌「石見相聞歌」第一長歌▽に、「よしゑやし　浦はなくとも　よしゑやし　潟は〔一云　礒は〕なくとも」とある。「一云」から復元される本文は、「よしゑやし　浦はなくとも　よしゑやし　礒はなくとも」であり、巻十三・三二二五番歌▼の「よしゑやし　浦はなくとも　よしゑやし　礒はなくとも」と対句を含めた表現全体が一致する。両者には何らかの関わりがある可能性が高い。

なお、本文系本文にあたる「潟はなくとも」の表現は、同じ歌の或本歌（②138）に一例見える以外は、万葉集中に例がない。

C-2「よろづよにかくしもあらむと」

▽②199（人麻呂）「万代尓　然之毛将有登〔一云　如是毛安良無等〕」

▼⑬3302（作者未詳）「万世尓　如是将在登」

巻二・一九九番歌「高市皇子挽歌」長歌▽の異伝系本文「よろづよに　かくしもあらむと」は、巻十三・三三〇二番歌▼に同一の表現が確認できる。前後の文脈は異なるが、二句にわたって表現が同じであること、また他に広がりを見せないことから両者の関わりを考えてみてもよいだろう。

なお、本文系本文にある「しかしもあらむと」の表現は、万葉集中他に例がない。

続いて、人麻呂作歌の異伝系本文が、人麻呂関係歌と巻十三収載歌以外の歌の本文系本文と重なる例について見たい。該当例をDとする。該当する例が一例のため「D-1」として次に示す。

D-1「しましくはちりなまがひそ」

▽②137（人麻呂）「須臾者　勿散乱曽　妹之當将見〔一云　知里勿乱曽〕」

▼⑨1747（虫麻呂歌集）「須臾者　落莫乱」

人麻呂作の「石見相聞歌」第二反歌第二首中の「一云」（▽）に共通する詞句が、高橋虫麻呂歌集歌（▼）に一例見られる。「ちりなまがひそ」の表現は、万葉集中に右の二例しか見えず、加えて、当該表現のみならず直前の「しましくは」から一致していることをふまえれば、人麻呂の異伝系本文と虫麻呂歌集の詞句との関わりを考えてみてよい。ただし、非仙覚本はすべて人麻呂作歌の本文系本文を「ちりなみだれそ」と訓んでおり、虫麻呂歌集の表現は、人麻呂作歌の異伝系本文ではなく、本文系本文に拠った可能性がある(8)。

以上、見てきたように、人麻呂関係歌や巻十三収載の長歌には、人麻呂作歌の異文と共通の詞句がいくつか確認できるものの、それらがどのような関係にあるのかを推定することは難しい(9)。

ただ、次に挙げるように、人麻呂作歌より明らかに成立の後れる大伴家持作歌中に、人麻呂作歌の異伝系本文と表現の重複する例が複数見られることは注目に値する。人麻呂の異伝系本文から家持作歌への影響が具体的に想定できるからである。以下、それらを詳しく見ていきたい。

人麻呂作歌の異伝と家持作歌の表現

人麻呂作歌の異伝系本文と大伴家持作歌に表現の一致または類似の確認できる例は、以下の四例である。各用例を「E－1」から「E－4」として挙げる。

E－1「あめのしたしらしめしける」

▽①29（人麻呂）「天下　所知食之乎〔或云　食来〕」

▼⑱4098（家持）「天下　志良之売師家類　須売呂伎乃」

▼⑳4465（家持）「安米能之多　之良志売之祁流　須売呂伎能」

柿本人麻呂作「近江荒都歌」（①29）▽の異伝系本文に、「大の下知らしめしける」の詞句が見える。同表現は、右の大伴家持作歌二首▼にのみ現れる。両例とも「すめろき」に係る連体修飾句を成しており、「近江荒都歌」の異伝系本文と文脈としては異なる。けれども、同じ「近江荒都歌」に見える「いや継ぎ継ぎに」の表現が、万葉集で他に四首（③324赤人、⑥907金村、⑲4254家持、⑲4266家持）にしか用いられないにも拘わらず家持の当該二首にも共通して現れるという点を考慮すると、「近江荒都歌」の異伝系本文から家持作歌への影響を考えてよいように思われる。

なお、本文系本文の「天の下　知らしめししを」については、類似の表現に、巻二・一六二番歌の古歌集歌中の「天の下　知らしめしし　やすみしし　我ご大君」があるのみであり、該当の本文系本文から家持作歌への影響は認められない。

E－2「をすくにのよものひと」

▽②167（人麻呂）「天下〔一云　食国〕四方之人乃　大船之　思憑而」

▼⑲4254（家持）「食国之　四方之人乎母」

巻二・一六七番歌「草壁皇子挽歌」の長歌に、「天下〔一云　食国〕四方之人乃」とある。異伝系本文から復元される「食国四方」という表現は和歌表現としては珍しく、当該例の他には、大伴家持作の「向京路上依興預作侍宴応詔歌一首〔并短歌〕」（⑲4254～55）（以下、「侍宴応詔歌」とする）中の「……神ながら　我ご大君の　天の下　治めたまへば　もののふの　八十伴の緒を　撫でたまひ　整へたまひ　食す国の　四方の人をも　あぶさはず　恵みたまへば……」にしか現れない[10]。

従来指摘されてきたように、家持作の当該歌では、複数箇所に宣命表現の影響が認められる[11]。「食国四方」の語句は、和歌には他に見えず、類似する表現は続日本紀宣命に見えるのみであり、これも宣命に取材した表現と考えられそうである。しかし、「食国四方」の類似表現は、文武元年八月庚辰の続日本紀宣命第一詔（文武即位宣命）と神亀元年二月甲午の第五詔（聖武即位宣命）に見えるものの、第一詔には「四方食国（乎）治奉（止）任賜（幣留）国々宰等（尓）……」、第五詔には「四方食国天下（乃）政（乎）弥高弥広（尓）……又四方食国（乃）年実豊（尓）牟倶佐加（尓）得在（止）……」とあり、家持作歌中の「食国之四方之人」とは「食国」と「四方」との順が異なる。宣命の文脈に明らかなとおり、「四方食国」とは、都を中心とし四方に位置する諸国の意味を表す定型表現であり、家持作歌中の「食国之四方之人（乎母）」とは、形式ばかりでなく意味内容も相違する。家持作歌の直接の典拠であるとは考えにくい。

対して、「草壁皇子挽歌」の「食国四方之人乃」とは、「（皇子の恩恵を受けるべき）国中の人々」の意で用いられたものであり、家持作歌において「……もののふの 八十伴の緒を 撫でたまひ 整へたまひ 食す国の 四方の人をも あぶさはず 恵みたまへば……」と、天皇の慈恵が国の隅々の人にまでもたらされることをいうそれに、表現の順や内容のみならず文脈も近い。こうした文脈の類似をふまえると、人麻呂作歌の異伝系本文と家持作歌の表現とは関係がありそうに思われる。

なお、本文系本文にある「天下四方の人の」と同一の表現は万葉集中他に例がない。ただ、それに類似する「天下四方の道には」の表現が家持作歌に一例見える（⑱4122）。これについては、人麻呂作歌の本文系本文の「天下四方の人の」からの影響を考える必要があるかもしれない[12]。

E-3「(国を)掃ふ」

▽②199「国乎治跡〔一云　掃部等〕」

▼⑲4254「蜻嶋　山跡国乎　……安母里麻之　掃平」

巻二・一九九番歌「高市皇子挽歌」中に「……ちはやぶる　人を和せと　まつろはぬ　国を治めと〔一云　掃へと〕皇子ながら　任けたまへば……」とある。本文系本文にある「国を治(め)」の表現は、万葉集に見える以下の三例を含め、上代文献中に散見する。

・……真木柱　太高敷きて　食す国を　治めたまへば……　(⑥928、笠金村)

・……大君の　任けのまにまに〔或本云　大君の　命畏み〕鄙離る　国治めにと〔或本云　天離る　鄙治めにと〕群鳥の　朝立ち去なば……　(⑬3291)

・天地の　初めの時ゆ　うつそみの　八十伴の緒は　大君に　まつろふものと　定まれる　官にしあれば　大君の　命畏み　鄙離る　国を治むと　あしひきの　山川隔り……　(⑲4214、大伴家持「挽歌一首」)

ところが、「一云」から復元される異伝系本文である「国を掃(ふ)」については、家持作の「侍宴応詔歌」(⑲4254)を除いて他に例がない。次に挙げるのは、四段動詞「はらふ」の万葉集中用例全一二例について、「はらふ」という動作の対象ごとに整理したものである。当該例には傍線を付し、各例の原文を(　)の中に示す。

「床」(五例)⑧1629・家持(打拂)、⑩2050・未詳(打拂)、⑪2667・未詳(打拂)、⑬3280・未詳(打拂)、⑰3962・家持(宇知波良比)

「寝処」(一例)⑭3489・東歌(波良布母)

「霜」(二例)⑨1744・虫麻呂歌集(掃)、⑮3625・丹比大夫(宇知波良比)

「夏草」（一例）⑩1984・未詳（苅掃）

「国」（二例）②199一云（▽）人麻呂（掃部）、⑲4254（▼）家持（掃平）

「天下」（一例）②199一云・人麻呂（掃）[13]

「はらふ」は通常、床に積もった塵や埃、草に置いた霜など、ある場所に留まるものを遠ざける意味で使用される語であり、「国」や「天下」を「はらふ」という表現は、人麻呂の当該歌中の異伝系本文と家持作の「侍宴応詔歌」にしか現れない特殊なものであることがわかる。かかる例の存在は、人麻呂作「高市皇子挽歌」の異伝系本文▽と、家持作「侍宴応詔歌」の本文系本文▼との関わりを強く示唆する。

E-4「いしなみ」

▽②196（人麻呂）「上瀬　石橋渡〔一云　石浪〕下瀬　打橋渡　石橋〔一云　石浪〕」

▼⑳4310（家持）「伊之奈弥於可婆」

巻二・一九六「明日香皇女挽歌」の長歌に、「飛ぶ鳥の　明日香の川の　上つ瀬に　石橋渡し〔一云　石なみ〕下つ瀬に　打橋渡す　石橋に〔一云　石なみに〕……」とあり、本文系本文「石橋」に対する異文として「石なみ」の語が示されている。本文系本文の「石橋」については、万葉集中に以下の四例を見る。（　）内は原文表記。

・うつせみの人目を繁み石橋の（石走）間近き君に恋ひわたるかも　④597、笠女郎

・年月もいまだ経なくに明日香川瀬々ゆ渡しし石橋もなし（石走無）　⑦1126、作者未詳

・石橋の（石走）間々に生ひたるかほ花の花にしありけりありつつ見れば　⑩2288、作者未詳

・明日香川明日も渡らむ石橋の（石走）遠き心は思ほえぬかも　⑪2701、作者未詳

右のうち、第二例や第四例には「明日香川」と「石橋」という表現が共に用いられており、人麻呂作「明日香

皇女挽歌」▽の本文系本文からの影響がうかがえるが、こうした例を家持作歌に見出すことはできない。
その一方で、異伝系本文にある「石なみ」の語は、万葉集中、他の歌に現れない特異な語であるにも拘わらず、唯一、家持作の次の歌にのみ用いられているのである。(14)

秋されば霧立ち渡る天の川石なみ置かば(之奈弥於可婆)継ぎて見むかも　(⑳4310、家持)

語が共通するばかりでなく、人麻呂歌集の異文が「石なみ渡し」であり、家持作歌の本文が「石なみ置かば」であるというように、表現としても近しい関係にある点には留意すべきである。

人麻呂作歌の注記者

以上、万葉集巻一から巻四の「一云」「或云」に残る異伝系本文と他の歌の詞句とに直接的な関わりが想定し得る例をまとめてみると、以下のようになる(判断を保留した例は除く)。

・山前王(或云 人麻呂)作歌の異伝系本文と家持作歌　一例(A-1)
・人麻呂作歌の異伝系本文と人麻呂作歌・歌集歌　一例(B-1)
・人麻呂作歌の異伝系本文と巻十三収載歌　二例(C-1、C-2)
・人麻呂作歌の異伝系本文と家持作歌　四例(E-1、E-2、E-3、E-4)

右のうち、A、B、Cの下に分類される四例については、対句まで含めて表現が一致するなど、異伝系本文と他の歌の本文系本文とに関わりのあることがかなりの確度で推定できるのに対して、人麻呂作歌の異伝系本文と家持作歌の詞句に重なりの見えるE-1からE-4に関しては、「石なみ渡し」と「石なみ置かば」のごとく、該当の詞句は共通していても前後の表現までは一致しておらず、ＡからＣのあり様とは異なっている。詞句の離れ具合から考えると、人麻呂作歌中の異伝注記が、家持作歌の本文との異同を示した校注であったとは考えにくい。とするならば、人麻呂作歌の異伝系本文と家持作歌の表現とが類似する理由としては、

（１）人麻呂作歌の異文を本文とする歌が広く流布しており、家持の表現に影響を与えた。
（２）家持作歌が万葉集の人麻呂作歌の異伝注記中の表現を抜き出して用いた。
（３）人麻呂作歌の異文を本文とする歌の集があり、家持作歌はそれに取材した。

の三つが考えられよう。

見てきたように、人麻呂作歌の「一云」「或云」に示された異伝系本文のうち特徴的な表現は、巻十三の二例を除いては、家持以外の歌人の歌には見えない。この点を考慮すれば、人麻呂作歌の異文を本文とする歌が広く流布していたとは考えにくい。また、Ｅ-１からＥ-４に示したように、人麻呂作歌の異伝本文に見られる特徴的な表現が家持作歌に集中して現れ、他に広がりを見せないのに対して、該当箇所の本文系本文については、家持作歌の詞句と一対一で対応する例はなく、[15]逆に古歌集や作者未詳歌などに一致の例を見るのであった。このことを、人麻呂作歌の特に割注の異伝に仮名化傾向が強く認められることをふまえて書写者や校注者の用字を反映している可能性を指摘した野呂香の見解に照らせば、[16]家持作歌は現在伝わる万葉集と同じ形態の、すなわち異伝注記を含み持つ人麻呂作歌の異伝中の本文に依拠したというよりも、異伝系本文のもととなった人麻呂作歌に取材したと考えるのが自然であるように思われる。仮にそうであるとすれば、万葉集収載の人麻呂作歌に記された「一云」「或云」などの注記は、家持がそうした異本人麻呂作歌本文との異同を示すべく、人麻呂作歌に書き入れた校注であった可能性を考えてみてよいのではないか。

家持作歌や巻十三収載歌と共通の詞句を持つ異伝系本文は、見てきたように柿本人麻呂作歌に偏在する。その中でA－1として挙げた山前王の歌（③423）のみは、人麻呂以外の作歌であるにも拘わらず「一云」下の表現が大伴家持作歌に共通して見える、特殊な例といえる。ただし、その歌の左注には、前述のように、「右一首或云柿本朝臣人麻呂作」との作者異伝が付記されているのであった。当該歌の異伝系本文と家持作歌に見られる詞句の重なりは、この歌が、家持の見た歌集には、山前王の歌としてではなく人麻呂の歌として収載されていたことを示すものと考えられる。

家持と万葉集の編纂

以上、人麻呂作歌の異伝注記に示された異文と家持作歌の詞句の共通から、家持の手元に、万葉集収載の人麻呂作歌との異同を含む人麻呂作歌の集があったのではないかと推定した。家持の時代には、万葉集の巻一・巻二の原型は既に出来上がっていたはずであり、手元資料の本文を自らの歌作の参考とする一方で、万葉集収載の人麻呂作歌に校合を加えたのではないかと考えるわけだが、家持が万葉集収載の人麻呂作歌の異伝注記に表現を取材した可能性も否定できず、想像の域を出るものではない。

また、家持作歌に人麻呂作歌の異伝系本文と同一表現の見えることが、異本人麻呂作歌集の存在とそれが家持周辺に存した可能性を示したとしても、異伝注記者が家持であることを指し示すわけではない。人麻呂作歌の、特に「一云」のごとき表現単位の異文を示す注記が校注の跡であり[17]、その一部に家持が関与した可能性があることを指摘するにとどめたい。

大伴家持が万葉集の最終的な編纂に関わったことは広く認められている。しかしながら、具体的にどのような形で関与したのかについては、不明な点が多い。すでに出来上がっていた部分は忠実に書写するに留め、全く手を加えなかったのか、あるいは拠りどころとした親本の内容に加筆するようなことがあったのか。この章の結論をふまえれば、最も早く原型を成したと考えられる巻一・巻二ですら、家持によって手を加えられた可能性があるということになる。

次章では、巻一の末尾について、その編纂の痕跡を具体的に確かめてみたい。

注

（1）中村直子「万葉集の歌詞の異伝——「一云」・「或云」——」（『東海女子短期大学紀要』第一二号、一九八六年三月）による。なお、「或云」の場合、九例中六例が人麻呂作歌中に現れる。

（2）倉野憲司「人麿の歌に関する二三の疑ひ」（『国語と国文学』第三一巻第一二号、一九五四年一二月）は、「詞句の異同の註記が多く、或本の歌が重載されてゐる事実は、巻一・二編纂以前に、人麿の歌は既に流動してゐたことを物語るものであつて、多分に伝誦的性格を帯びてゐたと看做すべきである」とする。松田好夫『万葉研究新見と実証』（第一部形成編第四章人麻呂作品の形成、一九七三年、おうふう）は、異伝を伝誦的変貌ではなく、未定稿の人麻呂作品が流布したものとする点で倉野論と異なるが、編者による注記とする点は変わらない。

（3）澤瀉久孝『萬葉集注釋　巻第二』（一九五七年、中央公論社）二九番注に「人麻呂の作には「或云」「一云」など語句の異同が多い。これは転写の間に生じた校異でなくして、人麻呂自身が自作に推敲を加へる間に相違を生じたので、編纂者がそれら相違した詠草を照合しつゝ、「或云」「一云」として注を加へたものであり……」とある。曽倉岑「万葉集における歌詞の異伝」（『国語と国文学』第三八巻第九号、一九六一年九月）、「万葉集巻一・二における人麻呂歌の異伝——詞句の比較を通して——」（『国語と国文学』第四〇巻第八号、一九六三年八月）、「人麻呂の異伝推敲説概要・補説」（『上代文学』第五八号、一九八七年四月）も異伝発生の過程を人麻呂による詞句改変であると見なす。

（4）稲岡耕二「人麻呂作歌異伝攷㈡」（『萬葉集研究』第十二集、一九八四年、塙書房）は、「したがって、これを後代の人の伝承し改変した形を記録したものと見るよりも、むしろ人麻呂歌集および作歌とおなじく、作者人麻呂の記した文字面をほぼそのまま伝えるものと考える方が穏やかであり、自然であると思われる。……とすれば、異伝は、後代の伝承によって生じたものではありえず、作者による別案の記録としか考えられないだろう。」とする。

（5）野呂香「近江荒都歌の異伝をめぐって――第十六句の表記と人麻呂の用字」（『東洋大学大学院紀要』第三九集、二〇〇三年二月）。同「近江荒都歌長歌の異伝をめぐって――最終句の表記と人麻呂の用字」（『日本文学文化』第三号、二〇〇三年六月）。同「人麻呂作歌異伝表記試論――近江荒都歌を中心に」（『東洋大学大学院紀要』第四一集、二〇〇五年三月）。同「吉野讃歌の異伝表記について」（『東洋大学大学院紀要』第四二集、二〇〇六年三月）。同「柿本人麻呂「献呈挽歌」の異伝表記について」（『東洋大学大学院紀要』第四三集、二〇〇七年三月）。

（6）巻三・四二三（山前王　或云人麻呂）「万世尓　不絶等念而〔大舟之　念憑而〕」の異伝系本文「おほぶねの　おもひたのみて」は、人麻呂作歌二首の本文系本文（②167、②207）の他、巻十・二〇八九、巻十三・三二八八、巻十三・三三〇二、巻十三・三三二四、巻十三・三三四四に見える。また、巻三・三〇七（博通法師）の第五句に「（三穂乃石室者）雖見不飽鴨〔一云　安礼尓家留可毛〕」とある。「あれにけるかも」の表現は他に、笠金村歌集の或本歌に一首（②234）と田辺福麻呂歌集に一首（⑥1047）、巻十の作者未詳歌（⑩1899）の三例がある。

（7）巻十九に類似表現である「さ夜中に　鳴くほととぎす　……あやめ草　花橘を　貫き交へ　かづらくまでに……」（⑲4180、家持）を見出すことができる。

（8）巻二・一三七番歌の訓について、簡略に記せば、「ちりなみだれそ」…元暦校本・金沢本・類聚古集・紀州本（「チリヤ」とある）・神宮文庫本・細井本・廣瀬本、「なちりみだれそ」西本願寺本・陽明本・温故堂本・大矢本（青）・近衛本・京大本（青）・附訓本・寛永版本のごとく、非仙覚本・仙覚寛元本／仙覚文永本の対立が見られる。「一云」部分の訓みをふまえた仙覚文永本による改訓であり（仙覚『萬葉集註釈』に記述がある）、それ以前は、本文系本文が「ちりなみだれそ」と訓まれていたと考えてよい。

（9）巻十三収載長歌の複数の詞句が人麻呂作歌の異伝系本文と重なるという事実から考えられるのは、巻十三長歌が人麻呂以前の古歌を含む集であり、人麻呂表現の素材となったか、あるいは巻十三が人麻呂作歌の校合に使われた資料に関わる歌の集であったという可能性であろう。巻十三長歌の成立年代がわからぬ以上、この点不明と言わざるを得ない。また、同一表現ではないが、巻八収載の山上憶良作長歌（⑧1520）中の「一云」にも巻十三長歌（⑬3299）との類似表現が見える。いかに捉えるべきか、改めて考えたい。

（10）なお、「侍宴応詔歌」（⑲4254、家持）の当該箇所について、通行の万葉集テキストの多くは元暦校本の本文により「食国毛」の本文を採用するが、本稿では「食国之」とした。当該箇所については諸本間に以下のような異同がある。「食国毛四方之人乎母」…元暦校本・西本願寺本。「食国之四方之人乎母」廣瀬本・細井本・神宮文庫本・金沢文庫本・紀州本・大矢本・近衛本・京大本・陽明本（左に別筆「毛」）・温故堂本（脱字符、頭書に「毛」）・無訓本・附訓本・寛永版本。元暦校本は当該歌中に、特に助辞に関して「天之日継等」を「乃」、「事無御代等」を「尓」とするなどの独自本文が見え、この部分についても本文に問題があると思われる。また、「四方」とはある場所を中心とする位置を表す語であり、万葉集の中でも「四方の国」、「四方の道」のごとく、都を囲む四方の意味で、場所を表す語に上接して用いられている。「食国毛四方之人」であるとすると、「四方の人」単独で何らかの意味を表すことになるが、そうであるとは考えにくく、語法の面からも廣瀬本等の本文である「食国之」が妥当である。なお、新日本古典文学大系『萬葉集四』（二〇〇三年、岩波書店）や『新校注萬葉集』（二〇〇八年、和泉書院）は「食国之」の本文を採用している。新大系の頭注は、「「食す国の」は、西本願寺本や元暦校本の原文は「食国毛」であるが、紀州本や広瀬本などの諸本の「食国之」の本文を採る。」と、その根拠を示している。

（11）小野寛「家持の皇統讃美の表現——『あまのひつぎ』——」（『論集上代文学』第二冊、一九七一年、笠間書院）、大濱眞幸「大伴家持作『依興預作侍宴応詔歌』のこころとことば——巻十九四二五四、五五番歌をめぐって」（『論集古代の歌と説話』一九九〇年、和泉書院）、同「大伴家持作『為寿左大臣橘卿預作歌』攷——『いにしへに君の三代経て仕へけり』をめぐって——」（『萬葉』第一三九号、一九九一年七月。奥村和美「家持歌と宣命」（『萬葉』一七六号、二〇〇一年二月）等。なお、続日本紀宣命の引用は、北川和秀編『続日本紀宣命　校本・総索引』（一九八二年、吉川弘文館）による。

（12）家持作歌（⑲4254）にある「四方の道」の語は、他文献にも例を見ない。ただ、「四方国」という語、あるいは「四方国」に使者を発遣するという記事が大化元年以降、日本書紀に散見する（『続日本紀一』補注2・五九）。当該歌は律令制下の課税制度を詠ったものであり、史料に基づく語である可能性がある。

(13)「高市皇子挽歌」中の「一云」のうち、「まつろはぬ 国を治めと〔一云 掃へと〕」については原文はすべて「不奉仕国乎治跡〔一云掃部等〕」であり異同はないが、「天の下 治めたまひ〔一云 掃ひたまひて〕」には、諸本間に本文の揺れがある。「天下治賜〔一云 掃賜而〕」…金沢本・類聚古集・廣瀬本。「天下治賜〔一云拂賜而〕」…細井本・西本願寺本・陽明本・温故堂本・大矢本・近衛本・京大本・寛永版本・無訓本・附訓本。（紀州本は不明。左に「イ拂」とあるから「拂」ではない。また「掃」とも別字。『校本萬葉集』には、「抒」とある。あるいは「揣」か。「揣」は『類聚名義抄』（観智院本）に「試也。除也。」、和訓に「ヲサム」とある字）。紀州本の字を不明としても、「イ拂」の注から「拂」ではないことは確かであり、「掃」を採る本と「拂」を採る本とは、非仙覚本と仙覚本とに分かれる。当該長歌について仙覚系本文は概して合理的な字を採る。「拂」もまた訓に見合う字を採用した結果であると考え、「掃」をもとあった本文と考えた。

(14) かかる例の存することについては、旧稿（新沢典子「大伴家持の古歌注釈——人麻呂歌の「一云」と巻十九の表記」『名古屋大学国語国文学』九三号、二〇〇三年一二月）でふれたことがある。

(15) 人麻呂作歌の本文系本文の詞句が家持歌に共通して見られる場合もある。しかし、（B-2）の本文系本文「見ればかなしも」については、家持作歌にも見えるものの、他に七例が存す。人麻呂作歌の本文が直接の典拠であるというよりも、当時の和歌表現として一般的な詞句が双方の表現となった可能性が高いといえる。（B-3）「そこゆゑに」についても同じ。

(16) 野呂香「吉野讃歌の異伝表記について」（前掲注5）。

(17) 人麻呂作歌の「一云」に積極的に作者の自記と認められるものがなく、逆に明らかに編纂者の校異の筆と解せられる例が存するという見解が、早く藤原芳男「萬葉集に於ける記號としての一云と或云」（『萬葉』第四九号、一九六三年一〇月）によって示されている。

第二章　巻一の編纂と家持

七八番歌は天皇御製であったか

万葉集巻一には平城遷都に関わる次の歌が載る。

和銅三年庚戌春二月従藤原宮遷于寧楽宮時御輿停長屋原廻望古郷作歌〔一書云　太上天皇御製〕

飛鳥《とぶとりの》　明日香能里乎《あすかのさとを》　置而伊奈婆《おきていなば》　君之当者《きみがあたりは》　不所見香聞安良武《みえずかもあらむ》〔一云　君之当乎　不見而香毛安良牟〕（①78）

作者に関する記述は、題詞下に「一書云太上天皇御製」とある以外に見当たらない。(1) 遷都当時、太上天皇であった人物はいないが、一書の「太上天皇」を持統に、歌の作者を当時天皇であった元明に比定するのが一般的である。(2)

「長屋原」とは、現在の天理市長柄町・永原町から西井戸堂町付近と推定される。(3) 藤原京と平城京を結ぶ中ツ道の中間地点にあたり、旧都明日香への思慕を詠う当該歌の詠作の場としてふさわしいように見える。ただ、これが、天皇御製であるとすると、その内容には、いささか問題があるように思われる。

平城遷都に関する記事は、『続日本紀』慶雲四（七〇七）年二月戊子（十九日）条に、「諸王臣の五位已上に詔して、遷都の事を議らしめたまふ」と、初めて見える。それから約一年後の和銅元年（七〇八）二月戊寅（十五日）には、新都建設の詔が宣布されている。詔文は、「朕祗みて上玄を奉けたまはりて、宇内に君として臨めり。菲薄き徳を以て、紫宮の尊きに処り。……遷都の事、必ずとすること遑あらず。」と始まり、後半部には、「……方に今、平城の地、四禽図に叶ひ、三山鎮を作し、亀筮並びに従ふ。都邑を建つべし。その営み構る資、事に随ひて条に奏すべし。亦、秋収を待ちて後、路橋を造るべし。子来の義に労擾を致すこと勿れ。制度の宜、後に加へざるべし。」とある。天帝の命を受けた天子として、遷都実現の必要を示した上で、平城の地がいかに新都にふさわしい土地であるかを説き、庶民も有徳の君主を慕って従事するであろうから万全の準備を期すようにと命じるのである。

かかる詔文の内容のうち、特に、傍線部の「遷都の事、必ずとすること遑あらず。」をふまえて見ると、古郷への名残を切々と詠った冒頭の万葉歌は、詔の主体たる天皇の叙情として適切とは言い難い。遷都の際、旧都への惜別の情を詠った例はあるが、それらは、次のように、臣下の立場から詠じられるものであった。

額田王下近江国時作歌井戸王即和歌

味酒　三輪の山　あをによし　奈良の山の　山のまに　い隠るまで　道の隈　い積もるまでに　つばらにも　見つつ行かむを　しばしばも　見放けむ山を　心なく　雲の　隠さふべしや　（①17、額田王）

反歌

三輪山を然も隠すか雲だにも心あらなも隠さふべしや　（①18、額田王）

果たして冒頭の歌は、もともと天皇御製歌として万葉集に収載されたものであったのか。本章では、題詞と表現、表記、配列の四点からこの問題に迫りつつ、この部分についての編者大伴家持の関与について考えたい。

「作歌」と記す題詞

まず、題詞を詳しく見たい。「和銅三年庚戌春二月」とあるが、『続日本紀』には、春二月ではなく、同年三月辛酉（十日）条に「始めて都を平城に遷す。左大臣正二位石上朝臣麿を留守とす。」とあり、天皇が新都へ移ったのは三月と記されている。もちろん、それ以前にも平城行幸は行われており、前年にあたる和銅二年（七〇九）の八月二十八日と十二月五日に行幸の記事が見える。しかし、『続日本紀』を見る限り、万葉歌の題詞のいう和銅三年春二月に行幸のあった形跡はない。和田萃は、[4]『続日本紀』に和銅二年十二月五日行幸に藤原宮帰還の記事がないことを受け、元明天皇はこの時、すなわち、前年の十二月に平城宮に遷幸したのだと推定する。いま、元明遷幸の日を特定する用意はないが、和田のいうように、和銅二年十二月に元明遷幸が果たされたのだとしても、あるいは『続日本紀』にあるように和銅三年三月であったとしても、史書に残る平城遷都の日付と七八番歌の題詞のそれとが一致しないという点をまずは確認しておきたい。[5]

ただ、万葉集の題詞や左注にいう日付と史書のそれとが一致しない例は、複数見えるのであって、決して珍しいことではない（⑥935~37題詞「三年丙寅秋九月十五日……」、⑥1009左注「右冬十一月九日……」等）。むしろ、題詞に関わる一番の問題は、その末尾「廻望古郷作歌」の部分にある。天皇御製歌を「作歌」と呼ぶ例は、後に詳しく見るように、同巻に一例もない。[6]

この箇所についての諸本間の異同をまとめると以下のようになる。

・「御作歌」…神宮文庫本、細井本、西本願寺本、金沢文庫本、陽明本、温故堂本、大矢本、近衛本、京大本、無訓本、附訓本、寛永版本。

・「作歌」…元暦校本、類聚古集、紀州本、古葉略類聚鈔、伝冷泉為頼筆本、廣瀬本。

右に明らかなように、「御作歌」とあるのは、仙覚本であり、対して、「作歌」とあるのは、非仙覚本であるという截然たる対立が見られる。このことからすると、もともと「作歌」とあったのを、仙覚が「御作歌」に改めたと考えるのが最も自然である。

この歌は、後代、流布したらしく、次に挙げるごとく、『新古今和歌集』、『夫木和歌抄』、『今鏡』にも採歌されているのだが、

和銅三年三月藤原の宮より奈良の宮にうつり給ひける時　元明天皇御歌

飛ぶ鳥の明日香の里をおきていなば君があたりは見えずかもあらん（新古今集、羇旅896）

のごとく、作者はすべて元明天皇となっている。(7) 鎌倉時代の僧侶である仙覚が、天皇御製歌としてよりふさわしい形に整うべく、万葉歌の題詞に「御」を補ったとしても不思議はない。

ところで、非仙覚系諸本の本文に従うとすれば、天皇の御製歌を「作歌」と称したことになるが、そうした例は他に存するのであろうか。

次に挙げるのは、万葉集巻一の題詞を、「御製」または「御製歌」とあるもの、「御作歌」または「御歌」とあるもの、「作歌」とあるものの三つに分類し、歌番号と作者名を示した一覧である。

・「（天皇）御製（歌）」1（雄略）、2（舒明）、25～27（天武）、28（持統）、76（元明）。

・「御（作）歌」10〜12（中皇命〈斉明…類聚歌林による〉）、21（大海人皇子）、34（川嶋皇子）、35（阿閇皇女）、51（志貴皇子）、60（長皇子）、64（志貴皇子）、65（長皇子）、73（長皇子）、77（御名部皇女）。

・「作歌」5〜6（軍王）、9（額田王）、20（額田王）、22（吹芡刀自）、23（人）、29〜31（人麻呂）、32〜33（高市古人）、36〜42（人麻呂）、43（当麻真人麻呂妻）、44（石上大臣）、45〜49（人麻呂）、50（役民）、59（誉謝女王）、61（舎人娘子）、62（春日老）、63（山上憶良）、70（高市黒人）、78（当該歌）、81〜83（長田王）。

各項目の作者を見ると、天皇の作歌には「御製（歌）」、皇子皇女の作歌には「御（作）歌」、それ以外の人の歌には「作歌」という題詞の書き分けが守られていることがわかる。仮に、七八番歌が元明天皇の作であるとすれば、天皇御製を「作歌」と記した異例ということになる。確かに、題詞中には相当の貴人を連想させる「御輿」の語があり、天皇御製であることを示唆するようにも見える。「御輿」の語は、万葉集では他に一例、次に引く安積皇子の死を嘆く大伴家持作歌の中に、

……逆言の　狂言とかも　白たへに　舎人装ひて　和束山　御輿立たして　ひさかたの　天知らしぬれ　臥いまろび
ひづち泣けども　せむすべもなし　（③475、大伴家持）

のごとく、和束山に葬られた安積皇子の死を比喩的に表す表現の中で用いられている。『古事記』『日本書紀』中には、「御輿」の語は見えず、

三十有一年の夏四月の乙酉の朔に、皇輿巡幸す。（神武紀三一年四月条）

弟媛、乗輿車駕すと聞き、則ち竹林に隠る。（景行紀四年二月条）

のごとく、「皇輿」あるいは「乗輿」の語により、天皇そのものを指した例が複数確認できる。また、養老令（儀

制令1）には、「天子。祭祀所称。……乗輿。服御所称。」と、天皇の尊称の一つとして、「乗輿」の語が見える。「御輿」が、天皇やそれに準ずる高貴な人物を想起させる語であったことは想像に難くない。しかしながら、それが直ちに天皇に結びつくわけではもちろんない。

旧都愛惜という主題

次に歌の内容について見ていきたい。歌意は、「君」が誰を指すかという問題を別にすれば明瞭とも見える。しかし、冒頭から第三句までの「飛ぶ鳥の明日香の里を置きて去なば」の表現を「明日香の里を置き去って」という現代語に単純に置き換えたのでは、歌意を十分に掬い上げることはできない。

次に挙げる四首は、「里を置きて」に類する表現、すなわち「〔場所〕を置く」という用例を万葉集中からすべて抜き出したものである。該当箇所に傍線を付す。

過近江荒都時柿本朝臣人麻呂作歌

①玉だすき　畝傍の山の　橿原の　ひじりの御代ゆ〔或云　宮ゆ〕　生れましし　神のことごと　つがの木の　いや継ぎ継ぎに　天の下　知らしめししを〔或云　めしける〕　天にみつ　大和を置きて　あをによし　奈良山を越え〔或云　そらみつ　大和を置き　あをによし　奈良山越えて〕　いかさまに　思ほしめせか〔或云　思ほしけめか〕　天ざかる　鄙にはあれど　石走る　近江の国の　楽浪の　大津の宮に　天の下　知らしめしけむ　……　（①29）

軽皇子宿于安騎野時柿本朝臣人麻呂作歌

②やすみしし　我が大君　高照らす　日の皇子　神ながら　神さびせすと　太敷かす　都を置きて　こもりくの　泊瀬

の山は　真木立つ　荒き山路を　岩が根　禁樹押しなべ　坂鳥の　朝越えまして……　（①45）

或本従藤原京遷于寧楽宮時歌

③大君の　命恐み　にきびにし　家を置き　こもりくの　泊瀬の川に　舟浮けて　我が行く川の　川隈の　八十隈落ちず　万度　かへり見しつつ　玉桙の　道行き暮らし　あをによし　奈良の都の　佐保川に　い行き至りて……　（①79）

④ひさかたの　都を置きて　草枕　旅行く君を　いつとか待たむ　（⑬3252）

例①は、柿本人麻呂の近江荒都歌の長歌である。そこでは、神武天皇以来受け継がれてきた大和を離れて近江に遷ることが、常軌を逸した行為として評価されている。「大和を置きて」というのは、物理的にその土地を離れるというだけでなく、本来なら離れるべきでないといった話し手の価値判断を含む表現であるといえる。

例②も、同じく柿本人麻呂の作であり、軽皇子の御猟の様子を詠じたものである。ここでは、治むべき都を放置して御猟に出かける皇子の行動が、「神ながら神さびせすと太敷かす都を置きて」と表現される。

また、平城京遷都に際して詠われた例③には、「大君の命恐みにきびにし家を置き」とある。「にきびにし」とは、「馴れ親しむ」意を表す「にきぶ」の活用語とされるが、[8] 万葉集中に終止形「にきぶ」を用いた例は見えず、四例すべてが「にきびにし」の形で現れる。それら四例を具体的に見ると、「……にきびにし家ゆも出でてみどり子の泣くをも置きて……」（③481）のごとく、馴れ親しんだ家族や家との別離を表す表現として旅の歌や挽歌に用いられており、旅の歌三例のうち二例には、「大君の命恐み……」（①79）や「大君の行幸のまにま……」（④543）の表現が、また挽歌一例の反歌には、「うつせみの世の事なれば……」（③482）の表現が見える。つまり、「にきびにし」とは、天皇の命令や世の常理などの避けられない事情によって離れざるを得ない対象に対する愛着を表す表現であり、例③に見える「にきびにし家を置き」とは、作者の本意とはうらはらに、家を離れざるを得ない状況を示しているのだと判断できる。

以上、例①から例③よりわかるのは、「〜を置く」とは、単にその場を去ることではなく、本来なら継続してあるべき場所を不本意ながら離れることをいう際に用いられる表現だということである。いま見たのは、「(場所)を置く」という表現のみであるが、万葉集には、この他に「妹・君・父母・みどり子を置きて」のごとく「(人)を置きて」という表現も見える。これらもまた、「(場所)を置きて」と同じように、本来なら残していくに堪えないものを敢えて残してそこを離れることを表す。現代語でも、「子を置いていく」とは言うが、年老いた親は別として、「親を置いていく」と言わない。このことも、「〜を置く」が、「本来ならそれを残し離れ行くべきではない」という価値判断を含む表現であることを示唆する。

七八番歌冒頭の、「飛ぶ鳥の明日香の里を置きて去なば……」は、天皇の命令に従って、仕方なく明日香の里を離れ新都に向かう者の心情を表す表現であって、遷都に関する詔を下した当事者たる天皇御製歌にはそぐわない表現であるといえる。

仮名の多さ

表記の面でも、他の天皇御製歌には見られない傾向が指摘できる。七八番歌の表記に目を遣ると、訓字主体表記の歌としては仮名表記が多いことに気づく。具体的には、第三句「置きて去なば」の「去なば」や、第五句「見えずかもあらむ」の「あらむ」の表記に、この歌の仮名書き傾向を見出すことができる。

まず、第三句「(置きて)去なば」の表記から見たい。原文は、「伊奈婆」とあるが、これと同様のもの、すなわち、ナ変動詞の「去ぬ」の未然形「去な」が仮名表記される例はどのくらいあるか。

万葉集の例を見ると、ナ変動詞「去ぬ」の未然形「去な」は全一四例ある。[9] そのうち、正訓字を用いず、仮名書きされたものは、当該の句を含めて四例あるのだが、当該歌以外の三例は、巻五が一例、巻十四が二例と、いずれも仮名書き歌巻に現れる。

○未然形「いな」一四例…「去」六例、「行」三例、「去奈」一例、「伊奈」四例（①78、⑤899、⑭3474、⑭3477）

参考までに、ナ変動詞「去ぬ」の他の活用形、すなわち「去に」、「去ぬ」なども見たい。すると、多くが正訓字「去」や「往」を用いて記されており、仮名書き例は、巻十四や十七といった仮名書きの巻に集中していることがわかる。

○「いに」一三例…「去」六例、「往」三例、「行」一例、「伊尓」二例（⑭3375、⑰3937）、「伊仁」一例（⑰3929）

○「いぬ」二例…「去」一例、「伊奴」一例（⑤827）

○「いぬる」三例…「去流」一例、「行流」一例、「伊奴流」一例（⑭3470）

○「いぬれ」一例…「去」一例

このように、ナ変動詞「去ぬ」の仮名書き例は、七八番歌以外には、仮名書きを基本とする歌にしか現れない。

さらに、第五句「見えずかもあらむ」の「あらむ」についても同様のことが言える。

この歌の第五句では、ラ変動詞「あり」にあたる部分が「安良」と仮名書きされている。これと同様にラ変動詞「あり」の未然形「あら」に「安良」の仮名をあてた例を見ると、万葉集中に全六八例あり、その多くが巻十四（七例）・巻十五（一七例）・巻十七（一二例）・巻十八（一二例）・巻二十（六例）というように、仮名書き歌巻に偏って現れる。当該歌第五句のように訓字主体歌巻収載の歌であるにも拘わらず、ラ変動詞「あり」の未然形が「安良」と仮名書きされる例は、六八例中、当該歌と当該歌の異伝部分「一云」を含めても、以下の八例に限られる。

・「不所見香聞安良武」（①78・当該歌）
・「不見而香毛安良牟」（①78・当該歌の一云）
・「如是毛安良無等」（②199・人麻呂「高市皇子挽歌」の一云）
・「絶日安良米也」（③243・春日王）
・「可倍波伊香尓安良牟」（③285・丹比真人笠麻呂「紀伊国作歌」の一云）
・「恋都追安良牟」（⑧1520・山上憶良）
・「秋尓安良受登母」（〃）
・「秋西安良祢波」（⑧1525・山上憶良）

右八例のうち、後ろの三例は、すべて山上憶良の作であり、通常の正訓字主体よりも仮名を多く用いた特殊な歌である。残り五例のうち、当該歌と第四例の春日王作歌を除く三例は、いずれも「一云」注記内の表記であり別に考えてよい(10)。とすると、正訓字主体歌の本文部分において動詞「あり」の未然形が「安良」と仮名表記されるのは、当該歌第五句と巻三の春日王作歌の二例のみということになる。

このように、七八番歌には、第三句の「伊奈（婆）」、第五句の「安良（武）」のごとく、正訓字主体歌において通常正訓字で記される語が仮名で書かれるという傾向が看取される。これをもって天皇御製歌らしいか否かを論ずることはできないが、自立語部分を仮名で書くという傾向が、同巻の天皇御製歌には見られない特徴である点を指摘しておきたい。

後続歌との関わり

最後に、直後の歌のあり様から、七八番歌が天皇御製歌とは見なされていなかった可能性について述べたい。問題としてきた七八番歌の直後には、「或本従藤原京遷于寧楽宮時歌」と題された次のような歌が載る。七八番歌から再掲する。

和銅三年庚戌春二月従藤原宮遷于寧楽宮時御輿停長屋原廻望古郷作歌〔一書云　太上天皇御製〕

飛ぶ鳥の明日香の里を置きて去なば君があたりは見えずかもあらむ〔一云　君之当乎　不見而香毛安良牟〕　（①78）

或本従藤原京遷于寧楽宮時歌[11]

大君の　命恐み　にきびにし　家を置き　こもりくの　泊瀬の川に　舟浮けて　我が行く川の　川隈の　八十隈落ちず　万度　かへり見しつつ　玉桙の　道行き暮らし　あをによし　奈良の都の　佐保川に　い行き至りて　我が寝たる　衣の上ゆ　朝月夜　さやかに見れば　たへのほに　夜の霜降り　岩床と　川の氷凝り　寒き夜を　息むことなく通ひつつ　作れる家に　千代までに　いませ大君よ　我も通はむ　（①79）

反歌

あをによし奈良の家には万代に我も通はむ忘ると思ふな　（①80）

右歌、作主未詳

七九番歌の題詞冒頭にある「或本」とは何を意味するのか。この歌と同様に、題詞に「或本」とある歌は、巻一に他に二例ある。以下、その二例を引く。

天皇御製歌

み吉野の 耳我の嶺に 時なくそ 雪は降りける 間なくそ 雨は降りける その雪の 時なきがごと その雨の 間なきがごとく 隈もおちず 思ひつつぞ来し その山道を (①25)

或本歌

①み吉野の 耳我の山に 時じくそ 雪は降るといふ 間なくそ 雨は降るといふ その雪の 時じきがごと その雨の 間なきがごとく 隈もおちず 思ひつつぞ来し その山道を (①26)

右句々相換 因此重載焉

大宝元年辛丑秋九月太上天皇幸于紀伊国時歌

巨勢山のつらつら椿つらつらに見つつ偲はな巨勢の春野を (①54)

右一首坂門人足（55番歌引用略）

或本歌

②川上のつらつら椿つらつらに見れども飽かず巨勢の春野は (①56)

右一首春日蔵首老

右の二例は、「或本歌」として示された歌の詞句が直前の歌の詞句と極めて近く、一部小異を有するという点で共通する。つまり、「或本歌」とは、直前の歌と詠歌状況や詞句について関連ありと編者によって判断された、他の文献収載の歌を示す際の注記である、と見なすことができる。

けれども、七九番歌と直前の歌とは、詞句どころか、長歌と短歌というように形式も相容れない。後の増補という説もあるが、[12] 通常、原資料との違いを「或本」としてわざわざ示すことはないのであって、増補であることが「或本」とあることの説明にはならない。「或本」とある以上、七九・八〇番歌は、七八番歌と詠歌状況や詞句について関連ある歌として、ここに収載されたと見る他ない。[13]

　七八番歌と七九・八〇番歌の詞句は、一見、何の関わりもないように見える、しかし、「明日香の里を置きて去なば」（①78）と「家を置き」（①79）、「見えずかもあらむ」（①78）と「かへり見しつつ」（①79）のごとく、七八番歌の内容と、七九番長歌の特に前半部には近しい表現が見える。また、七八番歌の、「君があたりは見えずかもあらむ」（①78）の「君」と七九番長歌末尾の「……寒き夜を息むことなく通ひつつ作れる家に千代までにいませ大君よ我も通はむ」（①79）の「君」と「大君」の語も類似する。内容が異なるようである二首の、「君」と「大君」が同一人物と見なされたからこそ、七九・八〇番歌は「或本歌」としてここに載せられたのではないか。

　寧楽への移住によって「君」の所在が見えなくなるのでは、と「君」との別れを案ずる七八番歌に対して、七九・八〇番歌は、寧楽の家に「大君」が在し、そこに自分が通うという意志の表示を通じて解決策を示してはいるけれども、また、陸路と水路というように主体の辿る行程は異なるけれども、寧楽宮に遷ることによって生じる「君」との別れという主題は共通している。同じ遷都の際の歌というだけでなく、歌の内容に類似性を見出したがゆえに「或本」の長短歌を引いてきたのだとすれば、少なくとも或本歌を併載した編者は、七八番歌を、七九・八〇番歌と同様に臣下の立場からの詠と見なしていた、ということになろう。

注記者と家持

以上、題詞・表現・表記・配列の四点からこの問題を検討してきたが、そもそも非仙覚本の題詞に「御製」でなく「作歌」とある以上、七八番歌が作者未詳歌として万葉集に収載された可能性を消し去ることはできないはずである。にもかかわらず、そうした題詞の矛盾を越えて、なぜ当該歌は元明御製とされてきたのか。『萬葉集釋注一』(14)はこの点について以下のように解説している。

もっとも、「作らす歌」の原文「御作歌」は、元暦校本等には「作歌」になっており、それによれば、誰か臣下の詠ということになる。しかし、それだと七八の歌に作者が示されないことになってしまう。巻一には作者を示さない歌は一首もない。作者の固有名がわからない場合でも、次の七九～八〇の歌のように、「作主未詳」の形で特定の作者の存在したことを明記している。ここは、底本（西本願寺本、引用者注）の原文「御作歌」に由緒を認め、元明女帝その人の歌として詠まれたものとするのが穏やかであろう。

ただ、右の論拠である八〇番歌左の「右歌、作主未詳」の注記については、七九・八〇番歌がここに置かれた際に付されたものではなく、後人の補である可能性が高い。というのも、「作主未詳」という表現が万葉集にはそれほど多く見えず、「作主」の語自体、当該例の他には、巻十六の題詞と巻十九の題詞下注記や左注に現れるのみだからである。

次に万葉集に見える「作主」全例を挙げる。

①80左注「右歌作主未詳」、⑯3834題詞「作主未詳歌一首」、

⑲4236題詞下「作主未詳」、⑲4245題詞下「作主未詳」、
⑲4257左注「未詳作主也」

このことは、八〇番歌左の「右歌、作主未詳」の注が、七九・八〇番歌が万葉集に収められた後に、具体的には、巻十六や十九が整えられた時期に加えられた可能性を示唆する。巻十九の編纂が家持の手になることは巻の跋文より明らかであるから、当該の左注注記者、ひいては巻一の最終的な編者に家持を想定して、大きくは誤らないであろう。

八〇番歌左の「右歌、作主未詳」の注記を取り払って、いま一度、巻一の巻末近くに置かれた七八から八〇番歌という平城遷都に関わる三首を眺めてみたい。すると、七八番歌は、平城遷都の際に、臣下の一人の詠んだ古郷を偲ぶ歌として置かれているように見える。その思いが遷都を否定するものでなく、新都を言祝ぐ気持ちに連なることは、或本所出の七九・八〇番歌の本文に並ぶことで保証される。

七八番歌が、もともと臣下の詠であったとするならば、元明御製と認識されるようになったのはいつ頃なのだろうか。手がかりがあるとすれば、それは、八〇番歌左に見える「右歌、作主未詳」の注記であろう。この注記が七八番歌に及ぶとは考えにくい。とすれば、少なくとも七九・八〇番歌の左注に「右歌、作主未詳」と記した人物は、七八番歌を作者分明の歌と判断していたということになろう。或本歌の配置と「右歌、作主未詳」の注記が同時期に付されたものであるかはわからない。ただ、七八〜八〇番歌を一つのものとした時に見える臣下の旧都愛惜と新都讃美という主題は、「右歌、作主未詳」の注記が付されることによって分断されるのは間違いない。「一書云　太上天皇御製」の注記と七九・八〇番歌の左注「右歌、作主未詳」は、七八番歌に、明日香に心を残す天皇の逡巡という新たな意味を与える。元明天皇にとって明日香が比類ない特別な地であり、それが「君があ

たり」で表されるところの、草壁皇子を含む天武皇統ゆかりの地であることに根差した感情であったことを、万葉集はその注記によって示しているように見える。

その左注が家持によって記された可能性のあることは、先に述べたとおりである。

注

（1）題詞下注記中の「太上天皇」が誰を指すかには諸説ある。和銅三年に太上天皇は不在であり、該当する人物はいない。なお、この「一書」の本文が本文部分の異伝「一云」の詞句であるかのように言われることがあるが、「巻一の「一云」がすべて「一書」の記載とはいえない」こと、城﨑陽子「万葉集の《異伝》——巻一の場合——」（『目白学園女子短期大学研究紀要』第三四号、一九九七年一二月。同『万葉集の編纂と享受の研究』おうふうに所収）に指摘のあるとおりである。

（2）菊地義裕「平城遷都途上歌考」（『文学・語学』第一二六号、一九九〇年七月）は、元明天皇の作とは見ず、「君」を元明天皇、作者を遷都に従駕した貴族ないしは廷臣と見て、一首を土地神への慰霊・愛惜の念にもとづいて詠まれた遷都の途次従駕の人びとから元明天皇に奉られた献呈歌であったとする。なお、菊地論文にも当該歌の「置く」についての詳しい考察がある。併せて参照されたい。

（3）『日本地名大辞典』（CD-ROM版、二〇〇二年、角川書店）による。

（4）和田萃「平城遷都を考える」（『上代文学』第一〇五号、二〇一〇年一一月）。

（5）和田萃前掲（注4）論文は、元明の平城宮への移動が和銅二年一二月五日であったとした上で、「また日を変えて、従駕した人々の家族や従者たち、藤原京とその周辺地域に住んだ多くの人々も、家族を挙げて、また家財道具一切を所持して、平城京に向かったとみてよい。二、三か月を要した、大移動だったのである。それらがすべて完了したのが和銅三年三月十日のことであった。『続日本紀』の同年三月十日条……の記事は、遷都に関わる一切のことが完了した日を示している。」とする。万葉集巻一・七八番歌が、本章の結論のように、天皇以外の人物の作であったとすれば、万葉集の題詞「和銅三年春二月」は実際の詠歌時点を反映しているのかもしれない。

(6) 武田祐吉『萬葉集全註釋』にこの点について指摘がある。澤瀉久孝『萬葉集注釋』にも「『御作歌』とあるのは集中の例では、皇后、皇子、皇女の場合用ゐられてゐる。」（①77題詞・釈文）のごとく言及がある。

(7) 『新古今和歌集』の詞書には「和銅三年三月」とあり、『続日本紀』の記事と一致する。『夫木和歌抄』詞書は「題不知」、『今鏡』は「ならのみよ」。なお、同歌は『古今和歌六帖』にも見えるが本文に異同がある。「あすからはあすかの里を出ていなば君かあたりをみずやなりなん」（第二帖「里」）。作者名不記載。

(8) 『時代別国語大辞典上代編』（一九六七年、三省堂）による。

(9) 用例数は、『萬葉集電子総索引』（二〇〇九年、塙書房）による。

(10) 訓字主体表記の歌において通常仮名書きされない語句が「一云」内で仮名書きされる傾向については、拙稿「大伴家持の古歌注釈――人麻呂歌の「一云」と巻十九の表記」（『名古屋大学国語国文学』九三号、二〇〇三年一二月）でふれたことがある。

(11) 七九番歌題詞について、西本願寺本には「藤原宮京」とあるが、古葉略類聚鈔、紀州本、伝冷泉為頼筆本、廣瀬本、神宮文庫本、細井本、金沢文庫本、陽明本、温故堂本、大矢本、近衛本、京大本、寛永版本等には「藤原京」とある。「藤原京」は他に見られない呼称であり（岸俊男『日本古代宮都の研究』〈一九八八年、岩波書店〉、新大系『萬葉集一』脚注）、西本願寺本本文はこの点をふまえた改変と見てよい。とすると、七八番歌題詞には「藤原宮」、七九番歌題詞には「藤原京」とあったことになる。原資料の違いを反映したものか。

(12) 例えば、澤瀉久孝『萬葉集注釋 巻第二』（一九五七年、中央公論社）には、「或本の歌といふのは一つの歌の類似の歌を別本に見出して書加へたといふ形のものが通例であるが、今のはや、事情を異にし、右にあげた短歌と同じ遷都の折の歌といふだけの意味で、もとの本には無かつたものを別の本から採つて加へたもので、最初の編纂者でなく、あとで増補整理した人の加へたものと見るべきである。そしてそれをなした人は恐らく家持であらう」（四四〇頁）とある。その後刊行された阿蘇瑞枝『萬葉集全歌講義』（二〇〇六年、笠間書院）、多田一臣『万葉集全解1』（二〇〇九年、筑摩書房）等も「或本歌」とある理由を増補によるとしている。

(13) 市瀬雅之「『万葉集』巻一の構想――構造論から構想論へ――」（『古代文学の創造と継承』針原孝之編、二〇一一年、新典社、市瀬雅之・城﨑陽子・村瀬憲夫『万葉集編纂構想論』笠間書院に所収）は、七九―八〇番歌を、題詞の類似から、校合本より七八番歌の題詞に合わせて組み入れられた或本歌であるとし、増補とは見ない。或本歌が、寧楽宮を詠うようであっても藤原京に軸足を置いた表現であることに注目し、或本歌を、七八番歌と共に、寧楽宮と向き合う前に前代としての藤原京を中心に置いた、それ以前の歌世界を伝統としてまとめ表そうとする歌群の一部であると捉える。

(14) 伊藤博『萬葉集釋注一』(一九九五年、集英社)。

第三章　巻六の配列と家持

聖武行幸歌群中の「齟齬」

万葉集巻六・一〇二九～四三番歌には、作者名の記載法について、大伴家持とそれ以下の身分の作者には「氏＋姓＋名」の卑称法が、家持より身分の高い作者には尊称法が用いられている。身分の上下が家持を基準に区別されることから、当該歌群の編集には大伴家持が関与した可能性が高いと考えられている(1)。

冒頭歌の直前には、「十二年庚辰冬十月依大宰少弐藤原朝臣廣嗣謀反発軍　幸于伊勢国之時河口行宮内舎人大伴宿祢家持作歌一首」との題詞が置かれており、一〇三六番歌までの八首でひとまとまりの歌群を成す。題詞は、藤原広嗣の乱と聖武天皇の東国行幸との関わりを示すのだが、歌の背景にあるこうした事情は、左注に記されることが多く、題詞に加える例は珍しい。次にその題詞に始まる八首の歌群を引用する（以下、「東国行幸歌群」と呼ぶことがある）。

十二年庚辰冬十月依大宰少弐藤原朝臣廣嗣謀反発軍　幸于伊勢国之時河口行宮内舎人大伴宿祢家持作歌一首

河口の野辺に廬りて夜の経れば妹が手本し思ほゆるかも　（⑥1029）

天皇御製歌一首

妹に恋ひ吾の松原見渡せば潮干の潟に鶴鳴き渡る　（⑥1030）

右一首今案吾松原在三重郡相去河口行宮遠矣　若疑御在朝明行宮之時所製御歌　伝者誤之歟

丹比屋主真人歌一首

後れにし人を偲はく思泥の崎木綿取り垂でて幸くとぞ思ふ　（⑥1031）

右案此歌者不有此行之作乎　所以然言　勅大夫従河口行宮還京勿令従駕焉　何有詠思泥埼作歌哉

狭残行宮大伴宿祢家持作歌二首

大君の行幸のまにま我妹子が手枕まかず月ぞ経にける　（⑥1032）

御食つ国志摩の海人ならしま熊野の小舟に乗りて沖辺漕ぐ見ゆ　（⑥1033）

美濃国多藝行宮大伴宿祢東人作歌一首

古ゆ人の言ひける老人のをつといふ水ぞ名に負ふ瀧の瀬　（⑥1034）

大伴宿祢家持作歌一首

田跡川の瀧を清みか古ゆ宮仕へけむ多藝の野の上に　（⑥1035）

不破行宮大伴宿祢家持作歌一首

関なくは帰りにだにもうち行きて妹が手枕まきて寝ましを　（⑥1036）

聖武天皇の東国行幸については、『続日本紀』天平十二年十月己卯（二十六日）の記事に、「勅大将軍大野朝臣東人等曰、朕縁有所意、今月之末暫往関東。雖非其時、事不能已。将軍知之、不須驚怪。」とある。「非其時」を行幸に適さない非常時を指すと見ることもできようが、広嗣の乱についての言及はない。この点で、一〇二九番歌直前の題詞の内容は、『続日本紀』の記述とは認識を異にするといえる。(2)

天平十二年の発起からふた月ほどを経た十月二十三日に広嗣は肥前国松浦郡にて捕獲され、聖武の河口行宮到着の前日にあたる十一月一日に処刑されている。その事実は十一月五日に聖武天皇にも伝えられたが、その後も、天皇は平城へは戻らず、各地を巡行した。(3)かかる事情をふまえれば、この東国行幸が万葉集題詞のいうように広嗣の乱を直接の原因とするものであったのかは疑わしい。ただ、少なくとも当該部分の編者は、行幸を乱と関わるものと捉え、題詞の記述としては長い、一般的でない書式によって記したという点には留意すべきである。

当該歌群については、題詞の内容の他にも以下のような特徴的な点を見出すことができる。

まず、実際の行幸と歌の内容との齟齬を指摘する左注が、歌群の第二首（一〇三〇）と第三首（一〇三一）に付されているということである。一〇三〇番歌の左注には、「右一首今案　吾松原在三重郡相去河口行宮遠矣　若疑御在朝明行宮之時所製御歌　伝者誤之歟」と見える。すなわち、歌に詠まれた「吾松原」の地は、一〇二九番歌直前の題詞にある河口行宮から遠く離れており、朝明行宮在宮中の御製を伝者が誤って伝えたのではないかと指摘するのである。

一〇二九番歌直前の題詞は、一〇二九番歌のみに係るようにも、次に作歌年月の記される一〇三七番歌の手前、すなわち一〇三六番歌まで及ぶようにも見えるが、左注の注記者は、一〇三〇番歌には係ると見て右のように記したわけである。吉井巌『萬葉集全注　巻六』が一〇三〇番歌の解説に記すように、(4)配列に疑問を呈するこの左注の内容は、注記者が歌を配列した編者とは別の人物であったことを示す。

また、続く一〇三一番歌の丹比屋主真人の歌にも、「右案……」の左注が付されているが、そこにも、作者である丹比屋主真人は河口行宮より勅命によって帰京したはずであり、思泥埼で歌を詠めるはずがないといった作者名に関する不審が示されている。(5)

前述のように、この部分の編纂には大伴家持の関与した可能性が高い。家持は、聖武東国行幸に従駕しており、仮に丹比真人が思泥埼へ赴いていないとすれば、その事実を承知していたはずである。歌の内容や作者の記載と実際とのずれは、いかにして生じたのだろうか。

題詞に不審の記されるこれら二首（⑥1030・31）については、編者である大伴家持が、当該歌群を一つの主題を持つ歌群として完成するため意図的に取り込んだ可能性が、真下厚(6)や影山尚之(7)によって指摘されている。真下は、「歌群の題詞が「〜行宮――」という形式で統一されていること、家持の第一・四・八首がそれぞれを次々に受けてゆくかたちとなっていること、狭残行宮での家持の二首の歌が〈妻恋ひ〉と大君讃美の主題から成ること」などから、当歌群の歌は、実際の旅宴にあって詠われた歌が、「歌群記載の段階において、選ばれ、構成されたものと思われる。」とする。影山は、一〇二九番の家持作歌が一〇三〇番の天皇御製歌に先立っていることに注目し、「この歌群が単に手控えを残されているままに並べたというような無意識のものでなく、必ず編者によって設定された主題の下に歌を取捨し配列するという方法が採られて」おり、八首を、巻六巻末を飾るにふさわしい歌群とすべく新たな主題のもとに再構成された「きわめて意識的な構造体である」と見る。両氏の指摘するごとく、一〇二九番歌のみならず、各行宮で詠まれた歌が、「〜行宮大伴宿祢家持作歌〇首」という題詞を持ち、うち一〇三四番歌を除くすべてが家持作歌より始まることを考えると、家持が自らの歌を行幸の行程に沿って並べた後に、歌に含まれる地名を手がかりに他の歌人の歌を挿入していったという具体的な編集プロセスが想像される。[8] 配列の基準については、廣岡義隆『行幸宴歌論』[9]が、現地の地形をふまえた上で、二首が前後の地名（「河口」と「狭殘行宮」）の間に位置することは行幸に従駕した者であれば容易に想定できるとして、ここでの配列を「歌詠内容の構成以前の問題として、やはり行程順、即ち地名による配列であろう」（七頁）と論ずるとおりである。天皇御製歌が家持作歌の後に来たり、左注の指摘するような齟齬が生じたりするのは、そうした地名を優先した編集の結果であったと考えられる。

そうであるとすれば、当該歌群に見られるような、天皇御製歌の位置や丹比真人が思泥埼に赴いていないといった事実よりも歌の中の地名を尊重する構成は、当該歌群の主題を考える上で、極めて重要な意味を持つことになる。

当該歌群の地名のうち一〇三六番歌の題詞にある「不破」について、廣川晶輝[10]は、柿本人麻呂作の「高市皇子挽歌」（②199～201）の表現から、不破行宮と壬申の乱とを結びつけるコードが存することを確かめた上で、この歌群について、「壬申の乱を想起させるために布置されたのではないか」とする。不破のみならず、歌群には他にも壬申の乱に関わる地名が見え、聖武の東国行幸が壬申の乱の行程と重なるものであったことを印象づける。

いま、当該題詞以下の歌やそれぞれを括る小題詞に記された地名を拾ってみると、伊勢国河口行宮（一〇二九題詞）河口（一〇二九）吾の松原（一〇三〇）思泥の埼（一〇三一）狭殘（一〇三二題詞）美濃国多藝（一〇三四題詞）不破（一〇三六）となる。「吾の松原」が、廣岡義隆の指摘するように[11]、固有の地名ではなく普通名詞としての松原を指し、狭殘の地が久留倍遺跡（四日市市大矢知町）付近であるとすれば[12]、伊勢国の河口、思泥の埼（四日市市大宮町志氏神社付近[13]、狭残（四日市市大矢町付近）、美濃国の多藝という地名順は、まさしく壬申の乱に際して大海人皇子の辿った行路そのものを指すこととなる。広嗣の乱を受けて、伊勢の河口、狭残、多藝、不破といった地を巡るという、万葉集巻六に残る聖武天皇の軌跡は、壬申の乱における天武天皇の足跡に照応するかのごとくである。[14]

壬申の乱は、「高市皇子挽歌」中の叙述を除いて、万葉集に直接記されることはないけれども、巻一・二五番歌には、

み吉野の 耳我の嶺に 時なくそ 雪は降りける 間なくそ 雨は降りける その雪の 時なきがごと その雨の
間なきがごとく 隈もおちず 思ひつつぞ来し その山道を
（①25、天武天皇 ※26は或本歌）

とあり、この歌の直後には、「天皇幸于吉野宮時御製歌」という題詞と共に

淑き人の良しとよく見て好しと言ひし吉野よく見よ良き人よく見
（①27、天武天皇）

との一首が載る。二五番歌に壬申の乱との関わりを示す表現は見えないが、「み吉野の」の地名や十月下旬にふさわしい「その雪の　時なきがごと」の表現は、この歌を大海人皇子吉野入りの際の詠であるように見せる。続く二七番歌の左注は、「紀曰　八年己卯五月庚辰朔甲申幸于吉野宮」のごとく、日本書紀を引いて吉野盟約が行われた天武八年五月の吉野行幸に言及しており、左注の注記者は、「み吉野の」（①25〈26は或本歌〉）で始まる一首と「淑き人の」（①27）で始まる一首との間に、壬申の乱と天武朝の幕開けを見ていたと言ってよい。

巻六の聖武東国行幸歌群が壬申の乱における天武の足跡を想起させるものであることは先にふれたとおりだが、この直後には、久迩京讃歌が置かれている。巻一の壬申の乱と巻六の聖武東国行幸歌群とを重ねたとき、当時の人々は久迩京讃歌の向こうに何を見たか。

この讃歌には、次の節で詳しく述べるように人麻呂作の吉野讃歌に共通する表現様式が認められるのであった。

短歌体の久迩京讃歌

歌群の第二の特徴に、直後に三年間の空白があるという点がある。万葉集巻六は、養老七年から天平十六年までの歌を年代に沿って並べた巻であり、一〇〇五番歌が詠まれた天平八年以降、天平十二年作の当該歌群までは、各年の歌が途切れることなく並んでいる。にもかかわらず、当該歌群の直後には、天平十三〜十四年の詠歌が一首も載らず、十五年の久迩京讃歌が置かれている。養老七年から天平十六年のうち、歌を欠く年は、天平元年・七年と、この十三・十四年のみであり、三年という空白期間は巻六において特に長いといえる。

聖武東国行幸歌群の直後の歌、すなわち天平十五年作の久迩京讃歌を次に引く。

今造る久邇の都は山川のさやけき見ればうべ知らすらし　（⑥1037、家持）

新都讃歌といっても、家持作の短歌体一首のみから成り、公的な場の要請によって作られた類とは考えにくい。[15]『続日本紀』を見ても、この日に儀式が執り行われたという記録は残っていない。加えて、天平十五年八月は、聖武天皇は紫香楽におり、久迩京に不在であった期間にあたる。小野寛「久迩京の歌」[16]が詳述するとおり、久迩京造営は、この四ヶ月後に財政的な行き詰まりから未完成のまま中断され、翌年天平十六年二月には、難波が皇都と定められる。家持の讃歌とはうらはらに、実際の久迩京をめぐる状況は、遷都の実現すら不確かな状態にあった。

この久迩京讃歌の表現については、「山と川が充足していることを述べるのも、環境の完全な姿をほめる人麻呂以来の伝統である……古来、吉野についていうのが習いになっていたものが、久迩京に対して用いられている点が、新しい」[17]と、吉野讃歌の伝統的表現からの転用が指摘されているが、柿本人麻呂に対する憧憬や讃歌のパターンの踏襲というのでなく、久迩京が、吉野宮を讃美すべく伝統的に用いられた表現形式によって描かれているという事実に注意したい。

聖武行幸歌群とひと続きにこの歌を見ると、藤原広嗣の挙兵を受けて、伊勢の河口、狭殘、美濃、不破を巡り、乱を鎮圧して久迩京に遷都する聖武天皇の行動が、新都造営までの一連の営みとして浮かび上がる。東国行幸の契機とされた藤原広嗣の乱の顛末は、もちろん歌集には記されないけれども、ちょうど巻一が、「淑き人の……」で始まる一首（①27）によって壬申の乱の終結と新たな治世の開始を示したように、続く久迩京讃歌によって、天皇側の勝利に終わったことが間接的に示されることとなる。

東国行幸歌群から久迩京讃歌までの一連の歌は、壬申の乱から吉野宮での治世の開始という巻一に残された天武朝の歴史をなぞるように構成されている。聖武は東国行幸以前に既に天皇としてあり、久迩京で即位したわけではない。けれども、東国行幸と久迩京造営が聖武治世の新たな始まりとして重要な意味を持っていたことは、榎村寛之に指摘のあるとおりである。[18]

聖武東国行幸も久迩京遷都も歴史的事実であり、当時の歌集にその際の歌が収録されたとしても何ら不自然でない。ただ、巻六の、特に当該部分が、単に編者の手元にあった歌を編年で並べたというのでなく、歌を取捨選択し配列した結果、巻一に残る天武・持統朝の歌を連想させる構成となっているという点は、続く歌に見える特徴的な表現からも確かめられる。

次の一首は、巻六の久迩京讃歌の直後に置かれた歌である。

安積親王宴左少辨藤原八束朝臣家之日内舎人大伴宿祢家持作歌一首

ひさかたの雨は降りしけ思ふ児がやどに今夜は明かして行かむ　（⑥1040、家持）

題詞冒頭には、安積皇子の名が見える。作者は大伴家持であるが、それとは別に、藤原八束邸での宴の参加者として皇子の名が記されるのである。このように「作者とは別の人物××がある場所で宴する日、作者○○の作った歌…首」という形式は、万葉集中でも珍しく、他には見当たらない。宴席歌の場合、題詞には、「秋八月廿日宴右大臣橘家歌四首」（⑥1024〜27）のごとく、日付と宴の開かれた場と歌の総数を記すのが一般的である。冒頭に、作者と別の人物名を記すという点で当該の題詞に近いものに、「同月十一日左大臣橘卿宴右大弁丹比国人真人宅歌三首」（⑳4446〜48）と記す例などがあるが（他に⑳4304題詞等）、こうした例の使用は、別の人物がその場にいたことを示さなければ歌内容の理解に支障を来す場合に限られる。このことから類推すると、巻六・一〇四〇番歌の題詞に安積皇子の名が記されたのは、歌内容の理解に関わるためと、まずは言えそうである。

一〇四〇番歌については、もう一点注目すべき事がらがある。歌に作歌年月が記されていないのである。既に述べたとおり、巻六は、作歌年代を配列の基本とする。年代不明の歌も含んではいるが、「右年月不記　但称従駕玉津嶋也　因今検注行幸年月以載之焉」（⑥919）のごとく、年代順にあって、その年代が不明である場合には、その位置に配する理由を記そうとする編纂態度が貫かれている。（他に⑥927、947等）。そうした中、この宴席歌は、編纂作業に関わったであろう家持自身の歌であるにも拘わらず、日付を欠くのである。当初から日付を持たなかったのだろうか。そうだとすると、今度は逆に、作歌年代を基準とするこの巻にあって、なぜこの位置に配されたのかという疑問が生じる。

この歌が、日付に関する記述を欠く理由については不明と言わざるを得ないが、いま配列の結果を受けて言えるのは、天平十五年の久迩京讃歌の次に、安積皇子の名を冠した題詞を持つこの歌が置かれることによって、当時の読者は、天平十五年頃の安積皇子の状況、具体的には、この翌年すなわち天平十六年の急逝を想起せずにはいなかったであろう、ということである。続く歌にはどのような内容が記されているか。一〇四一番歌以下の歌の内容を確かめてゆきたい。

軽太子・ヤマトタケル・有間皇子

万葉集には、記紀歌謡と表現の類似する歌が複数見られる。仁徳皇后である磐姫の作歌に付された左注などを見ると、そうした歌謡が、当時歌にまつわる物語と共に広く知られていたことが知られる。

磐姫皇后思　天皇御作歌四首

君が行き日長くなりぬ山尋ね迎へか行かむ待ちにか待たむ　（②85）

右一首歌山上憶良臣類聚歌林載焉

（②86〜89　省略）

古事記曰軽太子奸軽大郎女　故其太子流於伊予湯也　此時衣通王不堪恋慕而追往時歌曰

君が行き日長くなりぬやまたづの迎へを行かむ待つには待たじ〔ここにやまたづといふは、これ今の造木をいふ〕　（②90）

右一首歌古事記与類聚歌林所説不同歌主亦異焉　因検日本紀曰　難波高津宮御宇大鷦鷯天皇廿二年春正月天皇語皇后納八田皇女将為妃　時皇后不聴……亦曰　遠飛鳥宮御宇雄朝嬬稚子宿祢天皇廿三年春三月甲午朔庚子木梨軽皇子為太子　容姿佳麗見者自感　同母妹軽大娘皇女亦艶妙也云々　遂竊通乃悒懐少息

廿四年夏六月御羹汁凝以作氷　天皇異之卜其所由　卜者曰　有内乱　盖親々相奸乎云々　仍移大娘皇女於伊予者今案二代二時不見此歌也

こうした例をふまえて見ると、巻六・一〇四一から四三番歌がすべて、物語性を有したある特定の歌を連想させる表現を含んでいることは注目に値する。そこから連想される歌は、三首すべて、皇位に近くありながら、若くして死した皇子にまつわる歌だからである。

十六年甲申春正月五日諸卿大夫集安倍虫麻呂朝臣家宴歌一首〔作者不審〕

我がやどの君松の木に降る雪の行きには行かじ待ちにし待たむ　（⑥1041）

同月十一日登活道岡集一株松下飲歌二首

一つ松幾代か経ぬる吹く風の声の清きは年深みかも　（⑥1042、市原王）

たまきはる命は知らず松が枝を結ぶ心は長くとそ思ふ　（⑥1043、家持）

まず、一〇四一番歌の第四～五句にある「行きには行かじ待ちにし待たむ」は、前頁に引いた磐姫の作歌に同一の表現が見えるが、古事記には、立太子していたにも拘わらず伊予に流された木梨軽皇子に同母妹の軽大郎女が詠みかけた歌として載る。最終的に二人は揃って自害し、穴穂皇子の即位が実現することとなる。

次に、一〇四二番歌に目を移すと、「一つ松」の語が見える。大濱厳比古[19]によれば、「一つ松」の表現は、記紀万葉を通して、ヤマトタケルの詠んだとされる、「尾張に　直に向へる　尾津の崎なる　一つ松　あせを　一つ松　人にありせば　太刀佩けましを　衣着せましを　一つ松　あせを」（記歌謡二九）に登場するのみであるという。ヤマトタケルは、父である景行天皇の命で、征西したのち、すぐに東国に赴く。任を果たして大和へ戻る途中に力尽きるのだが、その直前に尾張で詠まれたのがこの歌であった。廣岡義隆は、春日蔵首老の歌である「焼津辺に我が行きしかば駿河なる阿倍の市道に相ひし児等はも」（③284）に、焼津が駿河の阿倍の市よりも都から離れているかのごとく詠まれていることについて、この歌が、古事記のヤマトタケルの説話に出てくる相模国の焼津を念頭に詠まれたものであろうと推定した上で、「阿倍の市道に相ひし児等はも」は、或いは記歌謡二四の「火中に立ちて問ひし君はも」を響かせているかもしれない、とする。[20]ヤマトタケル説話が当時広く知られており、実際にそれに取材した万葉歌が存することをふまえると、この焼津の地名と同様に、「一つ松」の表現も、皇位継承の叶わなかった皇子ヤマトタケルの説話と共に、都人に広く知られていたと考えてよい。

続く一〇四三番歌の「たまきはる命は知らず松が枝を結ぶ心は……」の表現は、次の有間皇子の作歌、

岩代の浜松が枝を引き結びま幸くあらばまたかへり見む　（②141）

を下敷きにしたものであろう。

有間皇子は、孝徳天皇の皇子であり、皇位に近い人物であったが、斉明四年に謀反を企てたとして、天皇の行幸先であった紀温湯に護送される。往路に、自らの幸いを祈念して詠んだとされるのが右の歌である。皇子は藤白坂にて処刑され、再び都に戻ることはなかった。この歌に対しては、後に、長意吉麻呂や山上憶良が追和歌を残しているが、そこには、

岩代の崖の松が枝結びけむ人は反りてまた見けむかも　（②143、長意吉麻呂）
岩代の野中に立てる結び松心も解けず古思ほゆ〔未詳〕　（②144、長意吉麻呂）
翼なすあり通ひつつ見らめども人こそ知らね松は知るらむ　（②145、山上憶良）

のごとく、「結び松」あるいは「松」が必ず詠まれている。「結び松」の語は、蘇我赤兄の計略によりこの世を去った有間皇子の悲運を象徴する表現として当時から知られていたと見てよいだろう。

このように、天平十六年の作とされる一〇四一から四三番歌の三首には、当時にあって既に広く知られていたと思しい、夭折した皇子に関わる歌表現が集中する。三首のうちでも、第二首と第三首は特に、安積皇子と関わりの深い「活道岡」の地名を含む題詞で括られている。川崎庸之は、[21]「活道」の地名が、この題詞以外に、大伴家持の安積皇子挽歌（天平十六年三月二十四日作）にしか現れないことから、当該二首の歌の場である活道岡の集宴も、皇子の名こそ見えないものの、皇子を中心とする人々の集まりであったと推定する。この宴に皇子自身が参加していたかどうかは不明だが、一〇四〇番歌の題詞に安積皇子の名があり、次に、安積の急逝する天平十六年の作として、皇位継承の資格を持ちながら若くして死した皇子に関わる表現の歌が並ぶ。うち二首は、安積皇子にゆかりの深い活道岡での作歌であることを示す題詞で括られているのである。ここには、直接に安積皇子を偲ぶ内容の歌もなければ、そうした記述もない。しかしながら、こうした配列は、当時の人々に、その年に夭折した安積皇子の生前とその死を連想させずにいなかったのではないか。

ただし、巻六の一〇四一から四三番歌は、安積皇子の死後でなく、皇子が薨ずるひと月前にあたる天平十六年正月に詠まれた歌である。一〇四三番歌の、「たまきはる命は知らず」の表現が、突然の病で薨じたはずの皇子の体調を憂慮する表現であるか否かが論の争点とされてきたのも、そうした事情をふまえてのことであった。作歌時点で、直後に起こる皇子の運命が予想されていたわけではもちろんない。死に先立って詠まれた一首一首の歌ではなく、題詞の記述や歌の配列が天平十六年の皇子の姿を想像させたであろうし、さすれば歌は皇子の死と関わって受け止められたであろう、ということである。

巻三の挽歌部には、直接に安積皇子の死を悼んだ大伴家持作歌（③475〜480）がある。そこには、「かけまくも　あやに恐し　言はまくも　ゆゆしきかも」といった柿本人麻呂作の高市皇子挽歌の冒頭や、「我が大君　皇子の命」のごとく草壁皇子挽歌に類似する表現が見え、安積皇子を「皇子の命」と呼ぶ。橋本達雄[22]は、「人麻呂的挽歌制作に意欲を燃やしたのは……人麻呂以来断絶していた宮廷挽歌の伝統をこの機に継承・復活しようという、家持の専門歌人的な強い自覚に支えられていたことを思ってみなくてはなるまい。」とするが、天武の皇子を対象とする表現が、他ならぬ安積皇子挽歌に使用されている意味を考えたい。先に、聖武天皇の東国行幸と久迩京造営に関わる一〇二九から三九番歌が、壬申の乱から吉野宮統治に至る、天武朝の出来事をなぞるように配列されている可能性についてふれたが、その久迩京関連の歌の直後に、安積皇子を想起させるような題詞や歌が並んでいるのである。編者たる家持は、歌の配列によって、聖武を天武に、その皇子たる安積を高市や草壁といった天武の皇子たちに重ねて見せたのではなかったか。

『続日本紀』によると、天平十年一月に阿倍内親王が立太子しており、安積は実際の皇位継承者ではなかった。ただ、事実がどうであったかに拘らず、ちょうど巻一の「軽皇子宿于安騎野時柿本朝臣人麻呂作歌」(①45〜49)が、草壁皇子の死を直接に表現せず、草壁を天武・持統から文武へ連なる皇統の中に定位したように、巻六のこの部分には、安積皇子が、聖武から久迩京における統治を継承するはずだった皇子として記し留められていると考えられる。

聖武朝の「人麻呂」

当該歌群には、藤原広嗣の乱を機に東国を巡り、乱を治めて新都にて新たな治世を開始した聖武天皇の功績とそれを継承すべき存在としての皇子安積の死が記し留められている。

これが、事実そのものではなく、編者というフィルターを通して万葉集上に実現された、歌による聖武朝史というべきものであり、天武朝に照応するように配列されているのだとすれば、そこになくてはならなかったもの、それは、柿本人麻呂のごとき治世を寿ぐ歌人の存在であったに違いない。

年代明記の巻である巻六の末尾にあって、年代を記さない田辺福麻呂歌集歌が置かれた理由について、これまで様々に論じられてきたが、田辺福麻呂歌集歌は、天武朝の人麻呂に擬えて、「聖武朝の人麻呂」として巻六巻末に配されているのではないか。次章では、その点について詳しく論じることにしたい。

注

(1) 伊藤博『萬葉集釋注三』〈⑥1043、語釈〉(一九九六年、集英社)。
(2) 土屋文明『萬葉集私注三』(一九六九年、筑摩書房)に「反乱に関連すると思はれる、不安な事態は一つも国史には記されてない。」とある他、吉井巌『萬葉集全注巻第六』(一九八四年、有斐閣)、真下厚「天平十二年聖武東国巡幸歌群歌考――〈妻恋ひ〉の歌のはたらきをめぐって――」(『城南国文』第一〇号、一九九〇年二月)に言及がある。
(3) この行幸については、広嗣の乱を受けての単なる逃避行ではなく、恭仁京(久迩京)造営に向けて周到に計画されたものであったが、卜占によって天平十三年に恭仁京に入り、またそのルートが細かく指定されていたために、東国を迂回する一見不可解な行幸となった、と見る説がある(水野柳太郎「関東行幸と恭仁遷都」『日本歴史』第六七六号、二〇〇四年九月)。
(4) 吉井巌『萬葉集全注巻第六』〈⑥1030左注・解説〉(前掲注2)。
(5) 作者の「屋主」については、筆録の際に「家主」を誤ったとする説がある(『古義』『澤瀉注釈』『釈注』)が、「思泥埼」の地名が詠まれていることが思泥での作であることを示すわけではない。誤写を想定する必要はないと考える。
(6) 真下厚前掲(注2)論文。
(7) 影山尚之「聖武天皇「東国行幸時歌群」の形成」(『解釈』第三八巻第八号、一九九二年八月)。

（8）この点については既に影山前掲（注7）論文が、「当初の歌群は家持関係歌のみで成り立って」おり、そこに「B・C（一〇三〇・三一番歌）が補入されて、新たな意味が歌群に付与され」たとの見方を示している。

（9）廣岡義隆『行幸宴歌論』（二〇一〇年、和泉書院）。

（10）廣川晶輝「聖武天皇東国行幸」（『国文学 言語と文芸』一一五号、一九九八年一一月、同『万葉歌人大伴家持 作品とその方法』、北大図書刊行会に所収）。

（11）廣岡義隆「「吾乃松原」について」（『三重大学教育学部紀要』三一巻二号、一九九〇年三月、同『行幸宴歌論』〈前掲注9〉に所収）。

（12）岡田登「壬申の乱及び聖武天皇伊勢巡幸と北伊勢（上）（下）――朝明郡家跡の発見を契機として――」（『史料』一九一・一九二号、二〇〇四年六月・八月）。

（13）『東海の万葉歌』「伊勢 四泥の崎」（執筆 廣岡義隆）による（二〇〇〇年、おうふう）。

（14）市瀬雅之「寧楽宮前期の構想」（『万葉集編纂構想論』第二部第二章第二節、二〇一四年、笠間書院。初出は、「関東行幸歌群の構想――巻六の編纂を視野に入れつつ――」『美夫君志』第八二号、二〇〇一年三月）は、東国行幸歌群について、「その行程には、壬申の乱やかつての行幸が想定されはしても、歌には必要以上に強調されていない。過去を追慕することに終始するのではなく、新たなモチーフが選び取られ、聖武天皇が切り開く時代が予感されていた。」として天平十六年以降、すなわち巻十七の示す世界とのつながりを見る。市瀬論文は、一〇四三番歌までの安積皇子に関わる歌の配列について、「安積皇子をも含み込んで、天皇を中心とする古代律令社会の理想的な姿が表されている」とした上で、その配列に皇子の死を重ねるべきでないとして、本章のような見方については否定的見解を示している。

（15）佐藤隆「恭仁京讃歌と大伴家持」（『中京国文学』第一号、一九八二年三月。「恭仁京讃歌とその時代」として同『大伴家持作品研究』おうふうに所収）。また、吉村誠「天平十五年八月家持久邇京讃歌――田辺福麻呂歌との関連――」（『群馬県立女子大学紀要』第一号、一九八一年三月、同『大伴家持と奈良朝和歌』おうふうに所収）にも、「都城讃歌と題詞にことわっているほどの歌で、短歌体のみで表現されていた例はない。」との指摘がある。

（16）小野寛「久迩京の歌」（『大伴家持研究』一九八〇年、笠間書院）。

(17) 伊藤博『萬葉集釋注三』〈⑥1037・釈文〉(前掲注1)。

(18) 榎村寛之は、聖武は、藤原四兄弟や橘諸兄など常に誰かのサポートを受けていたが、東国行幸の途中、橘諸兄を不破から恭仁京予定地へ派遣した後には、赤坂で従駕者に叙位を行う等(天平十二年十一月)自立し専制君主として恭仁京に帰ってくるとして、平城京が元明天皇が遷都して聖武のために用意した都であったのに対して、恭仁京は聖武天皇自身の都であった、と見る(廣岡義隆『行幸宴歌論』〈前掲注9〉所収「付篇一 鼎談 三重の萬葉と歴史――天平十二年の聖武天皇による関東行幸――」。三重大学大学院人文社会科学研究科地域交流誌『トリオ』十一号、二〇一〇年三月に併載)。東国行幸と久迩京造営は、鼎談における廣岡義隆の言を借りれば「聖武天皇の後半生のスタート」ということになる。

(19) 大濱厳比古『万葉幻視考』第四部第二章「非命の皇子たち」(一九七八年、集英社)。

(20) 廣岡義隆「文芸地図」(『美夫君志論攷』二〇〇一年、おうふう)。古事記の「焼遺」が相模国とある理由については、大脇由紀子「倭建命の道・日本武尊の道」(『東海の「道」から見た上代文学―東海・東山道を基軸に』二〇一六年、新典社)に詳しい考察がある。

(21) 川崎庸之『記紀万葉の世界』Ⅱ章「大伴家持」(一九八二年、東京大学出版会)。小野寛前掲(注16)論文にも同様の指摘がある。

(22) 橋本達雄『大伴家持 天平の孤愁を詠ず』第三章「政局の推移と作歌」(一九八四年、集英社)。

第四章　幻の宮廷歌人「田辺福麻呂」

田辺福麻呂歌集歌の性格

田辺福麻呂は、柿本人麻呂や山部赤人の作歌に通じるような宮廷讃歌を制作したとして、万葉最後の宮廷歌人と呼ばれることのある、(1)奈良朝の歌人である。万葉集巻十八の題詞以外にその閲歴を知らせる記事はない。福麻呂関連の歌は、万葉集中に四四首存するが、福麻呂作と明記された本人による作歌は、そのうち一三首のみであり、残りの三一首は、「田辺福麻呂之歌集」なる先行歌集より切り出され、万葉集に転載された歌である。

その福麻呂歌集出歌三一首は、万葉集巻六の巻末一ヶ所と、巻九の巻末付近の二ヶ所、計三ヶ所にまとめて収録されている。各歌群の最後には「右廿一首田辺福麻呂之歌集中出也」〈⑥１０４７〜６７〉のごとき左注が付されており、歌数をそれぞれ遡ってみると、巻六巻末の二一首（長歌六首・反歌一五首〈⑥１０４７〜６７〉）、巻九巻末付近の三首（長歌一首・反歌二首〈⑨１７９２〜９４〉）と七首（長歌三首と反歌四首〈⑨１８００〜０６〉）が「田辺福麻呂之歌集」

より採られた歌であることがわかる。

一方の福麻呂作歌はというと、巻十八の冒頭歌群に一三首まとめて載るのみで、それ以外の箇所には一首も見えない。後に詳しく論ずるように、福麻呂作歌が巻十八冒頭に限定的にしか現れないという点は、これまであまり顧みられることがなかったけれども、万葉集における田辺福麻呂の位置を考えるときには、無視できない重要な事がらであるように思う。

次に挙げるのは、福麻呂の全作歌、すなわち、巻十八冒頭の一三首を含む歌群の歌である。


天平廿年春三月廿三日左大臣橘家之使者造酒司令史田辺福麻呂饗于守大伴宿祢家持舘爰作新歌并便誦古詠各述心緒

奈呉の海に舟しまし貸せ沖に出でて波立ち来やと見て帰り来む（⑱4032）
波立てば奈呉の浦回に寄る貝の間なき恋にそ年は経にける（⑱4033）
奈呉の海に潮のはや干ばあさりしに出でむと鶴は今そ鳴くなる（⑱4034）
ほととぎす厭ふ時なしあやめ草縵にせむ日こゆ鳴き渡れ（⑱4035）
右四首田辺史福麻呂

于時期之明日将遊覧布勢水海仍述懐各作歌

いかにある布勢の浦そもここだくに君が見せむと我を留むる（⑱4036）
右一首田辺史福麻呂

乎布の崎漕ぎたもとほりひねもすに見とも飽くべき浦にあらなくに〔一云　君が問はすも〕（⑱4037）
右一首守大伴宿祢家持

玉くしげいつしか明けむ布勢の海の浦を行きつつ玉も拾はむ（⑱4038）
音のみに聞きて目に見ぬ布勢の浦を見ずは上らじ年は経ぬとも（⑱4039）
布勢の浦を行きてし見てばもしきの大宮人に語り継ぎてむ（⑱4040）
梅の花咲き散る園に我行かむ君が使ひを片待ちがてら（⑱4041）
藤波の咲き行く見ればほととぎす鳴くべき時に近付きにけり（⑱4042）
　右五首田辺史福麻呂
明日の日の布勢の浦回の藤波にけだし来鳴かず散らしてむかも〔一頭云　ほととぎす〕（⑱4043）
　右一首大伴宿祢家持和之
　前件十首歌者廿四日宴作之
（⑱4044〜45「往布勢水海道中馬上口号二首」大伴家持、引用省略）
　至水海遊覧之時各述懐作歌
神さぶる垂姫の崎漕ぎ巡り見れども飽かずいかに我せむ（⑱4046）
　右一首田辺史福麻呂
垂姫の浦を漕ぎつつ今日の日は楽しく遊べ言ひ継ぎにせむ（⑱4047）
　右一首遊行女婦土師
垂姫の浦を漕ぐ舟梶間にも奈良の我家を忘れて思へや（⑱4048）
　右一首大伴家持
おろかにそ我は思ひし乎敷の浦の荒磯の巡り見れど飽かずけり（⑱4049）

右一首田辺史福麻呂

めづらしき君が来まさば鳴けと言ひし山ほととぎすなにか来鳴かぬ　（⑱4050）

右一首掾久米朝臣広縄

多胡の崎木の暗繁にほととぎす来鳴きとよめばはだ恋ひめやも　（⑱4051）

右一首大伴宿祢家持

前件十五首歌者廿五日作之

掾久米朝臣広縄之舘饗田辺史福麻呂宴歌四首

ほととぎす今鳴かずして明日越えむ山に鳴くとも験あらめやも　（⑱4052）

右一首田辺史福麻呂

木の暗になりぬるものをほととぎすなにか来鳴かぬ君に逢へる時　（⑱4053）

右一首久米朝臣広縄

ほととぎすこよ鳴き渡れ燈火を月夜になそへその影も見む　（⑱4054）

可敝流回の道行かむ日は五幡の坂に袖振れ我をし思はば　（⑱4055）

右二首大伴宿祢家持

前件歌者廿六日作之

歌群冒頭の題詞からは、田辺福麻呂が、天平二十年三月に、時の左大臣橘諸兄の使いとして越中国守大伴家持を訪問したことが知られる。その際に、福麻呂が家持や越中掾久米広縄らとやりとりした歌を収めたのが、右の歌群である。繰り返しになるが、福麻呂作歌と呼び得る一三首、すなわち田辺福麻呂作と明記された歌はすべて当該歌群に含まれている。

さて、右の歌群に含まれる福麻呂作歌全一三首であるが、表現を具体的に見ると、家持の案内により目にしたであろう越中の風土を詠んだ歌や、通り一遍の挨拶歌のような形式的な歌ばかりが目に付く。例えば、第一首の

　奈呉の海に舟しまし貸せ沖に出でて波立ち来やと見て帰り来む　（⑱４０３２）

などは、越中のその時、その場でしか起こり得ないような、個別的な状況を詠った歌であるし、第二首の、

　波立てば奈呉の浦回に寄る貝の間なき恋にそ年は経にける　（⑱４０３３）

は、恋歌の形式を借りて、対面の叶った喜びを表現した挨拶歌に過ぎない。

その他にも、傍線で示したように、「我行かむ」（⑱４０４１）、「いかに我せむ」（⑱４０４６）、「我は思ひし」（⑱４０４９）など、福麻呂が自身を指した「我」の語が目立つ。これらの表現は、私的状況や感情を題材とする当該歌群の福麻呂作歌の性格を端的に示すものといえる。

田辺福麻呂という歌人は、冒頭にふれたように、一般に「最後の宮廷歌人」と呼び慣わされている。近年ではその呼び名に対する批判が出されてはいるものの[2]、福麻呂作品の「宮廷讃歌性」を否定するものは見当たらず、かかる認識は広く受け入れられているといってよい[3]。ところが、実際に福麻呂の名の記された福麻呂作歌一三首を見ると、いま確認したように、宮廷讃歌風の表現は見当たらないのである。

では、なぜ、田辺福麻呂は柿本人麻呂ら宮廷歌人の系譜に連なる歌人と見なされてきたのか。確かに田辺福麻呂関係の歌には、人麻呂ら宮廷歌人の表現を踏襲したらしきものが複数あり、それゆえに、宮廷歌人の系譜に連なる歌人と呼ぶべきようにも見える。しかし、厳密にいえば、そうした特徴が認められるのは、福麻呂歌集出の歌であって、福麻呂作歌ではない。加えて、同じ福麻呂歌集歌であっても、巻九に載る歌は、恋や伝説をモチー

フとした歌や行路死人歌、弟の死去を哀しむ歌などであり、いわゆる宮廷讃歌とは質を異にする。これまでは、柿本人麻呂や笠金村といった宮廷歌人もまた、この種の歌を詠んでいることから、巻九に載る福麻呂歌集歌までもが宮廷歌人に通ずる歌と見なされてきたわけだが、たとえ宮廷歌人柿本人麻呂に類作があろうと、巻九の恋に関する歌や行路死人歌を指して宮廷讃歌ということはできない。田辺福麻呂関係歌のうち、宮廷讃歌といってよい表現を持つのは、福麻呂歌集歌の、それも巻六収載の歌に限られるのである。

従来の研究では、宮廷讃歌風の表現が、歌集歌のうち、巻六にしか見られないことがあまり注目されず、また何よりも、福麻呂作歌と歌集歌の別が曖昧に捉えられてきたように思う。渡部亮一「久迩「新京」の誕生――田辺福麻呂論へ向けて――」(4)のように、福麻呂を、天皇の行幸に従駕し、天皇に成り代わって代作をする柿本人麻呂や山部赤人・笠金村といった宮廷歌人と同列に論ずることに疑問を呈する論もある。しかし、そこで問題とされているのは、人麻呂ら宮廷歌人が「微官でありながら、歌作という場面において天皇と特別の繋がりを持ち」得たのに対して、福麻呂については、「従駕したという記載が全く見えない」という点である。問題の焦点は田辺福麻呂という歌人の置かれた社会的立場や環境にあって、福麻呂作歌のどこにも宮廷歌らしさなど認められないのだという歌表現の特徴にはなかった。

このように、宮廷讃歌に類するのは、福麻呂の作歌ではなく、その名を冠した先行の私家集とでもいうべきもの(田辺福麻呂歌集)出の歌であるにも拘わらず、あたかも福麻呂自身の歌人としての性格を直接に示すものであるかのごとく受け取られてきたのわけであるが、こうした傾向は、作品の内部考証によって、福麻呂歌集の歌が福麻呂自身の作であることを指摘した佐野正巳などの研究成果によるところが大きい(5)。佐野が明らかにしたように、確かに、福麻呂歌集歌の大部分が、本人の自作である可能性は高い。けれども、歌集歌が福麻呂自身の作か否かということではなく、福麻呂歌集歌が、飽くまでも福麻呂歌集出と明記される歌であること、すなわち、万葉集においては、先行の私家集出歌であると認識されていることが問題であるように思う。万葉集においては、たとえ同一歌人の名を冠するものであっても、作歌と歌集歌は明らかに異なる扱いを受けているのである。その区別がもっとも明確なのが、柿本人麻呂関連歌である。

作歌と歌集歌

柿本人麻呂関連の歌の場合、宮廷讃歌や挽歌などの公的な歌は、作者名が題詞に明記される柿本人麻呂作歌にしか見られない。逆に、歌集歌は、そのほとんどが、季節を題材とする歌や男女のやりとりを中心とした私的な歌で占められていて、作歌と歌集歌の性格の違いは明白である。対して、福麻呂関連歌の場合、先に確認したとおり、宮廷讃歌のごとき公的な性格を持つ歌は歌集歌であり、福麻呂作歌の方は、冒頭で見たような、家持と越中で交わした挨拶歌の類、すなわち私的性格の強い歌ばかりなのであった。つまり、福麻呂の作歌と歌集歌との関係は、人麻呂作歌と歌集歌との関係と、真逆になっているのである。

人麻呂歌集の歌も福麻呂歌集の歌も、現時点では、本人の作を含むと考えられており、その点をふまえれば、歌集歌か作歌かという点にはそれほどこだわる必要はないのかもしれない。ただ、万葉集の編纂時点においては、作歌と歌集歌とは比較的はっきりと区別して認識されていたように思われる。

万葉集には、巻一から巻六の六巻や巻八、巻十七から巻二十の四巻のように、基本的に作者を明記する巻と、巻七や、巻九から巻十四の六巻のように、原則的に作者名を記さない作者名無記の巻とがある。柿本人麻呂歌集や古歌集といった万葉集に先行する私家集から歌が採録される場合、巻三に載る人麻呂歌集出歌一首（③244）や巻二巻末収載の笠金村歌集出歌三首（②230〜232）以外は、基本的に、巻七や巻九・十・十一・十二・十三といった作者名無記の巻にまとめて載せられている。(6)このことは、実際に誰が作ったかは別にして、万葉集編纂の時点において、人麻呂歌集のごとき先行私家集から抽出した歌は作者未詳歌の類として扱われたことを意味している。

ところが、万葉集中には、先行の私家集より転載された歌であるにも拘わらず、まとまって作者名明記の巻に載る歌がある。それが、巻六の田辺福麻呂歌集の歌二一首である。先に見たように、巻六収載の福麻呂歌集歌二一首は、巻六の巻末にまとめて切り継がれたような体裁になっており、末尾の歌の左に「右廿一首田辺福麻呂之歌集中出也」とあるのみで、いちいちの歌に作者名が記されてはいない。

しかし、それとは対照的に、宮廷歌人と呼ばれる他の歌人の宮廷関連歌には、個々に作者名が記される。笠金村の作歌についても、志貴皇子が薨じた際に詠んだ歌（②230〜232）以外の公の歌にはすべて、題詞にその名が示されている。(7)

田辺福麻呂が仮に、人麻呂や赤人らに連なるような宮廷歌人であったとすれば、新都を言祝ぐ歌のごとき公的性格の強いものには、作者としてその名が明記されてしかるべきであろう。ところが、福麻呂の場合、新都讃歌のごとき歌にも「右の二十一首、田辺の福麻呂が歌集の中に出づ」との左注が付されるのみであり、歌人として福麻呂の名がいちいち記されることはない。一首ごとに福麻呂の名が明記された歌はといえば、越中を訪問した際に家持らとやりとりした巻十八冒頭の一三首に限られる。その福麻呂作歌が、形式的な挨拶歌や越中の風景についての感動を詠んだ私的な歌で占められていることは、本章の冒頭で確認したとおりである。

福麻呂が宮廷歌人のように見えるのは、ただ巻六巻末に置かれた田辺福麻呂歌集歌ゆえであって、それを除けば宮廷歌人としての田辺福麻呂の活動はどこにも痕跡を留めていない。宮廷歌人としての田辺福麻呂は、その名を冠する歌集歌を公的な儀礼歌より始まる巻六に掬い上げられることで、あたかも宮廷歌人であるかのように見せられた存在なのではなかったか。

一体、福麻呂歌集の歌は、なぜ先行私家集から切り出された多くの歌を載せる巻九や、巻七以降の作者未詳歌巻にではなく、巻六に収められたのだろうか。それには当該部分を含む歌の歌群としての主題が深く関わっているように思われる。

巻六巻末という位置

万葉集巻六の性格を顕著に示すのが、その冒頭歌に配された行幸従駕歌である。巻六の巻頭には、元正天皇が吉野へ行幸した養老七年（七二三）五月に、笠金村の詠んだ以下の歌が置かれている。

養老七年癸亥夏五月幸于芳野離宮時笠朝臣金村作歌一首〔并短歌〕

瀧の上の　三船の山に　瑞枝さし　繁に生ひたる　栂の木の　いや継ぎ継ぎに　万代に　かくし知らさむ　み吉野の　秋津の宮は　神からか　貴くあるらむ　国からか　見が欲しからむ　山川を　清みさやけみ　うべし神代ゆ　定めけらしも　（⑥907）

養老七年五月の作であるとすると、右の歌は、持統四年か五年の吉野行幸において人麻呂が披露して以来、三十数年ぶりに詠まれた吉野讃歌ということになる。

当該歌の後には、同じ養老七年五月の作である車持朝臣千年の吉野行幸歌（⑥913〜16）、神亀元年（七二四）の作である山部宿祢赤人の紀伊国行幸歌（⑥917〜19）、同二年（七二五）の作である笠朝臣金村の吉野行幸歌（⑥920〜22）と、行幸従駕歌が並んでいる。笠金村と車持千年の吉野行幸歌が詠まれたその翌年には、元正天皇から首皇子（聖武天皇）への譲位が行われ、年号が養老から神亀へ変わる。これらの離宮讃歌は、諸氏のいうように、天皇の即位に因むと考えるのが自然であろう。(8)

巻六は、基本的に作歌年代が明らかな歌が時間軸に沿って配列された巻であり、その点でも、平城遷都までの歌を年代順に並べた巻一と対の奈良朝宮廷歌巻というにふさわしいように見える。ただ、そうした巻六にあって、巻末に置かれた田辺福麻呂歌集のみには、制作年月が記されていない。この点に関して、吉井巌は、

作歌年代定立を捨てて、作歌を年時を付さないままで、福麻呂の作品を生《なま》のままで巻尾に置いたのは、これもまた編者の意図ではなかったかと推定される。

と、福麻呂歌集歌の作歌年月を記さないことに特別の意味を見出そうとする。しかし、人麻呂歌集、古歌集といった先行する私家集から転載された歌に作歌年代を記さないのは、ごく自然であり、別段変わったことではない。福麻呂歌集歌に敢えて作歌年を記さなかったのではなく、福麻呂歌集から歌を転載する時点で、作歌年の記載は見込めなかったのだという点は押さえておかねばなるまい。その上で、なぜ作歌年無記載でありながらなお、巻六に福麻呂歌集歌が載ることになったのか、その意味を問う必要があるのではないか。(9)

巻六巻末の福麻呂歌集歌二一首の前には、天平十二年（七四〇）の聖武天皇東国行幸に関する歌群（⑥1029〜36）と、天平十五年作の久迩京讃歌（⑥1037）が並ぶ。歌群中に見える地名は、伊勢国河口行宮、狭残、美

濃国多藝、不破と、壬申の乱に際しての天武天皇の足跡に重なるものばかりである。東国行幸歌群と久迩京讃歌が壬申の乱から吉野における治世の開始といった巻一に描かれる天武朝の出来事に二重写しになるよう配されている可能性については前章で述べたとおりだが、とするならば、聖武天皇の東国行幸歌群と久迩京讃歌の直後に配された田辺福麻呂歌集歌の向こう側に当時の人が何を見たかは明らかであろう。

巻一に目を遣ると、天武治世の幕開けを象徴する歌の後には、次の持統天皇御製歌が載る。

天皇御製歌

春過ぎて夏来るらし白たへの衣干したり天の香具山　（①28）

持統朝の開始を告げるかのようなこの歌の次には、持統天皇に仕え、その治世を讃えた柿本人麻呂の歌が続く。次にその題詞のみを引く。

過近江荒都時柿本朝臣人麻呂作歌　（①29～31）
高市古人感傷近江舊堵作歌〔或書云高市連黒人〕　（①32～33）
幸于紀伊国時川嶋皇子御作歌〔或云山上臣憶良作〕　（①34）
越勢能山時阿閇皇女御作歌　（①35）
幸于吉野宮之時柿本朝臣人麻呂作歌　（①36～39）
幸于伊勢国時留京柿本朝臣人麻呂作歌　（①40～42）

万葉集巻一において、持統朝の充足したさまを描きその治世を言祝ぐために不可欠だったもの、それは柿本人麻呂という宮廷歌人の存在であった。巻六の編者が、万葉集という歌集上に、歌によって、天武・持統朝の再現としての聖武朝を描き出そうとするとき、なくてはならなかったもの、それは、聖武朝を讃える宮廷讃歌ではなく、天武直系の天子たる聖武の治世を歌によって言祝ぐ人麻呂のごとき歌人が聖武朝にも存在したのだという事実だったのではないか。

巻六の福麻呂歌集歌は、「奈良の故郷を悲しびて作る歌」（⑥1047～49）、「久迩の新京を讃むる歌」（⑥1050～58）、「三香原の荒墟を悲傷して作る歌」（⑥1059～61）、「難波宮にして作る歌」（⑥1062～64）と並んでおり、村瀬憲夫が指摘するように、旧都哀傷歌と新都讃歌がまさしく「あざなえる縄のごとく」続いている。(10) しかし、旧都哀傷歌を新都讃歌の前に置き、両者を合わせ並べることで、新都の統治者たる天皇を讃美するという手法は、巻六のみに見られるのではなかった。先に見たように、巻一には、近江荒都歌（①29～31）と吉野讃歌（①36～39）が数首を挟んで並べ記されているのである。旧都哀傷歌と新都讃歌を並べて見せる巻六巻末の福麻呂歌集歌の配列は、近江荒都歌と吉野讃歌を取り合わせて、天皇の治世を言祝いで見せた巻一の人麻呂作歌の配列をなぞるかのごとくである。

田辺福麻呂は、もちろん、私的に歌集を残すぐらいであるから、ある程度和歌に親しんだ歌人であったに違いない。しかし、冒頭で述べたように、その名の記された作歌内容は、宮廷讃歌からはほど遠いものであり、そうした意味において、福麻呂は決して宮廷歌人というべき存在ではなかった。福麻呂が宮廷歌人のように見えるのは、ただ、福麻呂之歌集と名の付く歌集から、聖武朝雑歌の歌巻たる巻六に、儀礼歌二一首を転載されたからに過ぎない。(11)

万葉集における田辺福麻呂関係歌の出現の仕方を改めて眺めてみると、田辺福麻呂とは、万葉集巻六の編者というフィルターを通して、(12) 聖武朝の柿本人麻呂として万葉集巻六の上に限定的に現出せられた、幻の宮廷歌人だったのではないかと思われる。

注

（1）橋本達雄「宮廷歌人田辺福麻呂――橘諸兄との関連について――」（『萬葉』第六二号、一九六七年一月、同『万葉宮廷歌人の研究』笠間書院に所収）は、「福麻呂の作品には、福麻呂作とあるものは少なく、福麻呂歌集所出の作が大部分を占めるが、歌集の歌は福麻呂の作とする通説にしたがう」とした上で、田辺福麻呂関係歌の特徴を分析し、福麻呂を柿本人麻呂らに連なる万葉最後の宮廷歌人と位置づけた。

（2）梶川信行「万葉の《宮廷歌人》について――田辺福麻呂を中心に――」（『語文』第七二号、一九八八年一二月）、渡部亮一「久迩「新京」の誕生――田辺福麻呂論へ向けて――」（『古代文学』三八号、一九九九年三月）等。

（3）例えば、近年刊行された福麻呂に関する論考にも、「田辺福麻呂を、最後の宮廷歌人と位置づけることに現在異論はないであろう。」（花井しおり「田辺福麻呂の修辞」『叙説』第三三号、二〇〇六年三月）との認識が示されている。塩沢一平『万葉歌人 田辺福麻呂論』（二〇一一年、笠間書院）は、「宮廷歌を作歌している点、橘諸兄という皇親政治家に仕えていた点から、同様の立場を取る、柿本人麻呂、山部赤人、笠金村とともに、宮廷歌人と位置づけられている。」（序章）と橋本前掲（注1）論文に始まる立場を前提としながらも、本論について、「宮廷歌人とは、それをどう定義するかによって、その範囲が決定するものであり、応詔献呈に名を明記しないことを以て宮廷歌人と位置づけないと定義すればそのようになるであろう」（終章）とするが、本論の主旨は、人麻呂と同種の存在に見える要因は、歌の動機や表現の他に、聖武天皇即位に関わるといわれる元正朝の吉野讃歌に始まる巻六において、巻一の人麻呂と同様の位置に置かれたことが大きいという点にあり、「宮廷歌人」という用語の指す範囲やその内容にこだわるものではない。

（4）渡部亮一前掲（注2）論文。

（5）佐野正巳「田辺福麻呂論」（『万葉集作家と風土』一九六二年、南雲堂桜楓社）等。ただし、福麻呂歌集には他人の作も収録されていたとする見方もある（古屋彰「田辺福麿之歌集と五つの歌群――その用字を中心として――」『萬葉』第四五号、一九六二年一〇月、同『万葉集の表記と文字』和泉書院に所収。原田貞義「万葉集の私歌集（一）――田辺福麻呂歌集――」『国語国文研究』第四一号、一九六八年九月、同『萬葉集の編纂資料と成立の研究』おうふうに所収）。

(6) 巻二・一四六番歌と一六二番歌の題下には「柿本朝臣人麻呂歌集中出」、「古歌集中出」の注記が見える。これが歌の所出を示すのだとすれば、作者名明記の巻に先行私家集歌が採録された例となろうが、これらの注記は共に小書されており、歌を並べた編者以外の享受者による注記と考えるのが妥当である。また、巻三の三六九番歌、巻六の九五〇から九五三番歌の左注には「笠朝臣金村之歌中出也」とある。久米常民「歌集と歌中」(『国語と国文学』第二〇巻第九号、一九四三年九月)の説を受けて、小野寛「笠金村の歌集出歌と歌中出歌と或本歌」(『論集上代文学』第六冊、一九七六年、笠間書院)が論じたように、「歌中出」の注記は、作者についての別伝があって金村の作品としては疑問がある歌にのみ付されていることを勘案すれば、「歌中出」の注記は校異の跡であり、「歌集出」の歌とは区別して考えるべきといえる。

(7) 歌の題下に「右歌笠朝臣金村歌集出」と記される歌が巻三に収録された理由については、いまは判断を保留したい。小野寛前掲(注6)論文に詳しい考察がなされている。

(8) 清水克彦「養老の吉野讃歌」(『万葉論集第二』一九八〇年、桜楓社)、伊藤博「奈良朝宮廷歌巻——萬葉集巻六の論——」(『萬葉』第八〇号、一九七二年九月、同『萬葉集の構造と成立上』塙書房に所収)、小野寛「万葉集従駕歌の一つの問題——その空白——」『国語国文論集』第八号、一九七九年三月)、吉井巌「万葉集巻六について——題詞を中心とした考察——」(『萬葉集研究』第一〇集、一九八一年、塙書房、同『萬葉集への視覚』和泉書院に所収)等。

(9) 伊藤博前掲(注8)論文は、福麻呂歌集が年代を記さぬまま巻六に収録されていることについて、「二四首は、それが、本格的な宮廷歌の群であるがゆえに、みずからが巻六の建て前にそぐわぬ年次無記の歌群であるという条件を超えて、巻六に併せられたものに相違ない。……巻六は、追補者にとって、奈良朝の宮廷歌巻と観望されていたということである。」との見方を示している。

(10) 村瀬憲夫「万葉集巻六巻末部の編纂と大伴家持」(『論集上代文学』第三〇冊、二〇〇八年、笠間書院、同『万葉集編纂構想論』笠間書院に所収)は、こうした配列から、当該歌群を含む聖武東国行幸歌群以降のテーマを「うつろひと無常の自覚」と「をちかへりと永遠の願い」と見て、同時期の家持作歌に同主題の歌が複数見られることをふまえて、この部分の編者を家持と推定する。

(11) 梶川前掲(注2)論文は、「宮廷歌人」という呼び名が後世に作られた学術用語であり実在の官職とは区別すべきであると述べる中で、笠金村や田辺福麻呂といった律令官人も、その作歌が偶然の機会を得て万葉集に載せられることで等しく宮廷歌人と呼ばれるようになったのだという重要な指摘をしている。本論もそうした立場に基づくものである。

（12）　村瀬憲夫「田辺福麻呂歌集歌の採録——万葉集の編纂——」（『和歌文学研究』第七七号、一九九八年一二月、同『萬葉集編纂の研究』塙書房に所収）は、巻六巻末の田辺福麻呂歌集に関して、天平二十年以降の大伴家持による追補であろうと推定する。首肯すべき説と考える。

第四部　平安期の万葉集

第一章　赤人集と次点における万葉集巻十異伝の本文化

万葉集巻十と赤人集

赤人集の大部分は万葉集巻十の前半の歌より成り、配列も万葉集から大きくは違わない(1)。近年、池原陽斉によ る一連の報告によって、赤人集の本文が古い万葉集の訓を反映している可能性が明らかとなった(2)。万葉集研究に おいて仮名万葉が参照されることは多くないが、現存の万葉集古写本のうち、まとまったものとしては元暦校本 万葉集が最も古く、書写年代は十一世紀を遡らないという事実に照らせば、平仮名本文の向こう側に後撰集から 拾遺集成立頃の万葉集本文を透かし見せてくれる書として、その存在は極めて重要といえる(3)。

本章では、赤人集本文や万葉集の非仙覚本の訓に、万葉集の本文ではなく異伝系本文に一致する例が存するこ とに注目し(4)、十世紀に流布した万葉集巻十が、現存のものとは異なり、異伝系本文のいくつかが本文系本文とし てある歌巻であった可能性について述べたい。

赤人集に残る古い万葉集の痕跡

赤人集の現存諸本は、『新編私家集大成』「解題」（新編補遺）（竹下豊著）[5]によると第一類本西本願寺本三十六人集系、第二類本正保版歌仙家集本系、第三類本陽明文庫蔵「三十六人集」（サ・六八）系の三系統に分かれる。第一・二類は万葉集収載の赤人作歌四首を共通して載せており、歌の配列も概ね一致していることなどから、同一祖本から派生したとされる。第三類は第一・二類に見られる赤人歌四首を載せず、配列も他の二系統より万葉集巻十に近いが、山崎節子[6]によると、三系統ともに万葉集巻十・一八一二から二〇九二までの二八一首を構成の中心としながら、そのうちの三二首を欠くなど、複数の点で特徴が一致しており、三系統の本は同じ歌集を原型とすると考えられるという[7]。

三系統に共通する特徴の一つに、現存万葉集にはない二首をそれぞれほぼ同位置に載すという点があるのだが、池原によると、そのうちの一首は、現存の万葉集諸本以前の本に存した歌である可能性が高いという[8]。次にその歌を挙げる[9]。

たとひうた

はるがすみたなびくのべにわがひけるつなはまをたえむなとおもふな　（Ⅰ・218）

池原は、「たとひうた」の詞書に相当する「譬喩歌」の標目が万葉集諸本のうち元暦校本代赭書入、紀州本、廣瀬本に存することをふまえて[10]、「たとひうた」の詞書と「はるがすみ」で始まる一首は、赤人集が現存諸本以前の万葉集[11]を母体とする可能性を強く示すと説く。右の例は、赤人集のもととなった万葉集巻十が現存のものと異なる本であったことを確かに証していよう。ではその巻十とはどのような形態のものであったのだろうか。
これまで、第一類本である西本願寺本（以下、西）と第二類本である書陵部本（以下、書）の二系統の本に、「万葉集の真名表記を両系統が別々に読み解いたために生じたのではないかと考えられる本文異句が複数存在」することを根拠として、赤人集はある時点まで真名書きの歌集であったと見る山崎節子「赤人集考」[12]の説が広く受け入れられてきた。具体的には、万葉集に「風交」（⑩1836）とある語が、西では「ふぶきつつ」、書では「かぜまぜに」とあること、また、「往来君」（⑩2077）が、西では「かよふきみ」、書では「きますきみ」とあること、「出立待」（⑩2083）が、西では「いでたちてまつ」、書では「たちいでてまつ」とあることなどが例として挙げられており、系統間の異同は真名本文を介して生じたとする立場を裏付ける。

しかしながら、池原によると、『赤人集』には次点本の特異な加点に一致する例が複数認められるという。[13] 池原論の引く、「朝戸出乃」（⑩1925）を赤人集（西、陽明文庫本〈以下、陽〉）が「あさとあけて」とし、万葉集の元暦校本や類聚古集の訓が同様に「あさとあけて」とする他、「衣甚　将通哉」（⑩1917）を赤人集書が「こころもひとはしれるらむ」、陽が「こころは君はしりぬらん」、元暦校本や類聚古集の訓がそれに近似する「こころもきみもしれるらむ」とするなどの例は、赤人集本文と次点との関わりを説得的に示し、赤人集の各系統が巻十の漢字本文をそれぞれに読み解いたという通説の見直しを迫る。ただ、池原も同論文中で指摘するように、そうした例がある一方で、赤人集が万葉集の訓の影響を受けずに独自に本文を訓んだとしか考えにくい例があるのもまた事実である。

具体的に見たい。次の歌について、万葉集諸本は第一句の句切れを第三字「鳴」の後において、「きぎすなくたかまどのべに」と訓むのだが、赤人集は第三字「鳴」の前で切って「はるのきじ　なくだにもとに」としており、

【万葉十・一八六六】春雉鳴　高宴辺丹　桜花　散流歴　見人毛我母

（第二句「邊」廣なし。第四句「流」類「清」。第五句「裳」類、紀「母」、廣「毛」。）

〔万葉集〈非仙覚本〉訓〕（類・紀本文左に「ハルキギスナク或本」・廣）(14)

きぎすなく　たかまとのべに　さくらばな　ちりながらふる　みるひともがも

〔赤人集Ⅰ西本願寺本〕

はるのきじ　なくだにもとに(15)　さくらばな　ちりぬべくなる　みる人もがも

〔赤人集Ⅱ資経本〕

はるの雉　なくだにもとに　さくらばな　ちりぬべらなる　みる人もがも

〔赤人集Ⅲ陽明文庫本〕

春のきじ　なくだにもとに　桜花　さくぬべらなり　みる人もがも

また、次の例では、赤人集第一類本（西）が末尾の三字を第五句と見るのに対して、第二類本や三類本、万葉集古写本は末尾の四字を第五句とした結果、訓が大きく異なっている。

【万葉十・一八二七】春日有　羽買之山従　狭帆之内敝　鳴往成者　孰喚子鳥

（第二句「買」類もと「肩」。第三句「敝」廣「故」、紀旁が「刂」。第四句紀「成」下「来」あり。）

〔万葉集〈非仙覚本訓〉〕（元（訓の右に赭「タカヒヤマヨリ」）・類・廣。紀は第二句「タカヒノヤマヨリ」。）

かすがなる　はかひやまより　さほのうちへ　なきゆくなるは　たれよぶこどり

〔赤人集Ⅰ西本願寺本〕

かすがなる　はるひやまなる(16)　さほのうらは　ゆくなるたれを　よぶこどりぞも

〔赤人集Ⅱ資経本〕

かすがなる　はかひ山より　さほのうへ　さしてゆくなる　たれよぶこどりぞも

〔赤人集Ⅲ陽明文庫本〕

かすがなる　はかひ山より　さほのうらへ　鳴行なるは　たがよぶこどり

池原はこうした例、すなわち次点本訓と赤人集本文との一致しない例の存在をふまえて、赤人集が現存諸本と相違する異本万葉を原型とするという見方を示す。赤人集本文の系統間の異同の多さを考慮すると、各系統が同一の附訓本を祖としたとは考えにくい面が残るものの、各系統本の前に、万葉集巻十の漢字本文のみならず、共通して参照し得た訓が、どのような形であったかは不明だが、存したことは認められようし、それが古い万葉集の訓みに通じる可能性は極めて高いといえる。

赤人集の成立時期については、滝本典子「古今六帖と赤人集」(17)や山崎前掲（注4）論文に、古今和歌六帖が、作者名・本文共に赤人集を資料として用いた可能性が指摘されている。これをふまえれば、古今和歌六帖以前、すなわち十世紀後半までと考えてよい。拾遺集収載で赤人とされる三首のうちの二首（3、819）は巻十の作者未詳歌であり(18)、赤人集からの採歌であると考えられるため、遅くとも拾遺集成立以前であることは確かである。赤人集の本文を検討することは、十世紀に享受されていた万葉集巻十の姿を明らかにするに他ならないことが了解される。

この点をふまえた上で、赤人集に万葉集巻十の異伝系本文に一致する本文の存する意味について、以下考えたい。

赤人集のもととなった万葉集巻十

赤人集に採られた万葉集巻十収載歌のうち、異伝系本文が併記される歌は六首ある。そのうち、次の一首については、本文が万葉集の本文系本文ではなく、異伝系本文に一致する。(19)

【万葉十・一八七五】(20)

春去者　紀之許能暮之　夕月夜　欝束無裳　山陰尓指天〔一云　春去者　木隠多　暮月夜〕

〔本文第三句「夕」類「名」、廣「名」ミセケチで「夕」別筆。「夜」紀なし。異伝第一句「者」紀なし。第二句「隠」類「陰隠」紀「陰」。「多」類「夕」。第三句「暮」紀「音」。〕

〔赤人集Ｉ・一七二〕

はるさればこがくれおほみゆふづくよおぼつかなしのはなのかげにて

この歌は他に、後撰集、古今和歌六帖にも見られる。

〔後撰集六二〕　題しらず　よみ人も

はるくればこがくれおほきゆふづくよおぼつかなしもはなかげにして

〔古今六帖一・二八三〕

はるくればはがくれおほきゆふづくよおぼつかなしもはなかげにして

万葉集が、後撰集撰集に並行してはじめて体系的に訓まれたのだとすれば、仮名書きの赤人集の成立は先に述べたように後撰から拾遺集成立の間ということになる。本文異同から影響関係を推定してみると、赤人集と後撰集の第二句に「こがくれおほみ」と「こがくれおほき」との小異があるが、第五句本文にある「山陰」が共に「はなかげ」となっており、後撰集から赤人集への影響は否定できない。古今和歌六帖については、後撰集を典拠としていよう。

この歌の第二句について、万葉集巻十の古写本に残る訓を整理すると以下のようになる。

①【万葉十・一八七五】第二句のみ

本文系本文「紀之許能暮之」、異伝系本文「木隠多」

・「こがくれおほき」元（訓の右に墨で「しるしばかりの」）・廣

・「しるしばかりの」類（本文「紀」の右に朱で「シルシ」）・紀

・「きのこのくれの」宮・細・西・陽・温・矢（青）・近（青）京（青）・附・寛

本文第二句が「紀之許能暮之」であるにも拘わらず、元暦校本と廣瀬本では、異伝系本文である「木隠多」に即した「こがくれおほき」の訓が本文訓となっている。つまり、元・廣では、漢字本文は現存万葉集の収載歌の本文系本文に、訓は異伝系本文に即す、という奇妙な事態が生じているのである。同じ次点本でも、類と紀には「しるしばかりの」とある。（ ）内に示した類の朱書入れから本文第二句第一字の「紀」を「しるし」、第三字の「許」を「ばかり」と訓んだことが知られる。なお、万葉集の古訓と赤人集本文との関係についてだが、万葉集の諸本はいずれも第一句を「はるされば」、第五句を「やまかげにして」としており、第一句を「はるくれば」、第五句を「はなかげにして」とする赤人集本文への影響は看取されない。

以上をまとめると、万葉集の巻十・一八七五番歌については、後撰集、赤人集、古今和歌六帖、元暦校本万葉集、廣瀬本万葉集において一様に、異伝系本文が、本文または本文訓となっており、それが「後撰集・赤人集・

古今和歌六帖」と「万葉集の元暦校本・廣瀬本」という、少なくとも二つの系統の本文に共通して現れるのである。その理由については、様々に想定し得るが、現存の万葉集巻十に異伝として示される歌が、もと本文としてあった可能性を考えてみてよいように思われる。(21)

万葉集諸本のうち、非仙覚本の訓を見ると、巻十に関しては、他にも異伝系本文に即した訓が本文訓となった例が存する。他の巻に見られる同様の例と共に、以下、確認していきたい。

万葉集の異伝と次点本の訓

赤人集は、三系統共通して巻十の前半部(⑩1812~2092)の歌しか載せておらず、巻十後半に見られる異伝系本文との関係については確かめるすべがない。(22) ただ、万葉集諸本のうち、非仙覚本には、本文でなく異伝中の本文に一致する訓が他にも確認できる。

次の例は、万葉集巻十収載歌の異伝系本文が、類聚古集の本文訓として残る例である。

②【万葉集十・二一七六】

秋田苅苫手搖奈利白露志置穂田無跡告尓来良思(一云　告尓来良思母)(本文第五句「思」紀なし、脱字符で「思」補。)

【類聚古集】あきたかるとまでおくなりしらつゆはおくほだなしとつげにけらしも(23)

【元暦校本】あきのたをかりてむてふなりしらつしおけるほどなしとつげにくるらし(「くるらし」右に赭「ケラシモ」)

類聚古集に、第五句の訓として「つげにけらしも」が見える。元暦校本の赭書入にも「ケラシモ」とあり、第五句の異伝系本文「告尓来良思母」に一致する。ただし、本文系本文の「告尓来良思」を「告尓来良思《つげにけらし》」と訓み、「も」を訓み添えた可能性も若干ではあるが残る。なお、廣瀬本は該当歌を欠く。紀州本の訓は以下の通り本文系本文に沿うが、本文右に「ラシモ」とある。

【紀州本】アキタカルトマデウゴクナリシラツユシヲクホダナシトツゲニキヌラシ（第五句「思」脱字符にて補。本文右に「ラシモ」左に「ラク」。）

こうした例は、いま見た巻十の二例の他に、巻十二に二例、巻十八に一例が確認できる。以下、具体的に見たい。

次に挙げる万葉集巻十二収載歌では、廣瀬本訓が異伝系本文に一致している。

③【万葉集十二・二九五八】

人見而　言害目不為　夢谷　不止見与　我恋将息（或本歌頭云　人目多　直者不相）（本文第二句「害」廣「咎」。異伝「云」廣「者」。）

【廣瀬本】ヒトメオホミタダニハアラヌユメニダニヤマズヲミエヨワガコヒヤメム（訓の右に「（合点）ヒトノミテコトトガメセヌ」あり。合点は訓本行にもある。）

【元暦校本】ひとのみてみただにはみえずゆめにだにやまずをみえよわがこひやまむ（「ひとのみて」の「の」赭でミセケチ。「て」の下に赭で「ハ」あり。「ただに」の右に墨で「コトドガメセヌ」。「え」の右に赭で「セ」あり。）

本文第一・二句は、「人見而　言害目不為」であるが、廣瀬本には、「ヒトメオホミ　タダニハアラヌ」とあり、異伝系本文「人目多　直者不相」に近似する。元暦校本も、第一句は「ひとのみて」と、本文系本文に一致するものの、第二句は「ただにはみえず」のごとく、異伝系本文の「直者不相」に近しい訓となっている。なお、類聚古集は該当歌を欠く。

次に示す例は、巻十二の異伝系本文訓が廣瀬本と類聚古集に残る例である。第一句に「一云」、第四句に「或本歌曰」形式の異伝がある。

④【万葉集十二・三〇七三】

木綿褁〔一云 疊〕白月山之 佐奈葛 後毛必 将相等曽念〔或本歌曰 将絶跡妹乎 吾念莫久尓〕（本文第一句「褁」類「褁疊」。異伝第一句「跡」廣「位」。）

【廣瀬本】ユフダタミシラツキヤマノサナガヅラノチモカナラズアハムトゾオモフ

【類聚古集】ゆふだたみしらつきやまのさなかづらのちもかならずあはむとぞおもふ

廣瀬本の第一句訓は「ユフダタミ」であり、異伝系本文に一致する。類聚古集は本文に「木綿褁畳白月山之」とあり、「一云」の本行化が見られる。訓は「ゆふだたみ」と、やはり異伝系本文に一致する訓となっている。本文系本文の「褁」を「たたみ」と訓み誤った可能性もありそうだが、同じ巻十・一八三三番歌に「褁（持）」の語が見え、そこでは、廣瀬本・類聚古集共に、「つつみ（もて）」と訓んでいる。誤って「褁」を「たたみ」と訓むとは考えにくい。

ただ、この例については、割注で一字の異同を示す形式であることに加え、「ゆふづつみ」の語が万葉集に一例しかない単独例であることをふまえると、「木綿褁」という耳慣れない語を避けて、万葉集中他に例のある「畳」の語を選んで訓じた可能性を考慮すべきかもしれない。この点については、後で詳しく述べる。なお、元暦校本の該当訓は、「ふゆづつし」（右に赭「ミ」、左に赭「タスキ」。）であり、本文系本文に近い訓となっている。

以上、元暦校本、類聚古集、廣瀬本の巻十・十二について、異伝系本文に一致する訓が本文訓となった例が各二例存することを確認した。

万葉集全体で短歌の詞句に関わる異伝注記は一五三例あるが、[24]こうした例、すなわち万葉集諸本において訓が異伝系本文に一致する例は、右の四例の他には次の一例が見られるのみである。

⑤【万葉集十八・四一一二】

朝参乃　伎美我須我多乎　美受比左尓　比奈尓之須米婆　安礼故非尓家里〔一云　波之吉与思　伊毛我須我多乎〕

【元暦校本】・【類聚古集】・【廣瀬本】はしきよしいもがすがたをみずひさにひなにしすめばあれこひにけり

（異伝「一云」廣「一云頭云」〈新点本は「一頭云」〉。第二句「伊」廣「佗」。）

元暦校本、類聚古集、廣瀬本の第一・二句が異伝系本文に一致する。京大本には本文右に「マヰイリノキミ」（青）「マデイリノ」（赭）、左に「ハシキヨシキモ」（赭）、右の訓の頭に朱で「此歌両字以秘本和字付畢」と注されており、[25]この歌の冒頭二字が難訓であったことが知られる。京大本注記の内容に照らせば、異伝系本文が訓に反映した例のある理由について、祖本に異本万葉集を想定するよりも、本文が訓みにくい場合に異伝系本文を訓に取り込む訓読があったと仮定してみるべきかもしれない。

当時、異伝注記がどのようなものと見なされていたかについては不明と言わざるを得ないが、異文を注記するという行為自体が、本文と異文とを明確に区別しようとする意識を前提としていよう。また、古点本に近いとされる嘉暦伝承本の形態を見ると、次に示すように、まず漢字本文があり、その左に平仮名別提訓が二行書きされ、異伝注記がある場合はその次に二字下げで配置されている。

見渡三室山石穂菅惻隠吾片念為　　（⑪２４７２）
みわたせはみむろの山のいはほすけ
しのひにわれはことおもひそする

一云三諸山之石小菅

訓は一首の独立した和歌として漢字本文に対応しており、異伝系本文は本文や訓と対等でなく、作者や出典を記す左注と同様に付属的なものとして扱われた様子を見てとることができる。難訓であるからといって、本文と異伝注記とを自由に往還するような訓読のあり方が一般にあったとは考えにくい(26)。

先に見たとおり、少なくとも巻十に限っては、「譬喩歌」の項目と「はるがすみ」で始まる一首を有する異本巻十とでもいうべき本が、元暦校本代緒書入、類聚古集、廣瀬本、赤人集に先立ってあったことは確かである。かかる事実を鑑みれば、元暦校本、類聚古集、廣瀬本の巻十に異伝系本文が訓において本文化した例が二首見られるという事実もまた、これらのもととなった万葉集巻十が、現存のものとは異なって、異伝系本文のいくつかが本文としてある巻であった可能性を示しているように見える。

では、なぜ仙覚本にそうした例が見られないのか。それは、仙覚が、それ以前には付属的なものとして等閑視されていた異伝注記にまで訓を付し、それを顧みることで本文系本文の訓を改めるという方法を採ったためである。仙覚抄には、異伝系本文に一致する訓が本文訓となっている巻十の前掲の例（例①）について、異伝系本文をふまえて訓みを改めた経緯が記されている。

『萬葉集註釈』（巻十・一八七五番歌釈文）(27)

此歌古点ニハ、「ハルサレバコガクレオホキユフヅクヨオボツカナシモヤマカゲニシテト点セリ。「木隠多」ハ注ノ異説也。「紀之許能暮之」トカケル。ソノ行ニ注ノ異説ヲツグベカラズ。ソヲ「コガクレオホキ」トヨムベクハ、何ニカハ「一云春去者木隠多暮月夜」ト注スベキヤ。又或本ニハ、此歌第二ノ句「シルシバカリノ」ト点ズ。コノ点ニハ又「暮之」二字ヲ和セズ。今案ズルニ、「キノコノクレノ」と和スベキ也。

わずかに残った異本の面影は、本文と訓との対応を追求した仙覚の校訂によって、万葉集から篩い落とされたのではないだろうか。

巻十八単独伝来の可能性

異伝系本文の訓が本文訓となる例は、短歌の詞句異伝を記す一五三の注記のうち、巻十・巻十二に各二例、巻十八に一例の計五例のみと、偏った出現の仕方をする。

元暦校本、類聚古集、廣瀬本といった非仙覚本の訓や赤人集本文に、異伝系本文に一致する例が存するという如上の事実は、十世紀に万葉集巻十と巻十二、巻十八がそれぞれ単独で流布し、それが現在のものとは異なる、異伝系本文のいくつかが本文であるような歌巻であったことを示していよう。

島田良二が、赤人集の他、人麿集や家持集にも万葉集巻十からの採歌が目立つことをふまえて、「巻十は、春・夏・秋・冬の部で構成され、一巻としてまとまっているので、単独で流布して親しまれていたとも考えられる。」(28)と述べるように、季節と恋を主題とする短歌から成る巻十と巻十二が、平安期以降に単独で流布する動機は、十二分にあったであろうと推察される。実際に、次章で見るように、古今六帖収載の万葉歌などは、巻十二のみ異なった現出の仕方をする。では、巻十八はどうか。

万葉集巻十八に、上代特殊仮名遣いの異例、ア行ヤ行のエの混同、奈良時代文献としては特殊な仮名字母の使用、清濁の混用などが見られ、主として表記の面で平安期的な様相を呈していることは広く知られている。平安中期に大規模な補修が行われたとみる説(29)が一般的だが、近年では、乾善彦(30)が、特異な文字使用が、見方によっては補修部といわれてきた部分にのみ偏るわけでないことを明らかにし、天暦期以後にかけてのいくつかの時期に改変の加わった結果であろうとの見解を示している。末四巻のうちでも右のような平安期的特徴を色濃く示すのは巻十八のみであり、現存諸写本に共通する。当該歌巻が単独で他の巻とは別の伝来を辿ったことを示唆するように見える。

以上、平安期に異伝系本文を本文とする巻十が単独で流布した可能性について述べてきた。次章では同様の傾向が巻十二にも見られることを、古今和歌六帖収載の万葉歌本文の検討を通して述べることとしたい。

注

（1）第一類本である西本願寺本の前半に句題和歌が混入する他、各系統本それぞれに巻末増補歌群を有するなど収載歌については諸本異同がある。各系統に共通する万葉集巻十・一八一二から二〇九二の二八一首ついては、池原陽斉が『萬葉集』巻十および『赤人集』三系統対校表」（『東洋大学大学院紀要』第四九集、二〇一二年、同『萬葉集訓読の資料と方法』笠間書院に所収）に本文異同を示している。

（2）池原前掲（注1）論文、同「『萬葉集』伝来史上における『赤人集』の位置」（『古代中世文学論考』第三〇集、二〇一四年、新典社）、同「平安時代中期における『萬葉集』伝来の一様相――西本願寺本『赤人集』を形態の徴証として――」（『上代文学』第一一四号、二〇一五年四月）。いずれも『萬葉集訓読の資料と方法』（前掲注1）に所収。

（3）池原陽斉「仮名萬葉文献としてみた『赤人集』――『萬葉集』本文校訂の可能性をさぐる――」（『国語国文』第八四巻第七号、二〇一五年七月、同『萬葉集訓読の資料と方法』〈前掲注1〉に所収）は、赤人集が巻十の現存最古の写本である元暦校本以前の本文を部分的に伝えていることを、万葉集の誤写を訂正し得る複数の本文の存在によって証している。

（4）赤人集中にこのような例があることについては早く山崎節子「陽明文庫蔵（一〇・六八）「赤人」について」（『和歌文学研究』第四七号、一九八三年八月）に、三系統に分かれる赤人集の原型が同じであることの証として言及がある。

（5）『日本文学web図書館 和歌&俳諧ライブラリー』（二〇一二年、古典ライブラリー）による。
（6）山崎節子前掲（注4）論文。
（7）三系統本の関係については不明な点が多いが、概ね第三類の陽明文庫本が他の二つの系統より古い形態を残すと考えられている（山崎節子前掲〈注4〉論文、藤田洋治「三十六人集の本文改訂 試論――陽明文庫（サ・六八）本を中心に――」〈『和歌 解釈のパラダイム』一九九八年、笠間書院〉等）。
（8）池原前掲（注1）論文。なお、それ以前に後藤利雄「古点期以前の万葉集――赤人集と巻十――」（『万葉集成立論』一九六七年、至文堂）、山口博『万葉集形成の謎』（一九八三年、おうふう）にも指摘がある。
（9）Ⅱ類本は、詞書「たとひうた」本文「はるがすみたなびく野辺にわがひけるつなはまをつなたえむと思ふに」。Ⅲ類本は、「たとへうた」、「春がすみたなびくのべに我ひけるつはまおつなたえんと思な」。
（10）この点については木下正俊「廣瀬本萬葉集解説」『校本萬葉集十八』（新増補追補）に指摘がある。
（11）田中大士「万葉集片仮名訓本（非仙覚系）と仙覚校訂本」（『上代文学』第一〇五号、二〇一〇年一一月）、同「万葉集〈片仮名訓本〉の意義」（『萬葉語文研究』第七集、二〇一一年、和泉書院）等の一連の研究をふまえれば、片仮名訓本に共通の祖本ということになる。
（12）山崎節子「赤人集考」（『國語國文』四五巻九号、一九七六年九月）。
（13）池原陽斉「『萬葉集』伝来史上における『赤人集』の位置」（前掲注2）。
（14）一八六八番歌第四・五句、廣瀬本は「チリナガラミル ヒトモワレカモ」。「ミル」の右に「（合点）フル」あり。
（15）赤人集の第二句「なくだにもとに」の訓は漢字本文から乖離しているようだが、「（鳴）高円邊丹」の「円」を「丹」と見ればあり得る訓みである。字形は近い。類聚古集の字を参照されたい。
（16）西本願寺本第二句の「はるひやま」は「はかひやま」をいずれかの段階で誤写したものであろう。
（17）滝本典子「古今六帖と赤人集」（『皇學館論叢』一―四、一九六八年一〇月）。
（18）拾遺集で赤人作とされる残りの一首（恋三・八三七）は万葉集巻八収載の赤人作歌（⑧1471）の小異歌である。巻十・二二一九にも類歌がある。
（19）赤人集に残る異伝併記の万葉歌六首のうち当該一首（⑩1875）のみが異伝系本文に一致する理由については、

赤人集のもととなった巻十では当該一首の異伝系本文のみが本文となっていたためと考える。「一云」の典拠は一つではなかったということである。ただし、この点に関して、こうした仮説が成り立つとすれば膨大な数の異本があったことになりはしないか、との指摘を乾善彦氏から受けた。注記の形式の違い等も考慮に入れながら、改めて考えてたい。

(20) 以下、本文異同に関しては、煩雑になるので、異伝部分と本文の該当箇所について非仙覚本の訓に異同がある場合のみ記す。万葉集諸本の名称については『校本萬葉集』に従い以下の略号を用いた。
元暦校本、廣瀬本、類聚古集、紀州本（『校本萬葉集』では神田本）、神宮文庫本、細井本、西本願寺本、陽明本、温故堂本・大矢本、近衛本、京大本、活字附訓本、寛永版本。

(21) 前述のように、池原前掲（注2）論文「『萬葉集』伝来史上における『赤人集』の位置」によると、赤人集本文は、非仙覚系の万葉集訓に依拠している可能性がある。また、木下正俊「廣瀬本萬葉集解説」（『校本萬葉集十八』〈一一二頁〉）は、巻十（一八四九番歌）の準難訓歌一首の訓について、元暦校本と廣瀬本の近さを指摘する。これらをふまえると、元・廣の訓と赤人集の本文が別個に成ったものではなく影響関係にあった可能性を考える必要があるかもしれない。

(22) 『人麿集』の下巻には異伝注記を有する巻十収載歌が六首採られているが、いずれも本文系本文に即した本文であり、異伝系本文と一致するものはない。

(23) 本論とは直接関わらないが、類聚古集の第三句には以下の本文異同がある。「白露者」（他の本は「白露志」）。

(24) 異伝注記一五三例の内訳は以下の通り。巻一4例、巻二14例、巻三13例、巻四1例、巻五6例、巻六2例、巻七5例、巻八3例、巻九3例、巻十16例、巻十一23例、巻十二25例、巻十三2例、巻十四16例、巻十五6例、巻十六1例、巻十七2例、巻十八6例、巻十九4例、巻二十1例。次点本に訓のある異伝歌（①56「或本歌」等）は除く。また、⑫2947の「柿本朝臣人麻呂歌集云」は除く。

(25) 神宮文庫本には、右に墨で「マイリノ」（「マイ」の間右に墨で「ヰ」あり）、左に「ハシキヨシイモガ」とある。西本願寺本には「マデイリノ」（茶・薄墨）、「朝」の左に墨で「マイ」とある。西本願寺本の点の色は『西本願寺本（普及版）巻第十八』（主婦の友社発行）の「翻刻」による。

(26) 小川靖彦によると、「天暦の訓読では、漢字と平仮名とは、今日の目からすると緩やかではあるが、相応の対応が考えられて」いたという(『萬葉学史の研究』第二部第二章「天暦古点の詩法」二〇〇七年、おうふう。初出は「萬葉集古訓の詩法――文学史・文化史のなかの天暦古点――」『ことばが拓く古代文学史』鈴木日出男編、一九九九年、笠間書院)。もっとも、それ以後の漢字と訓とが離れていく傾向も同書で指摘されており、天暦以降、本文と異伝とを自由に往還するような訓読のあった可能性についても現段階では否定し得ない。引き続き考えたい。

(27) 京都大学文学部国語国文学研究室編『萬葉集註釈　仁和寺蔵・仙覚抄』(一九八一年、臨川書店)による。私に濁点を付し、一部表記を改めた。

(28) 島田良二『人麿集全釈』「解説」(私家集全釈叢書34、二〇〇四年、風間書房)。

(29) 池上禎造「巻十七・十八・十九・二十論」(『萬葉集講座第六巻編纂研究篇』一九三三年、春陽堂)、大野晋「萬葉集巻第十八の本文に就いて」(『国語と国文学』第二二巻第三号、一九四五年四月)、日本古典文学大系『萬葉集四』「校注の覚え書」(一九六二年、岩波書店)等。

(30) 乾善彦「万葉集巻十八補修説の行方」(『高岡市万葉歴史館紀要』第一四号、二〇〇四年三月)。

第二章　古今和歌六帖と万葉集の異伝

平安期の万葉歌

万葉集の訓には本文の傍らに、ルビのごとく訓みを付す傍訓と、本文の左に、一首の独立した歌のごとく訓みを記す別提訓とがある。周知のとおり、天暦五年（九五一）、村上天皇の宣旨により、清原元輔、紀時文らいわゆる梨壺の五人が万葉集の訓読を試みた。その際に付された訓がいわゆる古点である。対して、寛元四年（一二四六）、鎌倉四代将軍藤原頼経の命により、諸本を校合し、それ以前に訓まれなかった一五二首に仙覚の付した訓を新点という（古点から新点の間に付された訓は次点と総称される）。

概して、古点や次点を伝える本には、平仮名による別提訓形式が多く[1]、新点の付された本には、片仮名による傍訓形式が多い。小川靖彦「萬葉集古訓の詩法——文学史・文化史のなかの天暦古点[2]」は、古点に、漢字本文から離れて独自の表現に意訳した箇所など、特有の訓法が認められることから、古点は、単に万葉集の訓みを示したものではなく、万葉集の歌の語彙や語法を尊重しつつも、平安朝の人々にとって許容し得る和歌として平仮名で書き下したものであったとする。本文の傍らに、片仮名で小さく振られた訓が、本文に従属して訓みを示すという役割に徹するのに対して、独立して書かれる平仮名訓に、より本文からの乖離が許されたであろうことは想像に難くない。

平仮名の万葉歌は、平安期の文学作品の中にも記し留められており、その多くが万葉集本文との異同を含む。それらは、長らく、伝承の結果と見なされてきたわけだが、(3)近年、特に「人麿集」や「赤人集」といった私家集中の本文に古い万葉集の訓みが残る場合のあることが明らかとなり、万葉集の校勘資料としての価値が見直されつつある。(4)

従来、あまり注目されて来なかったことであるが、古今和歌六帖には、万葉集の異伝注記に残る表現を本文とする歌が複数存する。本章では、万葉集の異伝に残る本文と古今和歌六帖本文との重なりに注目し、平安期に流布した「万葉集」のあり様を推定するとともに、万葉集に少なからず残る、作者未詳歌に付された異伝系本文の由来について考えてみたい。

古写本における異伝の扱い

万葉集に残る異伝注記は、歌表現に関するものの他、作者名や作歌年代に関するものなど、内容は多岐にわたる。歌表現のみに限っても、本文の左に一首まるごと異文を掲げる「或本歌（曰）」「一本歌曰」のごときものから、歌句の一部の異同を、割注や歌の末尾に小書きで示す「或云」「一云」のごときものまで、記し方も多様であれば、数も多く、これを数えるか否かによって、万葉集の総歌集数は一五〇ほども違ってくる。

とりわけ多くを数えるのは、伊藤博「萬葉の歌数」(5)であり、これによると、万葉集所収歌の総数は四六八〇首に上る（一般的には、国歌大観歌番号により四五一六首とする）。伊藤は、たとえ僅かであっても、歌辞の相違があれば別の歌と認めるべきとして、

木晩之　暮闇有尓〔一云有者〕霍公鳥　何処乎家登　鳴渡良武　（⑩1948）

の第二句に見えるような、割注から復元し得る歌をも独立した一首と見なす。

しかし、実際には、万葉集というテキストが享受される過程において、たとえ一首まるごと掲げたものであっても、異伝注記に示される本文は、本文歌と同等のものではなく、飽くまで補助的な注記としての扱いしか受けてこなかった。天暦五年に梨壺の五人によって訓読が行われた際もそれ以降も、鎌倉時代の仙覚に至るまで、異伝部分に訓が付された形跡はない(6)。

仙覚に至って異伝部分に訓が施されたのも、決して独立した歌としての価値が認められたからではなかった。仙覚が異伝をなおざりにしなかった理由は、仙覚の記した注釈の、次のごとき記述よりうかがうことができる。

万葉集巻二・一三七番歌に次のような歌があるのだが、

秋山尓　落黄葉　須臾者　勿散乱曽　妹之当将見〔一云　知里勿乱曽〕

仙覚は、第四句「勿散乱曽」（傍線部）の訓を「チリナミダレソ」から「ナチリミダレソ」に改め、その理由を以下のように記しているのである。

古点ノ如ク、チリナミダレソトイフベクハ、一云知里勿乱曽ト注スベカラズ。　（『萬葉集註釈』）

すなわち、異伝に「チリナミダレソ」とあるのだから、本文はそれと異なるはずだとして、異伝注記と引き比

べ、本文を訓み改めたわけである。かかる方法は、その後、江戸時代の国学者契沖らにも引き継がれ、その著書である『萬葉代匠記』には異伝に関する言及が散見する。

このように、異伝の価値は、和歌そのものよりも、その構成要素たるやまとことばに関心を置いた仙覚以降の学者たちによって新たに見出されたのであって、平安期においてその存在は等閑視されていたといってよい。

ところが、こうした時代の流れに反して、平安期の歌集に、限定的にではあるが、異伝注記として残る歌を採録しているものがある。その歌集が、古今和歌六帖である。

古今六帖収載の万葉歌

古今和歌六帖（以下、「古今六帖」とする。）は、貞元元年（九七六）以降に成立したとされる平安中期の類題和歌集である。所収歌数は四五〇〇余首で、そのうち、万葉集に共通する歌が約一一〇〇首認められる。古今六帖の歌は、天象（春、夏、秋、冬、天）、地儀（山、田、野、都、田舎、宅、人、仏事、水）、人事（恋、祝、別、雑思、服飾、色、錦綾）、動植物（草、虫、木、鳥）など二五項目に分かれており、かかる分類からすれば、万葉集のうちでも、季節分類の巻である巻八や巻十の他、相聞歌より成る巻四、また、相聞歌より成り、かつ、物になぞらえて心情を詠んだ寄物陳思歌を含む巻十一や十二から、とりわけ多くが採られているであろうと予想できる。

ところが、そうした予想に反して、古今六帖には万葉集巻十二の歌があまり多くは見られない。

次の表は、中西進『古今六帖の万葉歌』(7)の調査を基に、万葉歌と同一と見なし得る古今六帖の所収歌について、万葉集のどの巻を典拠とするか、その分布をまとめたものである。

万葉集の巻	四	七	八	十	十一	十二
六帖所収歌数（a）	161	142	92	225	269	31
万葉集各巻総歌数（b）	309	353	246	548	514	398
a／b×100	52%	40%	37%	41%	52%	8%

表には、巻十二の他に、参考として、短歌中心で、題材が季節や恋に関わる巻四・七・八・十・十一・十二を挙げた。それらを見ると、巻四・七・八・十・十一の歌は、四割から五割程度が、古今六帖に採られているにも拘らず、巻十二の歌のみは、三九八首のうち、三一首しか採られていないことがわかる。これは、巻全体の八パーセントほどの数である。

万葉集巻十一と巻十二は、それぞれ目録に「相聞往来歌類之上」「相聞往来歌類之下」と記される巻であり、目録の付された当時には対の巻であると認識されていたと思しい。古今六帖の編者が、現存の万葉集と同様の集より歌を抽出したとすれば、巻十一・十二といった、同じような性質を有する巻の間に、際立った偏りが見えるのは不自然といわざるを得ない。

古今六帖収載の万葉歌には、巻十二の歌に限って、総数の少なさ以外に、もう一点目立った特徴がある。それは、万葉集巻十二のうち、異伝注記のある歌が古今六帖に採られる場合、すべて本文系本文ではなく異伝注記に残る異伝系本文が採られているという点である。以下、そうした例を詳しく見ていくことにしたい。

異伝系本文の本行化

万葉集において異伝注記を有する歌が、古今六帖に所収されている例は、全四九例ある。うち、大部分の歌は、万葉集の本文を平仮名書きしたものであるわけだが、その中に数首、本文歌ではなく、異伝系本文を平仮名書きした歌を見出すことができる。例えば、次の例①がそれにあたる。具体的に見たい。

次の歌は、万葉集巻七の雑歌部に収められた作者未詳歌であり、第一句から二句についての異伝注記「一云」（傍線部）が存する。

①〔万葉巻七・一一五二〕

梶之音曽　髣髴為鳴　海未通女　奥藻苅尓　舟出為等思母

一云　暮去者　梶之音為奈利

これに類似する歌が、古今六帖の第三帖「水」（小項目「ふね」）に見えるのだが、第一句から二句（傍線部）を見ると、先に①として挙げた万葉集の本文歌（万葉歌点線部）とは大きく異なることがわかる。

〔六帖三・三七九〕[8]（すなり）

夕さればかぢのをときこゆあまを舟をきつもかりにふなですらしも

ところが、万葉集の異伝部分と見比べてみると、六帖歌のうち、小書された異伝系本文と万葉集の「一云」に示された詞句とが一部同じであることに気づく。万葉集において異伝として示された箇所を第三句以下と組み合わせて、異伝歌を仮名書きで復元してみると、「ゆふさればかぢのおとすなり（ここまで「一云」）あまをとめおきつもかりにふなですらしも」となり、古今六帖の本文と、第二句の「すなり」と第三句の「をとめ」以外は、一致することがわかる。

こうした例、すなわち、六帖歌が万葉集の本文歌ではなく異伝歌と一致する例は、古今六帖所収で、かつ、異伝を有する万葉歌四九首のうち、七首に過ぎない。「或本歌」「一云」などとして示される異伝注記の詞句が、前述のように、六帖成立時に等閑視されていたのだとすれば、それを反映する歌が少ないのは当然といえる。

ところが、巻十二に関しては、状況が大いに異なっている。異伝を有する万葉歌が古今六帖に見える場合、詞句はすべて本文歌ではなく異伝歌と一致するのである。その数、四首であり、全七首のうちの過半数を占める。先に見たように、もともと万葉集巻十二の歌は、他の巻の歌に比して総数自体が少ないのであり、それを考慮すれば、四首という数は突出しているといってよい。

次節では、万葉集の異伝歌と共通する古今六帖所収歌七首を具体的に見ていきたい。

巻十二の異伝系本文と古今六帖

いま、万葉集の異伝を反映する古今六帖の歌を挙げると以下のようになる。まず、巻十二以外の例を挙げる。既出の例①以外には、次に例②から④として挙げる三例がそれにあたる。

例②は、万葉集巻十の作者未詳歌である。この歌の第五句「本之繁家波」（点線部）は、万葉集諸本では、「もとのしげけば」（元、廣の訓による）、あるいは「もとのしげきは」（類、紀の訓による）と訓まれている。

② 〔万葉巻十・一九一〇〕

春霞　立尓之日従　至今日　吾恋不止　本之繁家波　一云　片念尓指天

この歌は、赤人集にも、

〔赤人集Ⅰ・一九二〕

はるがすみたちにしひよりけふまでにわがこひやまずひとのしげきに

と見え、第五句は「ひとのしげきに」（傍線部）となっている。[9] 万葉集本文の第五句「本之繁家波」と比べると、「本」を「ひと」、仮名「波」を「に」とは訓めないながら、響きは近い。

ところが、これに対応する古今六帖所収歌の第五句は、次に傍線を付したごとく、「かたこひにして」となっている。例②の万葉集本文にあった「本之繁家波」とは大きく異なり、異伝注記である「一云」の「片念尓指天」（かたもひにして）に酷似するのである。

〔六帖四・五二〕

はるがすみたちにし日よりいまゝ《ケフマ》でにわがこひやまずかたこひにして

同様の例は、巻十四の東歌（例③）にも見られる。

③〔万葉巻十四・三三六四〕

安思我良能　波祜祢乃夜麻尓　安波麻吉弖　実登波奈礼留乎　阿波奈久毛安夜思

或本歌末句曰　波布久受能　比可波与利己祢　思多奈保那保尓

「或本歌末句曰」として示される異伝（傍線部）は第三句以下に該当する。一字一音表記であり、「はふくずのひかばよりこねしたなほなほに」と訓める。対する本文の第三句以下（点線部）には、「あはまきてみとはなれるをあはなくもあやし」とあるのだが、これを典拠とする古今六帖所収歌を見ると、

〔六帖六・三四三〕

あしがらのはこねの山にはふくずのひかばよりこねしたなにせん

とあり、万葉集の異伝から復元される本文、「あしがらのはこねのやまに（これ以下「或本歌末句曰」）はふくずのひかばよりこねしたなほなほに」と、最後の三音節を除いて一致することがわかる。

以上、万葉集の異伝中の本文と一致する古今六帖収載歌七例のうち、万葉集巻十二以外の巻を出典とする三例（①〜③）を見たわけだが、三例とも、本文からは大きく外れ、明らかに異伝の詞句と近似している。それでも、同一というわけではなく、表現に多かれ少なかれ異同が見られることは留意すべきであろう。特に、例①では、「海未通女」が「あまをぶね」と、例③では、「奈保那保尓」が「なにせん」と訓まれるなど、漢字本文に即していれば生じ得なかったであろう異同が見え、万葉集の本文を直接の典拠としたとは考えにくい。

ところが、他の巻の示すこうした傾向に反して、唯一、巻十二の異伝のみは、四例中三例が、六帖歌本文に完全に一致するのである。まず、異同のある一例から見たい。

例④は、巻十二所収の人麻呂歌集歌である。諸本とも本文左に、「或本歌曰」として、一首まるごと異伝歌を掲げている。

④〔万葉集巻十二・二八六一〈人麻呂歌集〉〕

礒上　生小松　名惜　人不知　恋渡鴨

或本歌曰　巌上尓　立小松　名惜　人尓者不云　恋渡鴨

本文歌と異伝歌とのもっとも大きな違いは、本文歌冒頭が「礒」であるのに対して、異伝歌では「巌」となっている点である。これを典拠とする古今六帖所収歌は、

〔六帖五・五三一〕

いはのうへにたてるこまつのなを〻しみことにはいでずこひつ〻ぞをる

のごとく、第一句が「いはのうへに」となっており、この点からすると、本文系本文よりも異伝系本文に近いようにも見える。しかし、歌全体を見比べると、異伝系本文とも相当離れていることがわかる。便宜的に、一致する箇所には傍線を、それ以外に点線を付したが、一見して明らかなように、表現は三句ほどしか重なっておらず、類歌とは言えても同一歌とは到底言えそうにない。

当該歌は、紀貫之撰の新撰和歌にも採られている。次に挙げるごとく、新撰和歌所収の歌は、万葉集の異伝歌と古今六帖歌との中間的な表現となっており、古今六帖はこれを典拠とした可能性がある。

〔新撰和歌三四二〕

いはのうへにたてる小松の名をしみことにはいはずこひこそわたれ

なお、当該歌は、人麿集Ⅱ類本に次のようにあるが（Ⅰ類本になし。Ⅲ・Ⅳ類本に小異歌あり）[10]、この人麿集歌と、先の古今六帖所収歌や新撰和歌所収歌との関わりは、表現の上では認められない。

〔人麿集Ⅱ四七九〕

いそのうへにおひたるあしの名をおしみ人にしられで恋つつぞふる

問題は、⑤から⑦を付した残りの三例である。これらの六帖歌はすべて万葉集の異伝部分の詞句に一致する。一致する三例すなわち、例⑤から⑦の万葉歌は、すべて巻十二の作者未詳歌となっている。

例⑤の万葉歌には「或本歌曰」「一云」、「柿本朝臣人麻呂歌集云」と三つの異伝注記が付されている。

⑤〔万葉集巻十二・二九四七〕

念西　余西鹿歯　為便乎無美　吾者五十日手寸　応忌鬼尾

或本歌曰　門出而　吾反側乎　人見監可毛　　一云　無乏　出行　家当見

柿本朝臣人麻呂歌集云　尓保鳥之　奈津柴比来乎　人見鴨

「柿本朝臣人麻呂歌集云」（波線部）として示される歌は、万葉集巻十一・二四九二番歌の人麻呂歌集歌を指す。この歌は、人麿集（Ⅲ五二八）にも採られているが、いまは措くとして、ここでは、「一云」として示される異伝歌の詞句（傍線部）に注目したい。

「一云」にある「無乏出行家当見」は、本文第三句から五句に相当する異伝である。これを本文歌の第一句から二句に合わせて、異伝歌を仮名書きで復元してみると、「おもふにしあまりにしかば（以下「一云」）すべをなみいでてぞゆきしいへのあたりみに」となり、次の六帖本文と完全に一致する。

〔六帖二・五〇七〕

思にしあまりにしかはすゑをなみいて丶そゆきし家のあたりみに　　人まろ

また、次（例⑥）の万葉歌には、「一本歌曰」として、一首まるごと異伝歌が併記されている。

⑥〔万葉集巻十二・二九八五〕

梓弓　末者師不知　雖然　真坂者君尓　縁西物乎

一本歌曰　梓弓　末乃多頭吉波　雖不知　心者君尓　因之物乎

「一本歌曰」として示される異伝歌（傍線部）は、「あづさゆみすゑのたづきはしらねどもこころはきみによりにしものを」と訓め、これもやはり次に挙げる古今六帖歌と一致している。

〔六帖五・八九五〕

あづさゆみすゑのたづきはしらねどもこゝろは君によりにしものを

なお、当該歌は、猿丸集にも採録されており、万葉集の異伝歌と類似する。

〔猿丸集Ⅰ一三〕

あづさゆみすゑのたづきはしらずともこゝろはきみによりにけるかな

しかし、異伝歌と古今六帖歌の末尾がそれぞれ、「因之物乎」と「よりにしものを」のごとく、一致するのに対して、猿丸集の歌では、「よりにけるかな」となっている（点線部）。先の新撰和歌の例（④）と異なり、ここでは、猿丸集歌よりも古今六帖歌の表現が、より万葉集の異伝歌に近いといえる。

最後の一例に移りたい。例⑦の万葉歌の「一云」（傍線部）は、一首に及ぶ例⑥のごときものとは異なり、第五句のみに関する異伝を載せる。これに、本文第一句から四句を合わせて仮名書きしてみると、「くさかげのあらゐがさきのかさしまをみつつや君が（以下「一云」）みさかこゆらむ」となり、これもまた、次に挙げる六帖本文と一字一句違わないのである。

⑦〔万葉集巻十二・三一九二〕

草陰之　荒藺之埼乃　笠嶋乎　見乍可君之　山道超良無　一云　三坂越良牟

〔六帖三・四五四〕

くさかけのあら井かさきのかさしまをみつゝや君かみさかこゆらん

なお、この歌は家持集にも採られている。

〔家持集Ⅰ二五二（Ⅱ一六六）〕

くさかけのあさゐのまつのかせしまをみつゝやきみかみかさこゆらん（みさか・Ⅱ類本）

家持集所収の歌もまた、万葉集の本文歌よりも異伝歌に近い。しかし、本文歌と異伝歌、古今六帖歌に共通する「あらゐのさき」が、ここでは「あらゐのまつ」となっている。また「一云」中の「三坂」に対応する箇所には「みかさ」（Ⅱ類本は「みさか」）とあり、古今六帖の歌の方が、より万葉集の異伝歌への近さを示す。[11]

以上、異伝を有する万葉歌で、古今六帖に載る歌全四九首うち、本文歌ではなく異伝歌と詞句の一致する七例を挙げた。その内訳は、多少の異同が見られるものが四例（①②③④）、同一のものが三例（⑤⑥⑦）であり、同一の三例はすべて万葉集の巻十二の歌に関わるものであった。三例という数は、数としては大きくないが、異伝を有する歌で、なおかつ、古今六帖に載る万葉集巻十二の歌は、もともと四例しかないのであり、そのうち三例が異伝歌と一致し、残る一例は酷似していて、いずれも本文歌とは重ならないのである。

このことと、前述した、古今六帖に載る万葉集巻十二の歌が際立って少ないという傾向とを合わせて考えると、一つの結論が導き出せるように思われる。それは、古今六帖の編者の見た万葉集は、少なくとも巻十二に限っては、いま見る歌集とは異なるものであったということである。

万葉集巻十の歌に関しては、人麿集や赤人集が古今六帖の撰歌資料であったことが、滝本典子の一連の研究によって明らかとなっている。[12] 巻十二の歌に関しても、こうした、万葉集から切り出された歌より成る私家集を資料とした可能性はあるわけだが、前掲の例②④⑥⑦などを見ると、そこで取り上げた古今六帖歌の表現には、赤人集や人麿集をはじめ、猿丸集や家持集の歌からの影響は認められないのであり、これらの例を見る限り、仮名万葉といわれる現存私家集を典拠とするとは考えにくい。では、巻十二の歌について、古今六帖が撰歌資料としたのは、どのような歌集であったのだろうか。

見てきたとおり、例⑤から⑦の六帖歌の詞句はすべて、万葉集の異伝部分の字面に忠実に即している。また、異伝の詞句と古今六帖歌との関わりのうかがえる四例のうち、異同を含む一例は同じ巻十二でも人麻呂歌集歌であり、異伝歌と一致する三例はすべて巻十二の作者未詳歌群に属する歌であった。このことは、古今六帖の編者が参照した「万葉集巻十二」の祖本が、人麻呂歌集歌と組み合わさっていない、巻十二の作者未詳歌のみで成る真名書きの歌集であったこと、(13)しかもそれが、現存の万葉集巻十二の作者未詳歌群とは異なる、校合資料として用いられた側の（あるいはその系統の）歌集であったことを示唆しているように思われる。

巻十二の異伝系本文と伊勢物語

このように見てくると、万葉集巻十二の歌が、古今和歌集を始め、平安時代の文献に散見するという事実が改めて想起される。

とりわけ、伊勢物語には、巻十二以外にも多くの万葉歌が収められている。渡辺泰宏「伊勢物語における万葉類歌」(14)によると、その数は、定家本に載るものだけで一七例に上るが、その中で、直接万葉集に拠ったと思われる歌五首は、いずれも巻十二に典拠が求められるという。渡辺論文は、かかる傾向をふまえて、「伊勢物語のある時期の作者が万葉集の巻十二を見ていたか、またはその巻十二が単独で訓じられたようなものを見ていたということであろう。」と結論付けている。

万葉集巻十について、その一部が、独立した歌集として存した時期があったであろうことは、前章でふれたとおりであり、何より巻十の一部より成る赤人集や人麿集の存在がそれを物語る。巻十二に関して、同様のことがあったとしても不思議はない。

そこで、注目されるのが、渡辺論文の指摘する、万葉集を典拠とする伊勢物語所収歌五首の中に、万葉集巻十二の異伝部分と関わる例が二首見られるということである。

第一例は、伊勢物語二四段所収の

あづさ弓引けど引かねどむかしより心は君によりにしものを

である。渡辺論文は、右の歌について、万葉集巻十二の二九八五番歌に「一本歌曰」(波線部)として付される、

梓弓　末者師不知　雖然　真坂者君尓　縁西物乎

一本歌曰　梓弓　末乃多頭吉波　雖不知　心者君尓　因之物乎

と、続く二九八六番歌の、

梓弓　引見縦見　思見而　既心歯　因尓思物乎

とを組み合わせたものであろうと推定している。ちなみに、二九八五番歌の異伝歌は、古今六帖にも収載されている(例⑥として既出)。

第二例は、伊勢物語三六段の

谷せばみ峰まではへる玉かづら絶えむと人にわが思はなくに

である。この歌もまた、万葉集巻十二の三〇六七番歌である、

谷迫　峯辺延有　玉葛　令蔓之有者　年二不来友(一云　石葛　令蔓之有者)

の上の句と、五首隔てた三〇七三番歌に「或本歌」として示された、異伝歌の下の句(波線部)を合わせたものであるという。

木綿裹(一云　畳)　白月山之　佐奈葛　後毛必　将相等曽念

或本歌曰　将絶跡妹乎　吾念莫久尓

渡辺の指摘するごとく、伊勢物語中の万葉歌より看取される傾向は、確かに、伊勢物語の作者が万葉集巻十二を見ていたことを証していよう。しかし、仮に、伊勢物語の作者が現存の万葉集巻十二と同じような形式の歌巻を見ていたとすると、本文歌ではなく、補足的な役割であるはずの異伝注記から、わざわざ詞句を抽出したことになる。「一本歌曰」として本文の左に一首まるごと異伝歌を掲げる第一例はともかく、第二例の「或本歌曰」のごとき、歌の一部を示す異伝注記から詞句を取り込むということが、果たして起こり得るであろうか。

やはり、伊勢物語の参照した「万葉集」巻十二も、古今六帖のもととなった「万葉集」巻十二と同様に、現在異伝として断片的に残る歌を含んで成り立つ歌巻であったのではないか[15]。異伝歌を含んでいるといっても、異伝歌が、本文歌に併記されるのではなく、本文歌の代わりに、本文として立つような形式であったであろうことは、古今六帖所収の万葉集巻十二の歌に、異伝歌を有する歌の本文部分を採った例のないことより推測される。

伊勢物語の万葉歌は、万葉集の異伝注記にかすかに痕跡を留める、上記のごとき歌集の存在を証しているように見える。

本文校勘資料としての価値

万葉集には、巻十二だけを見ても、「或本歌曰」や「一本歌曰」の他、「一云」など様々な形式の異伝注記がある。本章で取り上げた、古今六帖採録の異伝歌のみに限っても、書式は統一されていない。万葉集巻十二に残る異伝注記が想定したごとき書記資料による校合の跡だとすると、注記の仕方に種々あるのは不自然にも見える。取り上げた例に関しては、「一本歌曰」が歌全体に及ぶ異伝を示すのに対して、「一云」が句についての異伝を示すという違いはあるけれども、他の巻の注記形式を視野に入れて、より詳しく検討する必要があろう。

万葉集研究において、作者未詳歌の詞句に関する異伝の意義が問われることは、編纂論のような一部の研究を除いて、ほとんどない。万葉集という歌集においてその存在は、注記として補足的役割を果たすに過ぎないけれども、それが、口頭伝承されていた当時の流動的な歌詞のあり様を伝えるものではなく、書記資料による校合の跡を記し留めるものだとすれば[16]、奈良時代に存在し、また平安時代にも伝わったかもしれない散逸歌集の本文を伝えるものとして、また、現存諸写本以前の万葉集本文を平仮名の向こうに透かし見せるものとして、その価値が改めて問われるべきではないかと思われる[17]。

注

（1）『和歌文学大辞典』〈担当執筆・小川靖彦〉（二〇一四年、古典ライブラリー）によると、「平仮名訓を漢字本文の次に改行して記す別提訓形式は古点本で創始されたと思われる」という。

（2）小川靖彦「萬葉集古訓の詩法――文学史・文化史のなかの天暦古点」（『ことばが拓く　古代文学史』鈴木日出男編、一九九九年、笠間書院）。後に「天暦古点の詩法」として『萬葉学史の研究』二〇〇七年、おうふうに所収）。

（3）万葉集と古今六帖本文とに異同の生じる原因は、伝誦という過程に帰されることが多くあった（大久保正「古今和歌六帖の万葉歌について」『萬葉の伝統』一九五七年、塙書房）。しかしその一方で、桂本や嘉暦伝承本などが持つ特徴的な訓と一致、あるいは近似する例が存するという指摘（平井卓郎「古今和歌六帖の研究」〈一九六四年、明治書院〉。福田智子「『古今和歌六帖』と嘉暦伝承本『万葉集』――『万葉集』の訓の生成と流布について――」〈『社会科学』同志社大学四四―一、二〇一四年〉）があり、古今六帖本文に部分的にではあるが、古い万葉集の訓の残る例が存することが明らかとなった。また、その他の異同についても、伝誦の結果というのでなく、古い万葉歌をふまえた新しい歌作りのあととして再評価すべき点があるという福田智子「『古今和歌六帖』の万葉歌再考」(『香椎潟』第五三号、二〇〇七年一二月)の説や、特に古今六帖重出歌において六帖編者による題に寄せた改変の可能性が認められるという青木太朗「『古今和歌六帖』における万葉集歌についての一考察」(久保木哲夫編『古筆と和歌』二〇〇八年、笠間書院)の説があり、古今六帖と典拠との本文異同の実態が部分的ながら解明されつつある。

(4) 景井詳雅「『人麿集』の『万葉集』享受――一類本上巻の場合」(『和歌文学研究』第九五号、二〇〇七年一二月)、池原陽斉「仮名萬葉文献としてみた『赤人集』――『萬葉集』本文校訂の可能性をさぐる――」(『国語国文』第八四巻第七号、二〇一五年七月、同『萬葉集訓読の資料と方法』笠間書院に所収)等。

(5) 伊藤博「萬葉の歌数」『萬葉集の表現と方法上』〈第四章第五節〉(一九七五年、塙書房)。

(6) ただし、類聚古集については多少事情が異なる。城﨑陽子「万葉集享受の一側面――『類聚古集』における万葉集の異伝――」(『万葉集の編纂と享受の研究』第五章第二節、二〇〇四年、おうふう。初出は「『類聚古集』の異伝――「万葉集」享受の一側面――」の題で『目白大学短期大学部研究紀要』三八号、二〇〇一年一二月に所収)によると、類聚古集には左注に記された詞句異伝が別立ての一首として扱われたり、平仮名訓読本文を付されたりしたものが見られるという。

(7) 中西進『古今六帖の万葉歌』(一九六四年、武蔵野書院)。

(8) 古今六帖の歌については、『図書寮叢刊　古今和歌六帖』(養徳社)の本文に従い、私に濁点を付した。また、それぞれの帖における歌番号を記した。

(9) Ⅱ類本第五句は「人めしげきに」、Ⅲ類本は「恋のしげきは」。

(10) 人麿集Ⅲ二一五に「いそのうへにおふるしまつのなをしみ人にしられずこひわたるかも」、二一六に、「いそのうへにおひたるあしのよををしみをとにしられでこひつつぞふる」、Ⅳ二八二「いそのうへにおひたるあしのなををしみ人にしられでこひつつぞふる」とある。

(11) 鉄野昌弘「家持集と万葉歌」(『ことばが拓く古代文学史』鈴木日出男編、一九九九年、笠間書院)は、六帖撰歌当時、家持集はまだそれとしては存在していなかったのではないか、と推定している。

(12) 滝本典子「古今和歌六帖と赤人集」(『皇學館叢書』第一巻四号、一九六八年一〇月)、同「古今六帖と柿本集」(『皇

學館論叢』第二巻四号、一九六九年八月）。この他、青木太朗「『古今和歌六帖』の出典をめぐって――『貫之集』との比較を通して――」（『和歌文学研究』第七一号、一九九五年）が、撰歌資料の一つに貫之集があったことを指摘している。

（13）平安期の仮名万葉のうち、赤人集や家持集の歌については、仮名書きされる以前、訓字主体表記で記されていた時期があったらしいことが、山崎節子「赤人集考」（『国語国文』第四五巻第九号、一九七五年一一月）や鉄野昌弘前掲（注11）論文に明らかにされている。なお近時、田中智子「古今和歌六帖の万葉歌と天暦古点」（『東京大学国文学論集』第一二号、二〇一七年三月）が、巻四の考察を通して六帖の撰歌資料たる万葉集が仮名書き訓を有する本であった可能性について論じている。

（14）渡辺泰宏「伊勢物語における万葉類歌」（『講座平安文学論究』第一四輯、一九九九年、風間書房）。

（15）伊勢物語二四段が典拠としたとされる二九八五番歌の異伝は古今六帖にも採られているが、三六段が典拠としたであろう三〇七三番歌は古今六帖には見えない。

（16）特に書記資料によることが明らかな万葉集の異伝について、城崎は前掲（注6）の著書の中で、「『万葉集』に至るさまざまな資料の受容の痕跡ないし編纂意識が表現されたもの」との立場を示している。

（17）同じ問題意識に基づいて、その可能性をより詳しく具体的に論じたものに池原陽斉『萬葉集訓読の資料と方法』（二〇一六年、笠間書院）がある。併せて参照されたい。

おわりに

大伴家持の歌を対象とするとき、考慮しなければならない問題がある。それは、家持作歌が四七三首と、万葉総歌数の一割以上を占めるということである。周辺歌人の歌も合わせれば相当数に上り、ある傾向が家持作歌やその周辺歌人に集中して現れるように見えても、偏在といえるかどうかは、上代の和歌資料が限られ、その全容を掴めぬ以上、不確実と言わざるを得ない。

ただし、家持以前の歌のあり方と引き比べるのみならず、家持以降、すなわち万葉集の後の和歌の流れを確かめることで、その偏りに意味があるか否かを判断することはある程度可能なのではないか。

例えば、家持以前に「挽歌」という形式の長歌が複数あり、平安和歌にはそうした形式が見えないのに、家持作歌に「挽歌一首」と題した歌が孤立して存する（第二部第四章）ことや、家持以前の和歌は、自然言語同様に線状的に展開するものがほとんどであったが、家持作歌には格の曖昧な名詞句を第三句に置く歌が複数見え、その特徴は平安和歌にも共通する（第二部第三章）といったことが確かめられる場合には、歌の多寡に拘わらず、該当の歌が和歌史の上である特徴を示していると見なすことができるであろう。

その上でなお、考えねばならないのは、平安期以降の和歌に通じる流れの中に、家持作歌を置いて、その表現の特徴を見るなどということが果たして可能なのか、ということである。万葉集の外側に和歌を取り出し、題詞も左注もない生の歌を、先入観なく、古代和歌史の中に位置づけることは存外難しい。ただ、長歌や旋頭歌といった歌体や挽歌という形式については、その後、形式化することが明らかであり、家持作歌にその兆候を見出すことは、比較的容易であろう。第一部で扱った「な」や「ね」も上代文献にのみ残る表現形式という点で、そうした例の一つといえる。特に呼びかけ表現にこだわったのには、それに加えて次のような理由がある。

呼びかけ性、対詠性は、長らく歌の古さを測る指標として注目されてきた。時枝誠記[1]は、万葉集の「君が行き日長くなりぬ山尋ね迎へか行かむ待ちにか待たむ」（②85、磐姫皇后）や「夕闇は道たづたづし月待ちていませ我が背子その間にも見む」（④709、豊前国娘子大宅女）という歌を挙げ、

右の諸歌は、すべて、作者によつて、眺められてゐる対象の世界を持つてゐない。（中略）それらは、すべて、ただ、相手に対する「問ひ」「命令」「誂へ」を表現したものである。それらは、眺められた自然人事の描写の文学ではなくして、相手に、「呼びかける文学」である。

として、「勅撰集的系列に属する和歌」が「眺める文学」であるのに対して、万葉の相聞歌・贈答歌は、「一般言語の持つ、相手に呼びかけ、相手の行動、生活を左右する機能」を有する「呼びかける文学」であるとした。半世紀前の言説であり、いまここに引くのに適当でないかもしれない。けれども、歌の原初性は日常会話の言語形式への近さとして歌に現れるという考えは、例えば、

人間の言語生活というものは、一人の表現者が一人の受容者に、呼掛け、要求し、願望し、命令し、勧誘し、依頼し、問い、訴える必要があってなされるものだからである。いったい、万葉集の歌は、確かに歌なのではあるが、右のような訴えの内容をもつ表現にあっては、技巧以前の直接的な表白がなされるので、日常の

口頭言語の性質を帯びているものが少なくない。

（西宮一民「万葉時代の言語生活」[2]）

のごとく、その後も生きていたし、いまなお完全に否定されたわけではない。

対詠性と歌の古さを結び付ける傾向は、旋頭歌という歌体に関する研究に顕著であった。旋頭歌については当初、

旋頭歌は二人の唱和に発生して、問答歌形式・呼びかけ形式・繰返し形式と発展し、更に個人感情を詠む歌、謡はれざる歌と進んでいつた。

というごとく[3]、問答歌形式や呼びかけ形式という対詠的なものを始原とし、その他の形式に展開するというように、その様式から発生及び展開が把握されたが、その後、論の前提となった五七七の独立した歌体（いわゆる「片歌」）が独立して存したとは考えにくいことや、時代判明歌に人麻呂以前のものが見られないことなどから、人麻呂の時代に唱和されるための歌として新たに作られた歌体であったという説が一般的となる[4]。

しかし、歌謡的な様式を持つ旋頭歌という歌体の発生と収束は、人麻呂歌集歌に偏るがゆえに、人麻呂の問題、あるいは歌の書記の問題として説明されはしたものの、品田悦一[5]が、「口誦性や集団性に関して提起された評価の変更は……口誦的・集団的造形とはいかなるものかという基本点に関して、旧来の把握を大幅に改めるにはいた」らず、「現在の享受をも隠然と規制しつづけている」というように、口誦の歌の様式化・形式化の内実については、歌の書記法が成立すると見なされた人麻呂の時代以降の、特に後期万葉歌に関して積極的に問われることはなかった。

右に引いた論は、いずれも二十年以上前に書かれたものである。ここ二十年ほどの間に、限定的な資料から古代和歌史を考えることの限界は、これ以上ないほど強調され、また、歌人論、成立論、表記史など、それ以前に長らく万葉集を読む拠り所とされてきた枠組みの多くが否定された。本書では、歌内部の要素である表現に即し

てその変遷を具体的に記述することが、歌が文芸として成立する過程を描く一つの有効な方法であると考え、表現形式の変化を論じた次第である（第一部）。対詠性とは異なるが、第三句に名詞を置く歌の展開に関する論（第二部第三章）もまた目的を同じくする。

結果的に、本書の内容は、いくつかの現象の指摘に終始し、その題に遠く及んでいないかもしれない。けれども、万葉集は、和歌が文芸として生成してゆく過程にあり、また、古今和歌集の序を参照すれば、後代の和歌に連なるものとして存したはずである。個別の検証を重ねたその向こうに一筋の線を想定し得ると考え、こうしたタイトルを選んだ。

最大の反省は、平安期の和歌のあり様を押さえる必要を強調しながら、家持以降の用法として、古今和歌集を含む三代集、古今和歌六帖、加えて伊勢物語、宇津保物語、源氏物語などほんのわずかな用例を引いただけで終わったことである。本来なら、私家集の歌に広く目を通すべきであった。平安和歌の大海を前に足はすくむばかりだけれども、万葉享受などを足掛かりに、今後はその茫洋たる海にも目を向けていきたい。

注

（1）時枝誠記『続国語学原論』第三章「言語と文学」（一九五五年六月、岩波書店）
（2）西宮一民「万葉時代の言語生活」（2）（『上代の和歌と言語』Ⅱ言語篇四、一九九一年）。
（3）脇山七郎「萬葉集の旋頭歌」（『萬葉集大成』第七巻・様式研究篇、一九五四年、平凡社）
（4）稲岡耕二「人麻呂歌集旋頭歌の文学史的意義」（『萬葉・その後』一九八〇年、塙書房）、神野志隆光「旋頭歌試論」（『萬葉』第一〇九号、一九八二年二月、同『柿本人麻呂研究』塙書房に「旋頭歌をめぐって」の題で改稿して所収）。
（5）品田悦一「人麻呂歌集旋頭歌における叙述の位相」（『萬葉』第一四九号、一九九四年二月）。

初出一覧

必要に応じて加筆・修正した箇所がある。特に第一部・第二部については、論文刊行以降の研究成果をふまえて大幅に改稿した。

はじめに　書き下ろし

第一部　呼びかけ表現をめぐって

第一章　古代和歌における呼びかけ表現

・「万葉集における希望の終助詞「な・ね・なむ」について」（『美夫君志』第五八号、一九九九年三月）

第二章　呼びかけの「ね」の形式化と歌の場

・「古代和歌における呼びかけ表現の変化——希求の終助詞「ね」の表現形式化をめぐって——」（『日本語論究7』二〇〇三年三月、和泉書院）

第三章　呼びかけの「ね」と大伴家持

・「万葉歌における希望の終助詞「ね」の偏在について」（『鶴見日本文学』第一三号、二〇〇九年三月）

第四章　「な」の変遷と歌の場

・「集団の声としての「いまは漕ぎ出でな」——願望の終助詞「な」に映る古代和歌史——」（『名古屋大学国語国文学』第八九号、二〇〇一年一二月）

第五章　「な」から「こそ〜め」へ
書き下ろし
第二部　表現形式と歌作の方法
第一章　越中における「思ふどち」の世界
・「越中における「おもふどち」の世界」
（『美夫君志』第六二号、二〇〇一年四月）
第二章　「吉野讃歌」と聖武天皇詔
・「大伴家持の吉野讃歌と聖武天皇詔」
（『萬葉』第一八四号、二〇〇三年七月）
第三章　「ものはてにを」を欠く歌の和歌史における位置づけ
・「ものはてにを」を欠く歌の和歌史における位置づけ
（『萬葉語文研究』第九集、二〇一三年一〇月、和泉書院）
第四章　「挽歌一首」の表現と主題
・「大伴家持作「挽歌一首」の表現と主題」――「玉藻なす　なびき臥い伏し」をめぐって――」
（『鶴見大学紀要』〈第一部　日本語・日本文学編〉第四七号、二〇一〇年三月）

第三部　家持による編纂の痕跡
第一章　柿本人麻呂作歌の異伝注記と家持
書き下ろし
第二章　巻一の編纂と家持

・「万葉集巻一・七八番歌は元明御製であったか」　（『美夫君志』第八四号、二〇一二年三月）

第三章　巻六の配列と家持

・「歌に示された聖武朝史――巻六・一〇二九～四三の配列をめぐって」　（『名古屋大学国語国文学』第九七号、二〇〇五年一二月）

第四章　幻の宮廷歌人「田辺福麻呂」

・「田辺福麻呂関連歌の宮廷讃歌性について」　（『鶴見大学紀要』〈第一部　日本語・日本文学編〉四六号、二〇〇九年三月）

第四部　平安期の万葉集

第一章　赤人集と次点における万葉集巻十異伝の本文化

・「赤人集と次点における万葉集巻十異伝の本文化」　（『上代文学』第一一四号、二〇一五年四月）

第二章　古今和歌六帖と万葉集の異伝

・「古今和歌六帖と万葉集の異伝」　（『日本文学』Vol.57 No.1〈特集・文学としての情報／情報としての文学〉二〇〇八年一月）

おわりに　　書き下ろし

あとがき

学問に特別の興味を抱いていなかった私がその扉を開くこととなったのは、社会学の研究者であった故板倉達文先生との出会いによる。名古屋大学に入学した一九九三年は、ちょうど教養部が改組により情報文化学部と名称を変えた年であったが、旧制度がまだ残っており、専攻への配属は三年次で、一・二年は教養の授業ばかりを受ける仕組みであった。その中に基礎セミナーという文献読解科目があり、社会学系の一つを板倉教授が担当されていたのであった。一年を通して週に一冊基礎文献を読み（第一週は『柔らかい個人主義の誕生』、第二週は『プロテスタンティズムの倫理と資本主義の精神』、第三週は『共産党宣言』であったと記憶している）、水曜日の午後を丸々使って報告と議論を重ねていく。もちろん大学入りたての十名足らずが顔を見合わせたところで議論が深まるはずもなく、同セミナー出身で社会学専攻に進んだ学部生、他の研究科へ進学した有志の大学院生たちが毎週参加するという、授業というよりは研究会に近い集まりであった。文献の理解には遠く及ばなかったけれども、社会学を通して歴史的研究に触れ、その意義を少しずつ理解していった。国文学の道を示唆して下さったのも先生であり、その影響により国文学専攻に進むことを決めたのであった。先生がご存命であったら、本書の刊行を誰よりも喜んで下さったのではないかと思う。

学部時代は、テニスと旅行に明け暮れ、専門の勉学はおろそかであったが、ちょうどその頃国語学専攻に着任された勉強非推進派の釘貫亨先生が学問のハードルをぐっと押し下げて下さった。釘貫先生からは大学以外の場所、特に名古屋の繁華街で多くのことを学んだが、とりわけ「研究はどこでだってできる。素人の自由な発想を持ち続けることが大切である。発想が正しければ必ず資料が応えてくれる」といった教えは、研究時間の確保に難渋した三〇代に大きな励みとなった。

万葉集研究を志したのは大学院入学以後であったが、博士前期課程から後期課程一年まで週一回三重大学に通い、廣岡義隆先生に本文校訂や訓詁注釈、研究史といった万葉学の基礎を叩き込んで頂いた。また、中京大学に事務局のある美夫君志会、村瀬憲夫先生主宰の「万葉集の編纂と成立を考える会」に参加させて頂きながら、研究方法が種々あることを学び、自分なりの方法を模索するようになった。「編纂と成立を考える会」での学びがなければ、「はじめに」に記したような「万葉集をどう読むか」といった問題に意識が向くことはなかったと思う。

こうして本の形にまとめてみると、時系列に並んだのは偶然であるけれど、第一部には釘貫亨先生の、第二部・第三部には廣岡義隆先生と村瀬憲夫先生の、第四部には中川博夫先生はじめ、伊倉史人先生、久保木秀夫先生といった鶴見大学所属の和歌文学研究者の影響が色濃く、内発的な動機というよりは環境からの刺激によって自ずと成ったものであることを実感する。

本書を刊行して下さった笠間書院の池田圭子社長、内容に深い理解を示し様々な角度からご意見下さった編集者の重光徹氏、家持作歌をモチーフとしたひばりを表紙絵に寄せて下さった画家のまつしたゆうり氏を含め、これまで支え導いて下さった多くの方々に心から御礼申し上げます。

索引

・「大伴家持」は見出し語から除いた。
・凡例に示した注釈書及び万葉集の写本・版本については見出し語から除いた。
・各章・各節のタイトルに含まれる場合、その章・節中の頁は省略した。
・引用文に含まれるものについては頁を省略した。

●き

●く

●け

●こ

●さ

●し

●す

●せ

●そ

著者略歴

新沢　典子　SHINZAWA Noriko

1974年生まれ。

1998年、名古屋大学文学部国語国文学科卒業。

2004年、名古屋大学大学院文学研究科人文学専攻日本文学専門博士課程後期課程修了。博士（文学）。現在、鶴見大学文学部日本文学科准教授。

主な論文に、

「「防人関係歌群」の時空間と主題」『万葉集の今を考える』（美夫君志会編、2009年、新典社）。

「「柿本朝臣人麻呂羈旅歌八首」の主題」『国文学叢録　論考と資料』（鶴見大学日本文学会編、2014年、笠間書院）。

「本文批評における仮名万葉の価値」『萬葉写本学入門　上代文学研究法セミナー』（小川靖彦編、2016年、笠間書院）。

「むまのはなむけ」『日本文学』（第六六巻第六号、2017年）など。

万葉歌に映る古代和歌史　大伴家持・表現と編纂の交点

2017年（平成29）10月10日　初版第1刷発行

著者　新沢典子

装幀　笠間書院装幀室
発行者　池田圭子

発行所　有限会社 **笠間書院**
〒101-0064　東京都千代田区猿楽町2-2-3
☎03-3295-1331　FAX03-3294-0996
振替00110-1-56002

ISBN978-4-305-70851-9　組版：ステラ　印刷／製本：モリモト印刷
落丁・乱丁本はお取りかえいたします。　（本文用紙：中性紙使用）
出版目録は上記住所までご請求下さい。http://kasamashoin.jp/